W0405330

Le secret
de la passion

MEAGAN

McKINNEY

Le secret de la passion

Traduit de l'anglais (États-Unis)
par Nicole Ménage

J'AI LU

POUR elle

Si vous souhaitez être informée en avant-première
de nos parutions et tout savoir sur vos auteures préférées,
retrouvez-nous ici :

www.jailupourelle.com

Abonnez-vous à notre newsletter
et rejoignez-nous sur Facebook !

Titre original
LIONS AND LACE

Éditeur original
Published by arrangement with Dell Publishing,
a divison of Bantam Doubleday Dell Publishing Group Inc.

© Ruth Goodman, 1992

Pour la traduction française
© Éditions J'ai lu, 1994

1

Il pleuvait.

À travers le fin rideau de dentelle de sa chambre, Alice Diana Van Alen contemplait Washington Square. La nuit tombait. Un voile d'humidité brumeuse assombrissait l'atmosphère déjà grise. La pluie éclaboussait le pavé de la chaussée. Les branches des arbres squelettiques, malmenées par le vent furieux, griffaient les becs de gaz. Pas l'ombre d'un promeneur sous une telle tourmente. Même les stations de fiacres étaient vides, tous les attelages ayant été pris d'assaut.

Derrière les vitres ruisselantes, la jeune fille frissonna. Cet orage était peut-être un présage, mais elle ne changerait pas d'avis pour autant : ce soir, elle irait au bal.

Le souvenir de son rêve de la veille amena un sourire amer sur ses lèvres. Était-il un présage lui aussi ? Il n'était pas revenu hanter ses nuits depuis des lustres et elle l'avait presque oublié, jusqu'à ce que son humeur soucieuse le réveillât. Toujours les mêmes images, exactement les mêmes…

Y succombant, elle se laissa dériver sur l'onde de ses chimères. Ses yeux verts s'embrasèrent, son visage prit une expression éthérée, lointaine…

Une violente bourrasque claqua sur la vitre, la ramenant brusquement à la réalité. Comment pouvait-elle rêvasser à un moment aussi crucial ? Quittant la fenêtre, elle se dirigea résolument vers sa table de toilette drapée de dentelle française. Le contraste saisissant entre l'opulence de sa chambre et l'univers de son rêve lui arracha une grimace. Elle vivait dans un luxe inouï que sa coiffeuse symbolisait à elle toute seule, avec son lourd festonnage. Son siège capitonné de velours rose évoquait un trône qui n'attendait qu'elle. Elle hésita soudain à s'y asseoir.

Où était la maison blanche de ses rêves, modeste demeure en bardeaux sommairement équipée ? Dans le monde où elle évoluait, personne n'imaginait qu'elle pût souhaiter vivre dans un pareil endroit.

Et pourtant... elle le désirait même avec ferveur. Elle adorait cette petite maison blanche perchée sur une falaise surplombant la mer. Posée sur une verte pelouse, elle brillait sous le soleil d'un ciel uniformément bleu. Cette maison n'existait que dans son esprit, mais elle devinait avec une précision étonnante les senteurs des pommiers en fleur peuplant le verger, le claquement du vent dans le linge en train de sécher sur des cordes.

S'efforçant de chasser ces visions, elle ferma les yeux. Ce n'était pas le moment de céder à ce rêve qui, de toute façon, ne se réaliserait jamais et la rendait inutilement triste. Rouvrant les yeux, elle allait s'asseoir quand, à nouveau, le luxe environnant lui parut repoussant.

Elle haïssait le papier peint imprimé de grosses fleurs oppressantes, le mobilier ouvragé agrémenté de chintz criard, le dessus-de-lit de velours rose foncé frangé de soie. Cette chambre où elle avait grandi ne lui convenait plus. Aujourd'hui, elle voulait autre chose, une verte falaise, un ciel bleu, une petite maison de bois blanc. Et lui...

Lui, c'était l'homme qui apparaissait dans son rêve. Il y figurait toujours, tel un esprit omniprésent, ténébreux, dominateur et inaccessible. Appuyé avec nonchalance à l'un des piliers du porche, les bras croisés sur sa poitrine, il contemplait le paysage derrière elle. Elle se trouvait au pied de la falaise, trop loin pour distinguer les traits de son visage qu'elle devinait infiniment beau et brûlait de connaître.

Succombant à la curiosité, elle entamait la lente ascension de la pente escarpée. Sa robe de satin ne lui facilitant pas la tâche, elle la saisissait à pleines mains afin de la relever. Mais soudain, l'étoffe pesante devenait impalpable, se diluant comme de l'eau entre ses doigts. À chaque pas, ses jupes s'allongeaient, s'allongeaient, entravant sa progression. De plus en plus lourdes, elles finissaient par la retenir, telles deux grosses mains la tirant inexorablement vers le bas de la falaise afin de l'empêcher d'aller vers ce qu'elle désirait le plus au monde. Autour de son cou, le collier de perles pesait tout à coup aussi lourd que des boulets de plomb, et un océan de satin et de joyaux finissait par l'engloutir.

À la fin, prisonnière dans les sables mouvants de ses richesses, elle tendait les bras vers l'homme, l'implorant de la sauver. Mais il ne daignait pas la regarder un seul instant. Au contraire, il se détournait, ignorant ses cris de désespoir.

— Ne partez pas ! hurlait-elle en vain. J'ai besoin de vous.

Il disparaissait alors à l'intérieur de la maison blanche et elle se réveillait, le cœur battant à tout rompre, submergée par le regret amer d'une chose destinée à lui échapper toujours.

Son rêve finissait comme un cauchemar. Elle détestait y penser. Inconsciemment, elle porta une main à son collier de perles et le souleva, comme si son poids était insupportable.

— Mademoiselle Alana ?

Surprise, Alana se retourna. Margaret, sa femme de chambre, se tenait au milieu de la pièce, les bras chargés d'un manteau du soir et de longs gants de satin. Elle appelait toujours sa maîtresse par son diminutif : Alana.

— Êtes-vous prête, mademoiselle Alana ?

— Oui, Margaret, dit la jeune fille en prenant le manteau. La voiture est-elle avancée ?

— Oui, Mademoiselle. Kevin s'en est chargé en personne. Je crois qu'il saura mieux tenir sa langue que ce bougre de Pumphrey, toujours trop prompt à répondre aux questions de votre oncle.

— Bien, approuva la jeune fille. Oncle Baldwin ne doit surtout pas savoir que je me rends au bal des Sheridan.

— J'ai bien prévenu Kevin, Mademoiselle.

Alana sourit.

— La soirée s'annonçait plutôt morose avec toute cette pluie, mais je me sens plus optimiste à présent. Si tout se passe bien, oncle Baldwin ne découvrira le pot aux roses que demain, quand il lira le *New York Chronicle*.

— Nous nous sommes appliqués à garder le secret.

— Je vous en suis reconnaissante, Margaret. Vous remercierez Kevin aussi.

Alana s'apprêtait à mettre ses gants quand l'expression de sa femme de chambre la saisit.

— Quelque chose ne va pas, Margaret ? s'alarma-t-elle aussitôt.

— Non, ce n'est pas cela, mais...

— Je vous écoute, parlez.

— Je leur ai promis de vous dire que... que... eh bien, Kevin, Katie, McDougal et moi-même nous vous remercions, Mademoiselle.

— Moi ? Mais de quoi ?

Un flot de paroles jaillit soudain de la bouche de la femme de chambre.

— Nous savons que si vous n'êtes pas autorisée à sortir ce soir, c'est parce que la jeune demoiselle

Sheridan est irlandaise. En désobéissant, vous prenez son parti, voilà pourquoi nous vous remercions. Mon mari Kevin et moi, nous n'avons jamais quitté le comté de Wexford de notre Irlande natale avant de venir ici. Cela signifie beaucoup, pour nous, que vous alliez à ce bal, Mademoiselle Alana.

Hésitant sur la façon de lui répondre, Alana resta sans voix. Elle aurait dû la remettre à sa place mais elle avait plutôt envie de l'embrasser et de lui demander de prier pour elle ce soir...

— Je m'en réjouis, Margaret, dit-elle finalement en enfilant ses gants à la hâte.

Tout aussi embarrassée, la servante exécuta une brève révérence et se retira.

Quand Alana avait décidé de se rendre au premier bal de Mara Sheridan, elle n'avait pas songé une minute que Mara était irlandaise. Elle l'avait rencontrée à Central Park, par un après-midi d'automne, alors que la jeune fille arrêtait net son élégant phaéton pour interpeller publiquement un cocher, l'accusant de maltraiter ses bêtes. L'audace de cette adolescente de seize ans l'avait séduite sur-le-champ.

Quelque temps après, Alana avait reçu son invitation à la soirée consacrant ses débuts dans le monde. N'ayant pas revu Mara depuis cette promenade, elle savait peu de choses d'elle sinon qu'elle la trouvait douce et loyale. À en juger par la rumeur, elle ne pouvait en dire autant de son frère.

À New York, les commentaires à propos de Trevor Sheridan allaient bon train. On le tenait pour une sorte de voyou, un self-made-man vulgaire et un nouveau riche. Personne ne doutait qu'il succomberait d'ici peu à la loi implacable de Manhattan qui écrasait sans pitié les arrivistes trop pressés d'accumuler des dollars. Jamais Alana n'avait entendu dire du bien du frère de Mara, mais il est vrai que les Knickerbockers – ces New-Yorkais plus particulièrement issus de familles hollandaises – n'étaient pas réputés pour leur tolérance.

Elle esquissa une moue pleine de dérision. Les « Quatre Cents » – l'élite de la société – se souciaient davantage de préserver leurs privilèges que de faire preuve de charité, elle était bien placée pour le savoir. Mme Astor se servait de son appartenance au clan des élus comme d'une carapace contre « l'inacceptable ». L'ironie voulait que si jamais elle venait à percer le secret des Van Alen, la reine du Tout-New York découvrirait qu'elle s'était compromise dans ce qu'elle avait toujours essayé d'éviter comme la peste, c'est-à-dire le scandale.

Pour se protéger, et surtout pour protéger ceux qu'elle aimait, Alana jouait le jeu. Dans un certain sens, cela ne lui était pas difficile. Ses origines Knickerbockers remontant à Petrus Stuyvesant lui-même, Alice Diana Van Alen était considérée à New York comme le joyau des Américains naturalisés.

Malgré elle, son regard tomba sur la table de nuit où était posé le daguerréotype représentant sa sœur. Un sentiment de panique l'envahit inexplicablement. Elle détestait tellement cette comédie de la supériorité sociale qu'elle avait envie de s'enfuir en hurlant. Elle vivait dans le mensonge, côtoyant ceux qui seraient les premiers à la rejeter s'ils apprenaient la vérité sur elle et sa famille.

Mais pour protéger sa sœur, elle se sacrifiait en jouant ce rôle misérable. Jusqu'à un certain point, toutefois.

Ses pensées revinrent au bal des Sheridan. La mauvaise réputation de Trevor ne suffisait pas à expliquer le refus de Mme Astor et des autres Knickerbockers de s'y rendre. La véritable raison était que les Sheridan étaient irlandais, comme Margaret venait de le lui rappeler, et l'élite ne frayait pas avec des gens tout juste bons à « récurer des pots de chambre » ou à

« décrotter les chevaux de leur maître », selon ses propres expressions.

Alana s'observa dans le miroir. Sa robe de satin jaune convenait parfaitement à une soirée célébrant les premiers pas d'une jeune fille dans le monde. Un simple mais somptueux rang de perles chatoyait sur sa gorge. Mme Astor eût été fière d'elle ce soir. Fière et consternée. Ayant eu vent des projets d'Alana, elle avait fermement invité la jeune fille à rester chez elle ce soir, lors de leur dernière rencontre. À présent, tout le gratin contenait son impatience de savoir si Alana oserait la défier en paraissant à ce bal. Elle jeta un dernier coup d'œil dans la glace et fit bouffer le bouillonné autour de ses hanches. Elle irait.

Ramassant son long manteau de satin marron qui avait glissé à ses pieds, elle tenta vainement d'enfiler les étroites manches sur sa robe, mais elle n'eut pas le cœur d'embarrasser davantage Margaret en la rappelant.

De violents coups retentirent à sa porte.

— Alana ! Ouvrez immédiatement ! Je sais ce que vous allez faire. Je vous en empêcherai !

Prise de panique, Alana laissa à nouveau tomber son manteau sur le tapis. C'était la voix de son oncle. Il tambourinait contre le battant à présent. Sans doute l'avait-on aimablement informé de ses velléités de rébellion et s'imaginait-il pouvoir les écraser.

Il se trompait. Relevant la tête, elle se dirigea résolument vers la porte et l'ouvrit, prête à affronter le pire.

Visiblement hors de lui, Baldwin Didier s'engouffra dans la pièce, jetant un regard incendiaire sur la robe de bal.

— Qu'est-ce que cela signifie ? Comment osez-vous me désobéir ?

Avec une nonchalance qu'elle était loin d'éprouver, Alana s'assit à sa coiffeuse.

L'oncle Baldwin portait bien sa cinquantaine. Avec sa barbe grisonnante à la Van Dyck et ses yeux d'un bleu étonnamment vif, il était séduisant et fort impressionnant. « Imposant », ainsi l'avait jugé sa femme, jadis, le jour de leur première rencontre. Mais aujourd'hui, Alana se souvenait des paroles d'une servante à son sujet : « C'est le genre d'homme qu'une jeune innocente rêverait d'avoir pour soupirant, mais qu'elle fuirait en hurlant la nuit même de ses noces. »

Tel un animal pris au piège, elle le regarda approcher en retenant son souffle. Il posa ses mains sur ses épaules.

— Vous ne sortirez pas ce soir.

— Si, rétorqua-t-elle en s'efforçant désespérément d'affermir sa voix. Je sais ce que vous allez me dire, mon oncle, mais je n'en tiendrai pas compte. Vous feriez mieux de rentrer chez vous, parce que je ne décevrai pas cette jeune fille. Je vais à ce bal, advienne que pourra.

— Mme Astor n'est pas d'accord. Vous resterez là.

Une bouffée de colère gonfla en elle.

— Je n'ai pas d'ordres à recevoir de Mme Astor.

— Ah non ? fit-il d'une voix dangereusement suave.

Il l'obligea brusquement à se lever.

— Vous ferez ce que je vous dis, Alana. Dois-je vous rappeler que je dépends de votre position au sein du clan ? Comment croyez-vous que je m'enrichis ?

Alana ne réagit pas. Elle avait plus d'une fois entendu ce discours. Il l'écœurait tout en lui insufflant une certaine force de résistance.

— Père et Mère voulaient mon bonheur, et certainement pas m'enchaîner au portefeuille d'un avocat comme vous l'avez fait.

— Comparés à la fortune que j'ai amassée à la Bourse depuis que je suis votre tuteur, mes honoraires d'avocat sont négligeables. Je ne vous laisserai pas compromettre cela.

— Je peux faire ce que je veux. J'ai mon propre argent...

— Dont j'ai la garde, vous le savez. Allons, Alana, je ne voudrais pas vous considérer, vous *et votre sœur*, comme l'un de mes investissements malheureux.

Il la lâcha enfin et s'assit sur un divan placé sous la fenêtre.

Elle détestait qu'il menace sa sœur.

— Des « investissements malheureux », répéta-t-elle froidement. Comme ce pot de peinture que vous hébergez au St. Nicholas Hotel ? À moins qu'une autre n'ait déjà pris sa place ? Vous n'en êtes plus à une près.

— Ma chère, vous êtes une digne représentante des illustres Knickerbockers.

— Il faut bien que quelqu'un en soit digne dans cette famille.

Il se leva d'un bond.

— C'est bien pourquoi je vous interdis de salir votre nom en vous mêlant à ces Irlandais, ces mangeurs de patates !

— Comment pouvez-vous traiter ainsi des gens que vous ne connaissez même pas ?

— Parce que je ne connais pas ce voyou de Trevor Sheridan ? Il m'a fait perdre assez d'argent avec ses maudits chemins de fer du Nord-Ouest.

— Je me moque de ce que vous avez perdu, et je me moque que les Sheridan soient irlandais. Mara n'a que seize ans. Vous rendez-vous compte de ce que cela signifierait pour elle si elle se retrouvait seule le jour de son entrée dans le monde ? Vous voudriez que personne n'ait pitié d'elle ?

— Laissez la pitié à d'autres. Vous avez un rôle différent à tenir.

— Lequel ?

— Ne pas cesser d'étaler tout ce luxe et vos manières irréprochables, afin que je continue d'être utile à vos pairs.

Il lui saisit les bras et y enfonça cruellement les doigts.

— Vous *obéirez* à Mme Astor, et vous ferez ce que *je* vous dis de faire, sinon votre sœur en subira les conséquences.

— Mon Dieu ! Ma tante doit se retourner dans sa tombe en se sachant coupable de vous avoir fait entrer dans la famille !

Des larmes brillaient dans les yeux d'Alana tant il lui faisait mal.

— Au contraire, ma chère. Elle se réjouit de vous savoir sous ma protection. Je suis la seule famille qui vous reste, Alana.

Son regard s'arrêta délibérément sur le daguerréotype et un éclat cruel s'y alluma. Il la lâcha enfin, avant d'ajouter :

— J'allais oublier de vous demander des nouvelles de votre chère sœur. Comment va Christabel ? Lui avez-vous rendu visite récemment ? Bien sûr que oui, vous lui êtes tellement dévouée.

Alana resta silencieuse. L'évocation de sa sœur était bien trop douloureuse pour qu'elle puisse en parler et il le savait. Elle mentait à tout le monde à propos de sa famille. Les Knickerbockers croyaient que tous les siens avaient péri trois ans auparavant, lors de l'incendie de leur maison. Personne ne connaissait la vérité, ni ses admirateurs, ni ses « amis », ni même Mme Astor. Seul Didier savait ce qui était arrivé à Christabel, que ce terrible secret protégeait tout en la rendant infiniment vulnérable.

Didier regarda à nouveau le portrait.

— Elle semblait tellement heureuse à cette époque, n'est-ce pas ? Trois ans, déjà… Y a-t-il vraiment trois ans qu'elle est dans cet asile ?

Alana tenta de se détourner mais il insista.

— Répondez-moi ! Croyez-vous qu'elle serait heureuse dans un établissement public ?

— Elle n'ira pas dans un établissement public.

— Je pourrais vous supprimer votre droit de visite.

— Je prendrai un avocat et me battrai !

Il la secoua violemment.

— Avec quel argent ? C'est moi qui gère votre fortune. Vous voudriez que je vous donne de quoi vous élever contre moi ? Allons, réfléchissez un peu.

— Cessez de m'imposer cet odieux chantage ! J'irai au bal des Sheridan et ma sœur ne subira aucunes représailles.

— Les soins qu'elle nécessite coûtent horriblement cher. Comment y ferez-vous face quand je vous aurai coupé les vivres ? Vos parents, Dieu ait leur âme, ne se rendaient pas compte du fardeau qu'elle constituerait pour vous à leur mort.

— C'est vous qui êtes un fardeau ! cria-t-elle en se débattant.

Dans la lutte, il lâcha le daguerréotype qui tomba et se brisa. La colère d'Alana empira.

— Vous resterez ici ce soir ! jeta-t-il. Et comme personne d'autre ne paraîtra à cette soirée, vous serez dispensée d'envoyer vos excuses.

Alana demeura sans voix. Comment les êtres humains pouvaient-ils être aussi cruels ? Mara Sheridan ne se relèverait pas d'une telle humiliation.

— Eh bien, moi, j'irai à ce bal, s'obstina-t-elle, décidée à ne pas créditer une telle infamie.

— Non.

— Si, répéta-t-elle en plantant son regard dans le sien. J'irai pour Mara Sheridan mais aussi pour moi-même, pour le plaisir de vous défier, vous et Mme Astor.

— Je vois, répondit-il tranquillement en reculant d'un pas.

Sans qu'elle s'y attende, il la gifla à toute volée.

Alana se prit le visage dans les mains en gémissant. Jamais personne ne l'avait battue jusqu'à ce jour. Le choc était encore plus grand que la douleur.

— Ne me défiez pas, Alana, murmura-t-il tandis qu'elle se laissait tomber sur le tabouret de sa coiffeuse.

La violence du coup lui donnait la nausée. Elle se demanda si elle allait s'évanouir ou bien se précipiter vers sa cuvette.

— Je passerai demain prendre de vos nouvelles, continua-t-il comme si de rien n'était. Nous nous promènerons dans mon cabriolet après le thé.

— J'irai à ce bal, s'entêta-t-elle dans un dernier accès de révolte.

— Vous n'irez nulle part, dit-il en s'attardant sur la courbe gracieuse de son dos moulé dans le corset, son dos qui semblait l'appeler.

Il laissa glisser une main autour de sa taille et elle eut un brusque mouvement de recul. Alors il se retira à regret, prenant soin de refermer la porte à double tour.

Alana mit un certain temps à se remettre. Une horrible migraine martelait ses tempes, elle voyait un peu trouble. À nouveau, l'opulence de sa chambre l'oppressa et elle songea avec nostalgie à la petite maison blanche de ses rêves. Elle trouverait cet homme. Un jour, la lumière dissiperait les ombres et elle verrait enfin son visage. Il partagerait ses peines et ses joies. Ils s'aimeraient et bâtiraient leur vie ensemble. Elle le rencontrerait tôt ou tard, c'était inévitable. Ses rêves la réconfortaient dans la mesure où ils lui semblaient prémonitoires. Oui, elle finirait par accéder au bonheur malgré Baldwin Didier.

Son esprit rebelle se réveilla. Cette porte verrouillée serait sa dernière défaite !

Son regard tomba alors sur le portrait de sa sœur, éparpillé en morceaux. Elle les ramassa tristement. Margaret ne tarderait pas à frapper doucement à sa porte pour prendre de ses nouvelles et la supplier de la laisser entrer. Une vague d'impuissance la submergea.

Si seulement les larmes pouvaient la soulager un peu ! Mais elles ne venaient pas. Désespérée, elle s'appuya contre sa table de toilette en pressant le daguerréotype brisé contre sa poitrine.

Sa vie était devenue un enfer. Il devait bien exister un moyen d'en sortir mais, apparemment, son oncle avait toutes les cartes en main. Jamais elle ne pourrait subvenir seule aux soins nécessaires à sa sœur, et imaginer celle-ci dans un hôpital public lui était insupportable.

La mort de leurs parents avait anéanti Christabel. Heureusement, elle se trouvait dans une maison de repos à Brooklyn, où elle ne manquait de rien. Même son oncle avait reconnu qu'il n'existait pas de meilleur endroit pour elle, étant donné les circonstances. Au moins, Christabel vivait dans un cadre paisible, à l'abri de la perversité de Baldwin.

Alana releva la tête et examina la marque sur sa joue meurtrie. Pour la première fois de sa vie, elle se demanda si le sort de Christabel n'était pas plus enviable que le sien. Quelle ironie !

2

À Wall Street, on l'appelait le Prédateur. Nul n'aurait su dire si on le haïssait plus pour sa richesse, qui semblait croître aussi vite que le nombre de taudis irlandais au nord de Manhattan, que pour ses origines qui le faisaient apparaître comme une sorte de phénix ressuscité des cendres de l'Irlande, son pays en ruine. Indifférente, l'élite new-yorkaise l'évitait. Toutefois, si les Knickerbockers tenaient le Prédateur à l'écart, ils ne dédaignaient pas de marcher sur ses traces, tels des mendiants, quand Trevor Sheridan entrait à la Bourse. Ils le suivaient alors aveuglément, avides de s'enrichir à leur tour.

Ce soir, Sheridan occupait les pensées de tous les Knickerbockers.

Et ils occupaient celles du Prédateur.

— Tu crois qu'ils vont venir ? demanda Eagan Sheridan à son frère.

Les deux hommes se trouvaient dans la salle à manger de leur imposante demeure de la 5e Avenue. Dans moins d'une heure s'ouvrirait la soirée célébrant les débuts de Mara dans le monde. La table était dressée pour cinquante invités. Les verres à pied, des Stiegel bleu de cobalt, et la porcelaine de Limoges incrustée d'or à dix-huit carats étincelaient de tous leurs feux.

Trois cent soixante-dix roses thé, entremêlées de bouquets de muguet et couronnées de deux cygnes entrelacés sculptés dans de la glace, composaient le centre de table. À chaque coin de la pièce, des arbustes taillés en forme de trèfles irlandais s'élevaient comme un défi. Incroyable étalage de richesses, la salle à manger des Sheridan était une copie fidèle de celle de Blenheim, à une différence près : ici, les moulures en marbre rose de Numidie – le plus rare – n'étaient pas des trompe-l'œil. Elles étaient vraies.

Soucieux, Eagan observait son frère aîné armé de son inséparable canne d'ébène ornée d'un lion d'or. Occupé à tout vérifier dans le moindre détail, ce dernier ne répondit pas.

— J'aurais dû dire : que ferons-nous s'ils ne viennent pas ?

Un nouveau silence accueillit sa question.

— Mara est habillée ? demanda finalement Trevor, une fois certain que rien sur la table n'avait échappé à son œil vigilant.

— Mara ? Depuis une éternité ! Je ne l'ai jamais vue aussi excitée.

Eagan baissa les yeux sur son verre de brandy. Il hésita avant d'ajouter :

— Trevor... je me demandais si... cette soirée n'était pas un peu prématurée.

— D'autres jeunes filles de son âge ont fait leur entrée dans le monde, les Varick, les Biddle, les De Witt.

— Oui, mais...

— Mais ces jeunes filles-là n'ont aucun lien avec les misérables bicoques irlandaises de la 89e Rue, continua amèrement Trevor.

Se reprenant, comme s'il regrettait sa franchise, il regarda la tenue décontractée de son frère.

— Tu es habillé, toi ?

Eagan secoua négativement la tête. Incapable de surmonter son inquiétude, il insista.

— Qu'adviendra-t-il si personne ne vient, Trevor ?

Trevor soupira. Il contempla longuement les trèfles irlandais, comme pour y puiser les mots adéquats.

— Je me moque totalement de Caroline Astor ! explosa-t-il. D'elle et de ses semblables ! Pour qui se prennent-ils donc ?

Il fit volte-face et toisa son frère.

— Que voulais-tu que je fasse, Eagan ? Qu'est-ce qui blesserait le plus Mara à ton avis ? Que personne ne vienne ce soir, ou que ce bal lui soit refusé ?

— Je ne sais pas, avoua Eagan. Vraiment, je n'en sais rien.

Les deux hommes s'affrontèrent un instant du regard puis Trevor s'éloigna, signifiant ainsi qu'il ne souhaitait pas poursuivre cette conversation. Haussant les épaules avec résignation, Eagan s'octroya une nouvelle gorgée de brandy tandis que son frère reprenait son inspection méticuleuse.

Au premier coup d'œil, les deux frères se ressemblaient beaucoup malgré leurs huit années de différence. Grands, larges d'épaules et incroyablement beaux, ils ne partageaient toutefois que des ressemblances physiques. Si Eagan jouait sur la désinvolture et le charme, Trevor s'avérait perspicace et intransigeant. Avec ses cheveux châtains, ses yeux verts et pétillants de gaieté, Eagan respirait la vitalité et l'insouciance. Au contraire, le regard noisette, presque toujours exaspéré, et les cheveux noirs de Trevor accentuaient son côté ténébreux et inaccessible. À la différence de son frère, né comme lui à Ballinlough, comté de Roscommon, Eagan avait grandi à New York où il avait acquis cette aisance et cet enthousiasme presque enfantin qui caractérisaient les Américains. Trevor, lui, demeurait austère et froidement calculateur en toute occasion. Il cachait même son accent, rappel trop douloureux de sa pauvreté d'antan.

— Je vais finir de m'habiller, dit-il soudain, rompant le silence d'un ton tranchant. Quand seras-tu prêt ?

Eagan leva son verre vide en souriant.

— Sers-m'en un autre, veux-tu ?

Trevor leva un sourcil.

— Tu es en train d'engloutir notre meilleur brandy.

— Je le préfère à ce tord-boyaux que tu gardes dans tes appartements. Regarde autour de toi, Trevor, regarde ce que tu as réalisé grâce à ton argent. Tu pourrais tout de même t'offrir autre chose que cet infâme whisky irlandais bon marché !

— Je ne suis pas amateur d'alcools coûteux.

Trevor s'apprêtait à sortir quand il sembla se souvenir d'un détail.

— C'est bien du Château-Margaux que tu as choisi pour le repas, n'est-ce pas ?

— Oui, en effet.

Trevor ne prit pas la peine de dissimuler son soulagement. Eagan était bien le seul auprès duquel il parvenait à se détendre.

— Parfait, dit-il. Ce soir, tout doit être parfait.

— Un autre aurait fait le même choix, tu sais.

— Peut-être, mais alors pourquoi aurais-je englouti une fortune dans ton éducation ? répliqua Trevor avec un petit sourire. Pour qu'il revienne à un autre de me conseiller dans le choix des vins ?

L'expression du jeune homme s'adoucit instantanément.

— Malgré tout le temps que j'ai passé sur les bancs de Columbia, je n'en sais pas autant que toi, Trevor.

S'ils avaient eu quelques années de moins, Trevor lui aurait affectueusement ébouriffé les cheveux.

— Cela m'étonnerait. À quoi servirait l'université dans ce cas ?

— Il y a des choses que seule la vie peut enseigner, affirma Eagan.

— Oui, mais ces choses-là tu ne veux pas les apprendre.

Après cette sombre constatation, Trevor prit un ton plus léger.

— Ton éducation se révélera beaucoup plus utile, tu verras. Grâce à tes diplômes de Columbia, ta fille ne connaîtra peut-être pas les problèmes de Mara. Bon, je te retrouve dans une heure. Ne sois pas en retard.

Trevor s'apprêtait à quitter la pièce sous le regard respectueux de son frère, quand ce dernier le rappela brusquement :

— Trevor ! Si par malheur personne ne vient ce soir, ils le regretteront cruellement. Nous, les Sheridan, le leur ferons payer dès demain. Je serai à tes côtés, Trevor. Je veux que tu le saches.

Trevor se retourna et se contenta de hocher la tête.

Une heure plus tard, Trevor frappait doucement à la porte blanche ornée de dorures des appartements de sa sœur. Elle ouvrit presque aussitôt, le prit par la main et l'entraîna en riant vers sa chambre.

— Comment me trouves-tu ? s'enquit-elle en tournoyant devant lui.

Mara était magnifique. Elle avait hérité de la beauté des Sheridan. La masse opulente de ses cheveux noirs contrastait avec sa peau d'albâtre. Sa somptueuse robe de satin bleu bordée de volants frémissant au moindre de ses mouvements, rehaussait encore la couleur de ses grands yeux saphir. Avec ses manches bouffantes style Renaissance, ses cheveux cascadant librement dans son dos, elle évoquait une madone de Raphaël. Son frère aîné était très fier d'elle.

— Trevor ! Viens voir ! Que me conseilles-tu pour mes cheveux ? Les perles ou cette triste couronne de fleurs artificielles que Peg s'évertue à m'imposer ?

Trevor tourna les yeux vers la vieille domestique qui attendait derrière Mara, l'air renfrogné.

— Alors, Peg, lui dit-il dans leur vieille langue celtique, on dirait qu'elle te donne du fil à retordre.

— Oui, Monsieur, répondit Peg en gaélique. Elle est insupportable. Impossible de lui faire entendre raison.

Trevor se mit à rire, au grand courroux de Mara.

— Que complotez-vous tous les deux ? Il est fort grossier de parler dans une langue qu'une tierce personne ne comprend pas. C'est écrit noir sur blanc dans *L'Education des jeunes filles*, le manuel de Mme Mellenthorp.

Elle s'empara du petit livre rouge, posé sur sa coiffeuse, comme s'il se fût agi de la Bible.

— C'est là, Trevor, continua-t-elle. Page quatorze : « Il faut laisser la grossièreté aux autres. Ne jamais la tolérer venant de soi-même... » Ô mon Dieu ! Je viens de pécher moi-même par grossièreté en vous faisant remarquer la vôtre !

Elle se mit à feuilleter le livre, comme pour y puiser une autre théorie confirmant son point de vue.

— Assez de Mme Mellenthorp pour ce soir, intervint Trevor en lui prenant le manuel des mains.

Il la contempla dans ses plus beaux atours, et un sourire triste apparut sur ses lèvres.

— Finies les jupes courtes, n'est-ce pas, Mara ? À partir de ce soir, tu seras une lady et tu ne porteras plus que des robes de ladies.

Mara lui rendit son sourire et, prise d'une impulsion, elle lui sauta au cou.

— Merci pour cette robe merveilleuse, Trevor. Plus je l'admire et plus je l'aime. Elle est... divine.

— Je ne suis donc pas aussi bête que tu le prétendais l'hiver dernier.

— Oh si ! Peg, vous auriez dû le voir à Paris, assis devant M. Worth, au 7, rue de la Paix. M. Worth lui présentait des robes plus étourdissantes les unes que les autres.

Mara prit une étoffe d'alpaga recouvrant un fauteuil et l'étendit devant Peg en imitant le phrasé précieux du couturier.

— « Celle-ci vous siérait-elle, monsieur Sheridan ? » – Trop courte ! répondit-elle en tordant la bouche. – Que pensez-vous de cette autre si je puis me permettre ? – Trop sophistiquée ! – Cher monsieur Sheridan, celle-ci vous conviendrait peut-être davantage ? – Dieu du ciel, surtout pas de rouge ! »

Peg dut se détourner pour laisser libre cours à son fou rire. Trevor prit un air faussement contrarié.

— Mara, c'est une façon de me remercier pour cette robe hors de prix ?

— Oh, oui ! Et ce n'est pas tout ! ajouta-t-elle à l'adresse de Peg. Une fois qu'il se fut enfin décidé pour une robe, M. Worth n'a cessé de lui répéter qu'il vouerait son âme au plaisir de m'habiller. Sais-tu ce qu'a répondu Trevor quand il lui a présenté la facture ?

Peg secoua sa chevelure grisonnante.

— Il a dit : « Monsieur Worth, vos prix dépassent largement celui de votre âme. »

Mara s'écroula sur un fauteuil en se tenant les côtes tandis que Peg cachait pudiquement son sourire derrière sa main.

— Bon, intervint sèchement Trevor.

Reprenant aussitôt son sérieux, Peg rappela la jeune fille à l'ordre.

— Vous allez froisser votre robe, Mademoiselle.

Mara se leva et reprit place à sa coiffeuse.

— Sera-t-elle bientôt prête ? demanda Trevor en gaélique à la vieille femme de chambre.

— Dès que j'aurai réussi à dompter cette sacrée chevelure, répondit Peg en irlandais.

— Trevor, tu ne m'as pas répondu... Pour mes cheveux, tu préfères les perles, cette triste couronne de fleurs ou bien... les diamants que tu gardes en bas, dans ta chambre forte, pour mon mariage ?

— Je pencherais pour les fleurs, répondit Trevor en les prenant des mains de Peg.

— Pas même les perles ?

— Tu les porteras quand tu commenceras à sortir, pas avant. Les diamants ne verront pas le jour avant que tu te maries, alors inutile de soulever à nouveau la question.

Mara émit un soupir déchirant mais elle ne put s'empêcher d'enlacer tendrement son frère, se blottissant contre lui.

— Je te pardonne d'avoir été si bête, Trevor, mais seulement si tu me pardonnes d'être aussi exigeante. Je voudrais tant être parfaite, ce soir. Je me sens tellement nigaude parfois, que je redoute de commettre un impair. Tu vois, si aucun de ces jeunes gentlemen ne m'invitait à danser, je ne m'en remettrais pas.

Trevor frémit. Il considéra sa ravissante petite sœur avec une tendresse infinie, mais une bouffée d'angoisse assombrit soudain son regard et il la serra à l'étouffer.

— Que se passe-t-il ? s'inquiéta-t-elle quand il l'eut enfin lâchée.

— Je veux que tu saches que je ferais n'importe quoi pour toi, Mara. Cette soirée doit être à la mesure de tes rêves, j'y tiens. J'ai fait tout mon possible pour qu'il en soit ainsi.

— Je sais, Trevor, mais pourquoi ce ton solennel tout à coup ?

Il sourit sans pour autant parvenir à chasser la mélancolie de son regard.

— Je suis solennel ?

— Oui, terriblement.

— Je ne suis pas aussi drôle qu'Eagan, ce n'est pas nouveau.

— Tu n'en es pas moins cher à mon cœur.

Ces mots touchèrent en lui une corde sensible profondément enfouie, celle que seul l'amour de sa mère avait su faire vibrer. Comme d'habitude, il dissimula son émoi derrière un comportement formel. Il embrassa la main de Mara et laissa Peg continuer son œuvre, non sans lui avoir clairement expliqué comment il entendait qu'elle coiffe la jeune fille.

Dans le salon des Sheridan, la vieille horloge Louis XIV sonna huit heures. Chacun des huit coups résonna à l'infini dans l'immense demeure, pour finir dans un decrescendo dont les dernières notes ressemblaient à une plainte. À ce moment-là, rayonnant de bonheur, Eagan descendit l'escalier. À son bras, les cheveux simplement retenus en un chignon bas sur la nuque et entrelacé de muguet, Mara resplendissait de beauté. Trevor demanda au maître d'hôtel de servir exceptionnellement un sherry à la jeune fille. Il remplit à nouveau le verre de son frère et les laissa bavarder tous les deux.

Quand la pendule en chrysocale posée sur la cheminée sonna la demi-heure, ce fut un moment affreux. L'espoir brillait toujours dans les yeux de Mara qui attendait ses invités, un espoir imperceptiblement hésitant, toutefois. Silencieux, évitant de les regarder, Trevor scrutait le feu d'un regard fixe.

À neuf heures, Mara ne pouvait plus feindre d'ignorer l'évidence, mais elle se retint d'exprimer ses doutes. Sa conversation avec Eagan s'effilocha et un silence pesant la remplaça. Qu'attendaient-ils encore ? Ils ne le savaient plus très bien, mais ils attendaient.

Au premier coup de dix heures, le salon ressemblait à une tombe. Un pli inhabituel tendait le beau visage d'Eagan. Lui qui se tenait toujours si droit s'était voûté sur son verre. Appuyé au manteau de la cheminée, Trevor semblait sur le point de commettre un meurtre. Quant à Mara, elle observait ses mains sans rien dire. Lorsque le dixième coup retentit, n'y tenant plus, elle se leva. Lentement, elle ôta la couronne de fleurs de ses cheveux et gagna la porte comme au rythme d'une marche funèbre.

— Mara, murmura Trevor.

Elle s'immobilisa.

— Ils le regretteront, tu peux compter sur moi, promit-il.

Aucune froideur sereine dans cette promesse de vengeance, mais une colère bouillonnante au contraire.

La jeune fille se retourna. Ses jolis traits enfantins avaient tout à coup perdu leur innocence.

— Non, Trevor, répondit-elle d'une voix tremblante. Souviens-toi des leçons de Mme Mellenthorp : « Il faut laisser la grossièreté aux autres. »

Sur ce, elle éclata en sanglots et s'en fut aussitôt vers sa chambre, laissant sur son sillage une pluie de petites fleurs blanches.

Le claquement régulier de la canne de Trevor Sheridan accompagna ses pas comme il traversait l'immense vestibule. Derrière lui, dans le salon, Eagan tenta de trouver une consolation dans un nouveau verre de brandy. Ce genre de réconfort ne convenait pas à Trevor. Il entra dans la salle à manger, toujours décorée en l'honneur du dîner qu'elle aurait dû abriter. Il parcourut la pièce du regard, s'attardant sur les arbustes taillés en forme de trèfles qui semblaient soudain le narguer. Un léger bruit d'égouttement attira son attention vers la table. En son centre, les majestueux cygnes de glace n'étaient plus qu'une informe et grotesque caricature d'eux-mêmes. Autour d'eux, les roses et le muguet penchaient déjà la tête comme pour illustrer leur défaite. À leur vue, le visage de Trevor se durcit encore.

S'approchant de la table, il effleura d'un doigt le bord de l'un des somptueux Stiegel bleus qui, au lieu d'être rempli et levé en l'honneur de sa sœur, resterait inexorablement vide, sur cette nappe immaculée, dans cette pièce déserte. La rage le submergea. Il saisit alors sa canne d'ébène et l'assena de toutes ses forces sur la table. La porcelaine fine vola en éclats sur le sol de marbre, les fleurs jaillirent de tous côtés. Il s'acharna plus particulièrement sur les verres, les brisant consciencieusement, un à un, avec une expression affreusement calme et déterminée, que seule démentait la violence de ses coups.

Quand il ne resta plus une seule pièce de vaisselle intacte, plus une seule fleur, Trevor se redressa et regarda sa main, coupée en une multitude d'endroits par les éclats de verre. Des gouttes de sang éclaboussaient la nappe damassée, tel le sang virginal sur le drap de la nuit de noces, ultime métaphore de l'innocence bafouée de Mara. Souffrant au-delà du supportable mais brûlant de se venger, Trevor organisa aussitôt le plan des représailles. Il appela son maître d'hôtel d'une voix de stentor.

Whittaker apparut sans se faire attendre. Imperturbable, il ne sembla remarquer ni la table saccagée ni le crissement de cristal d'une valeur inestimable sous ses pieds. N'était-il pas un maître d'hôtel anglais, exercé à ignorer les colères de ses maîtres en toute circonstance ?

— Que puis-je faire pour vous, Monsieur ? demanda-t-il en s'inclinant avec respect.

— Apportez-moi la liste des invités, répondit Trevor, avec un regard vengeur.

— Tout de suite, Monsieur.

S'inclinant à nouveau, il se retira. Sur ses lèvres flottait un petit sourire, seul indice révélant qu'il n'était pas aussi détaché qu'il le paraissait. Bien sûr, fort de son ascendance anglaise, Whittaker respectait scrupuleusement les règles de l'étiquette fixées par Mme Mellenthorp. Mais il n'en ignorait pas pour autant ce qui se passait dans son domaine. Comme le reste de la maisonnée, il savait notamment que Mlle Mara pleurait toutes les larmes de son corps, là-haut, dans sa chambre. Aussi s'empressa-t-il d'accéder à la requête de son maître. Malgré ses compétences irréprochables dans l'art de servir sans jamais s'impliquer sentimentalement, Whittaker avait compris que le temps de la vengeance était venu.

3

À midi, ce jour-là, il régnait une grande activité au Commodore Club. Confortablement installés dans de profonds fauteuils de cuir bordeaux, de vieux messieurs fortunés lisaient le *Banker's Magazine*. Les actionnaires se pressaient autour du téléscripteur, priant pour que le cours de l'argent ou de la Bourse irlandaise monte, gonflant ainsi leurs revenus.

Le Commodore Club constituait en quelque sorte un Wall Street miniature. Bafouant les usages sévissant chez les Knickerbockers, selon lesquels les femmes de conditions différentes ne prenaient pas le thé ensemble, les hommes du Commodore se mêlaient volontiers aux nouveaux riches dès l'instant où ces derniers leur permettaient d'augmenter leur compte en banque. (Malgré leurs grands airs de supériorité, leurs épouses s'avéraient ennuyeuses à mourir, et les maîtresses devenaient chères...) William B. Astor lui-même se plaisait à fréquenter la jeune faune de Wall Street. Au Commodore, il se faisait appeler Backhouse, son nom de famille, pour le seul plaisir de contrarier Mme Astor qui, sitôt leur mariage célébré, lui avait demandé de ne plus jamais le mentionner tant ses « consonances étaient vulgaires ».

Grandes familles et petits opportunistes se retrouvaient donc au Commodore, autour d'un brandy et d'un cigare. S'ils s'entretenaient de choses et d'autres, leur sujet de conversation favori était le Prédateur. Ils ne se lassaient pas d'évoquer son flair infaillible en matière de placements boursiers. Néanmoins, ils ne songeaient pas pour autant à nouer avec lui des liens plus intimes, ne serait-ce qu'en l'invitant à dîner. Certes, pour un tuyau à la Bourse, ils étaient prêts à partager leur maîtresse avec lui, ou à rire à ses grasses plaisanteries irlandaises, mais cela s'arrêtait là.

Aujourd'hui, les Knickerbockers étaient disposés à rire. Demain, ils n'en auraient plus la moindre envie.

Apparemment indifférent à l'intérêt qu'il suscitait, le Prédateur déjeunait avec son jeune frère, dans un coin de la salle à manger. Ils choisissaient invariablement du corned-beef avec du chou. Chacun observait discrètement Sheridan, guettant les signes d'une agitation quelconque. Mais tout semblait, calme à la table du Prédateur. Sur l'insistance d'Eagan, ce dernier termina son repas par un verre du meilleur brandy accompagné d'un café bien fort. Il dut reconnaître que c'était délicieux.

Il régnait dans le club une chaude atmosphère. Bien sûr, nul n'ignorait l'échec de la soirée consacrant l'entrée dans le monde de la sœur de Sheridan, mais cet événement se trouva vite éclipsé par le fait que l'on était mardi. C'était le mardi que le Prédateur *achetait*.

Quand James Fitzsimmons, le courtier de Trevor Sheridan, entra dans la pièce, tous les regards se tournèrent vers lui d'un même mouvement. Chaque mardi après-midi, à quatorze heures précises, il pénétrait dans la salle à manger du club et se dirigeait vers la table du Prédateur. Ce dernier notait alors ses ordres sur une serviette et Fitzsimmons s'en allait aussitôt à la Bourse, serrant la serviette sur laquelle tous les yeux étaient rivés.

Chacun observa attentivement la main du Prédateur comme pour percer les mots magiques à travers ses mouvements : *lingots d'argent, Western Union, Chesapeake Union*.

Quel que soit son choix, le Prédateur faisait fortune à tous les coups, et ceux qui avaient la chance d'être dans son sillage profitaient de ses tuyaux, s'enrichissant au-delà de leurs plus folles espérances.

Sheridan termina la rédaction de son ordre par un grand trait de plume et le tendit à Fitzsimmons qui s'inclina et tourna les talons.

C'est alors que l'inimaginable se produisit.

Le précieux morceau de tissu glissa de la main de Fitzsimmons et atterrit sur le sol, révélant aux yeux de tous les mots magiques. On entendit les respirations s'arrêter, chacun tentant de ne pas perdre une miette de la lucrative information. Puis, le plus naturellement du monde, Fitzsimmons ramassa la serviette et la mit dans sa poche comme si de rien n'était.

À l'autre bout de la pièce, le Prédateur semblait ne rien avoir remarqué. Il n'avait même pas levé la tête de son assiette. Quelques-uns commencèrent à se frotter les mains.

Un à un, chaque membre quitta la salle à manger sous un prétexte quelconque, mais tous prirent la même direction avec le même nom en tête : *Jubilee Patent Laces*.

Bien sûr, Eagan avait vu la serviette tomber. Pâlissant aussitôt, il aurait bondi pour la récupérer si son frère n'avait discrètement posé une main sur son bras.

— Trevor, dit-il, ils ont lu ton offre. Il faut dire à Fitzsimmons de ne pas acheter.

— Attends, se contenta de répondre son frère.

Il n'y avait déjà plus grand monde dans la salle à manger. Bientôt, il ne resta plus que l'aide-serveur chinois et le vieux Cyrus Field, trop myope et trop sourd pour se rendre compte de ce qui se passait autour de lui. Seul le contenu de son assiette l'intéressait.

— Seigneur ! Qu'est-ce qui te prend, Trevor ? Ces valeurs ne vaudront plus rien si tous ceux qui viennent de quitter cette salle les achètent, murmura Eagan.

— Il s'agit de *Jubilee Patent Laces*.

Eagan demeura stupéfait.

— Mais elles ne valent pas un sou ! Tout le monde le sait. Jubilee est au bord de la faillite. As-tu perdu l'esprit ?

— Eagan, que penserais-tu si je donnais un jour de congé à Fitz, demain par exemple ? Il l'a bien mérité, non ? rétorqua Trevor, impassible.

Après un instant de silence, Eagan scruta son frère en plissant les yeux :

— Ne me dis pas que... Tu as... ?

— Fitzsimmons n'achètera rien pour moi aujourd'hui, mais je crains qu'aucun de ceux qui assistaient à ce déjeuner ne s'en avisent. Ils sont bien trop pressés d'acheter des Jubilee.

Tandis qu'Eagan mesurait toutes les retombées du plan de son frère, il ne put s'empêcher de mettre le doigt sur une faille.

— Mais tous ceux qui s'apprêtent à se jeter sur Jubilee n'étaient pas invités au bal de Mara. Tu vas ruiner des hommes qui n'ont rien à voir avec cette histoire.

— Tu sais par quels termes ils désignaient Mara, aujourd'hui, en évoquant sa terrible déconvenue ? La « gueuse irlandaise ». On m'a même dit que certains lançaient des paris pour deviner qui l'aurait le premier pour maîtresse. Si jamais j'apprends leurs noms, je te jure que je les tuerai.

La rage et l'incrédulité se peignirent sur les traits du jeune homme. Il se leva et contempla Broad Street par la fenêtre en saillie.

— Dans ce cas, tu as été trop tendre, dit-il.

— Je n'en ai pas encore terminé avec eux, précisa Trevor.

Sur ce, il quitta la salle, faisant claquer sa canne sur le marbre.

— Pardonnez-moi, Seigneur, parce que j'ai péché.

En entendant ces mots pourtant si habituels, le vieux prêtre sursauta. Ses yeux délavés s'agrandirent et il tenta de discerner les traits de celui qu'il entrevoyait à travers les croisillons du confessionnal. Malgré l'obscurité, il le reconnut. Cette voix lui était aussi familière que les perles de son chapelet. Trevor Byrne Sheridan, *le* Sheridan de Wall Street, celui de la banque Sheridan, de plusieurs compagnies ferroviaires et mines d'argent dont il ne se rappelait pas les noms. Mais, par-dessus tout, c'était le Trevor Byrne Sheridan qui avait financé la réfection du toit de la chapelle l'hiver précédent, le seul et unique soutien de l'orphelinat paroissial de Five Points, l'homme qui, d'après l'évêque, possédait à lui seul le quart de Manhattan, y compris le terrain sur lequel s'élevait l'église St. Brendan.

Le vieux père Donegal rajusta nerveusement ses lunettes et écouta son fidèle comme s'il se fût agi de l'évêque en personne.

— Voilà un an que je ne me suis pas confessé, lui disait-il, semblant baisser la tête. Mon père, j'ai dépossédé des hommes de leur argent. J'implore votre pardon pour ce péché-là et pour tous les autres.

— Voulez-vous dire que vous les avez volés ? demanda le prêtre en essuyant la sueur de son front.

L'idée que l'orphelinat de Five Points pût être dirigé par un bandit lui donnait des vapeurs.

— Non, mon père. Je ne les ai pas volés. Je me suis seulement arrangé pour qu'ils le perdent. Je sais qu'il s'agit d'un acte répréhensible, mais je devais le faire, c'est pourquoi je demande à Dieu de me pardonner.

— Expliquez-moi pourquoi vous avez agi ainsi, lui demanda le prêtre, incapable de résister à sa curiosité naturelle.

— C'est une longue histoire.

— Commencez-la, elle vous mènera au pardon.

Trevor lui raconta donc comment il avait manipulé tous les boursiers du Commodore Club.

— Voilà, mon père. Quelle est ma pénitence ?

Le prêtre n'était plus un jeune homme depuis longtemps, mais jamais il n'aurait soupçonné que des sommes d'argent aussi énormes puissent changer de main aussi facilement, et en un jour.

— En pénitence, vous direz cent rosaires.

— *Cent rosaires !* répéta Trevor, atterré. N'y a-t-il pas d'autres moyens ?

Le père Donegal faillit glisser de son banc de bois.

— Combien... combien exactement avez-vous fait perdre à ces hommes ?

— Oh, environ trois millions de dollars.

Le prêtre en demeura bouche bée.

— Nous pourrions nous entendre pour trois rosaires, un par million, suggéra doucement Trevor. Cela vous semble-t-il suffisant ?

Donegal acquiesça mollement, puis la raison le rappela brusquement à l'ordre.

— Mon fils, le salut de l'âme ne peut se marchander. Vous direz également un acte de contrition. Vous devez rembourser ces hommes.

— C'est impossible, mon père.

— Il faut vous racheter.

Un silence plana, puis Trevor murmura :

— Je donnerai l'équivalent des pertes de mes ennemis à l'évêché. Cette somme pourrait servir à la construction de la cathédrale St. Patrick dont rêve l'évêque Hugue, pour New York.

Le prêtre faillit s'étouffer.

— On en reste à trois rosaires, mon père ?

Le bon prêtre irlandais s'absorba dans une prière silencieuse.

— Oui, concéda-t-il avec le sentiment affreux de commettre un terrible péché.

— Merci, mon père.

— Mais vous verserez une partie de cet argent à St. Brendan ?

— Bien sûr.

— *Ego te absolvo*, conclut le prêtre en se signant.

La porte du confessionnal s'ouvrit. Une sombre silhouette munie d'une canne en sortit, prit place sur un banc, le banc des Sheridan, et commença sa pénitence.

Le père Donegal retomba contre le dossier de son siège. Déjà, un autre pécheur attendait et les mots rituels lui parvenaient à travers la grille.

— Pardonnez-moi, Seigneur, parce que j'ai péché.

Le confesseur eut du mal à se concentrer. En cinq minutes, il venait de sauver la cathédrale de l'évêque, l'orphelinat de Five Points et l'âme de Trevor Byrne Sheridan. Une journée bien remplie, en somme.

Les Knickerbockers s'écroulèrent un à un, comme les coûteux petits soldats de plomb allemands qu'ils achetaient à leurs enfants chez Schwarz. Les familles de ceux qui avaient été invités au premier bal de Mara Sheridan se trouvèrent inexplicablement ruinées les unes après les autres. Si Trevor ne parvenait pas à les entraîner dans une quelconque banqueroute, il se débrouillait pour connaître les sociétés où ils avaient investi et répandait alors les pires rumeurs à leur sujet.

Ainsi s'effondra la prospère Bouwerie Iron Works, après que le bruit eut couru que de l'étain à bas prix était vendu sous le manteau. De même, la Knickerbocker Savings Bank bascula-t-elle dans la faillite quand on commença à parler de ses malencontreux investissements dans la Hudson Railroad. Pour finir, ce ne fut pas Trevor Sheridan qui eut raison des Knickerbockers, mais leur sottise et leur cupidité.

Victimes des caprices de leur seule vraie maîtresse, la Bourse, ils s'écroulèrent du jour au lendemain.

Sheridan réussit son dernier coup un certain jour d'avril. L'hiver finissant égrenait ses ultimes flocons sur Central Park. Assis près du feu, Trevor lisait l'édition du soir du *New York Chronicle* quand Eagan fit irruption dans la pièce, son manteau encore blanc de neige sur les épaules.

— Trevor, tu as entendu les nouvelles ?

— Tu n'as même pas laissé Whittaker prendre ton chapeau, nota Trevor derrière son journal.

Eagan ôta son haut-de-forme noir.

— Je sors du Commodore. Tu n'imagines pas l'effervescence qui règne là-bas. Les cours sont devenus fous. Une file de fiacres s'étendant jusqu'à la 42e Rue fait le siège du bureau du télégraphe. Ils veulent tous contacter Chicago, et devine quel marché ils veulent accaparer ?

— Celui des denrées alimentaires. Des pommes de terre et des choux, pour être précis.

Eagan se figea.

— Comment le sais-tu ?

Trevor leva un sourcil avant de se replonger nonchalamment dans son journal.

— La rumeur prétend que les pucerons auraient précocement ravagé les produits irlandais, dit-il.

— Les pucerons... déjà ? Je ne vois pas... Attends... tu... ?

Un lent sourire se dessina sur les lèvres d'Eagan qui commençait à comprendre.

— Nom d'un chien, Trevor ! J'ignorais que tu avais un tel sens de l'humour.

Ignorant les éloges détournés de son frère, Trevor demanda :

— Veux-tu me passer la liste qui est sur mon bureau ?

Eagan lui tendit la feuille.

— Qu'est-ce que c'est ?

— Raye les noms de Harinck, der Burch et Wynkoop. Bon, ajouta-t-il quand ce fut fait, en reste-t-il d'autres ?

— Un seul : Van Alen.

Trevor s'adossa dans son fauteuil et commenta négligemment.

— Oh oui, j'avais oublié. Raye ce nom-là aussi.

4

Quand Alana descendit du coupé brun des Van Alen, il pleuvait si fort qu'elle ne remarqua pas les regards circonspects des serviteurs venus l'escorter jusqu'à sa porte à l'abri d'un parapluie. Ses pensées étaient ailleurs. Un autre désastre imminent la préoccupait.

Elle venait de passer une nouvelle soirée fort ennuyeuse chez Mme Astor. Loin de s'y distraire, elle avait enduré les jérémiades de son hôtesse qui n'avait cessé de se plaindre de ce « scélérat d'Irlandais » et de ses « viles manœuvres ». Dès la fin du dîner, les hommes s'étaient retirés dans la bibliothèque afin d'échanger leurs points de vue à l'abri des chastes oreilles de Mme Astor.

Les Knickerbockers avaient été durement frappés par le Prédateur. Mais plus que la ruine, c'était surtout l'humiliation qu'ils ne supportaient pas. Certains d'entre eux se voyaient poursuivis par des créanciers après avoir perdu des fortunes en spéculant. L'image de ces honorables milliardaires en déroute aurait pu amuser Alana si elle n'avait été menacée du même coup.

Car elle aussi était une Knickerbocker. Elle avait vraiment voulu assister au bal de Mara mais Trevor Sheridan l'ignorait. Certes, il en avait épargné certains, les Astor notamment, parce que, d'une part, il admirait Willy B. et que, d'autre part, il devait ménager certaines familles susceptibles d'admettre Mara comme une des leurs. Mais Alana craignait que la fortune des Van Alen ne soit en sursis.

Au fond d'elle-même, elle comprenait la réaction de Trevor Sheridan. Elle trouvait inadmissible que tout le monde se fût ainsi donné le mot pour humilier une jeune fille de seize ans. Mais la vengeance du frère lui semblait démesurée par rapport à la faute commise. Seul un fou pouvait en arriver à de telles extrémités, un fou ou bien un homme blessé pour des raisons plus profondes.

Quelqu'un qui risquait en tout cas de s'en prendre à elle maintenant. Elle s'était retenue plus d'une fois de remettre Mme Astor à sa place, de lui dire ce qu'elle pensait de ceux qui n'avaient pas hésité à outrager Mara, et pleuraient maintenant sur leur sort dans la bibliothèque. Elle détestait ces gens, mais Didier avait été clair : si elle voulait protéger sa sœur, elle devait garder sa place dans le monde.

Lasse, elle laissa le maître d'hôtel la débarrasser de sa cape qu'il secoua pour en chasser les gouttes de pluie. Déboutonnant un à un les quinze boutons de ses longs gants, elle traversa lentement le vestibule sans remarquer le froid regard bleu qui la suivait. Depuis le salon, il l'observait, s'enflammant de haine à la vue de sa mise luxueuse où le moindre détail dénotait l'opulence, depuis le satin rose pêche de la robe, jusqu'aux rangs de perles précieuses entrelacées dans le chignon torsadé sur la nuque. La vue de ces somptueux atours le mit hors de lui. Le cognac jaillit du verre qu'il posa brusquement sur l'accoudoir du fauteuil avant de bondir sur ses pieds.

— Alana !

La jeune fille se retourna en sursautant et découvrit son oncle sur le seuil du grand salon. Son visage aux traits menaçants restait en partie dans l'ombre de la suspension à gaz. Il l'avait toujours effrayée mais, cette fois, son trop grand calme la glaça. Elle devina immédiatement la raison de sa présence. Il venait lui annoncer sa ruine. Alors un étrange soulagement s'empara d'elle. Maintenant qu'elle savait à quoi s'en tenir, elle pourrait agir en conséquence.

— Oncle Baldwin... Que faites-vous ici à une heure aussi tardive ? dit-elle, feignant la surprise.

C'est alors qu'elle remarqua le visage défait de ses domestiques. Kevin, le valet de pied et mari de Margaret, détourna vivement les yeux. Pumphrey, toujours si impassible, semblait inquiet. Inquiet d'être congédié. Ils savaient que quelque chose était arrivé, quelque chose qui n'augurait rien de bon.

— Venez ici, ordonna fermement Didier.

Rien ne trahissait l'état avancé de son ébriété. Il s'exprimait clairement, droit comme un if. Même sa cravate bleu nuit était parfaite.

Alana redoutait le pire. Son oncle était furieux. À l'éclat métallique de ses yeux bleus, elle comprit qu'il comptait lui faire payer les ennuis que Sheridan leur causait.

Elle tendit ses gants à Kevin qui, tout à son honneur, s'apprêtait à s'interposer entre elle et son oncle pour la protéger, contredisant ainsi les théories péremptoires de Mme Astor selon lesquelles seul l'intérêt bassement matériel animait les classes laborieuses.

— Laissez, Kevin, dit-elle doucement en le précédant. Merci.

Kevin s'inclina à regret et regagna l'office avec Pumphrey.

Alana entra dans le salon, et son oncle ferma la double porte qui les isolait du vestibule. Malgré l'appréhension qui lui donnait des sueurs froides, Alana affronta l'ennemi de son beau regard vert.

— Qu'avez-vous donc à me dire qui ne puisse attendre à demain ?

Elle préférait aborder sans délai le cœur du sujet et se débarrasser de lui au plus vite. La marque que sa terrible gifle lui avait laissée sur la joue demeurait douloureuse et suffisamment visible pour qu'elle dût la cacher avec de la poudre. Chaque fois qu'elle y pensait, une bouffée de colère explosait en elle.

— Asseyez-vous, fit-il en désignant le divan ancien que les parents d'Alana avaient acquis en des jours meilleurs et, hélas, si lointains.

Elle s'assit à contrecœur au bord du divan, prête à bondir si jamais il faisait mine de vouloir la frapper.

— Il est tard. Qu'est-ce qui vous amène ?

— Dispensez-vous de vos jolies manières, Alana. Elles ne sont plus de mise.

Son oncle s'approcha, la dominant de toute sa hauteur. Elle sentit alors la forte odeur d'alcool qui émanait de lui et remarqua les traces de cognac sur le tapis. Il avait de nombreux défauts mais depuis trois ans qu'il gérait sa fortune, jamais encore elle ne l'avait vu ivre.

— Je suis ruinée, c'est cela ?

— Oui. Vous êtes pauvre. La Hudson Bank a coulé.

Il lui saisit brutalement le menton avant d'ajouter :

— Et mon argent avec. Sheridan est passé par là. J'ai tout perdu. Tout. Et les tout-puissants Van Alen aussi, jusqu'au dernier dollar.

Alana tenta sans succès de se libérer tout en maudissant Trevor Sheridan. Ainsi, il s'était déchaîné sur elle aussi. Innocemment, elle s'était imaginé que son désir d'aller au bal de Mara la mettrait peut-être à l'abri. Quelle naïveté ! Dans son obsession insensée de venger sa sœur, Sheridan l'avait ruinée. Et elle n'avait pas la moindre chance de s'en sortir, pas même un parent susceptible de lui venir en aide… à part le pantin qui s'agitait devant elle.

Soudain, une horrible pensée s'ajouta à son désespoir.

— Mon Dieu, que va-t-il advenir de Christabel ?

— Oubliez Christabel. Elle ira dans un établissement public. En revanche, je veux savoir ce que *vous* comptez faire. Vous m'êtes redevable, Alana.

Elle regarda son oncle. Jamais de sa vie elle ne l'avait vu en proie à une telle fureur.

— De quoi parlez-vous ?

— De tout ce faste ! Ces vêtements ! Cette maison ! Qui a veillé à ce que vous viviez dans un tel luxe, selon vous ?

— Vous en aviez la charge, et puis mes ressources me le permettaient, rétorqua-t-elle.

Rouge de colère, il rétorqua :

— J'étais en effet chargé de gérer votre fortune, mais s'il n'avait tenu qu'à moi, j'aurais tout gardé pour moi. Oui ! Je vous aurais laissées sur la paille, vous et votre imbécile de sœur.

— Vous oubliez qu'il en allait de votre devoir…

— Au diable le devoir !

Il lui lâcha enfin le menton, si violemment qu'elle perdit l'équilibre. Il se pencha sur elle aussitôt, jetant d'une voix menaçante :

— J'avais intérêt à vous assurer une place dans le monde, voilà pourquoi je l'ai fait, pourquoi j'ai payé toutes ces belles choses. Mais maintenant, je n'ai plus rien. Vous m'entendez ? Rien ! Je me suis montré charitable et vous m'en êtes redevable !

Alana le fixait avec des yeux écarquillés. Il était devenu fou ! Elle ne l'avait jamais aimé mais, jusqu'à la nuit du bal, elle s'était efforcée de lui garder une certaine estime, essentiellement à cause de Christabel. Après l'incendie, son oncle s'était occupé de tout, trouvant même une « maison de repos » pour sa sœur, après avoir longuement parlé à la police. Mais l'homme qui la dominait à présent de toute sa hauteur n'était plus qu'une bête féroce.

— Je ne vous dois rien, mon oncle. Nos parents nous avaient largement mises à l'abri du besoin, ma sœur et moi, dit Alana en se redressant. La tragédie qui vient de survenir ne me rend nullement redevable à votre égard. Je vous prie de rentrer chez vous.

Il la plaqua brusquement contre lui, l'enserrant dans une étreinte d'acier.

— Toujours aussi fière, n'est-ce pas ? Mais dites-moi, comment relèverez-vous la tête, cette fois ? En mendiant dans les rues peut-être ?

Elle l'aurait volontiers giflé.

— Sortez, jeta-t-elle, les dents serrées.

— C'est à cause de vous que nous en sommes là ! cria-t-il en la secouant.

— Non ! Je voulais aller à ce bal !

— J'ai eu raison de vous en empêcher. Comment pouvais-je imaginer que Sheridan réagirait de la sorte ?

— En tout cas, il m'aura permis de découvrir votre vraie nature, mon cher oncle. Vous n'êtes qu'une vile créature, comme je l'ai toujours suspecté. Vous n'avez plus qu'à disparaître, et ne remettez plus jamais les pieds ici.

Il se mit à rire.

— Et comment comptez-vous vous en sortir ?

— Demain je parlerai à M. Sheridan. Je lui ferai entendre raison. Je n'ai pas voulu lui nuire, alors pourquoi me causerait-il du tort ? J'avais rencontré sa sœur, Mara. Je ne voulais pas la blesser.

Didier l'observa un instant.

— Vous imaginez que ce ramasseur de pommes de terre connaît la pitié ? Et pourquoi aurait-il pitié de vous, Alana ? Si les autres avaient eu la moindre chance de récupérer leurs millions en clamant leur intention de se rendre à ce bal, vous ne croyez pas qu'ils l'auraient fait ?

Une fois de plus, il inventoria mentalement ses parures : la robe de chez Worth, les escarpins brodés, les perles fines. Le dégoût se peignit sur ses traits.

— Et comment le convaincrez-vous ? En vous présentant dans vos plus beaux atours pour vous offrir à lui, comme une prostituée ?

Ecœurée par cet homme qui s'avérait être parfaitement ignoble, Alana ne s'abaissa pas à lui répondre. Elle se dégagea de la poigne qui enserrait son bras nu.

— Comment le convaincrez-vous ? répéta-t-il.

— Je ferai appel à ses sentiments.

— Il n'y a rien de bon en lui, rien.

— Il ne serait pas aussi affecté par le sort de sa sœur si sa nature était dépourvue de toute bienveillance.

— Mais votre sort à vous l'indiffère, ma chère. Il n'aura aucune compassion, rétorqua-t-il en la repoussant sur le divan.

Tirant nerveusement sur sa barbe, il laissa libre cours à sa hargne.

— J'ai dépensé une fortune pour vous conserver ce train de vie, et pour aboutir à quoi ? À me retrouver pauvre ? Tous mes projets sont réduits à néant ! À quoi me servez-vous maintenant que tous ceux que j'essayais d'impressionner sont ruinés ? Que me reste-t-il ? Vous et vos maudites toilettes qui m'ont coûté jusqu'à mon dernier sou ? Mon investissement s'est évanoui en fumée.

— Je ne suis pas un investissement ! riposta-t-elle avec colère. Ces robes, je les ai achetées avec mon argent. *Mon* argent, entendez-vous ?

Il la secoua violemment, lui arrachant des gémissements.

— Mais il ne vous reste plus rien, maintenant ! Plus rien !

Le sachant capable de lui faire mal, elle se dégagea avec énergie. Cette fois, elle ne se laisserait pas faire.

— Puisque je n'ai plus rien, je vous dispense désormais de venir me dicter ma conduite. Sortez !

Furieux, il leva une main pour la frapper, mais elle ne cilla pas. Son regard vrillé au sien, elle ne bougea pas d'un pouce, lui opposant une résistance qui le désarçonna. Même si, physiquement, elle n'était pas de taille à lutter avec lui, elle se sentait mentalement hors de portée de ses attaques.

L'espace d'un instant, il flancha, mais un éclat sauvage s'anima peu à peu dans ses yeux et il émit un rire diabolique qui lui glaça le sang. En un éclair, il lui attrapa les mains et l'entraîna de force dans le vestibule.

— Que faites-vous ? cria-t-elle, affolée.

— Je vais vous dicter une dernière fois votre conduite ! Oui, j'entends me venger de vous et de ce moins que rien d'Irlandais !

— Que... que manigancez-vous ? balbutia-t-elle en se débattant pour lui échapper.

Peine perdue. Soudain, il arracha le rang de perles entrelacées dans son chignon. Elle cria de douleur mais il ne s'en émut pas. Glissant le bijou dans sa poche, il emmena Alana au-dehors, sous une pluie battante qui plaqua ses longs cheveux épars en quelques secondes.

— Vous êtes fou ! s'écria-t-elle, ruisselante.

— Vous voulez en appeler aux sentiments de Sheridan ? hurla-t-il en la traînant derrière lui. Bien, allons-y ! Je ne peux plus subvenir à vos besoins puisqu'il m'a ruiné. À lui de s'occuper de vous maintenant !

— Vous perdez l'esprit ! C'est vous qui en subirez les conséquences ! En vous conduisant de la sorte, vous causez votre perte, irrémédiablement !

Sans l'écouter, il l'entraînait inexorablement, tout en guettant un fiacre.

Comprenant qu'il ne servait à rien d'essayer de le raisonner, Alana tenta à nouveau de se libérer. Si seulement elle parvenait à regagner la maison, Kevin lui viendrait en aide. Mais les pavés trempés étaient si glissants qu'elle tomba douloureusement sur le sol. Didier emprisonnait toujours ses poignets comme dans un étau. Malgré l'épais rideau de pluie, en se relevant, elle distingua l'éclat mortel de son regard.

— Christabel et vous m'avez gâché la vie depuis la mort de vos parents, il y a trois ans. Dieu sait combien j'ai rêvé de me débarrasser de vous ! Quelle patience il m'a fallu pour vous supporter ! Mais c'est fini, maintenant, fini ! Sans vous, puisque vous êtes ruinée, je ne compte plus parmi les Knickerbockers. Il est donc juste que l'humiliation finale vous revienne, à vous et à Sheridan !

Il semblait se délecter de ses infâmes projets.

— Non ! Vous n'avez pas le droit ! Je ne vous pardonnerai jamais !

Le visage blême d'Alana évoquait la porcelaine la plus blanche.

Un fiacre libre apparut au coin de Washington Square. Didier lui fit signe.

— Je n'ai plus rien à perdre.

Prise de panique, elle parvint à lui échapper et s'élança vers l'escalier de sa maison. Mais il saisit sans peine la longue traîne de sa robe et la ramena vers lui. Elle se retrouva dans le fiacre en moins de temps qu'il n'en faut pour le dire.

— Je vous jure que vous me le paierez ! jeta-t-elle tandis qu'il refermait la portière, s'installant auprès d'elle.

Il la gratifia d'un regard satanique et vacilla légèrement sur son siège.

— En attendant, c'est vous qui allez payer pour tous les sacrifices que vous m'avez coûtés.

— Les sacrifices ? répéta-t-elle, ulcérée. C'est moi qui ai été sacrifiée ! Vous avez pris mon argent… vous l'avez dilapidé, gaspillé avec des prostituées ! Si ce n'était pour Christabel, je vous aurais fait jeter en prison pour tous vos méfaits !

Si Didier semblait sur le point de la tuer, de refermer ses mains autour du long cou d'Alana puis de serrer jusqu'à ce qu'elle ne respire plus, en attendant il se délectait de la voir terrorisée, aussi s'obligea-t-elle à soutenir son regard, bien que le goût âcre de la peur lui emplît la bouche.

— Alana, continuez à me mettre à bout. J'y suis presque… murmura-t-il.

— Allez au diable !

Il émit un ricanement lugubre quand le fiacre s'arrêta.

Le cocher quitta son siège pour venir leur ouvrir la portière. Didier jeta quelques pièces à terre et s'empressa d'entraîner sa prisonnière sans lui laisser le temps de crier à l'aide. La pluie crépitait toujours aussi violemment. Didier s'arrêta devant une immense demeure qui occupait à elle seule tout un pâté de maisons. Il faisait trop sombre pour en distinguer les détails, mais d'après ses proportions dignes d'un château, Alana en déduisit qu'elle n'appartenait pas à un Knickerbocker. Jamais ils n'étalaient leur richesse de manière ostentatoire.

— Soyez gentille avec Sheridan, Alana, lança Didier en riant. Il acceptera peut-être de payer la pension de votre sœur, qui sait ?

Il essuya son visage mouillé du revers de la main et entraîna la jeune fille en haut d'une volée de marches en marbre, jusqu'à une double porte de bronze qui eût été plus à sa place à l'entrée d'un colisée romain.

— Pour l'amour de Dieu, mon oncle, arrêtez ! Si vous...

D'une main, il ôta sa cravate et l'attacha solidement autour des poignets d'Alana qui luttait, en vain. Il était animé d'une force démoniaque. Les larmes d'Alana se mêlaient à la pluie torrentielle qui assourdissait ses plaintes. Elle glissa sur le marbre, il la releva sans peine et l'attacha à la rampe avant de se diriger vers la porte, la laissant désespérée et impuissante.

Elle cria pour l'arrêter mais il se mit à tambouriner sur le battant.

— Sheridan ! Sheridan ! hurlait-il, ivre de rage et d'alcool. Sortez, Sheridan ! Venez prendre possession de ce qui vous appartient !

— Assez ! sanglota-t-elle. Je vous en prie...

À ce moment-là, une des immenses portes de bronze s'entrouvrit. Derrière le rideau de pluie qui s'abattait sur eux, une silhouette apparut. L'homme paraissait âgé et vêtu d'une livrée de maître d'hôtel.

Il toisa l'homme ivre qui lui faisait face avec une méfiance teintée de mépris.

— Oui, « Monsieur » ?

— Sheridan ! Sheridan ! glapissait toujours Didier. Dites-lui que je veux qu'il me rende mon argent ! Tout mon argent !

— Et la jeune demoiselle ? s'enquit le maître d'hôtel.

Didier se tourna vers elle. Le regard chargé de haine qu'elle lui renvoya perça le mur de pluie.

— Sheridan s'en chargera ! Je n'ai plus de quoi m'occuper d'elle à présent ! vociféra-t-il en saisissant le serviteur par les revers de son habit. Vous allez dire à votre maître qu'il doit payer pour ce qu'il m'a fait, nom d'un chien !

— Lâchez-moi immédiatement.

Après une brève hésitation, Didier s'exécuta et recula en titubant.

— Détachez-moi, je vous en prie ! supplia Alana sans grand espoir.

L'ignorant, Didier zigzagua jusqu'à un fiacre à qui il fit signe, et s'engouffra à l'intérieur. Anéantie, Alana se mit à pleurer sans retenue.

— Mademoiselle ? fit doucement le maître d'hôtel.

Il l'abrita sous un grand parapluie noir et, de sa main libre, dénoua ses liens. Alana tourna les yeux vers la porte de bronze restée ouverte.

Elle ne devait jamais oublier cette première vision de Trevor Byrne Sheridan. Il se tenait à contre-jour. Bien qu'elle ne distinguât pas le détail de ses traits, il produisit sur elle une forte impression. Il tenait une canne qui semblait incongrue dans la main d'un homme d'une stature aussi impressionnante. Sa silhouette était agréable mais son attitude glaça le cœur d'Alana comme un vent polaire. Croisant les bras, il renversa légèrement la tête pour l'examiner. Il lui parut aussi froid, sombre et menaçant que cette horrible nuit qu'elle était en train de vivre. Elle sut alors, avec une certitude absolue, que le démon qui l'observait était encore plus redoutable que celui qui venait de la quitter.

5

S'armant de courage, Alana réprima un frisson. Elle grelottait. Serrant les bras sur sa poitrine, elle s'efforça de réprimer ses tremblements en respirant profondément. Sa robe ruisselait, mais le scélérat assis à son imposant bureau sculpté ne lui offrit même pas un châle.

Elle vrilla son regard dans celui de Trevor Sheridan tandis que la colère, l'humiliation et la détermination se bousculaient en elle. À sa grande irritation, elle devina que l'Irlandais ne perdait rien de l'orage qui grondait en elle. Elle frissonna au souvenir de la façon dont il l'avait dévisagée, quand son maître d'hôtel l'avait fait entrer dans l'impressionnant vestibule revêtu de marbre du sol au plafond. Il affichait une expression qu'elle n'oublierait pas de si tôt, un mélange de pitié et de satisfaction. De toute évidence, il la tenait pour une de ces haïssables Knickerbockers et se réjouissait de son anéantissement. Mais c'était sa pitié qu'elle supportait le moins, et quand son regard s'était posé sur ses poignets meurtris par les liens, la honte l'avait submergée.

Maintenant assise dans le bureau de l'Irlandais, elle se faisait violence pour ne pas s'enfuir en courant. Elle devait penser à Christabel, la sauver, coûte que coûte. Sans doute avait-il éprouvé ce même besoin impérieux quand il avait décidé de venger Mara. Cela seul comptait.

Mais le Prédateur était un ennemi plus que redoutable. Avec son regard inquisiteur, hostile, il la terrorisait bien plus que son oncle ne l'avait jamais fait. Elle avait toujours su jusqu'où Didier pouvait aller dans l'ignominie, mais de l'homme inquiétant assis en face d'elle, elle ne savait rien. Elle était à sa merci. Il tenait entre ses mains son avenir et celui de sa sœur.

Alana regarda les papiers épars sur le bureau. Jusque-là, elle était parvenue à garder un semblant de fierté, comme tout Knickerbocker qui se respecte, dans n'importe quelle circonstance. Mais soudain, elle réalisait dans quel piège son oncle l'avait poussée. Si ce dernier était le diable, Sheridan incarnait Satan en personne. Après tout, c'était lui qui avait mis le feu aux poudres.

Alana leva ses grands yeux verts. Extérieurement, elle évoquait une princesse outragée, mais à l'intérieur, le souvenir d'avoir été attachée à une rampe lui donnait l'humiliante impression d'être une esclave en fuite ramenée de force.

De son côté, il affichait le détachement d'un professionnel face à son banquier. L'étudiant attentivement, elle se demanda comment il pouvait demeurer aussi froidement calculateur. Non content de l'avoir ruinée, il ne lui venait même pas à l'idée de lui proposer un châle.

Poursuivant son examen, elle remarqua ensuite la tenue de son « hôte ». Pantalons noirs et gilet de soie à impressions cachemire dans des tons bordeaux. Comme il ne s'attendait pas à une visite, il avait dénoué sa cravate et sa chemise ouverte laissait entrevoir la toison brune de sa poitrine. La tête penchée, il étudiait un document déployé devant lui. Son profil se découpait à la lueur de la lampe à gaz. Il était beau. Très beau. Ses cheveux semblaient noirs dans la faible lumière. Il ne la regardait pas pour l'instant, mais elle n'avait pas oublié la nuance noisette sombre de ses yeux qui trahissait ses origines irlandaises.

Un frisson incontrôlable la parcourut et elle croisa les bras dans une vaine tentative pour se réchauffer. Ce léger mouvement attira l'attention de Sheridan. Il remarqua la somptueuse robe de chez Worth, les fleurs dégoulinantes d'eau qui bordaient le décolleté, sa façon de tenir inutilement la longue traîne de satin bleu ciel.

— Mademoiselle Van Alen ? demanda-t-il, rompant le profond silence qui régnait dans la bibliothèque.

Sans lui répondre, elle se contenta de soutenir froidement son regard, démentant la roseur de ses joues qui trahissait sa honte.

Le dialogue s'annonçait difficile. Il prit l'une des feuilles étalées devant lui et en commença la lecture d'une voix sans âme, méthodique et précise.

— Alice Diana Van Alen, demeurant au 38, Washington Square. Vous êtes considérée comme l'un des trésors de la ville de New York. Votre famille détient une loge à l'Académie de musique depuis la nuit des temps. Vos ancêtres étaient actionnaires de la Dutch West India Company et votre arbre généalogique s'étend aux Schuyler, aux Philipse, aux Van Rensselaers… jusqu'à Peter Stuyvesant lui-même. Est-ce que je me trompe ? conclut-il en relevant la tête.

Une bouffée de colère la fit soudain bouillir. Elle ne frissonnait plus tout à coup. Cette tirade lui faisait penser à la nécrologie de quelque personnage vaguement connu, dont la vie sans intérêt pouvait se résumer en un seul paragraphe.

— Oui, vous vous trompez, monsieur Sheridan, rétorqua-t-elle froidement. Il s'appelait et signait *Petrus* Stuyvesant et non pas Peter.

— Oh, oui. Bien sûr.

Leurs yeux se rencontrèrent l'espace d'un instant et, comme pour la narguer, il prit la feuille devant lui et corrigea ostensiblement son erreur. D'un bond, elle se leva, saisit la feuille et la chiffonna. Puis elle soutint son regard avec défi.

Surpris, il haussa les sourcils et la première lueur d'intérêt apparut sur ses traits jusque-là impassibles.

— Monsieur Sheridan, les présentations s'avèrent visiblement inutiles, dit-elle.

— C'est vrai, admit-il avec un petit sourire. Je sais qui vous êtes depuis quelque temps. J'attends à présent que vous appreniez qui je suis.

Elle ressentit ces derniers mots comme une menace. Brusquement, elle avait l'impression d'étouffer.

— En tout cas, vous avez commis une chose terrible...

— C'est *moi* qui ai commis une chose terrible ? l'interrompit-il, incrédule.

Il fit claquer sa langue dans sa bouche. Si Alana n'avait pas été aussi désespérée, elle se serait enfuie sur-le-champ.

— Laissez-moi vous dire, mademoiselle Knickerbocker, que je n'ai personnellement jamais attaché une femme devant une maison comme je l'aurais fait avec un vulgaire cheval.

Elle préféra ne pas revenir sur la conduite inqualifiable de son oncle.

— Vous avez injustement ruiné les Van Alen, je voudrais que vous le compreniez. Vous devez me rendre mon argent.

Un sourire sardonique étira les lèvres de Trevor :

— C'est votre oncle qui contrôlait votre argent depuis des années, et c'est pour ce... cet homme-là que vous réclamez ?

— Comment en savez-vous autant sur moi ? demanda-t-elle d'une toute petite voix.

— Qui n'a pas entendu parler de vous ? Vous êtes la perle de la bonne société. N'est-il pas normal que le peuple se passionne pour la vie de personnalités telles que vous ? persifla-t-il. Vous devriez vous sentir honorée de l'intérêt que vous suscitez chez moi, mademoiselle.

— Je ne vous ai jamais causé de tort, alors rendez-moi cet argent. J'en ai besoin. J'avais l'intention de me rendre au bal de votre sœur mais on m'en a empêchée. Vous vous trompez à mon sujet.

Il se renversa sur son dossier et se mit à ricaner.

— Savez-vous combien de fois l'on m'a dit cela, ces derniers temps, mademoiselle Van Alen ?

— Mais cette fois, c'est vrai !

Comment pouvait-il ne pas la croire quand elle lui disait la vérité ?

Son ricanement s'intensifia.

— Il semble que l'aristocratie de Manhattan manque d'originalité.

— Mais... je vous assure que je voulais me rendre à ce bal. Je le *voulais !*

— Ah ! Enfin du nouveau ! Félicitations. Vous êtes la première à me dire cela.

Désespérée, elle secoua la tête.

— J'ai rencontré votre sœur au parc, il y a quelques mois. Elle a dû vous en parler, vous dire que j'avais accepté son invitation. Nous avons vraiment sympathisé, ce jour-là.

Il prit sur son bureau une autre feuille où s'alignaient une longue liste de noms.

— Voilà tous ceux dont ma sœur se croyait appréciée. Savez-vous combien d'entre eux se sont rendus à ce bal ?

Redoutant la réponse, Alana se tut.

Sans un mot, il se leva, s'approcha de la cheminée et y jeta la liste. Il la regarda se consumer en serrant tellement le pommeau de sa canne que les jointures de ses doigts blanchirent.

Quand il tourna à nouveau ses yeux vers elle, elle y lut une terrible fureur.

— Je sais que personne n'y a assisté, murmura-t-elle, le cœur gros comme si elle partageait les malheurs de Mara. Mais ces gens ne méritaient peut-être pas pareil châtiment, monsieur Sheridan. Mara approuve-t-elle votre vengeance ? Cela m'étonnerait, et je me demande si vous faites cela pour elle ou bien... pour vous-même.

— Vous et les gens de votre monde ne m'intéressez pas, mademoiselle Van Alen.

Il la toisa d'un air glacial et s'éloigna du feu, martelant l'épais tapis du bout de sa canne.

— Mais aux yeux d'une jeune fille de seize ans, vous êtes de vrais dieux, ajouta-t-il. Elle est trop jeune et trop naïve pour percer les apparences.

Alana reprit place dans son fauteuil, ne sachant plus quoi dire. Il la considéra avec une lueur de triomphe.

— Nous en avons terminé ? Puis-je demander à mon cocher de vous reconduire chez vous, mademoiselle Van Alen ?

Son insolence ralluma en elle une nouvelle flamme de colère.

— Non, monsieur Sheridan, nous n'en avons pas terminé, rétorqua-t-elle en se levant pour l'affronter sans le rempart du bureau, cette fois. J'exige réparation. Je veux que vous compreniez que je ne mérite pas votre vengeance. Rendez-moi mon argent. J'en ai terriblement besoin.

Relevant le menton, elle soutint hardiment son regard. A son grand désarroi, elle réalisa soudain combien la distance qui les séparait était faible et elle découvrit que... qu'il l'intimidait... terriblement.

— Vous n'êtes pas la seule Knickerbocker en situation précaire. Pourquoi ferais-je une exception pour vous ?

« À cause de ma sœur ! » faillit-elle avouer. Mais elle se contenta de l'implorer du regard.

— Il me le faut. D'autres que moi en dépendent.

— Baldwin Didier par exemple ? s'enquit-il en s'approchant du bureau où il prit une autre feuille. Oui, c'est bien le nom de ce gentleman tellement prévenant qu'il vous a « abandonnée » sur mon perron.

Ses mots la plongèrent dans un désarroi encore plus grand. Elle se remit à trembler, et quelque chose en elle se déchira quand elle songea à la façon dont son oncle l'avait humiliée. Mais il n'était pas le seul responsable de sa chute.

Elle croisa le regard amusé de Trevor.

— Je veux mon argent, monsieur Sheridan. Je ne méritais pas votre vengeance et je ne partirai pas d'ici avant de vous avoir convaincu de me le rendre.

— Vous m'en voyez navré, mademoiselle Van Alen issue de *Petrus* Stuyvesant et du 38, Washington Square, mais vous devrez vous y prendre autrement pour me convaincre, riposta-t-il en s'appuyant sur le bord ouvragé de son bureau.

Alana eut l'impression de sombrer dans un immense bassin d'huile où, si elle ne trouvait pas tout de suite une prise, elle et sa sœur se noieraient irrémédiablement. Impulsivement, elle le saisit par les revers de satin de son gilet.

— Écoutez-moi, monsieur Sheridan. Je suis sincèrement désolée pour Mara, mais êtes-vous sûr que sa peine justifie votre vengeance ? Nous aussi avons un cœur et des êtres qui nous sont chers. C'est impensable de songer à ruiner tous ceux qui s'aviseraient de les offenser !

La colère durcit le regard de Trevor et il tourna la tête.

— Malheureusement, ma sœur s'imagine que votre monde est digne d'elle.

Lorsqu'il la regarda de nouveau, le désir de vengeance qu'elle lut dans ses yeux lui coupa le souffle.

— Mara est une jeune fille magnifique, généreuse et sensible. Les Knickerbockers l'accepteront, dussé-je y laisser mon dernier sou et mon dernier soupir.

Son désir de protéger sa sœur était si violent qu'Alana comprit la nécessité de déployer toute son habileté si elle voulait rester indemne. Elle changea de tactique.

— Vous, comme moi, tirerions grand bénéfice à modifier la situation. À tort ou à raison, les Knickerbockers ne vous aiment pas, c'est un fait. Quoi qu'il en soit, vous devez compter avec eux, et moi aussi. Vous avez eu tort de vous emparer de mes biens. Je dois les récupérer. Je le dois !

Les yeux de Trevor se posèrent sur les petites mains agrippées à son gilet. Ce regard la remplit d'effroi et elle faillit le lâcher. Il évoquait ces hommes rudes et solides, profondément attachés à leur terre. Mais il n'avait rien du « bon sauvage ». Non, ce regard qu'il dardait sur elle était celui d'un fauve, d'un lion prêt à se battre à mort pour défendre son territoire, ou ses femelles afin de perpétrer l'espèce. Cet Irlandais personnifiait le côté impitoyable et violent de la nature. Jamais jusqu'alors elle ne s'était heurtée à une telle force. Il prit dans les siennes ses mains tremblantes sans la quitter des yeux.

— Vous êtes glacée.

— Lâchez-moi, murmura-t-elle, incapable de soutenir son regard.

Il n'en fit rien. Bien au contraire, il observa sa robe trempée avec un intérêt nouveau, se concentrant sur la façon dont elle moulait ses épaules. Elle en éprouva comme un frisson le long de la colonne vertébrale. Jamais personne ne l'avait détaillée de la sorte, avec une telle acuité, comme s'il tentait de voir à travers le tissu, non seulement son corps mais l'intérieur de son être...

Sa réaction, qu'elle tentait pourtant de réprimer de toutes ses forces, sembla lui plaire. Un petit sourire mystérieux joua sur ses lèvres.

— Votre robe est vraiment magnifique, mademoiselle Van Alen. Vous avez admirablement choisi la couleur, mes compliments. Elle se fond si bien avec la nuance de votre peau, que l'on se demanderait presque si vous êtes habillée...

Alana s'empourpra. En d'autres circonstances, elle l'aurait giflé sans hésiter pour une telle impudence.

— Vous vous écartez du sujet, répliqua-t-elle sèchement.

— En effet. Nous parlions de votre fortune... ou du moins de votre « ex »-fortune. Dites-moi, continua-t-il, l'obligeant à le regarder. Est-ce que tous vos snobinards de New-Yorkais naturalisés se conduisent d'une manière aussi grotesque ? Attacher les siens à la porte d'un étranger... Venir demander réparation dans une robe de chez Worth ruisselante... N'est-ce pas surprenant de la part de dignes représentants du grand monde ?

L'embarras colora à nouveau lés joues de la jeune fille. Elle le toisa avec sévérité.

— Mon oncle est un être vil, monsieur Sheridan, et vous vous rabaissez quand vous m'assimilez à lui.

Elle sentit soudain sa bouche devenir sèche. Ses mains autour des siennes la brûlaient. Était-ce parce qu'elle avait si froid ou bien parce qu'il était incroyablement chaud ?

— Dites-moi pourquoi il a fait cela.

Son contact la troublait tellement qu'elle eut du mal à parler.

— Il était ivre, dit-elle avec difficulté. La ruine que vous nous avez infligée l'a rendu fou. Il pensait se venger en m'humiliant.

— Et ça ? demanda-t-il en frôlant d'un doigt le creux de son bras. Était-ce aussi par vengeance ?

Elle baissa les yeux sur les marques laissées par les liens que Didier avait si violemment serrés.

— Je vous en prie, monsieur Sheridan... commença-t-elle dans un murmure.

L'ignorant, il effleura sa joue, à l'endroit où Didier l'avait giflée la nuit du bal. Elle en cachait la marque sous la poudre mais la pluie avait eu raison de son maquillage. Alana se tassa sur elle-même. Il la touchait avec une extrême douceur mais, pour elle, c'était comme s'il mettait le doigt sur un nouveau signe de sa déchéance.

— Rendez-moi mon argent, répéta-t-elle, repoussant sa main. Vous n'entendrez plus parler de moi. Il ne s'agit pas d'une somme énorme.

— Je sais, Alana.

Comment connaissait-il son surnom ? s'étonna-t-elle sans pour autant le questionner. Il semblait connaître tant de choses sur son compte... Sentant déjà sur ses épaules tout le poids de sa défaite, elle s'humilia dans un dernier aveu.

— Mon oncle est ma malédiction. Vous voyez, ce n'était pas contre moi qu'il fallait déployer votre vengeance. J'en ai assez subi pour ce soir, inutile d'en rajouter. Rendez-moi mon argent, je vous en supplie. J'en ai besoin.

— Si je vous le rends, ce sera comme si je le rendais à votre oncle.

— Peut-être, mais il pourra payer pour que Chris...

Elle s'arrêta net, mais elle avait éveillé sa curiosité.

— Payer pour quoi ?

Alana voulut reculer mais il lui saisit à nouveau les mains. Apparemment, sa sœur ne figurait pas dans la petite biographie qu'il avait eue. Inutile de l'éclairer sur ce point.

— Cessez de me torturer, monsieur Sheridan. Dites-moi ce que je dois faire pour récupérer mon argent, et je le ferai, déclara-t-elle, submergée par la honte.

— Ma requête risque de vous offenser.

Ils s'affrontèrent du regard. Pas l'ombre d'un sourire dans les yeux de Sheridan. Il semblait grave. Sa froideur lui fit peur. Il avait prononcé ces paroles à dessein, et la façon dont il s'attardait sur son décolleté, comme s'il la déshabillait, ne laissait aucun doute sur ses intentions. De plus, il affichait une nonchalance insupportable, semblant s'interroger avec une sorte de délectation sur ce qui l'humilierait le plus, sa « requête » ou bien le fait qu'elle émane d'un vulgaire Irlandais ?

— Rendez-moi mon argent, souffla-t-elle d'une voix mourante.

Un éclat redoutable apparut dans les yeux noisette. Épuisée, frigorifiée et désespérée, elle se mettait totalement à sa merci. S'il le décidait, il pouvait exiger d'elle ce qu'il voulait, et il l'obtiendrait.

Réprimant un frisson, elle baissa les yeux. Elle s'aperçut seulement alors de l'état lamentable de sa robe. Le satin ramolli et plaqué par l'eau épousait étroitement ses formes, moulant ses reins, ses jambes... son corps tout entier. Malgré ses somptueux dessous de soie, elle semblait presque nue.

Elle releva la tête, l'air affolée. Contrairement à ce qu'elle croyait, il n'exigea pas qu'elle se soumette à ses désirs mais eut un geste totalement inattendu. Il effleura à nouveau ses poignets blessés, avec une douceur extrême.

— Pourquoi avez-vous aussi désespérément besoin de cet argent, mademoiselle Knickerbocker ?

Les yeux d'Alana s'embuèrent. Que lui dire ? Comment révéler à un homme aussi dur et arrogant un secret aussi douloureux ? Elle ouvrit la bouche pour tenter de répondre, mais les mots moururent sur ses lèvres.

Trevor la lâcha et retourna près du feu.

— Vous pouvez partir, mademoiselle Van Alen. Excusez-moi si je n'appelle pas mon maître d'hôtel, mais à cette heure tardive...

— Vous ne me rendez pas mes biens ?

— Vous rendre vos biens ? Non. Les Knickerbockers se sont conduits d'une manière indigne envers Mara. J'estime qu'ils doivent payer.

— Cela ne résoudra rien, et vous savez pourquoi ? explosa-t-elle, furieuse à nouveau. Parce que seule Mme Astor décide qui peut prétendre compter parmi les « Quatre Cents ». Vos sales manigances n'y changeront rien.

Il la saisit avec une telle rudesse qu'il lui coupa le souffle.

— Et mon sale argent non plus, c'est cela que vous voulez dire ?

— Oui !

— Je ferais mieux de renoncer à l'espoir que les vôtres m'acceptent un jour, et de retourner dans le taudis où j'ai vu le jour en Irlande, n'est-ce pas, mademoiselle Knickerbocker ?

Un sanglot se forma dans sa gorge, l'empêchant de lui répondre.

Elle détestait les affrontements, mais cet homme semblait capable d'éveiller ses instincts les plus belliqueux.

Il la lâcha avec humeur.

— Mara entrera dans ce petit monde que vous représentez si bien, j'en fais le serment !

— Jamais vous ne convaincrez Mme Astor ! Jamais ! Nos règles peuvent paraître cruelles, mais elles sont incontournables. Si vous n'êtes pas né dans ce monde, vous n'avez aucune chance. Suis-je assez claire ?

Elle ne l'accusait plus, elle tentait maintenant de le convaincre. Les Knickerbockers étaient sans doute intraitables et ceux qu'ils rejetaient en souffraient, mais autant lui dire la vérité sans détour, même s'il ne semblait pas disposé à l'accepter.

Au lieu de se résigner, il s'obstina.

— Il doit exister d'autres moyens. Je les trouverai.

— Il n'y en a pas d'autres, à part le mariage ou la naissance. C'est ainsi !

Elle crut soudain qu'il devenait fou. Le caractère implacable de ses affirmations lui était insupportable. Visiblement, il n'avait pas l'habitude d'être confronté à des problèmes que l'argent ne pouvait résoudre.

L'espace d'une seconde, il parut sur le point de la laisser partir, peut-être même de lui restituer son argent sans pour autant s'avouer vaincu. D'ailleurs, Alana se demanda si les stigmates de la défaite s'étaient jamais imprimés sur les traits de Trevor Sheridan. Néanmoins, il se trouvait dans une impasse. Son pouvoir, fondé sur son immense richesse, le laissait désarmé devant cet obstacle : rien ne pouvait changer les origines des Sheridan. Ils étaient bannis de la bonne société, irrémédiablement.

Une bûche roula dans le feu mourant. Dans un dernier sursaut, une flamme se ralluma pour s'éteindre presque aussitôt. Le spectacle des dernières braises rougeoyantes rappela à la jeune fille combien elle avait froid dans ses vêtements mouillés.

Elle dut rester un moment captivée par cette vision, car elle s'aperçut tout à coup qu'un grand calme régnait dans la pièce. Sans le regarder, elle sut qu'il l'observait, aussi sûrement qu'elle sentait son cœur cogner dans sa poitrine. La peur la reprit mais elle se força à rencontrer son regard.

Les yeux noisette semblaient s'être soudain éclaircis, comme illuminés par une idée inattendue. Une idée qui n'augurait rien de bon pour elle, songea-t-elle avec effroi. Sheridan excellait dans l'art de rendre le mal pour le mal. Mieux valait ne pas l'avoir pour ennemi. Il l'observait comme un fauve s'apprêtant à dévorer un festin qu'il venait d'entrevoir. Alana comprit alors que son calvaire ne faisait que commencer.

— Par la naissance ou le mariage, disiez-vous ? répéta-t-il en plissant les yeux.

— Si... si vous pensez que je pourrai trouver un mari pour Mara, je me demande bien comment... balbutia-t-elle en reculant.

Oui, cette idée venait sans doute de lui apparaître. Marier Mara à un Knickerbocker... Mais elle n'aimait décidément pas la lueur nouvelle qui brillait dans ses yeux.

— Mara ne se mariera que par amour, déclara-t-il.

Pourquoi cette réponse ne calma-t-elle pas la panique qui s'emparait d'elle ?

— Mais pas moi, ajouta-t-il.

Elle déglutit avec difficulté, la gorge sèche tout à coup.

— Que voulez-vous dire ?

— Si j'épousais une Knickerbocker, Mme Astor serait obligée d'accepter Mara.

Alana blêmit.

— Vous plaisantez, j'imagine. Vous ne pouvez songer à... à *me* demander en mariage, n'est-ce pas ?

Il prit son temps pour répondre, un mauvais sourire sur les lèvres.

— Non, je ne songe pas à vous le *demander*, en effet.

Elle aurait dû se sentir soulagée, mais ce sombre regard qui ne la lâchait pas l'empêchait de respirer.

— Que comptez-vous faire alors ?

— Peut-être qu'un mariage...

Il regagna pensivement son bureau, où il reprit ses notes.

— Quel mariage ? ne put-elle s'empêcher de demander, incapable de cacher l'anxiété qui voilait sa voix.

— Alice Diane Van Alen... l'un des joyaux de New York... issue de Washington Square et de *Petrus* Stuyvesant...

Il termina sa lecture et capta à nouveau son regard.

— Mon Dieu, qu'insinuez-vous ? dit-elle dans un murmure qui sonnait presque comme un gémissement d'horreur.

— Il faut que j'épouse une Knickerbocker. Cela résoudrait le problème fort préoccupant de Mara.

Alana crut défaillir.

— Vous songez donc à... me demander en mariage ?

— Je ne vous le *demande* pas, répéta-t-il.

Incapable d'admettre qu'il s'apprêtait à user de son pouvoir d'une manière aussi indigne, elle se mit à bafouiller de plus belle.

— Vous... *m'ordonnez* de vous épouser ?

— Seriez-vous par hasard en position de refuser ? rétorqua-t-il en détaillant sa robe ruisselante d'un air presque rieur.

Totalement abasourdie, Alana se détourna. Elle avait l'impression de nager en plein cauchemar, issue logique de cette soirée d'horreur. Et s'il s'obstinait à aller au bout de cette idée insensée... Trevor Sheridan était connu pour ne jamais reculer. Cette fois, elle faillit réellement s'évanouir.

— Vous n'êtes pas sérieux, c'est impossible !

— Ah ?

— Non, s'obstina-t-elle d'une voix mourante, tandis qu'il se plongeait à nouveau dans sa biographie.

Tout cela était non seulement invraisemblable mais intolérable, ne serait-ce que pour lui. Car il était certainement papiste, et pas elle.

Il la regarda de nouveau.

— En fin de compte, il pourrait s'agir du meilleur choix financier de ma vie. J'ai cru comprendre que votre oncle Baldwin Didier s'était enrichi grâce à vos relations, bien qu'il eût finalement tout perdu.

— Je ne suis pas un « choix financier » ! s'offusqua-t-elle.

— Au risque de vous décevoir, mademoiselle Knickerbocker, apprenez que dans votre monde, tout se négocie, même le pedigree.

Si cet homme diabolique s'obstinait dans sa folie, un long combat s'annonçait, un combat qu'elle préférait éviter.

— Je croyais que le mariage était une affaire de sentiments, pas une machine à fabriquer des billets.

— Comment le voyez-vous ?

Sa question la surprit. Elle s'efforça de rassembler ses esprits et de s'exprimer posément.

— Un mariage dure toute une vie. Il implique des choses qui n'ont rien à voir avec les affaires…

— Lesquelles ? fit-il en levant un sourcil.

L'espace d'un instant, elle entrevit dans son regard le petit garçon débrouillard qu'avait dû être cet homme aujourd'hui immensément riche. Elle chercha une réponse et s'y accrocha comme à une bouée de sauvetage.

— Les enfants ! lança-t-elle.

Il s'approcha d'elle et lui effleura la joue, lentement, ce qui mit un comble à l'affolement d'Alana.

— Je veillerai à ce que nous n'en ayons aucun.

Cherchant désespérément à se calmer, Alana ferma les yeux.

— Vous plaisantez. Ce n'est pas possible, vous ne pouvez être sérieux. Nous ne nous connaissons même pas !

Il sourit d'un air menaçant.

— Réfléchissez, Alana. N'est-ce pas la chose la plus ironique qui soit : vous, la plus pure des Knickerbockers, sacrifiée pour réparer ce que Mara a subi. Ce n'est que justice, après tout.

— Mais je voulais me rendre à son bal, je vous l'affirme ! Mon oncle m'a enfermée dans ma chambre !

Il lui lança un regard sceptique et enfonça le clou jusqu'au bout.

— Vous savez, plus j'y pense et plus cet arrangement me plaît.

— Le mariage n'est pas un arrangement !

— Le nôtre en sera un.

— Il ne convient qu'à vous ! Avez-vous pensé à moi ? Je ne veux pas vous épouser !

— Vous ne voulez pas épouser un Irlandais, n'est-ce pas le fond de votre pensée ?

L'amertume qui perçait soudain dans sa voix la saisit.

— Non, cela n'a rien à voir avec le fait que vous soyez irlandais, monsieur Sheridan. Je ne veux pas épouser un homme que je n'aime pas.

— Mais vous n'êtes pas en position de refuser, lui rappela-t-il. Où est passée la femme en détresse qui me suppliait de lui restituer sa fortune ?

— Pourquoi agissez-vous de la sorte ? Assurer à Mara une place dans le monde importe-t-il donc tant pour vous, que vous soyez prêt à un tel sacrifice ?

Il contempla à nouveau son corps moulé dans le satin détrempé, et le fauve qui sommeillait en lui ne prit pas la peine de dissimuler la violence du désir qu'elle lui inspirait. Ses mots coulèrent lentement.

— Où est le sacrifice ?

Pour la première fois, elle sentit la faille dans l'armure : une pointe d'accent irlandais avait percé dans sa voix, une intonation plus ronde, plus douce, qu'elle ne trouva pas désagréable. Son regard voilé et sans équivoque la transperçait. Elle referma ses bras sur sa poitrine et recula comme un chaton effrayé.

— Cela ne vous plaît pas qu'un Irlandais vous regarde de cette façon, n'est-ce pas, mademoiselle Knickerbocker ?

Elle afficha cet air de froideur royal auquel des années d'expérience de la vie mondaine lui avaient appris à recourir en toute circonstance. Un air hautain mais éloquent, en parfait accord avec la teneur de sa réponse :

— Il ne s'agit pas de vos origines irlandaises, je vous le répète. Malgré mon infortune, je ne suis pas un objet que l'on vend et que l'on achète à sa guise ! rétorqua-t-elle, furieuse.

Comment pouvait-elle avoir un instant succombé à la séduction de son accent, alors qu'il la traitait comme une… une moins que rien ?

— Les raisons qui vous poussent à exiger que je vous rende votre fortune vous convaincront peut-être, glissa-t-il.

— Non ! explosa-t-elle.

Mais ses pensées s'envolaient déjà vers Christabel. L'amour infini qu'elle lui portait ne valait pas un tel sacrifice. L'image de sa sœur sur les bancs de l'immonde asile de Bloomingdale lui apparut alors. Car c'était là que Christabel échouerait si elle ne récupérait pas son dû.

— Non… répéta-t-elle plus faiblement, déchirée par ce dilemme insoluble, mais incapable de se soumettre.

— Alors vous retournerez à votre oncle, sans un sou.

— Pourquoi faites-vous cela ? C'est insensé. Trouvez-vous une fille plus consentante. N'importe laquelle ferait l'affaire !

— Si nous, les Sheridan, pouvions épouser n'importe qui, nous ne serions pas actuellement dans cette impasse, non ?

Ils s'affrontèrent un instant du regard.

— Et si je ne m'avérais d'aucune aide ? Vous auriez épousé une inconnue pour rien.

— Vous me serez utile. Mara sera mariée d'ici à un an si vous la guidez comme il se doit, affirma-t-il sans la quitter des yeux une seconde.

Alana se détourna. Non, elle n'accepterait pas de renoncer à son bonheur en épousant cet étranger. Sheridan n'était pas pour elle. Il ne correspondait pas à l'homme de ses rêves, celui qui vivait dans une simple maison de bois blanc et qu'elle tentait de rejoindre...

— J'annulerai notre union dès que Mara sera mariée. Bien entendu, je veillerai à ce que vous ne manquiez de rien à l'avenir, promit-il doucement.

Alana entrevit soudain les avantages certains de cette proposition insensée. Si elle ne s'imaginait pas vivant auprès de cet être énigmatique, elle n'en était pas moins sensible à la sécurité pécuniaire d'un tel mariage. Il résoudrait incontestablement tous ses problèmes...

Mais Alana résistait, refusant d'entrevoir l'intimité inéluctable qui résulterait d'une telle union. Et si l'annulation s'avérait impossible ? Un mariage consommé ne s'abrogeait pas aussi facilement. Consommé... L'évocation la fit pâlir. Qu'adviendrait-il s'ils se retrouvaient contraints de divorcer ? Non, par respect pour son nom, jamais elle ne s'y résoudrait.

Même si ce mariage devait lui permettre de se libérer de Didier et d'assurer à Christabel une vie décente, elle n'épouserait pas cet étranger.

— Ne voyez-vous pas que c'est impossible ? Je ne pourrai obliger Mara à s'éprendre d'un Knickerbocker.

— Ce n'est pas ce que je vous demande. Je veux le bonheur de Mara et je préfère qu'elle tienne vos semblables pour ce qu'ils sont : des êtres superficiels. Je crois en elle. Elle ne tombera pas amoureuse d'un homme indigne, elle saura le choisir, qu'il soit Knickerbocker ou non.

— Et si elle avait d'autres projets ? Qu'elle décide, par exemple, d'entrer au couvent ? Devrions-nous pour autant rester attachés l'un à l'autre pour l'éternité, monsieur Sheridan ?

Il sourit, découvrant des dents blanches qui évoquaient une certaine voracité.

— À vous d'agir, mademoiselle Van Alen. Plus vite vous mettrez ma sœur sur le bon chemin, plus vite vous recouvrerez votre liberté.

Alana chercha désespérément un nouvel argument susceptible d'empêcher cet homme de refermer ses griffes sur elle.

— Mon oncle est mon héritier fiduciaire. Il doit approuver mon mariage, mes parents l'ont stipulé dans leur testament. Il s'élèvera contre ce projet aberrant. Il vous hait.

Sheridan éclata de rire.

— À en juger par ce qu'il vient de vous infliger, je doute fort qu'il ne soit pas disposé à vous vendre. Je crois même qu'il sautera sur l'occasion. Alors, mademoiselle Van Alen, qu'objecterez-vous à cela ?

Blême, elle le dévisagea d'un air éperdu.

Sans ajouter un mot.

6

Les heures qui suivirent se révélèrent tout aussi cauchemardesques. Plus Sheridan pensait à cette idée de mariage, plus elle semblait le séduire. Malgré tous ses efforts, Alana ne parvint pas à l'en dissuader. Pour une raison qui lui échappait, seule Mara importait au cœur de Trevor Sheridan. Il était déterminé à faire son bonheur, quoi qu'il lui en coûtât.

Plus d'une fois, elle eut envie de s'enfuir pour mettre un terme à ce combat inégal. Mais où serait-elle allée, seule, en pleine nuit, sans un sou et trempée jusqu'aux os ? Chez elle, à Washington Square, à pied ? Non. New York n'était pas une ville sûre et son quartier, si privilégié fût-il, n'était pas si éloigné des bas-fonds. Quant à se réfugier chez son oncle, c'était hors de question. Après ce qu'il lui avait fait, elle s'était juré de ne plus jamais le revoir, dût-elle épouser cet Irlandais

La gravité de sa situation lui apparaissait peu à peu dans toute sa réalité. Il n'y avait pas vraiment d'alternative et le temps demeurait son seul espoir. Soit Sheridan finirait par prendre conscience de la folie de son projet, soit elle devrait trouver une solution avant qu'il ne la conduise à l'église.

Ils s'affrontaient toujours quand le maître d'hôtel vint la chercher, tel le bourreau emmenant un condamné. Elle crut qu'une voiture allait la ramener à Washington

Square, mais non. Il la conduisit à l'étage, dans une chambre qui aurait pu être celle de Marie-Antoinette, à en juger par les chérubins peints au plafond et les murs tendus de velours rose. Dans l'état de désespoir et de fatigue où elle se trouvait, Alana doutait de parvenir à se détendre. De plus, elle grelottait tellement qu'elle ne rêvait alors que d'une chose : se réchauffer.

À sa grande surprise, une armée de servantes envahit soudain la chambre pour l'aider à sa toilette. Une femme plus âgée, la gouvernante sans doute, tenta de l'entraîner dans un cabinet attenant tapissé de satin, où trônait une baignoire de porcelaine d'où s'échappait une vapeur fleurant la rose. La jeune fille refusa catégoriquement. Elle n'était rien dans cette maison, pas même une invitée. Prendre un bain dans la maison de cet homme, pas question !

Pourtant, Alana finit par capituler malgré elle. Non que ses dispositions envers Sheridan eussent changé, mais en l'absence d'autres ordres les servantes demeuraient autour d'elle, immobiles, à l'observer avec pitié comme si elle n'eût été qu'une gamine des rues misérable. De guerre lasse, elle finit par ôter sa robe détrempée et entrer dans la baignoire. Un soupir de plaisir involontaire lui échappa. Elle cédait, mais provisoirement seulement. Dès qu'elle aurait recouvré ses forces, elle se lancerait à nouveau dans la bataille.

Au sortir du bain, on lui tendit une robe de lainage rose un peu juste pour elle, appartenant sans doute à Mara. Elle la revêtit en attendant que la sienne revienne de la buanderie.

Une fois ses cheveux noués en un chignon bas sur la nuque, elle s'assit au bord d'une petite chaise agrémentée de dorures. Mal à l'aise, elle s'efforça d'éviter son image reflétée par les nombreux et imposants miroirs rococo qui décoraient la pièce. Chaque fois qu'elle se surprenait dans l'un d'entre eux, elle constatait qu'ils ne mentaient pas en lui renvoyant l'image d'une jeune fille tourmentée, avec un visage très pâle et une joue meurtrie.

Luttant contre le sommeil, elle essaya en vain de se concentrer pour trouver une solution à ses ennuis, mais sa tête dodelinait de plus en plus.

— Souhaitez-vous vous reposer ou dois-je vous faire monter un petit déjeuner, Mademoiselle ? lui demanda la vieille gouvernante comme Alana menaçait de s'assoupir.

Hébétée, Alana se redressa. Que se passait-il ? Les domestiques se comportaient comme si elle était de la maison...

— Ne vous occupez pas de moi, dit-elle. Vos tâches vous appellent sans doute.

— M. Sheridan m'a chargée de satisfaire à vos désirs en priorité.

De plus en plus perplexe, Alana rassembla ses esprits.

— Puis-je avoir ma robe, maintenant ? Je dois parler à M. Sheridan avant de partir.

— Je suis désolée, Mademoiselle, mais M. Sheridan n'est pas là. Il s'occupe des formalités pour le mariage.

Une gifle ne l'aurait pas secouée davantage.

— Le mariage ? répéta-t-elle, incrédule. Déjà ?

— Il est parti voir votre oncle.

La panique se répandit en elle avec la violence d'un orage. Ainsi, Trevor Sheridan était sérieux. Eh bien, il ne perdait pas de temps !... Mais elle l'en empêcherait ! Oui... se promit-elle, sans bien savoir comment.

Alana ferma les yeux, appelant le sommeil avec ferveur dans l'espoir qu'à son réveil elle sortirait enfin de ce cauchemar. Car tout cela n'était qu'un cauchemar ! Au milieu de sa détresse, elle se demanda comment Sheridan s'y prenait avec Didier. Lui donnait-il quelques billets de banque, comme pour acheter une valeur boursière ? Savourait-il déjà sa vengeance, ou attendait-il de la revoir pour se repaître du spectacle ?

Alana gémit de désespoir. Si elle ne trouvait pas très vite un moyen de s'en sortir, elle serait mariée à cet homme en moins de temps qu'il n'en faut pour le dire...

Washington Square baignait dans la lumière orangée du soleil matinal. Les arbres du parc et la chaussée pavée se paraient de lueurs rougeoyantes. Déjà, le joueur d'orgue de Barbarie préparait ses rouleaux, tandis qu'une femme difforme commençait à balayer les trottoirs en chantant.

La rumeur de la ville s'amplifiait peu à peu. Un luxueux landau noir s'arrêta à grand fracas devant le numéro 38.

Sheridan en descendit, clignant des yeux sous l'éclat du soleil. Il nota la magnifique façade de grès avant de gravir les marches du perron en s'aidant de sa canne. Il sonna.

Un valet ouvrit, surpris par cette visite matinale et bien davantage encore par la stature intimidante du visiteur.

— Je voudrais voir Didier. Dites-lui de me rejoindre...

Sheridan pénétra dans le vestibule, jeta un rapide coup d'œil circulaire et ajouta :

— Ici, désignant le salon de sa canne.

Jamais de sa vie Pumphrey ne s'était senti aussi intimidé. Il s'éclaircit la gorge avant de répondre.

— Je suis désolé, Monsieur, mais vous êtes ici chez les Van Alen. Si vous désirez rencontrer l'oncle de Mlle Van Alen, il a ses appartements à...

— Je sais où sont ses appartements, l'interrompit Trevor Sheridan avec impatience. Je sais aussi qu'il est ici, profitant de l'absence de la maîtresse des lieux pour procéder à l'inventaire. Dites-lui que je l'attends, répéta-t-il en désignant à nouveau le salon. Tout de suite.

Devant l'expression menaçante de l'Irlandais, Pumphrey s'empressa de battre en retraite sans émettre d'objection.

Une fois seul, Sheridan pénétra dans le salon et examina la pièce agréablement décorée de meubles de prix. Aucune faute de goût. Rien ne semblait trop neuf. Pour les Knickerbockers, le neuf était le comble de la vulgarité, et les jeunes filles allaient même jusqu'à ranger leurs robes de chez Worth au grenier pendant quelques mois avant de les porter, afin de paraître moins apprêtées...

Son beau visage se crispa de dédain et il s'assit sur le canapé en bois de rose. Il n'eut pas à attendre longtemps. Didier apparut peu après, l'air hagard, souffrant apparemment de ses excès d'alcool. Quand son regard se posa sur Sheridan, ce fut comme si le souvenir de la nuit passée lui revenait brusquement. Terminant de boutonner sa chemise, il lissa sa barbe et trouva enfin le courage de parler.

— Où est Alana ?

— Pourquoi me le demandez-vous ?

— Parce qu'elle est ma nièce, nom d'un chien ! Je veux savoir où elle est.

— Vous soucieriez-vous d'elle ? Hum, cela risque de me coûter plus cher que prévu.

Didier l'observait sans comprendre.

— Qu'est-ce que cela signifie ?

— Je suis ici pour vous payer, plus exactement pour acheter votre bénédiction. Alana et moi avons l'intention de nous marier.

On lui eût annoncé qu'il venait d'hériter de la fortune des Vanderbilt que Didier n'aurait pas été plus ébahi. Ses yeux bleus ne formaient plus qu'une ligne mince.

— Qu'avez-vous dit ?

Sheridan scruta nonchalamment ses ongles parfaitement entretenus.

— Votre nièce, que vous m'avez si aimablement présentée la nuit dernière, et moi-même, avons décidé de nous marier. Il nous faut votre accord.

La suspicion assombrit le regard de Didier.

— Que mijotez-vous, Sheridan ?

— Je veux entrer dans le monde. En devenant ma femme, Alana m'en ouvrira les portes. Les formalités auront lieu samedi prochain.

Les yeux noisette se posèrent sur Didier. Ils trahissaient combien il en coûtait à Trevor de se contrôler.

— Avec votre permission, bien sûr.

— Vous essayez de me duper, Sheridan, mais vous n'y parviendrez pas. Je n'ai plus un sou. L'argent des Van Alen est épuisé. Entièrement épuisé.

— Je suis bien placé pour le savoir, vous ne croyez pas ? riposta Sheridan en levant un sourcil rieur.

Si Didier avait été un bagarreur, il l'aurait frappé sans hésiter.

— Je ne plaisante pas, continua Sheridan. Je veux épouser votre nièce.

Didier se gratta pensivement la barbe. L'air incertain, il observait son ennemi.

— Vous nous donnez votre accord, oui ou non ?

— Mon accord ? Pas sans une contrepartie substantielle.

Trevor s'y attendait.

— Formidable ! dit-il. Je savais que nous allions nous entendre.

Il sortit un portefeuille de cuir noir de sa poche et feuilleta la liasse de billets de banque qui s'y trouvaient.

— Combien ? demanda-t-il, sardonique.

Un éclat furieux incendia le regard bleu de Didier.

— Cent mille dollars.

— Tant que cela ?

— Pour vous apprendre que je n'aime pas être insulté par un moins que rien. Et encore moins dans ma propre maison.

Les doigts de Sheridan se crispèrent sur le pommeau de sa canne mais, à nouveau, il se contint :

— Cinquante mille, vous n'aurez pas un dollar de plus. Et je vous conseille d'accepter, car si jamais Caroline Astor apprenait où votre nièce a passé la nuit, elle ne vaudrait même plus cinquante mille dollars, j'en ai peur.

Didier pâlit.

— Toujours en train de marchander, en bon Irlandais que vous êtes.

Malgré sa colère, Trevor agita tranquillement le portefeuille sous le nez de l'autre.

— Cinquante mille, à moins que vous ne préfériez que je m'adresse à quelqu'un d'autre ? À un homme de loi peut-être ? Un notaire, par exemple, ou un avocat, susceptible de trouver une solution à ma convenance ?

Les yeux fixés sur le portefeuille, Didier finit par céder à l'attrait de l'argent. Il se contenta de hocher la tête.

Sheridan jeta le portefeuille à ses pieds.

— Vingt-cinq mille maintenant, commenta-t-il. Le reste après le mariage.

Didier semblait sur le point de succomber à une attaque d'apoplexie.

— Sacrifier ma nièce au sale Irlandais que vous êtes devrait me rapporter bien davantage.

Une main de fer le plaqua contre le manteau de marbre blanc de la cheminée.

— Écoutez-moi, jeta Trevor, les dents serrées. Je ne devrais pas payer des chiens tels que vous, mais je n'ai pas d'autre solution.

Il le saisit par le col et ajouta avec un éclat meurtrier dans les yeux :

— À moins que...

Ce qu'il impliquait accentua encore la pâleur de Didier.

— Lâchez-moi, articula-t-il d'une voix rauque.

Le visage furieux de Sheridan n'était pas pour le rassurer. Beaucoup d'histoires couraient au sujet de cet homme. On chuchotait qu'il avait grandi dans la rue, s'acoquinant avec un gang de voyous qui lui avait beaucoup appris. À en juger par la facilité avec laquelle il l'avait écrasé contre la cheminée, d'une seule main, Didier n'avait aucune envie de tester plus avant l'adresse de Sheridan au combat.

— Lâchez-moi, glapit-il.

Trevor le libéra enfin et recula à regret.

— Je vous donne cet argent, Didier, mais il y a des conditions, l'informa-t-il d'un ton monocorde. Premièrement, vous devrez assister au mariage, et débrouillez-vous pour que l'on croie que vous approuvez cette union sans la moindre réserve.

Didier acquiesça.

— Deuxièmement, vous quitterez New York tout de suite après. Je ne tiens pas à vous savoir dans les parages, prêt à répandre le bruit que j'aurais acheté mon épouse.

— C'est ridicule ! Où voulez-vous que j'aille ?

— Au diable, s'il ne tenait qu'à moi.

Sheridan lui imposa le silence d'un nouveau regard menaçant.

— Troisièmement, et c'est le plus important, ajouta-t-il lentement, vrillant ses sombres prunelles dans les siennes, une fois que votre nièce sera ma femme, j'estime de mon devoir de la protéger. En conséquence, si jamais vous vous approchiez d'elle, si jamais vous osiez à nouveau lever la main sur elle, je vous tuerais. Suis-je assez clair ?

— Insinuez-vous que je lui ai fait mal ? Elle ment !

— Votre nièce ne m'a pas dit un seul mot à ce sujet. Simple déduction de ma part.

— Vous devez avoir perdu l'esprit ! Vous ne la connaissez même pas ! Pourquoi faites-vous une chose pareille ?

Trevor Sheridan observa en silence la tête de lion en or qui constituait le pommeau de sa canne. Puis il répondit doucement, avec une pointe d'accent irlandais :

— Votre nièce portait des marques révélatrices. Après la mort de mon père, quand nous arrivâmes à New York, j'ai vu des marques semblables sur la peau de ma mère. Cela me rend fou d'imaginer que l'on puisse battre une femme. *Fou !*

— J'ai compris, bredouilla Didier en tremblant.

— Parfait.

Sheridan partit sans le saluer. Didier ramassa le portefeuille noir et courut derrière lui en comptant les billets. Puis il se mit à rire, et rappela l'Irlandais comme il montait dans sa voiture :

— Le plus drôle, Sheridan, c'est que vous auriez pu l'avoir pour moins que ça ! ricana-t-il en brandissant le portefeuille.

Trevor se retourna, répliquant tranquillement avant de disparaître dans le landau :

— Apprenez que j'étais prêt à payer bien plus cher.

Sur ce, il claqua la portière de l'attelage qui s'éloigna aussitôt, laissant Didier littéralement assommé.

7

Après le départ de la gouvernante, Alana lutta contre le sommeil, mais ne put résister bien longtemps à l'attrait du lit et des draps en satin. Se jurant de partir dès qu'on lui aurait rapporté sa robe, elle s'allongea… et s'assoupit presque aussitôt, sans même s'en rendre compte.

En se réveillant dans ce décor inhabituel, sensuellement lovée dans les draps de satin, elle se sentit profondément mal à l'aise. D'après l'intensité de la lumière filtrant à travers les rideaux rose pêche, la matinée était déjà bien avancée.

Se redressant, Alana chercha sa robe, en vain. Peut-être l'avait-on suspendue dans la garde-robe ? S'efforçant sans succès de resserrer la robe de Mara sur sa poitrine, elle se leva. Au même moment, la porte de la chambre s'ouvrit.

Ce n'était pas une domestique, comme elle s'y attendait, mais Trevor Sheridan en personne. Il entra sans le moindre embarras, comme en terrain conquis.

Choquée, elle se débattit de plus belle avec les pans du corsage décidément trop petit.

— Comment osez-vous faire irruption ici alors que je ne suis pas habillée ! s'écria-t-elle en désespoir de cause.

Sheridan posa tranquillement sa canne contre la cheminée et s'installa sur le divan avec désinvolture.

— Vos vêtements ne vont pas tarder, dit-il, s'attardant sur le décolleté qui refusait obstinément de se laisser boutonner. Je pensais vous trouver de meilleure humeur après un peu de repos, mais je me suis trompé.

— Quelle heure est-il ? demanda-t-elle, remarquant qu'il était en tenue de dîner, ce qui était mauvais signe.

— Presque cinq heures du soir.

— Dieu du ciel ! s'exclama-t-elle en se mordant les lèvres.

Non seulement elle était ruinée, mais sa réputation était définitivement compromise puisqu'elle avait passé la nuit chez cet homme !

Il l'observait toujours, les yeux rivés sur sa poitrine qu'elle ne parvenait pas vraiment à cacher derrière ses bras croisés.

— Personne ne sait que vous êtes là, Alana. Je m'en suis assuré.

Il détourna le regard malgré lui, comme pour fuir une tentation trop forte.

— J'ai envoyé chercher l'une de vos robes, quelque chose de plus adéquat que celle que vous portiez hier. Vous regagnerez ensuite Washington Square. J'ai pris mes dispositions pour que vous rentriez en toute sécurité.

— En toute sécurité ? Que voulez-vous dire ?

Perplexe, elle se demanda s'il n'avait pas renoncé à ses invraisemblables projets de la veille.

— Je veux dire que vous ne dépendez plus de votre oncle. Il ne vous... importunera plus, désormais. Il a accepté de vous laisser libre.

— Vous l'avez payé ? l'accusa-t-elle aussitôt, d'une voix tremblante. Vous avez *payé* ? Pour moi ? Vous pensez donc toujours à ce mariage ?

— Oui.

Alana ne put retenir ses larmes.

— Et mon oncle a accepté ?

Trevor se contenta de hocher la tête.

Anéantie, la jeune fille se détourna pour cacher ses pleurs qui ruisselaient à présent sur ses joues livides. Elle avait vaguement espéré que son oncle arrêterait Sheridan, mais Didier venait de lui prouver définitivement qu'il n'était qu'un gredin. Comment avait-il pu la vendre à cet homme ?

— Cela vaut mieux pour vous, murmura-t-il pour la consoler.

Elle crut percevoir à nouveau la pointe d'accent irlandais dans son intonation, comme si ses larmes le touchaient. Mais c'était sans doute une illusion. Un homme capable d'acheter une femme ne se laissait certainement pas attendrir aussi facilement.

Alana essuya ses joues avec la paume de sa main et se retourna :

— Je ne vous épouserai pas. Vous avez peut-être payé mon oncle pour qu'il accepte, mais moi, je ne prononcerai pas les vœux devant l'autel. Et personne à New York n'a le pouvoir de m'y obliger.

— Alana, votre résistance est admirable mais inutile. Vous m'épouserez, affirma-t-il en plantant son sombre regard dans le sien. Samedi prochain, personne à New York ne songera à vous y obliger, car vous agirez de votre propre volonté.

— Non ! se défendit-elle avec véhémence.

Elle ne céderait pas à la tentation de l'argent, même pour Christabel.

— Si, et j'y veillerai.

— Et comment vous y prendrez-vous ?

Ses grands yeux verts le défiaient de tout leur éclat. Il soutint un long moment son regard qu'elle finit par baisser.

— Vous avez besoin d'argent, reprit-il trop doucement. Désespérément, et pas seulement pour assurer votre bien-être. Pourquoi, Alana ? Dites-le-moi. Je peux être impitoyable, vous savez. Votre acharnement à faire des mystères vaut-il le risque d'endurer mon courroux ?

— Je mourrais plutôt que de vous le dire !

Elle reprit courage en constatant que, malgré son abjecte conduite, Didier n'avait pas trahi leur secret. Sans doute avait-il craint que Sheridan ne, renonce à le soudoyer en apprenant l'existence de cette malheureuse future belle-sœur.

— Mais il vous faut de l'argent, s'obstina-t-il en se levant pour s'approcher d'elle. C'est inscrit sur votre beau visage. Vous iriez même jusqu'à vendre vos charmes pour vous le procurer.

Ulcérée, Alana leva la main pour le gifler, mais il l'arrêta en lui saisissant le bras au vol et la plaqua brusquement contre lui.

— Je crois même que la jeune femme du monde que vous êtes préférerait se prostituer plutôt que d'épouser un homme comme moi, n'est-ce pas ?

La fureur lui fit oublier que sa robe la dénudait en partie. Elle haïssait cet homme avec une telle ardeur qu'elle ne parvenait plus à réfléchir de façon cohérente.

— Répondez-moi, insista-t-il.

— Je ne vous épouserai pas ! cria-t-elle en refoulant des larmes de rage. Tout simplement parce que je vous méprise. Vous jouez avec les gens comme avec les pions d'un échiquier, mais je ne me laisserai pas manipuler. J'entends décider de ma vie, figurez-vous.

— Vous avez terriblement besoin de cet argent, Alana, murmura-t-il contre ses cheveux, étouffant ses velléités de rébellion dans son étreinte. Pourquoi ? La morphine ? Le jeu ? La ravissante petite Knickerbocker que vous êtes aurait-elle les mêmes vices que le bas peuple ? Oh, et puis... je me moque de vos raisons. Quand vous serez ma femme, vous aurez tout l'argent que vous voudrez. Il vous suffit de dire « oui » samedi, et vous ne connaîtrez plus jamais le manque.

— Avec vous, tout devient… sordide, gémit-elle en enfonçant ses ongles dans le lainage soyeux de sa veste.

À son grand désarroi, son offre la tentait terriblement. Si seulement elle pouvait le croire !

— Peu importe pourquoi cet argent vous est si nécessaire, Alana. Je veux seulement que vous soyez à l'église.

Alana ne put s'empêcher d'évaluer son offre. Quel soulagement d'imaginer Christabel en sécurité pour le restant de ses jours, grâce à la fortune inépuisable de Sheridan ! Mais elle ? Qu'adviendrait-il d'elle ? Levant les yeux, elle détailla les traits durs de cet homme et des soupçons l'envahirent. Dans ses bras, elle se sentait infiniment vulnérable, toute petite et fragile tant il était imposant. En outre, le regard embrasé qui la caressait ne laissait pas le moindre doute quant à ses intentions concernant les devoirs du mariage…

— Je ne veux pas vous épouser parce que je refuse d'être votre femme… avec tout ce que cela implique.

Il la secoua gentiment.

— Je ne vous imposerai rien, puisqu'il s'agit d'un mariage provisoire que nous annulerons peu après.

— Je ne peux prendre un tel risque, murmura-t-elle contre sa poitrine. C'est impossible.

— Vous le prendrez, douce dame. Vous réparerez le tort causé à Mara, sinon je vous jure que pas un instant de votre vie vous ne manquerez de le regretter.

Il tempéra la dureté de ses paroles en lissant tendrement les longs cheveux d'Alana.

Séchant ses larmes, elle osa à nouveau affronter son regard mais il baissa les yeux, comme captivé par une autre vision. L'imitant, elle découvrit avec consternation ce qui le fascinait à ce point. Dans la lutte, le corsage trop juste s'était ouvert davantage, révélant la pointe rosée d'un sein.

— Vous avez promis d'annuler ce mariage, balbutia-t-elle. De l'annuler…

Il serra les dents tandis qu'une veine palpitait sur sa tempe. Elle eut l'impression de lui rappeler une promesse qu'il répugnait à accepter. Lentement, comme à contrecœur, il céda cependant à la raison et acquiesça en la lâchant. Reculant aussitôt, elle s'empressa d'agrafer tant bien que mal son corsage.

— Vous recevrez les indications pour la cérémonie à Washington Square en temps voulu.

Son regard s'attarda une dernière fois sur cette vallée profonde et mystérieuse entre ses seins.

— Ce que votre oncle a fait, la nuit dernière, restera entre nous. On va vous ramener chez vous, et vous n'aurez pas à subir les conséquences de sa conduite. Dans notre intérêt à tous les deux, je suggère que vous ne changiez rien à vos habitudes durant la semaine à venir. Nous nous marierons samedi. Une nouvelle vie commencera alors pour vous.

— Je trouverai un moyen d'y échapper, je vous le jure.

Il s'approcha d'un bonheur-du-jour vert, et prit le journal sur le plateau que l'on avait apporté durant le sommeil de la jeune fille. Il le lui tendit sans rien dire.

Quand elle découvrit le titre du *New York Chronicle*, ce fut comme si on lui enfonçait un poignard dans le dos.

LE MARIAGE DU SIÈCLE ! ! !
MME ASTOR S'ÉVANOUIT À NEWPORT !
UNE KNICKERBOCKER ÉPOUSE UN IRLANDAIS SAMEDI !

À la vue de son visage décomposé, il sourit et se contenta de répondre :

— Essayez.

Le lendemain, une Alana pâle et abattue recevait ses visiteurs dans le salon. On accourait aux nouvelles après l'incroyable annonce du *Chronicle*. Alana s'y attendait. Elle s'étonna même que les premiers eussent attendu l'heure décente du petit déjeuner pour se présenter chez elle.

Didier ne se montra pas. Elle apprit par ses domestiques qu'après avoir réuni ses effets il avait quitté son hôtel particulier de la 5e Avenue pour s'installer dans un appartement plus modeste. Mais elle se moquait de savoir où il avait échoué. D'autres soucis l'assaillaient pour l'instant. Toute la ville s'était déplacée pour venir lui présenter ses vœux accompagnés d'une carte de visite. Si Sheridan craignait qu'elle ne se sauve, il pouvait être tranquille : un nombre invraisemblable de voitures encombrait les abords de sa porte, bloquant toute retraite éventuelle.

On s'empressait donc de féliciter la future mariée. Mais après quelques minutes de conversation anodine, les questions venaient, habilement glissées, dans l'espoir de soutirer quelques informations sur cette décision subite d'épouser le financier irlandais. Une matrone avait même poussé l'audace jusqu'à lui demander si elle n'avait pas changé de taille de corset récemment !

D'humeur belliqueuse, Alana se garda bien de se confier à ces gens, trop curieux pour être honnêtes. Elle passa toute la journée du mercredi à les évincer de son salon, usant d'humour et de faux-fuyants. Mais quand le jeudi matin la voiture des Astor s'arrêta devant le numéro 38, Alana faillit admettre sa défaite. Toute la nuit, elle s'était évertuée à trouver un moyen pour combler le gouffre financier dans lequel l'Irlandais l'avait fait plonger. Épuisée, à court d'idées, il lui fallait maintenant se justifier devant celle qui était à l'origine de la catastrophe.

Pumphrey pénétra dans le salon avec la carte de visite de Mme Astor sur un petit plateau, une carte dc vélum blanc pliée en deux, signifiant par là même l'ampleur de la désapprobation de sa propriétaire.

Alana ne prit même pas la peine de lire le nom qu'elle renfermait.

— Faites-la entrer, Pumphrey, dit-elle simplement.

Enveloppée dans un halo de zibeline et de diamants, Caroline Astor n' « entrait » pas dans un salon : c'était la pièce elle-même qui semblait s'ouvrir et se prosterner devant son apparition éblouissante. Sa présence dominatrice emplissait l'espace avant même que le bout de ses bottines rutilantes eût foulé l'épais tapis persan. Sa haute taille la rendait encore plus imposante. Très consciente de ses atouts, elle en usait et en abusait, adorant jouer les dictateurs. Il lui suffisait de négliger de saluer quelqu'un pour qu'il encoure aussitôt l'anathème de la part des « Quatre Cents ».

— Madame Astor, dit Alana en quittant le divan garni de coussins rouges, près de la fenêtre. Comme c'est aimable à vous de me rendre visite.

— Chère Alice, répondit gravement celle-ci en lui prenant les mains.

— Quel plaisir de revoir le soleil, il a tellement plu ! enchaîna Alana, reprenant machinalement les formules rodées par ses incessantes visites de la veille.

Tout en poursuivant son bavardage poli, elle désigna un fauteuil où sa visiteuse s'installa. Mais quand Caroline Astor enleva ses gants, le cœur d'Alana s'arrêta de battre. Cela ne se faisait pas d'enlever ses gants, sauf dans des circonstances très graves.

— Alice chérie, nous avons à parler et le temps presse. Je ne tiens pas à être vue m'attardant ici. Ce serait fâcheux.

Elle ôta son épingle à chapeau en forme de sabre et se débarrassa de son élégante coiffe en moire ocre jaune, révélant des cheveux bruns et lisses dépourvus du moindre fil argenté malgré ses quarante ans.

« Perruque... », songea Alana cédant à un mouvement de malveillance inhabituel.

Sans se douter des pensées désagréables qu'elle inspirait, Mme Astor posa son chapeau sur une table et alla droit au but.

— Alice, ce mariage me dépasse. Inutile de vous dire le choc que la nouvelle m'a causé.

Mal à l'aise, Alana se tortilla sur son siège, se retenant de répondre que la nouvelle l'avait choquée elle aussi.

— Il est un peu hâtif, je le reconnais.

— Votre mère, une Schermerhorn, était ma petite-cousine si je ne m'abuse.

Alana acquiesça.

— Nous sommes donc presque parentes, vous et moi, n'est-ce pas ?

À nouveau, Alana hocha la tête, même si dans son for intérieur ce « presque » lui sembla de trop. Elles étaient *incontestablement* parentes, mais elle ne se sentait pas d'humeur à protester contre cette distance que Caroline instaurait entre elles.

— Alice... *Alana*, s'empressa-t-elle de corriger. Est-ce bien ainsi que votre mère vous appelait ?

Alana opina en silence, fulminant contre cette familiarité inutile. Elle ne voulait pas parler de sa mère. Pas aujourd'hui. L'incendie responsable de la mort de ses parents et de l'internement de sa sœur demeurait trop présent dans son esprit.

— Elle n'aurait pas admis que vous épousiez cet... Irlandais, Alana. Vous lc savez.

Alana tressaillit. Caroline avait raison. Sa mère n'aurait pas voulu qu'elle épouse Sheridan. Elle s'était mariée par amour et n'aurait pu souhaiter autre chose pour ses filles.

Hélas, les choses avaient pris un tout autre cours. À présent, la seule préoccupation d'Alana était les soins nécessaires à Christabel, et sa mère l'aurait approuvée sans réserve.

— Mes parents ne m'auraient pas interdit d'épouser l'homme que j'aime, répliqua-t-elle, certaine que Mme Astor ne la questionnerait pas sur ses sentiments pour Sheridan.

Visiblement, la réponse d'Alana déplut à la visiteuse. Comme un général déterminé à reprendre ses troupes en main, elle adopta une autre tactique. Son visage se radoucit et elle prit les mains d'Alana.

— Les Van Alen sont une très vieille famille, seulement il y a de moins en moins d'authentiques New-Yorkais, comme nous. Soyez raisonnable, Alana. Bientôt, il ne restera plus aucun Knickerbocker si nous n'y prenons garde. Vous connaissez notre devise : « Soutenons-nous, envers et contre tout. » *Soutenons-nous !* répéta-t-elle avec emphase.

Alana baissa les yeux sur leurs mains réunies. Toutes les émotions que les derniers événements avaient éveillées en elle resurgirent. La véritable cause de ses malheurs était Caroline Astor. Son acharnement à préserver leur caste l'avait jetée entre les griffes de Sheridan. Si l'Irlandais était cruel, il n'était pas le seul.

— Nous allons devoir compter avec ces parvenus, dit Alana. C'est inévitable, et personne n'y changera rien. Trevor Sheridan bouscule un peu le cours des choses, voilà tout.

Mme Astor lui lâcha les mains. Les yeux étrécis, elle répondit :

— Cet homme est... *grossier*, Alana.

Alana faillit lui donner raison mais elle demeura impassible. Sous sa raideur apparente, il cachait un esprit hédoniste qu'il tenait de ses origines populaires ou irlandaises, elle ne savait pas très bien, mais qu'elle sentait prêt à se révéler à la première occasion.

— Ce que vous n'acceptez pas, c'est qu'il soit *irlandais*, rectifia Alana, préférant aller droit au but.

Mme Astor ferma les yeux, comme pour puiser en elle encore quelques forces.

— Voulez-vous que je vous montre un Irlandais de près, Alana ? Nous n'aurons pas de mal à en trouver, vous savez. Il nous suffit d'aller jusqu'à Mercer Street. Vous en verrez beaucoup qui travaillent à paver les chaussées. Il n'y a que ça ! C'est ce que vous voulez, Alana ? Un mari de cet acabit ? Un ouvrier ? Un homme affligé de manières bestiales, papillonnant de femme en femme ? C'est à cause de ce genre d'individus que les effectifs des orphelinats de la ville ne cessent de croître !

Alana n'avait aucune envie de défendre Sheridan, mais ce n'était pas une raison pour abonder dans le sens de cette femme. Si cette dernière l'avait critiqué pour ce qu'il était – un être arrogant, un génie de la manipulation –, elle l'aurait approuvée. Mais seules les origines de Sheridan motivaient ses accusations.

— Ces cantonniers irlandais, souvent ivrognes et primaires, ne sont pas forcément représentatifs, avança Alana.

— Mais d'où vient-il, votre Sheridan, sinon du ruisseau ? s'impatienta Mme Astor.

— Même les Astor furent pauvres un jour, répliqua la jeune fille, se résignant à entrer dans l'inévitable affrontement.

— Les Irlandais boivent.

— Les Knickerbockers boivent aussi... et beaucoup trop parfois, rétorqua Alana en songeant à son oncle.

Mme Astor planta son regard dans celui d'Alana.

— Cette Mara, la sœur de Sheridan, est née à New York. Quand les Sheridan émigrèrent, on n'enregistra qu'une veuve et deux jeunes fils. Je vous laisse en tirer les déductions qui s'imposent.

Alana ne put lui cacher le choc que lui causait cette nouvelle. Elle ne parvenait pas à imaginer la pétillante Mara comme le fruit d'une union coupable. Elle se remémora la ravissante jeune fille qu'elle avait rencontrée quelques mois auparavant, avec son manteau de velours bleu qui mettait si joliment ses yeux en valeur.

Elle n'avait rien de commun avec ces enfants illégitimes qui hantaient les bas quartiers, ces bandes de petits voyous en guenilles qui semaient la terreur dans des rues où aucun gentleman ne s'avisait de s'aventurer sans une arme. Non, cette douce jeune fille qui se promenait à Central Park dans un buggy, accompagnée de postillons et de valets, ne correspondait pas à l'image du « bâtard » communément répandue.

En revanche, cette révélation lui faisait apparaître l'Irlandais sous un jour nouveau. Elle comprenait soudain mieux son acharnement à protéger sa sœur. Si Christabel avait été une enfant illégitime, Alana aurait donné sa vie pour lui assurer une place digne dans la société. Curieusement, elle se surprenait presque à admirer Sheridan. S'il demeurait pour elle un ennemi à vaincre, en tant que frère il semblait exemplaire.

— Contrariant, n'est-ce pas ?

Les mots de Mme Astor lui firent l'effet d'une gifle. La colère prit le pas sur la stupeur.

— Les bâtards aussi éprouvent des sentiments, dit-elle tranquillement. Et Mara Sheridan ne méritait pas le sort que vous lui avez réservé le soir de son premier bal.

Voilà des semaines qu'Alana rêvait de dire à Caroline ce qu'elle pensait de son attitude. Elle en conçut un vif soulagement.

— Vous auriez pu vous y rendre, ma chère. Hélas, je sais qu'il n'en fut rien. Je me demande même si cela n'explique pas pourquoi vous vous retrouvez aujourd'hui dans cette situation.

Elle prononça ensuite des mots tranchants comme des coups de rasoir.

— Tout le monde sait que la fortune des Van Alen ne s'élève qu'à un million. Elle constitue, en somme, une pauvreté à peine respectable. Oui, je crois vraiment que M. Sheridan peut vous causer du tort. Peut-être vous a-t-il « persuadée » de l'épouser après s'être emparé de vos biens ?

Alana s'abstint de répondre. Après tout, elle ne convaincrait jamais personne de son intention de se rendre au bal de Mara. Et l'évaluation de sa fortune, même formulée sur ce ton insultant, était fort généreuse. Son héritage ne s'élevait pas à un million de dollars, encore moins maintenant que Didier l'avait largement ponctionné.

— Chère Alana, je ne veux pas que vous gâchiez votre vie. Vous faites partie des « Quatre Cents » élus qui ont toujours honoré de leur présence mon bal annuel de janvier. Je voulais d'ailleurs vous proposer de m'aider à accueillir le duc de Granville très prochainement. Et puis je tenais votre mère en haute estime, Alana. Je me sens un peu responsable de vous. Je tiens à vous sauver.

— Je vous en prie...

— Non, ne m'interrompez pas. J'ai peut-être trouvé une solution à vos problèmes. Pourquoi n'épouseriez-vous pas Anson Vanbrugh-Stevens ? Il est fou de vous. Sa famille a des relations haut placées. De plus, il compte parmi les Patriarches et il est immensément riche.

Alana faillit éclater de rire. Caroline Astor n'aurait pu tomber plus mal. Certes, Anson lui faisait la cour depuis un an et l'avait escortée à des soirées chaque fois que son oncle n'était pas disponible. Séduisant, il possédait effectivement toutes les qualités que Mme Astor lui prêtait, mais l'on ne pouvait guère se fier à lui. Il trichait aux cartes et des rumeurs prétendaient que, pour gagner aux courses, il avait incisé les tendons de certains trotteurs. Alana se voyait mal en train de lui annoncer, le jour de ses noces, qu'il avait une belle-sœur internée à Brooklyn. Elle n'avait toléré sa compagnie que parce qu'il ne lui posait jamais de questions indiscrètes. Son sujet de conversation favori tournait autour d'un seul thème : lui-même. Le fait qu'Anson Vanbrugh-Stevens soit très apprécié dans le monde ne faisait pas de lui un mari potentiel. Un léger sourire se dessina sur les lèvres de la jeune fille. Sa richesse lui collait tellement à la peau qu'Anson se serait évanoui à la seule idée de devoir nouer lui-même ses lacets. En apprenant l'existence de Christabel, il mourrait de honte sur-le-champ.

— Je ne veux pas épouser M. Stevens… commença-t-elle.

— Vous le devez. Pourquoi vous montrer toujours aussi froide avec lui ? Il vous aime tendrement.

À nouveau, Alana eut envie de rire. Anson Stevens l'aimait tout autant que les trotteurs qu'il entraînait sur le Boulevard. À choisir, elle préférait encore l'offre de Sheridan. Au moins, il ne lui laissait aucune illusion.

— Alana, je veux que vous reveniez à la raison, insista Mme Astor en se levant, comme s'il était temps pour elle de partir. Ce mariage avec cet Irlandais est ridicule. Vous n'épouserez pas cet homme samedi, point final. S'il vous faut vous marier, je vous enverrai M. Stevens dès aujourd'hui.

Elle posa sa coiffe de moire sur sa tête, l'inclinant avec élégance avant d'y fixer l'épingle de diamants.

— Il est temps que ces gens-là comprennent qu'ils doivent rester à leur place. Nos familles ont de profondes racines à Manhattan. Il est hors de question de laisser des impuretés venir les entacher.

Alana observa la grande et imposante matrone, se demandant soudain avec effroi quelle serait sa réaction si elle apprenait le sort de Christabel. Une réponse s'imposa d'elle-même : ses relations avec leur mère seraient aussitôt remisées dans un passé si lointain qu'elles sombreraient dans l'oubli.

— Suis-je assez claire, maintenant ?

Alana l'entendit à peine. Elle songeait aux avantages de l'offre de Sheridan. En devenant sa femme, le sort de sa sœur serait préservé tout en demeurant secret. De son côté, il entrerait dans cette société qui, aux yeux d'Alana, ne méritait vraiment pas que l'on se donne tant de mal pour y être admis.

— Vous n'épouserez pas cet Irlandais samedi, n'est-ce pas ?

Et trouver un prétendant à Mara ne devrait pas lui prendre trop de temps. Certes, elle était irlandaise et fort jeune, mais sa beauté et son intelligence y remédieraient. Heureusement, chez les Knickerbockers, la lignée obsédait moins les hommes que les femmes.

— Vous avez perdu l'esprit si vous imaginez une seconde qu'un parvenu comme lui pourrait vous apporter quoi que ce soit de positif.

D'ici à quelques mois, Sheridan et elle obtiendraient l'annulation. Elle se retirerait alors à Brooklyn, dans une maison de campagne semblable à celle de ses rêves. Elle vivrait près de sa sœur et émergerait enfin du malheur.

— Vous ne l'épouserez pas. Je vous l'interdis.

Alana leva les yeux. Son visage avait la pâleur et la pureté de l'albâtre. Un peu effrayée par la décision inébranlable qu'elle venait de prendre, elle dit lentement :

— Madame Astor, je dois vous avouer que j'y ai longuement réfléchi. Je n'ai pas d'autre solution que d'épouser M. Sheridan.

— Vous n'en ferez rien ! C'est de la folie !

Un sourire amer se dessina sur les lèvres d'Alana.

— Eh bien, la folie doit courir dans la famille.

Atterrée, Caroline Astor lui lança un regard outré, comme pour lui dire : « On ne me parle pas sur ce ton ! » Mais sans un mot de plus, elle tourna les talons et quitta la pièce. Alana la suivit des yeux en songeant que le mal était fait. La guerre était déclarée.

8

Peu après le départ de Mme Astor, une armée de garçons livreurs envoyés par Trevor Sheridan envahissaient le salon d'Alana. Une multitude de cartons de chez Ladies Mile encombrèrent la pièce en un rien de temps. Suivit un déploiement incroyable de satin blanc, de dentelle de Lyon et autres ornements pour la robe de mariée. Rien n'avait été laissé au hasard, pas même les innombrables sous-vêtements et négligés de soie de chez Lord and Taylor. Comble de la grossièreté, elle trouva une parure d'émeraudes de chez Dreicer. Et pour parfaire l'injure, sa bague de fiançailles, un solitaire choisi chez Tiffany, fut apportée par un coursier armé, alors qu'il revenait à son futur époux de la lui offrir personnellement.

Sans un mot, Alana laissa Pumphrey se charger des livreurs. Ils n'étaient pas repartis que la sonnette retentissait à nouveau. Une certaine Mme LaBoeuve, couturière de chez James McCreery, se présenta. Elle venait prendre les mesures pour la robe de mariée. Un valet, portant la livrée vert et noir des Sheridan, l'accompagnait. Il tendit à Alana un message de l'Irlandais.

Alana s'enferma dans le salon pour en prendre connaissance. Elle ne tenait pas à trahir devant des tiers les émotions que cette lecture ne manquerait pas de susciter. Lentement, elle décacheta l'enveloppe.

Mademoiselle Van Alen,

Je veux que vous dîniez avec moi chez Delmonico ce soir. Lorenzo Delmonico vous conduira à ma table. Soyez là à dix-huit heures. Nous avons beaucoup à nous dire.

Trevor Sheridan

P.-S. *Mettez ma bague.*

Hors d'elle, elle ferma les yeux et froissa le message dans sa main. Puis le déchira en petits morceaux qu'elle écrasa rageusement sous ses mules, en repensant au post-scriptum. Non content de lui faire apporter sa bague de fiançailles par un coursier, il lui ordonnait froidement de la porter en public afin de signifier aux yeux du monde qu'Alana Van Alen lui appartenait ! Quel mufle !

L'idée d'épouser un être aussi machiavélique et rompu à l'art de la manipulation lui sembla d'autant plus effrayante que Caroline Astor ne lui apporterait plus son soutien, désormais.

Elle traversa le vestibule et appela Pumphrey.

— Faites préparer le coupé pour dix-sept heures quinze, Pumphrey. Je sors ce soir.

— Bien, Madame, répondit le maître d'hôtel en s'inclinant.

Alana monta ensuite dans sa chambre. Elle ne serait pas en retard à ce dîner... où elle ne porterait pas cette bague vulgaire.

*

* *

Confortablement installée dans son élégant coupé, Alana contemplait distraitement les devantures des magasins et des palaces de marbre de la 5e Avenue, baignant dans la fraîcheur bleutée du crépuscule printanier. Elle appréciait cette partie de l'avenue encore épargnée par les alignements de poteaux télégraphiques qui enlaidissaient déjà Broadway. Préoccupée, elle ne remarqua pas que la voiture bifurquait dans la 40e Rue en direction de Union Square. Elle pensait à l'Irlandais.

L'attelage s'arrêta devant le vieil hôtel particulier de Grinell, où avait vécu le propriétaire du célèbre voilier, le *Flying Cloud*. Aujourd'hui, Delmonico y avait installé le restaurant le plus réputé de New York. Tout le gratin de la société s'y retrouvait, les réunions et les bals les plus prestigieux s'y déroulaient – notamment le bal des Patriarches –, et les plus grandes célébrités s'y rencontraient. Alana y avait dîné à trois reprises, mais toujours sous bonne escorte. Ce soir elle était seule, et un frisson d'appréhension la parcourut tandis que le cocher l'aidait à descendre de la voiture.

Dès qu'elle pénétra dans le restaurant, Lorenzo Delmonico en personne, l'ayant reconnue, se précipita vers elle. Chauve, portant des favoris, Lorenzo était un homme agréable. Il s'inclina poliment devant la jeune fille :

— Quel plaisir de vous avoir parmi nous ce soir, mademoiselle Van Alen. Je vais vous conduire à votre table.

Alana répondit d'un simple sourire. Elle eût préféré se montrer plus chaleureuse, mais dès son entrée dans ce célèbre endroit l'anxiété l'avait submergée.

Lorenzo la débarrassa de sa cape couleur café, et la tendit à un serveur.

— Voulez-vous me suivre, mademoiselle ? M. Sheridan vous attend dans le salon privé.

— Le salon privé ?

Elle s'étonna qu'il eût choisi la discrétion, plutôt qu'un lieu où tout le monde aurait pu admirer sa bague. Sa bague qu'elle ne portait pas…

Mais ce choix suivait sans doute une logique toute simple. Prévoyant un refus, il préférait se l'entendre signifier à l'abri des oreilles indiscrètes ; peut-être aussi entendait-il aborder les différents points de leur arrangement. Pourtant, d'après ce qu'elle connaissait du personnage, elle craignait que d'autres raisons que la « logique » ne l'eussent incité à s'isoler avec elle. Et s'imaginer seule avec cet homme dans l'un de ces salons capitonnés et plutôt propices à la langueur lui donnait tout simplement envie de s'enfuir.

— M. Sheridan vous attend avec grande impatience, s'épancha Lorenzo.

Ses efforts pour la mettre à l'aise l'auraient réconfortée si elle n'avait remarqué le regard qui s'attardait sur ses mains. Sans doute informé par la presse et les commérages qu'une Knickerbocker allait s'abaisser à épouser un vulgaire Irlandais, il cherchait sur ses doigts la preuve de la nouvelle. Il sembla dépité de n'en découvrir aucune, comme si l'idée de décevoir l'armée de serviteurs qui attendaient avidement la confirmation des rumeurs dans les cuisines le chagrinait.

Mal à l'aise, Alana cacha ses mains dans les plis de sa robe et fixa l'homme du regard. Se reprenant aussitôt, Lorenzo Delmonico lui offrit galamment son bras. Après une ultime hésitation, Alana se résigna à l'accepter.

Ils traversèrent la salle de restaurant bruyante et enfumée. Leurs pas résonnèrent ensuite dans la salle de bal vide, puis ils gravirent quelques marches tapissées d'une épaisse moquette de laine rouge. Lorenzo ouvrit une porte en noyer massif ciselé.

Trevor Sheridan se leva dès leur entrée.

Quand ses yeux sombres se posèrent sur Alana, elle tressaillit malgré elle. Il semblait sévère, plus impressionnant que jamais. La jeune fille se retourna, cherchant un réconfort dans la présence de Lorenzo, mais ce dernier s'était empressé de se retirer.

Inspirant profondément, Alana affronta donc Sheridan. Dans son smoking à queue-de-pie, il était l'homme le plus séduisant qu'elle eût jamais rencontré. Sa chemise à col cassé accentuait la perfection de ses traits. Son nœud papillon blanc avait juste ce qu'il fallait de démodé pour être du meilleur goût. Dans d'autres circonstances, Alana se serait certainement réjouie de passer sa soirée avec un tel homme. Mais elle ne pouvait s'ôter de l'esprit qu'il personnifiait une force redoutable avec laquelle il fallait compter. Pour la première fois, elle comprit pleinement pourquoi William Astor l'avait surnommé « le Prédateur ».

— Vous êtes magnifique, mademoiselle Van Alen.

Il contempla la robe du soir en taffetas vert, le corsage de style élisabéthain orné de chenille noire perlée, sa gorge où brillait discrètement un étrange collier d'or étrusque. Comme elle n'était plus en deuil, il s'en étonna.

Ses yeux s'attardèrent sur le bijou avec une telle insistance qu'elle le couvrit de sa main. Elle l'avait choisi à dessein, étant donné sa situation… Il perçut visiblement toute l'ironie de ce choix, mais ne sembla pas s'en amuser pour autant. Comme il fallait s'y attendre, il demanda :

— Où est votre bague, ma chère fiancée ?

Elle ouvrit son sac perlé couleur pourpre, et en sortit la bague qu'elle posa sur la nappe de lin blanc.

Trevor fronça les sourcils.

— Pourquoi ne la portez-vous pas ?

— N'est-ce pas évident ?

Elle devina la colère sous le masque impassible.

— Je vois, dit-il simplement.

— Nous en avons terminé, je pense, jeta-t-elle, pressée de quitter cette pièce qui, pleine de la présence de Sheridan, semblait rapetisser de minute en minute.

— Pourquoi ne pas dîner, puisque vous êtes là, mademoiselle Van Alen ?

Son sourire la fit frissonner.

— Je ne crois pas que...

— Où est le mal ?

À ces mots, elle s'en remémora d'autres qu'il avait prononcés avec son léger accent si touchant. « Où est le sacrifice ? » lui avait-il demandé. Cette fois, pourtant, aucune intonation irlandaise n'avait percé.

— Non, vraiment, je me suis suffisamment attardée, répondit-elle en se tournant vers la porte.

— Si j'envisageais de vous restituer votre fortune, dîneriez-vous avec moi ?

Elle lui fit face, et sa présence toute proche la surprit. L'épaisse moquette avait étouffé le claquement de sa canne qui ne le quittait jamais, et elle ne l'avait pas entendu approcher.

— Vous comptez me la rendre ? demanda-t-elle en reculant, intimidée par sa trop grande proximité.

— Peut-être. Discutons-en, voulez-vous ?

Il lui désigna le fauteuil en bois de rose capitonné de velours. Emplie d'une vive appréhension, elle hésita. Mais la perspective de récupérer son argent fut la plus forte et, en prenant soin de ne pas froisser sa robe, elle s'assit.

Il s'installa en face d'elle, sur une banquette recouverte de moire longeant tout un pan de mur. Une petite table dressée pour le dîner les séparait. Plusieurs ottomanes ornées de franges dorées meublaient la pièce, et Alana comprit soudain pourquoi Mme Varick avait un jour comparé les salons privés de Delmonico à des petites chambres de passe.

— Je vous trouve ensorcelante, ce soir. Et je ne mens pas en vous disant cela.

Sa voix la tira de ses pensées. Il la contemplait avec un petit sourire amer.

— Je comprends pourquoi les Knickerbockers vous tiennent en si haute estime, mademoiselle Van Alen. Vous représentez tout ce qu'ils aiment : la beauté, l'intelligence et une éducation irréprochable. Ai-je oublié quelque chose ?

— L'argent, et malheureusement, grâce à vous je n'en ai plus.

— En m'épousant, vous en auriez plus que vous ne pouvez l'imaginer.

— À New York, nul n'ignore votre richesse, monsieur Sheridan.

— Trevor. Appelez-moi Trevor.

Étrangement, elle céda à l'appel irrésistible de son regard.

— Trevor, dit-elle doucement.

L'esquisse d'un sourire flotta sur son visage. Il déplia sa serviette et la posa sur ses genoux.

Son assurance irrita la jeune fille. Il fallait qu'il comprenne, une fois pour toutes.

— Je ne vous épouserai pas, déclara-t-elle en le regardant droit dans les yeux. Vous m'avez causé certains désagréments, monsieur She… *Trevor*.

Pour donner du poids à ses paroles, elle prit l'énorme solitaire et le laissa tomber dans l'assiette en or, devant lui, provoquant un son métallique.

Cela le fit sourire, mais une lueur glacée traversa son regard.

— Cette bague ne vous plaît pas ? Je l'ai pourtant payée cinq mille dollars.

— Me dire son prix, un prix indécent, confirme l'ampleur de votre vulgarité, monsieur Sheridan. Elle est à la mesure de la façon dont vous me l'avez offerte.

— Vous risquez de le regretter d'ici peu, mademoiselle Van Alen, quand vous devrez vendre pour une misère la robe exquise que vous portez.

Alana s'alarma. Elle ne craignait pas pour sa fortune ou pour ses robes. Seul le sort de Christabel la préoccupait.

— J'ai des. prétendants, monsieur Sheridan. Vous est-il venu à l'esprit que si j'étais vraiment désespérée, je pourrais épouser l'un d'entre eux ?

Son sourire ne la rassura pas.

— J'ai entendu parler de vos prétendants, Alana, particulièrement d'un certain Stevens. Si vous vous avisiez de dire oui à l'un d'entre eux, je m'empresserais de le ruiner dans la minute qui suit.

Elle pâlit. Alana n'envisageait pas d'épouser Anson, mais cet homme l'exaspérait avec ses façons d'avoir réponse à tout. Apparemment, elle n'avait pas le choix. Dans l'intérêt de Christabel, elle allait devoir accepter son incroyable proposition. Elle avait presque réussi à l'admettre durant son entretien avec Mme Astor. Mais dès qu'elle se retrouvait sous le regard sombre et vengeur de Sheridan, cette perspective lui semblait inconcevable tant elle était absurde, et elle se rebellait. Elle ne l'aimait pas et il lui faisait peur.

— Je ferais mieux de partir, murmura-t-elle, pressée de mettre un terme à cette discussion.

Elle allait se lever quand il l'en empêcha en refermant sa main sur la sienne, comme un étau.

— Écoutez-moi. Vous n'imaginez pas à quels ennuis un refus vous exposerait. Je m'emploierai à vous rendre la vie dure, croyez-moi.

Alana tenta de retirer sa main, mais l'étau se resserra.

— C'est vous qui allez m'écouter, monsieur Sheridan. Je connais déjà les pires ennuis, vous n'êtes pas sans l'ignorer, n'est-ce pas ? Cela ne vous suffit pas ?

— Restez.

— Je veux partir.

Après un moment d'hésitation, il se résigna bien malgré lui à la lâcher. Aussitôt, Alana se leva pour quitter la pièce.

— Si vous vous aventurez dans la salle de restaurant avec des joues aussi rouges, vous deviendrez le centre de toutes les conversations. Que penseront-ils à votre avis ? Que j'ai passé un bon moment en votre compagnie.

Alana fit volte-face. Furieuse mais impuissante, elle dut admettre qu'il avait raison. À la vue de son visage empourpré, ils penseraient tous que Sheridan avait allumé en elle le feu de la passion.

Elle dut se résoudre à regagner son siège, mais des flammes de colère dansaient dans ses yeux. Elle le toisa haineusement. Un silence oppressant s'installa entre eux, si bien qu'elle ressentit l'arrivée des serveurs de Lorenzo comme un vrai soulagement.

On leur servit une viande délicieuse, des sauces délicates dont la saveur subtile échappa à Alana. Elle n'était pas d'humeur à apprécier son repas. Elle ne toucha même pas à son dessert, un assortiment de glaces parfumées au bourbon. Quand ils furent seuls à nouveau, Trevor se leva et remplit de brandy deux petits verres disposés sur une table de bois de rose recouverte de dentelle. Elle s'étonna de le voir utiliser sa canne pour ces quelques pas. Il la posa sur la table en se rasseyant. Le pommeau d'or en forme de tête de lion brillait malgré l'éclairage tamisé, et elle se surprit à penser à nouveau que Sheridan avait quelque chose de félin.

— Mademoiselle Van Alen, plus vous vous obstinez et plus vous me contraignez à me montrer incisif. J'aurais préféré passer une soirée plus sereine.

Il avala une gorgée de brandy et grimaça, comme si l'alcool lui déplaisait.

— J'estime m'être montré assez conciliant. Ma patience a des limites. Soit vous acceptez ma proposition, soit je me verrai obligé de recourir à des méthodes moins plaisantes.

S'il comptait l'impressionner, il n'allait pas tarder à déchanter. Alana rassembla son courage. D'une voix douce mais inflexible, elle rétorqua :

— Ma vie ne vous appartient pas. Vous ne pouvez en disposer à votre guise. Vous n'aviez pas le droit de me ruiner après le bal de votre sœur, pas plus que vous n'avez celui de m'utiliser pour faire entrer Mara dans le monde. Ma vie ne sera pas facile après ce que vous m'avez fait, mais j'espère trouver un moyen de m'en sortir. Tous mes vœux accompagnent votre sœur. Elle est charmante et je n'aime pas la savoir chagrinée. Je comprends un peu mieux maintenant votre volonté de la protéger. Je vois combien elle compte pour vous, mais je ne vous laisserai pas pour autant causer mon malheur.

Il attendit sans l'interrompre qu'elle en eût terminé. Ce qu'il s'apprêtait à lui répondre sembla réellement lui coûter.

— Alana... je continue à vous appeler ainsi parce que vous serez bientôt ma femme... je n'ai pas l'habitude d'échouer.

Il regarda l'heure à sa montre de gousset.

— Il est dix heures, reprit-il. À dix heures et demie, un vieux prêtre de St. Brendan va venir ici même, afin de nous marier sur-le-champ. Je lui ai dit que s'il refusait, je vous mettrais dans mon lit sans autre forme de procès.

Alana pâlit. Elle se leva en renversant son fauteuil.

— Vous... vous n'y pensez pas !

— Tel est mon plan. Nous nous marierons officiellement et publiquement samedi, à St. Brendan, mais afin de m'assurer que vous ne me fausserez pas compagnie, vous deviendrez ma femme dès ce soir. Comme vous pouvez le constater, j'ai pensé à tout.

— Non ! s'écria-t-elle en agrippant le rebord de la table. Que ferez-vous si je ne viens pas samedi ? Moi aussi je peux vous humilier, et c'est exactement ce qui vous attend si vous me forcez à vous épouser.

— Vous partagerez mon humiliation puisque vous serez ma femme. Si samedi vous ne vous montrez pas, j'annoncerai tout simplement que nous nous étions déjà mariés.

Anéantie, Alana se laissa tomber sur la banquette.

— Personne n'assistera à la cérémonie, dit-elle d'une voix blanche. S'ils ne sont pas venus au bal de votre sœur, pourquoi viendraient-ils à votre mariage, dans une église catholique, de surcroît ?

Il avala une longue gorgée de brandy avec une délectation de novice.

— Vous êtes injuste envers vous. Ils viendront pour voir l'une des leurs m'épouser.

— Mais non ! Ils me rejetteront moi aussi, et vous vous serez démené pour rien. Ne voyez-vous donc pas que vos projets sont irréalisables ?

— Non, pas du tout, car vous oubliez une chose : dans leur testament, vos parents ont désigné William Astor pour vous conduire à l'autel le jour de votre mariage. Il sera donc obligé de venir, Caroline également, et donc tous les autres, cela va de soi.

Vaincue, Alana ferma les yeux. Elle se remémora l'ouverture du testament, l'après-midi pluvieux qui avait suivi l'enterrement. Prétendant ce genre de réunion trop morbide, Caroline n'y avait pas assisté. Cette clause y figurait effectivement. Anéantie par le chagrin, Alana n'y avait pas prêté attention quand Didier en avait fait la lecture. Avant de la quitter, William Astor l'avait tendrement embrassée sur le front, lui disant combien il se sentait honoré d'être chargé d'une aussi noble responsabilité. Elle l'avait remercié d'un faible sourire. Puis elle n'y avait plus repensé. Elle se demandait aujourd'hui quels étaient les sentiments de William Astor à propos de cette promesse.

La voix de Sheridan la tira de ses pensées.

— J'ai tout prévu, Alana. Vous n'avez pas d'autre choix que de coopérer en m'épousant.

Elle lui jeta un regard plein de défi.

— Quand le prêtre viendra, je lui dirai comment vous m'avez forcée, je lui parlerai de votre projet d'annulation et il ne voudra plus nous marier.

— Vous n'en ferez rien.

— Et pourquoi ?

— Parce que vous avez un secret, un secret qui vous rend très vulnérable.

La pâleur d'Alana s'accentua.

— Comment le connaissez-vous ? murmura-t-elle en retenant son souffle.

— Je n'en connais pas la nature mais je sais que vous en avez un. Comptez sur moi pour le découvrir dans les plus brefs délais. Il fera alors la une du *New York Chronicle*.

Décidément, il fermait toutes les issues. Elle était prise au piège. Pourtant, elle se révolta encore.

— Et comment pourriez-vous le découvrir ?

— Si vous ne vous êtes pas posé de questions quand le *Chronicle* de mardi a annoncé notre mariage, je vais vous éclairer. Ce journal m'appartient. J'emploie des journalistes qui excellent à fouiller dans la vie des gens. Ils sauront mettre votre secret à jour, croyez-moi, et ce qu'ils écriront sera si atroce que vous vous demanderez comment vous avez pu vivre avec cette zone d'ombre durant toutes ces années.

Ce nouveau coup amena des larmes dans les yeux d'Alana. Elle lui répondit d'une voix tremblante.

— Le *Chronicle* est un journal trop respectable pour s'abaisser à de telles vilenies, et mes raisons de tenir certaines choses secrètes n'intéressent certainement pas vos lecteurs.

Sheridan s'accouda sur la table et se pencha vers elle.

— Chère Alana, les journalistes sont les plus grands créateurs de fictions de notre temps. Soyez sûre qu'ils sauront piquer l'intérêt de leurs lecteurs.

Elle se détourna pour lui cacher les larmes qui coulaient sur ses joues. Il avait gagné, ne négligeant aucun détail, prévoyant chacune de ses contre-attaques. Elle devait accepter de briser sa vie en épousant cet homme, mais c'était Christabel ou elle. Elle n'avait pas le choix.

Ses épaules agitées de soubresauts trahissaient les sanglots silencieux qu'elle ne parvenait plus à contrôler. Elle ne demandait pourtant pas grand-chose à la vie. L'image de l'homme de ses rêves lui revint, avec celle de la petite maison de bois. Voilà tout ce qu'elle désirait, mais il fallait y renoncer à jamais. Jamais elle ne connaîtrait le visage de celui qu'elle entrevoyait toujours dans l'ombre de ses nuits, puisque ce richissime Irlandais, assis derrière elle, allait le remplacer.

— Ce n'est pas une sentence de mort, tout de même, dit-il doucement. Pensez à l'annulation et à tout l'argent qui vous attend.

Il posa une main réconfortante sur l'épaule de la jeune fille mais elle s'écarta aussitôt, comme si le diable en personne l'avait touchée.

— Je ne vivrai que pour cette annulation, vous m'entendez ? En attendant, ne vous avisez plus jamais de me toucher ! Plus jamais !

Sa véhémence le blessa.

— Bien sûr, comment un vulgaire Irlandais oserait-il songer à souiller les cuisses de lys d'une Knickerbocker ?

Cette allusion choquante la fit sortir de ses gonds. Incapable de se contrôler, elle saisit le premier objet qui lui tomba sous la main : un verre d'eau. Mais il lui saisit le poignet avant qu'elle n'ait pu le lui lancer au visage. Le verre tomba sur la banquette de moire. Aussitôt, elle se tourna vers la table pour en prendre un autre.

Tout se passa alors très vite. Il l'attira contre lui pour l'empêcher d'agir mais, en même temps, il perdit inexplicablement l'équilibre et ils tombèrent ensemble sur le tapis. Alana se retrouva à plat ventre sur lui, plaquée contre sa poitrine.

Ulcérée, elle leva la tête. À la vue de son visage blême, dont la barbe naissante accentuait encore la pâleur, elle comprit qu'il n'avait pas agi volontairement. Ses yeux fixaient le plafond et elle crut y lire une vive douleur. Elle en ignorait la cause. Extrêmement mince, ce n'était pas elle qui pouvait l'avoir blessé.

Leurs regards se croisèrent enfin, et il reprit des couleurs. Elle crut alors avoir rêvé. Ces yeux sombres n'avaient jamais exprimé que détachement et arrogance. Comme elle luttait pour s'asseoir, sa robe glissa, découvrant une épaule. La main de Trevor se posa aussitôt sur sa peau dénudée, comme obéissant à un instinct plus fort que tout, une main chaude et puissante qui se mit à caresser la peau délicate.

Ce contact électrisa la jeune femme. Elle retint son souffle sans tenter de se dégager. L'emmanchure baissée tirait sur le corsage, révélant un sein doux et ferme que Trevor contemplait avec un désir éperdu. Alana avait rarement été exposée aussi directement à la convoitise d'un homme. Inexplicablement, elle n'était plus pressée de rajuster sa robe. Une sorte de frisson la parcourut, un frisson... délicieusement voluptueux.

— Vous êtes dure en affaires, Alice Diana Van Alen, murmura-t-il. Je me demande pourquoi vous n'êtes pas encore mariée.

Ils s'affrontèrent longuement du regard. Des coups frappés à la porte l'empêchèrent de répondre. Alana tenta aussitôt de se dégager mais il la maintint là où elle était en criant :

— Entrez !

Lorenzo Delmonico apparut instantanément, un vieux prêtre ventru à ses côtés. Ils restèrent interdits devant le spectacle insolite de ce couple étendu sur le sol. Lorenzo sembla hésiter entre l'envie d'entendre comment ils allaient justifier leur comportement pour le moins inattendu et celle de courir aux cuisines pour répandre le scandale.

— Votre invité est arrivé, monsieur Sheridan, dit-il finalement avec élégance, comme si le tableau qu'il avait devant lui ne l'étonnait en rien. Désirez-vous que j'apporte un peu plus de vin ?

Mortifiée, Alana s'aperçut que Trevor semblait tout à son aise. Il la considérait avec amusement, un sourire dans les yeux. Elle était perdue. Maintenant que le prêtre les avait découverts dans cette posture compromettante, il les marierait sans discuter, pressé de les absoudre de l'horrible péché de la chair.

Avec une force surprenante, Sheridan l'écarta de lui avant d'attraper sa canne. Il se leva avec aisance et lui tendit la main pour l'aider à se mettre debout à son tour. Alana n'osait regarder le prêtre. D'un coup d'œil discret, Sheridan lui rappela l'état de sa robe. Comme elle ne réagissait pas, il la rajusta lui-même. Ce geste intime la fit rougir comme une pivoine.

— Auriez-vous l'obligeance de nous laisser ?

Lorenzo se retira à regret, visiblement déçu de ne pas assister à la suite des événements. S'il n'avait été le célèbre restaurateur connu de tous, Alana l'aurait aisément imaginé s'accroupissant derrière la porte pour les épier par le trou de la serrure.

— Monsieur Sheridan, je comprends maintenant le sens de votre requête. Vous devez épouser cette jeune personne… avant que l'irréparable ne soit commis.

Alana voulut le détromper mais Trevor l'interrompit :

— Oui, nous voulons nous marier immédiatement, n'est-ce pas, ma chérie ?

Alana ne répondit pas.

— Pouvez-vous procéder à la cérémonie ici même, mon père ?

Le père Donegal semblait terriblement mal à l'aise. Dans l'ombre du confessionnal, il trouvait déjà difficile de convaincre cet homme impressionnant de suivre le droit chemin. Face à face, cela lui paraissait impossible. Son courage faiblit.

— Je me suis déjà dispensé de publier les bans pour samedi, monsieur Sheridan. Si je vous marie ce soir, j'aurai des comptes à rendre à l'évêque. Il sera très mécontent.

— Ce mariage aura lieu ce soir même. Voudriez-vous porter la damnation de mon âme sur la conscience ? Regardez ma future épouse, mon père. Comment ne pas perdre la tête auprès d'elle ?

Choquée de le voir tromper un prêtre, Alana se demanda en même temps s'il lui mentait vraiment...

Le père Donegal contempla un instant les cheveux ébouriffés de la jeune fille, puis sa robe somptueuse. Son regard se posa ensuite sur son visage mais il s'en détourna très vite, comme pour fuir des pensées condamnables.

— Vous ne devriez pas m'obliger à contrarier l'évêque, répéta-t-il.

— Je connais peut-être un moyen d'adoucir la colère de l'évêque, répondit Trevor d'un ton enjôleur. Maintenant que les travaux de la cathédrale sont terminés, il acceptera sans doute une donation pour St. Patrick ? Je tiens plus que quiconque à ce qu'il devienne archevêque.

Le prêtre prit un air affligé.

— Vous lui direz que mon banquier passera le voir demain. Mais ce soir, je dois être marié à cette jeune fille, ajouta-t-il en se tournant vers Alana.

Sur le plan moral, le dilemme était grave. Toutefois, il n'y avait politiquement aucune alternative. L'évêque aurait sa cathédrale et les orphelins de Five Points ne manqueraient de rien.

— Y aura-t-il d'autres dons pour St. Brendan ? demanda le père Donegal.

Sheridan acquiesça.

— Très bien, je vous marie, abdiqua le prêtre.

— Parfait, ponctua Trevor en souriant.

Alana fut frappée par le pouvoir de séduction qui émanait de cet homme, particulièrement quand il souriait. Sa beauté virile l'intimidait.

— Êtes-vous prêts ? demanda le père Donegal en sortant une bible de sa soutane.

Il l'ouvrit à la page du sacrement du mariage.

— Attendez ! s'écria soudain Alana.

Sheridan la devança :

— Puis-je échanger quelques mots avec ma fiancée, mon père ? intervint-il.

Ce dernier opina, et Sheridan entraîna Alana dans un coin de la pièce.

— Que cherchez-vous, Alana ? chuchota-t-il. À faire la une du *New York Chronicle ?* Je pourrai aussi glisser un mot ou deux au *Times* ou au *Herald* si vous m'y forcez.

Désespérée de se sentir aussi impuissante, Alana hésita. Déjà, il tentait de la ramener vers le prêtre, mais elle le retint par la manche et murmura d'une voix vibrante de rage contenue :

— Je vous épouse, Sheridan, mais sous certaines conditions : je veux avoir la libre disposition de mon argent sans vous rendre de comptes. Je tiens à ce que mes secrets soient préservés. Promettez-moi de ne jamais me poser de questions à ce sujet, et de ne jamais enquêter pour les découvrir.

— Je vous le promets, répondit-il aussitôt.

Un peu soulagée, elle baissa la tête, mais sa fureur d'en être réduite à lier sa vie à cet homme la taraudait toujours. De guerre lasse, elle se laissa conduire vers le prêtre.

Lorenzo et un aide-serveur sicilien leur servirent de témoins. Ils prêtèrent serment de rester discrets et le père Donegal se posta devant le couple pour procéder à la cérémonie :

— Quel est votre nom, mon enfant ?

— Alana... bredouilla-t-elle, incapable de se résoudre à admettre ce qui lui arrivait. Alice Diana Van Alen.

— Vous n'êtes pas catholique, n'est-ce pas, mademoiselle Van Alen ?

— Non. Ma famille a choisi depuis toujours l'église germanique réformée.

— Dans ce cas, vous devez jurer, sur le nom de Jésus-Christ notre sauveur, d'élever les enfants issus de cette union dans la religion catholique.

Alana déglutit avec difficulté.

— Je le jure, murmura-t-elle sans oser regarder Sheridan.

Satisfait, le père Donegal prononça les paroles rituelles qu'Alana ne perçut qu'assourdies, comme à travers un brouillard cotonneux. Elle s'entendit répondre oui d'une voix presque inaudible. Sheridan, lui, répondit plus fermement, et s'empressa de glisser à son annulaire gauche l'énorme diamant de chez Tiffany.

Enfin, le prêtre les bénit. Trevor se pencha vers elle et effleura ses lèvres d'un baiser de pure forme. Quand il se redressa, ses yeux sombres brillaient de triomphe et elle crut y déceler une flamme possessive. Elle comprit alors qu'elle venait de commettre la plus grande sottise de sa vie. Maintenant qu'elle était sa femme, il ferait d'elle ce qu'il voudrait...

Inconsciemment, elle recula d'un pas. Le prêtre lança une plaisanterie qu'elle n'entendit même pas. De plus en plus affolée, elle se rendait compte qu'elle venait d'épouser… le diable en personne. Malgré elle, son regard éperdu demeurait rivé au sien. Il affichait un petit sourire satisfait. Pire : il exultait. Mais n'en avait-il pas le droit ? Tout s'était déroulé selon ses plans. Il venait de réussir un coup de maître. Alana était maintenant sa femme, légalement et devant Dieu.

Qu'avait-elle fait ?

9

Lui savourant sa victoire, elle le goût amer de l'échec, ils n'échangèrent pas un mot durant le trajet jusqu'à Washington Square.

Dès que la voiture s'arrêta, Trevor sauta à terre pour aider la jeune femme à descendre. Elle ne s'attendait pas à ce qu'il l'accompagne galamment jusqu'à la petite porte cochère. Pressée de se débarrasser de lui, elle actionna la cloche pour prévenir Pumphrey. Dans la faible lueur des lampes à gaz, son diamant scintilla. Elle l'ôta aussitôt de son doigt et le lui tendit.

— Tenez, vous risquez d'en avoir besoin samedi.

— Je vous en offrirai une autre pour la cérémonie, répondit-il tranquillement. Gardez celle-ci. C'est votre bague de mariage.

— Ne prenez pas cette peine. Nous ne resterons pas mariés très longtemps.

— Gardez-la, répéta-t-il.

Son insistance l'exaspéra.

— À vos ordres, *monsieur Sheridan*.

— Tout le plaisir est pour moi, *madame Sheridan*.

S'entendre appeler par ce nom, le sien désormais, la désarçonna complètement. Tout à coup, la réalité de sa situation prenait corps.

De plus en plus mal à l'aise, elle tira à nouveau sur la chaîne. Il ne lui restait que deux jours de liberté et elle entendait les passer loin de cet homme. Pumphrey ouvrit enfin. Le col de sa chemise rebiquait comme s'il l'avait enfilée à la hâte. N'ayant jamais vu jusqu'ici sa maîtresse avec un autre homme que son oncle, il sembla surpris par la présence de Sheridan. Jamais elle n'avait invité ses soupirants chez elle, pas même Anson Vanbrugh-Stevens. Après l'incendie, elle avait soigneusement préservé son intimité.

Elle s'apprêtait à prendre congé de Trevor quand, à son grand désarroi, il pénétra dans la maison comme en terrain conquis. Prise de court, Alana parvint néanmoins à se reprendre :

— Pumphrey, voudriez-vous demander à Hazel de nous faire du café ? Nous le prendrons au salon.

N'en revenant pas, Pumphrey acquiesça en battant des paupières. Puis il débarrassa la jeune femme de sa cape et disparut en jetant des coups d'œil furtifs à celui qui, d'après la presse, allait épouser sa maîtresse.

Incapable de prononcer les mots de bienvenue qui s'imposaient, Alana se dirigea vers le salon, invitant son « mari » à la suivre d'un simple hochement de tête.

Très à l'aise, Trevor parcourut la pièce du regard et s'installa sur le divan. Il posa sa canne contre l'accoudoir tandis qu'elle s'asseyait dans un fauteuil.

Ce fut alors comme si la colère réprimée tout au long de la soirée ne pouvait plus rester muette.

— À New York, il est d'usage qu'un *gentleman* attende que la dame soit assise avant de s'asseoir lui-même, ne put-elle s'empêcher de remarquer.

Après tout, ce mariage insensé ne le dispensait pas d'observer certains égards à son endroit.

Les lèvres de Sheridan s'incurvèrent en ce qui aurait pu passer pour un sourire.

— Dans le comté de Roscommon d'où je viens, nous observons nous aussi certains usages. Une jeune fille se doit notamment d'accueillir son prétendant avec un minimum d'empressement, quelques paroles aimables, mais en aucun cas d'un simple et glacial signe de tête.

— Vous ne voudriez tout de même pas que je vous accueille chez moi comme si vous me courtisiez ? répliqua-t-elle en haussant le ton. À présent que nous...

Un bruit dans l'entrée l'interrompit. Ayant vraisemblablement entendu le ton monter, Pumphrey avait hésité avant d'annoncer sa présence. Il posa le plateau de café sur la table et se retira après avoir discrètement fait coulisser les doubles portes.

— Vous ne pouvez vous attendre à me voir accepter la situation de bonne grâce, monsieur Sheridan. Jamais je n'aurais pensé que la soirée se terminerait ainsi. Je croyais avoir plus de temps pour...

— Pour faire marche arrière, *madame Sheridan ?*

Elle s'empourpra. C'était son nom à présent. Mme Sheridan.

— Ne m'appelez pas ainsi, dit-elle.

— Très bien, Alana, alors appelez-moi Trevor.

Elle sentit le défi vibrer dans sa voix. Le défi et... autre chose, comme une note de regret qui fit courir un long frisson dans son dos.

— Vous êtes ma femme maintenant, continua-t-il. Est-ce trop vous demander que de sauver les apparences ?

— Cela ne marchera pas... *Trevor,* martela-t-elle.

Ce nom lui semblait étranger dans sa bouche, et en même temps, il y sonnait bien.

— Un jour vous regretterez ce mariage hâtif.

— Je ne vois pas comment la situation pourrait tourner à mon désavantage. J'ai pensé à tout.

— Je vous répète que vous vous en mordrez les doigts. Vous avez brisé trop de vies. L'une de vos victimes finira par se venger.

Il plongea son regard dans le sien.

— Et cette victime, ce sera vous ?

Oui ! eut-elle envie de crier bien qu'elle doutât de posséder le machiavélisme nécessaire à la réussite de tels desseins. Au lieu de cela, elle rétorqua gravement :

— Si je ne m'en charge pas moi-même, vous me permettrez de féliciter celui qui le fera.

Contre toute attente, il se mit à rire.

— Charmant ! Quand je pense que vous devriez me remercier à genoux de vous avoir tirée d'un si mauvais pas !

— Je savais fort bien m'y prendre avec mon oncle avant que vous n'interveniez.

Il observa un instant les marques des cordes sur ses bras, maintenant cicatrisées.

— Bien sûr, répondit-il, railleur.

Furieuse, elle se leva et servit le café. Il attendit qu'elle eût regagné sa place avant de poursuivre.

— Dès demain, vous devrez choisir ceux de vos serviteurs qui vous suivront chez moi, ainsi que les effets que vous emporterez. Afin de vous consacrer sans plus tarder à Mara, vous ne reviendrez plus ici après samedi. J'insiste pour que vous viviez sous mon toit dès que possible.

Alana n'avait pas encore pensé à ces questions pratiques. Ce qu'il lui demandait n'avait rien d'étonnant dans la mesure où elle était sa femme, mais un sentiment de panique l'envahit à l'idée de renoncer à son décor familier. Elle n'avait pas eu le temps de se préparer à tous les sacrifices que ce mariage impliquait.

Où est le sacrifice ? Les paroles de Sheridan lui revinrent en mémoire. Elle caressa du regard le sofa que sa mère aimait tant, la petite table de jeu en acajou appartenant à sa famille depuis trois générations. Des larmes soudaines perlèrent à ses yeux. Elle ne s'était jamais sentie particulièrement attachée à ses meubles, mais l'irruption inopinée de Trevor Sheridan dans sa vie avait brutalement anéanti ses espoirs, comme cette maison en bois blanc qui apparaissait dans ses rêves. Si elle avait épousé un Knickerbocker, son existence n'aurait pas subi de tels changements. Mais se séparer de tous ses souvenirs parce que son univers venait de basculer s'avérait autrement douloureux.

La gorge serrée, elle se retint de pleurer devant cet homme. Pas après ce qu'il venait de lui faire. Une Knickerbocker apprenait dès l'enfance à dissimuler ses émotions, quelles que soient les circonstances. Elle ravala ses larmes avec maestria.

— Nous passerons notre lune de miel à Newport, annonça-t-il de sa voix profonde, légèrement rocailleuse, où son accent venait de percer.

Surprise, elle se demanda ce qui avait pu le troubler. Sa froideur, peut-être ? À moins qu'il n'ait décelé son désarroi malgré ses efforts pour le dissimuler. Toujours est-il qu'il lui parut soudain plus humain. Pourtant, en scrutant son regard, elle n'y vit que la tranquille assurance du conquérant certain d'avoir pris la bonne décision.

— La saison des bals commence à peine. Vous prendrez le temps de mieux connaître Mara, et la présenterez à qui il faut.

— À Newport ?

Il acquiesça.

Elle faillit lui demander pourquoi sa sœur les accompagnait pendant leur lune de miel, mais elle se souvint à temps que leur union n'était qu'une mascarade dont seule Mara devait tirer bénéfice. Au moins, elle ne serait pas seule avec lui.

— Que pense-t-elle de notre mariage ? voulut-elle soudain savoir.

Sheridan prit le temps de finir son café.

— Je l'ai sentie un peu déconcertée. En fait, je ne lui ai rien dit des véritables motifs, et je vous serais reconnaissant de faire de même.

Une pointe de menace perçait dans sa voix.

— Que pense-t-elle de moi ? s'enquit-elle dans un murmure.

— Elle ne tarit pas d'éloges à votre sujet, répondit-il avec une étrange émotion. Mais Mara ne dit jamais de mal de personne.

Connaissant la jeune fille, cette réponse n'étonna pas Alana. Elle observa cet étranger qui était son mari... Le divan où il était confortablement installé semblait trop fragile pour sa forte corpulence. Tout en lui évoquait une volonté implacable, une dureté inébranlable qui contrastait terriblement avec la douceur et la gentillesse de sa sœur.

— Une rude journée vous attend demain, conclut-il en se levant et en saisissant sa canne. Je vous laisse. Envoyez-moi la liste de ce dont vous aurez besoin, ainsi que le nom des domestiques que vous garderez.

Alana se contenta de hocher la tête. Elle aurait effectivement beaucoup à faire le lendemain, et notamment se rendre à Brooklyn pour apprendre à la seule parente de sang qui lui restait qu'elle s'était mariée la nuit précédente.

Sheridan s'immobilisa, comme pour choisir soigneusement ses mots.

— Alana, je crois savoir que plusieurs prétendants vous courtisent. Je vous laisse le soin de les informer de notre arrangement. Vous saurez trouver les mots pour leur expliquer que, bien que nous soyons mariés, ils ne doivent pas perdre tout espoir.

Ces paroles inattendues la frappèrent de stupeur. Décidément, ses idéaux sur le mariage se voyaient profondément bafoués ce soir. Un mari digne de ce nom n'avait pas le droit de suggérer de telles choses à sa femme, même s'il n'y avait pas d'amour entre eux. Ce qu'il venait d'insinuer la blessait cruellement.

Comment pouvait-il prononcer les vœux sacrés du mariage et lui suggérer, quelques minutes plus tard, d'entretenir ses anciennes relations jusqu'à ce qu'elle soit libre à nouveau. Tant de cynisme lui donnait envie de pleurer.

— Bonsoir, Alana. Rendez-vous à St. Brendan.

— Bonsoir, répondit-elle d'une voix mourante, sans oser le regarder.

Dès qu'elle entendit claquer la porte d'entrée, elle se jeta sur le divan et pleura longuement.

10

Le lendemain matin, Alana se rendit à South Street comme elle l'avait fait des centaines de fois. Le nouveau ferry qui traversait l'East River était rapide, et le coupé des Van Alen débarqué sur l'autre rive à midi précis. En revanche, la circulation sur les quais était fort malaisée en raison des travaux de construction du pont. Des travailleurs, irlandais pour la plupart, s'y affairaient.

Bloquée derrière d'autres voitures, Alana souleva discrètement le rideau de la portière afin d'observer ces hommes qui s'exprimaient bruyamment, dans un mélange de gaélique et d'anglais. La plupart lui parurent peu recommandables et aucun ne possédait la beauté de Trevor. Trapus et rougeauds, ils marchaient courbés, comme cassés par les durs travaux qu'ils accomplissaient depuis des années. Une flasque passait de main en main dans un groupe assemblé un peu plus loin. Alana songea que ces hommes correspondaient bien à la description de Mme Astor.

Puis ses pensées revinrent à son mari. Lui aussi avait grandi dans les rues. Soudain, elle eut l'impression de le connaître un peu mieux. Elle ignorait comment il s'était hissé à la position qu'il occupait aujourd'hui, mais elle se sentit tout à coup remplie d'admiration.

Elle souleva à nouveau le rideau et s'aperçut qu'elle était déjà bien engagée dans la campagne environnant Brooklyn. Des moutons paissaient dans les champs et la terre avait été labourée en prévision des semailles. Comme toujours, plus elle approchait de l'asile de sa sœur, plus son chagrin s'intensifiait. En repensant à ces Irlandais qui peinaient pour survivre, elle se dit qu'il existait d'autres sortes d'enfers. La pauvreté n'était pas la seule tragédie ; elle était bien placée pour le savoir, elle qui voyageait dans cette somptueuse voiture aux sièges capitonnés d'un épais velours. Elle franchit l'entrée de Park View Asylum en songeant que le malheur n'épargnait nul destin.

L'infirmière en uniforme bleu et blanc qui l'accueillit arborait un sourire inhabituellement chaleureux. Comme elles s'engageaient dans le long couloir en verrière qui longeait le parc, l'infirmière Steine l'entretint des progrès de sa sœur.

— Elle a passé une bonne journée, mademoiselle Van Alen. Voyez vous-même : elle est là, près de la mare, en train de nourrir les canards.

À travers la vitre, Alana aperçut Christabel, assise sur un banc. Ses cheveux blonds comme les blés ondoyaient légèrement sous la caresse du vent. Elle venait d'avoir seize ans et ne cessait d'embellir. Mince et admirablement proportionnée, elle avait un visage de madone. De plus, sa beauté physique reflétait sa beauté intérieure, Alana n'en doutait pas.

— Merci. Je suis contente de la voir heureuse aujourd'hui. Je vais la rejoindre...

— Attendez, mademoiselle Van Alen, si vous voulez bien.

Alana s'immobilisa.

— Ses cauchemars l'ont encore harcelée, cette nuit. Elle tente désespérément de se souvenir de l'incendie. Je crains qu'elle n'essaie d'en savoir davantage, et j'insiste pour que vous détourniez la conversation.

Alana acquiesça, mais au moment où l'infirmière allait la quitter, elle ne put s'empêcher de lui poser une question qui la préoccupait depuis longtemps.

— Je ne suis pas médecin, madame Steine, mais ne serait-il pas préférable que ma sœur se souvienne de ce qui s'est passé cette nuit-là ? Peut-être cela la soulagerait-il mieux que toutes les drogues.

— Tuer ses parents est un crime épouvantable, mademoiselle Van Alen. Le choc de la vérité risquerait de la détruire irrémédiablement.

— Ou de la libérer, insista la jeune fille. Je vous répète qu'elle n'est pas coupable. Si Christabel se rappelait enfin comment le feu a pris, nous pourrions convaincre le commissaire qu'il s'agissait bien d'un accident.

— Et s'il en était autrement ? Seriez-vous capable de l'accepter ? N'est-il pas préférable de choisir l'oubli ?

Il n'y avait plus aucune douceur dans les paroles de l'infirmière. Alana attribua cette dureté à sa longue habitude de côtoyer des parents accablés.

— Je sais, au plus profond de moi-même, que ma sœur n'a pas commis ces crimes dont on l'accuse.

Plaquant un sourire professionnel sur sa grande bouche, Mme Steine la toisa du regard.

— Mademoiselle Van Alen, vous avez eu beaucoup de chance que Park View lui soit proposé plutôt que la prison, cela grâce à son très jeune âge et à l'intervention de votre oncle auprès de la police. Il a offert une somme substantielle au commissaire pour qu'elle soit placée dans une bonne institution. Inutile de remuer la boue. Nous savons ce qui est bon pour votre sœur, et votre oncle est satisfait de nos services. Ne pourriez-vous l'être aussi ?

— Je sais que vous êtes gentille avec elle. Je ne voulais pas dire que…

— Alors, dépêchez-vous d'aller la voir. Votre temps de visite est trop précieux pour que vous le perdiez avec moi.

Déçue, Alana se contenta d'acquiescer. Elle avait déjà eu cette discussion, avec son oncle, avec le commissaire, avec Mme Steine elle-même. Avec espoir et passion, elle avait ardemment défendu ses convictions pour s'entendre inlassablement répondre les mêmes choses. Aujourd'hui, elle avait l'impression désagréable de s'être égarée sur une voie sans issue.

— Allez vite retrouver votre sœur, mademoiselle Van Alen, répéta l'infirmière. Je vais dire à votre cocher de revenir dans une heure.

Mme Steine s'était toujours montrée aimable envers elle. Pourtant, Alana ne l'aimait pas. Depuis le début, cette femme lui inspirait inexplicablement une certaine méfiance. Soucieuse, elle ouvrit la grille en fer forgé de l'atrium et se dirigea vers la mare.

— Christal ? appela-t-elle doucement, après avoir traversé la pelouse d'herbe tendre. Christal ? M'aurais-tu oubliée en seulement deux petites semaines ?

Christal se retourna. Ses yeux bleus exprimaient la joie et la douleur mêlées. Elle se leva et les deux jeunes filles s'étreignirent tendrement, comme chaque fois qu'elles se retrouvaient.

— Oh, Alana, je pensais à toi, murmura Christabel dans les cheveux de sa sœur. Te souviens-tu quand père nous emmenait acheter des bonbons, chez Loft ? Si tu savais à quel point les confiseries me manquent...

Alana sourit. Elle s'écarta un peu afin de contempler sa jeune sœur. Elle portait une robe de taffetas bleu pâle, de la couleur exacte de ses yeux, et une basque de velours prune s'épanouissait au bas du corset. Elle était trop jolie pour rester enfermée dans cet asile où personne ne pouvait l'admirer.

— Viens t'asseoir, fit Christabel en entraînant Alana vers le banc. Quel beau temps, n'est-ce pas ?

Dès qu'elles furent assises au bord de la mare, les canards se rassemblèrent à leurs pieds, en quête de petits bouts de pain.

— Je te trouve en pleine forme, ma chérie. J'en suis ravie. J'ai quelque chose à te dire et…

— Pas de mauvaises nouvelles, j'espère ?

Déjà, la frayeur assombrissait les beaux yeux bleus.

— Bien sûr que non !

Alana s'empressa de lui prendre les mains afin de la rassurer. Si pour elle ce mariage était une calamité, pour Christal il représentait le salut, et pour cette seule raison elle voulait paraître heureuse.

— Oh ! un solitaire… murmura Christal en regardant la main de sa sœur. Tu t'es fiancée ?

Alana ouvrit la bouche mais aucun son n'en sortit. Elle ne savait pas comment commencer, comment atténuer le choc inévitable qu'elle allait lui causer.

— Non, Christal, plus que cela… En réalité, je… je suis mariée. Depuis hier soir.

Le visage de Christal refléta un étrange mélange de bonheur et de chagrin.

— C'est merveilleux, dit-elle dans un souffle. Je suis tellement contente. Je te souhaite d'être heureuse.

Elle détourna les yeux pour que sa sœur n'y vît pas l'ampleur de sa peine.

— Je sais bien que jamais je n'aurais eu la permission d'assister à ton mariage, Alana. Je comprends pourquoi tu ne m'as rien dit. J'espère seulement que tu as pensé un tout petit peu à moi.

Au bord des larmes, Alana la prit aussitôt dans ses bras et la serra contre elle.

— Christal, tu es ma vie, murmura-t-elle avec ferveur. Il ne se passe pas une seule minute sans que je pense à toi. Sois tranquille, je ne risque pas de t'oublier, même si tu es ici.

— Tu le devrais pourtant, répondit sa sœur en se mettant à trembler. Mon Dieu, que pense ton mari ?

— Je ne lui ai rien dit, et je ne lui dirai rien ! Un jour je te sortirai d'ici, Christal, et je n'ai pas l'intention de laisser un étranger s'immiscer dans mes affaires de famille.

— Cet homme n'est pas un étranger ! Il est ton mari. Il faudra bien que tu lui parles de moi tôt ou tard... C'est Anson que tu as épousé ? Il se montrait assez pressant, je crois.

Alana frissonna. Comment lui expliquer tout ce qui venait de lui arriver ?

— Non, Christal. J'ai épousé un Irlandais. Il s'appelle Trevor Sheridan. Si je ne t'en ai pas parlé plus tôt, ma chérie, c'est que je ne le connais que depuis lundi dernier. C'est une histoire très compliquée...

— Un Irlandais ! s'exclama Christal, stupéfaite et délicieusement scandalisée. Tu as épousé l'un des domestiques, c'est cela ? dit-elle en baissant la voix.

Alana se mit à rire, attendrie par tant de naïveté. Sa sœur était si jeune et connaissait si peu la vie... Quel dommage qu'elle ne puisse assister à son mariage, à St. Brendan, le lendemain.

— Non, ma chérie. Trevor Sheridan est riche à millions. Je pourrai prendre soin de toi, Christal. Nous achèterons une petite ferme dans les environs, et je te sortirai d'ici. Nous vivrons pour toujours à l'abri du monde et des soucis. Je l'imagine déjà ! Une maison blanche, en bois, bâtie au sommet d'une colline verte... une maison toute simple.

Perdue dans ses rêves, Alana ne remarqua pas l'étonnement dans les yeux de sa sœur.

— Alana, l'interrompit-elle, tu es mariée à présent. De quoi parles-tu ?

— Oh, ce n'est pas...

Mais elle ne put aller plus loin. Comment parler à Christal de son arrangement avec Sheridan ? Celle-ci comprendrait immédiatement qu'elle s'était sacrifiée pour elle et se sentirait coupable. Alana ne supportait pas cette idée.

— Je ne sais pas ce que je dis ! lança-t-elle avec un petit rire. Tout cela est si nouveau pour moi que je ne parviens pas encore à y croire !

— Il doit être très conciliant pour te laisser venir me voir ici, alors que vous devriez être en pleine lune de miel. Il est très gentil, n'est-ce pas ?

« Ce n'est pas un vrai mariage et il n'y aura pas de lune de miel ! » eut-elle envie de crier. Mais elle n'avait pas le droit de semer le trouble dans l'esprit de sa sœur qui s'assurait seulement de son bonheur.

— Il est tout ce que je désirais, mentit-elle.

D'une certaine façon, ce n'était pas entièrement faux.

— Oh, j'en suis heureuse ! Tu auras des enfants, et ils feront oublier tout le mal que j'ai causé.

À nouveau, Christal l'étreignit, mais Alana ne trouva rien à dire. S'apercevant alors que sa jeune sœur avait soudain l'air très fatiguée, elle rassembla aussitôt son sac et ses gants.

— Mme Steine t'a-t-elle dit que j'avais fait des cauchemars cette nuit ?

— N'y pense pas, ma chérie, s'empressa de répondre Alana en tentant de prendre un ton léger. Il fait tellement beau aujourd'hui.

Christal s'efforça elle aussi de cacher sa douleur, mais son extrême pâleur était révélatrice. Elle posa une main tremblante sur celle de sa sœur.

— Non. Il faut que je t'en parle, Alana. Un jour je me souviendrai. Il le faut. Il le *faut*.

— Ils disent que tu ne dois pas essayer. Je t'en prie, cesse de te torturer. Tu es tellement jeune. Te savoir avec ce poids sur la conscience me rend malade.

Christal s'écarta de sa sœur, et des larmes se mirent à couler sur ses joues.

— Dans mon rêve, je sens la brûlure sur ma main, dit-elle en baissant les yeux sur sa paume.

Elle ne portait pas de gants et Alana vit la cicatrice qui avait condamné sa sœur aux yeux du commissaire chargé de l'enquête.

La marque avait la forme d'une rose, réplique exacte de celle qui figurait sur le bouton de porte en argent de la chambre de ses parents. Ils avaient brûlé vifs dans leur lit, lors de l'incendie, enfermés à double tour dans la pièce. Toutes les preuves désignaient la même coupable : Christabel, seulement âgée de treize ans à l'époque. Les policiers l'avaient retrouvée cachée dans sa penderie, après avoir sans doute échappé aux flammes en empruntant la corniche sous la fenêtre de leur chambre. Elle avait subi un tel traumatisme qu'elle avait perdu tout souvenir de ce qui était survenu cette nuit-là. On n'avait jamais su pourquoi elle se trouvait dans leur chambre au moment du drame, pourquoi le feu avait subitement pris une vigueur telle que le bouton de la porte s'était transformé en fer rouge.

Alana se rappelait avec une étrange précision la gentillesse de Didier après la catastrophe. Il avait veillé à la bonne exécution du testament de leurs parents, finançant lui-même les réparations de la maison de Washington Square. Le sort de Christabel l'avait profondément affecté. Alana n'oublierait jamais son expression quand le commissaire lui avait parlé de la brûlure sur la main de l'adolescente, qui signait, selon lui, sa culpabilité. Bouleversé, Didier avait imploré sa clémence, arguant du très jeune âge de la coupable. Il avait ainsi obtenu son internement à Park View plutôt qu'une incarcération… ou pire encore. Se faisant un devoir de protéger le nom des Van Alen, il avait magistralement étouffé l'affaire.

C'était la dernière bonne action qu'Alana lui connaissait. Et s'il n'avait eu l'alibi d'avoir été vu cette nuit-là à l'Académie de musique, elle aurait refusé d'admettre que la mort de ses parents n'était qu'un accident. Un accident bien mystérieux.

— Ce n'est pas le moment d'en parler, Christal. Tu me sembles trop fatiguée.

— Non. Je vais me rappeler. J'y parviendrai, Alana. C'est mon seul espoir.

— Christal... commença Alana.

Mais sa voix se brisa sous l'effet de l'émotion. Se sentir aussi impuissante à soulager la souffrance de sa chère petite sœur lui fendait le cœur. Le monde était bien injuste.

— S'il te plaît, Alana, va-t'en maintenant, murmura Christal.

Elle essuya ses larmes et se leva pour émietter le reste de pain destiné aux canards.

— Je suis vraiment fatiguée, ajouta-t-elle. Et tu t'es attardée trop longtemps. Ne fais pas attendre ton mari à cause de moi.

Alana se leva à son tour. Elle ne trouvait pas le courage de partir.

— Laisse-moi au moins t'accompagner jusqu'à ta chambre.

— Tu ne peux m'être d'aucun secours. C'est à moi de m'en sortir, à moi toute seule.

— Je t'en prie, cesse de te torturer, répondit Alana en essayant sans succès de lui prendre la main.

— Rentre, Alana. Je ne veux pas me sentir coupable de t'éloigner de ton mari. Il est déjà tellement gentil de te laisser venir. Dis-lui combien je lui en suis reconnaissante. Dis-lui aussi que... qu'il a épousé la jeune fille la plus courageuse et la plus adorable de tout New York.

Au bord des larmes, Alana s'en fut en courant vers les grilles de l'asile. Inutile de bouleverser Christal par le spectacle de sa détresse. Quand celle-ci se tourna vers les canards toujours rassemblés à ses pieds, elle évoquait une Ophélie tragique et désespérée.

Quand le cabriolet s'arrêta devant Washington Square, Alana avait les yeux rouges et gonflés. Ignorant l'agitation qui régnait dans la maisonnée à l'approche de son mariage, elle se rendit directement dans sa chambre où elle s'enferma à double tour. Elle tenta désespérément de reprendre le contrôle de ses émotions. Jusqu'à présent, elle y était toujours parvenue, mais aujourd'hui, elle avait l'impression que plus jamais elle ne pourrait sourire. Dès qu'elle pensait à Christal, des larmes intarissables ruisselaient sur ses joues.

Elle ne parvenait plus à surmonter le chagrin que lui causait l'état de sa sœur, et elle comprit soudain la véritable raison de son désarroi : Christal luttait avec un courage exemplaire pour surmonter sa souffrance. Cet acharnement brisait le cœur d'Alana et elle avait honte. Honte d'accorder tant d'importance aux malheurs que lui infligeait Sheridan. Honte de s'apitoyer sur elle-même. Ses petits ennuis, son mariage forcé n'étaient rien comparés à la terrible épreuve qu'endurait Christabel.

Des coups frappés à sa porte interrompirent le cours de ses pensées. Alana faillit ne pas répondre, mais la voix implorante de Mme LaBoeuve qui insistait désespérément pour lui faire essayer sa robe de mariée la toucha. La pauvre femme devait la terminer pour le lendemain matin. Alana essuya ses yeux et lui ouvrit.

Elle n'avait rien d'une jeune mariée heureuse, mais elle décida de ne prêter aucune attention aux regards curieux de la couturière et de ses ouvrières. Après avoir ôté sa tenue de voyage, elle dénoua les rubans qui fermaient son corset dc soie rose et sa chemise. Aussitôt, Mme LaBoeuve et ses aides entreprirent d'ajuster la robe de satin blanc, épinglant ici, rectifiant là, feignant d'ignorer les traces de larmes sur les joues de la jeune femme.

Alana aurait dû se soucier davantage de jouer le jeu, mais elle n'avait qu'une hâte : se retrouver seule.

Ce répit devait lui être refusé.

Mme LaBoeuve fixait sa dernière épingle quand les protestations véhémentes de Margaret leur parvinrent.

Presque simultanément, Trevor Sheridan faisait irruption dans la chambre, Margaret s'agitant à ses côtés, au bord de la crise de nerfs.

— Il n'a rien voulu entendre, Mademoiselle ! criait-elle. Dois-je demander à Kevin de chasser ce monsieur ?

— Qu'est-ce que cela signifie ? s'écria Alana, se sentant presque nue dans son corsage à peine faufilé.

— Je n'ai jamais vu une chose pareille ! continuait de gémir Margaret. Entrer ainsi dans les appartements privés d'une dame ! Quelle honte !

S'arrachant à la contemplation de la jeune femme en petite tenue, Sheridan se tourna vers la servante et lui décocha une réplique en gaélique. Les yeux de Margaret s'agrandirent de stupéfaction.

— Vous avez déjà oublié votre langue maternelle ? demanda-t-il. Quel dommage ! Allons, retournez à vos cuisines. Ouste ! Laissez-nous. Tout le monde dehors ! Je veux être seul avec ma… fiancée, ajouta-t-il après une hésitation.

Figée dans sa robe de mariée, Alana agrippait les revers de son corsage.

— Votre conduite est intolérable ! protesta-t-elle, le cœur battant de plus en plus vite sous le regard amusé qui la fixait sans ciller. Vous n'avez pas le droit de faire ainsi irruption dans ma chambre !

— Maintenant, si, décréta-t-il avec aplomb.

— De quel droit pénétrez-vous chez moi sans y avoir été invité ?

— Je suis votre mari. Cela me donne certains droits.

— Personne ici ne sait que nous sommes mariés. Vous avez choqué mes gens.

— Qu'ils soient choqués, jeta-t-il avec indifférence en s'approchant d'elle. Vous avez pleuré.

Rouge de colère, Alana se détourna en rétorquant d'un ton vindicatif :

— J'ai de bonnes raisons de pleurer, non ?

Ignorant la situation de sa sœur, vraie raison de son chagrin, il en conclut que son mariage forcé en était la cause. Il devint glacial et menaçant. S'approchant lentement d'un canapé recouvert de chintz, il s'y assit avec des airs de propriétaire prenant possession de son territoire, puis posa sa canne sur ses genoux comme s'il s'agissait d'une rapière.

Elle s'approcha de lui à grandes enjambées, s'empêtrant dans la traîne.

— Si vous vouliez me parler, vous deviez m'attendre dans le salon.

— Je n'ai pas l'habitude d'attendre dans les salons. Vous êtes ma femme et c'est maintenant que j'ai décidé de vous voir.

Sa froideur soudaine surprit Alana. Un frisson d'appréhension la parcourut. Dans sa bouche, le mot « femme » avait sonné comme une malédiction.

— Cela ne fait pas partie de notre marché. Jamais je ne vous ai autorisé à forcer l'intimité de mon appartement à votre guise. Je vous prie de partir immédiatement.

Il l'observa en silence, sans la moindre émotion. Son regard glissa involontairement sur le satin blanc qu'elle serrait sur sa poitrine, mais il resta de marbre.

— Auriez-vous préféré que je vous envoie mes hommes de loi ? Ils seraient venus en nombre et votre intimité s'en serait trouvée autrement violée.

— Ils m'auraient attendue au salon, eux.

— Je n'en suis pas sûr. Ils sont plutôt nerveux. Quand je leur ai appris mon mariage, ils ne savaient plus que faire pour essayer de vous voir. Apparemment, ils vous soupçonnent de vouloir mettre la main sur ma fortune.

— Des hommes avisés, me semble-t-il, car je compte obtenir une contrepartie substantielle pour ce que vous m'infligez.

Alana pensait au coût des soins de sa sœur. Ces hommes de loi ne devaient pas l'empêcher de toucher ce qui lui revenait.

— Je les ai informés de notre arrangement. Ils voulaient se déplacer afin de vous faire signer ces papiers, mais j'ai cru bon de venir moi-même.

— Comme c'est aimable à vous ! ironisa-t-elle, certaine qu'il ne s'était dérangé que pour jouir du spectacle de sa colère.

Avec un sourire cynique, il sortit de sa poche de poitrine une épaisse liasse de feuillets qu'il posa sur la table près de lui.

— Avez-vous un porte-plume ?

— Que dois-je signer ?

— Ces documents stipulent la rente qui vous reviendra. Dix mille dollars par mois vous suffiront-ils ?

Le sang déserta le visage d'Alana si soudainement qu'elle faillit s'évanouir. Après un rapide calcul, elle déduisit qu'il lui suffisait de rester mariée à cet homme seulement un an, et le coût des soins de Christabel serait assuré à vie, si nécessaire... Tout à coup, elle se sentait plus optimiste.

— Cela vous convient-il, Alana ?

Elle hocha brièvement la tête et prit sa plume et son encrier dans son écritoire. Elle signa aussitôt toutes les pages qu'il lui désignait. Bien sûr, elle parcourut les documents, mais le langage juridique l'assommait et lui demeurait totalement hermétique. Pas moins de trois pages traitaient de « la définition de l'authenticité d'une signature »...

Dès que les papiers eurent repris leur place d'origine, il jeta avec son arrogance habituelle :

— J'entends déjà les soupirs de soulagement des Glass, Goldstein, Sach et autres...

— Maintenant que l'essentiel de votre fortune est à l'abri de mes griffes ? Voudriez-vous m'excuser, fit-elle en lui désignant la porte du regard.

Peu pressé de se retirer, il s'attarda à la contempler dans sa robe de mariée. Bien que celle-ci fût inachevée, Alana était d'une impressionnante beauté. Drapé avec art, le satin révélait la perfection de sa poitrine, la finesse de sa taille, la chute de ses reins. Le regard de Trevor s'embrasa. Il sembla hésiter.

— Vous ne m'avez pas dit qui vous entendiez garder. Cette maison sera mise en vente dès demain. J'imagine que vous ne vous séparerez pas de cette assommante femme de chambre ?

— Margaret est à mon service depuis qu'elle a quitté l'Irlande. Je n'envisage pas une seconde de la mettre à la rue.

Il leva les yeux au ciel.

— Soit. Vous direz à vos gens de vous adresser à Whittaker, mon maître d'hôtel, dès demain.

— Whittaker ? Vous avez donc un maître d'hôtel anglais ?

Elle fit ce commentaire dans le seul but d'en savoir un peu plus sur la situation qui l'attendait, mais Sheridan l'interpréta différemment. Il se raidit. Ses mains se crispèrent sur la canne d'ébène.

— Cela vous étonne ? Je vous rappelle que nous sommes en Amérique et qu'ici les Anglais peuvent travailler pour les Irlandais dès l'instant où ces derniers ont de quoi les payer.

— Je voulais seulement dire que...

— Je sais ce que vous vouliez dire.

— Non, vraiment...

Les mots moururent sur les lèvres d'Alana. Cette fois encore, il lui prêtait de viles arrière-pensées, qui pas un instant ne lui avaient effleuré l'esprit. Cette attitude était exaspérante. Elle ne voulait pas qu'il la croie aussi perfide.

— La cérémonie débutera à neuf heures, jeta-t-il d'un ton froid et formel. Je ne tolérerai pas le moindre retard. Le Carême est terminé, et le prêtre a de nombreux mariages à célébrer.

— Si seulement tout cela était arrivé pendant le Carême, je n'en serais pas là.

Ses lèvres seules esquissèrent un sourire quand il ajouta :

— Et vous pouvez pleurer, ma chère épouse, car non seulement vous avez épousé un Irlandais, mais un Irlandais catholique de surcroît.

— Arrêtez ! Tout ce que je dis n'est pas destiné à porter atteinte à vos origines.

— Permettez-moi d'en douter.

— Non, fit-elle en relevant sa traîne pour le suivre jusqu'à la porte. Je ne pourrai pas vivre auprès de vous en réfléchissant à chaque instant à la façon dont vous risquez d'interpréter la moindre de mes paroles. Vous n'allez tout de même pas m'infliger cette épreuve-là aussi !

— Si, celle-là et toutes les autres.

Elle saisit les revers de son veston pour le forcer à la regarder et rétorqua à voix basse, afin que les domestiques ne l'entendent pas :

— Soit, vous m'infligez des épreuves. Vous me ruinez, vous m'obligez à un mariage sans amour, vous moquant totalement de compromettre ma réputation. Mais malgré tout, une chose est certaine : vous vous trompez à mon sujet. Je me moque que vous soyez irlandais, et je jure devant Dieu que je voulais me rendre au bal de votre sœur. Alors tenez-vous-le pour dit et qu'on n'y revienne pas !

Il hésita et, l'espace d'un instant, sembla sur le point de la croire. Mais la méfiance reprit aussitôt le dessus. Il saisit son menton dans sa main.

— Je répugne à vous prêter de noires intentions, Alana, mais vous avez toutes les raisons du monde de jouer les âmes pures. Non, vous êtes comme tous les Knickerbockers, seulement préoccupée du « degré de pureté » de vos semblables.

— Oui, mais c'est la pureté de leurs cœurs qui m'intéresse ! Pour ce que je connais du vôtre, il en semble bien dépourvu !

Furieuse, elle voulut repousser sa main mais, dans sa rage, l'une des épingles fixées à son corsage se planta douloureusement dans la peau tendre de sa gorge. Elle tenta aussitôt de l'enlever mais elle était cachée dans les plis du drapé. Une main ferme lui saisit alors le bras tandis qu'une autre partait à la recherche de l'épingle. Sheridan en ôta plusieurs, révélant peu à peu le corset de soie rose, avant de trouver la coupable, enfouie parmi les rubans de sa chemise. Il pressa aussitôt son mouchoir sur la petite goutte de sang qui perlait sur sa peau.

— Laissez, murmura-t-elle vivement, mortellement embarrassée qu'il ait vu son corset.

Il la laissa prendre le mouchoir. Était-ce l'imagination d'Alana qui s'emballait, ou avait-il vraiment effleuré son sein, d'une main tremblante ?

Elle lui rendit son mouchoir taché d'une minuscule trace rouge et, décelant à nouveau le trouble dans ses yeux, elle resserra la couture sur sa gorge. Comme pour la démentir, il lança :

— C'est drôle, votre sang n'est pas bleu. Il est même très semblable au sang irlandais. Qui l'aurait cru ?

Le sarcasme la blessa.

— Nous saignons de la même façon, rétorqua-t-elle. Il serait plus sage de ne pas l'oublier.

— À demain matin.

— À demain matin, répondit-elle, au bord des larmes.

11

Il faisait encore sombre quand Alana s'éveilla, le jour de ses noces. Mme LaBoeuve, qui semblait avoir vieilli de dix ans depuis leur première rencontre, vint frapper à sa porte à six heures du matin, apportant la robe terminée pendant la nuit. La jupe de satin gonflait sur un somptueux jupon de guipure. Le voile de tulle se prolongeait élégamment dans le dos, jusqu'au sol. Tout était blanc, depuis les gants de dentelle figurant des roses, jusqu'aux escarpins de satin et au bouquet de fleurs d'oranger.

Une robe magnifique. Pourtant, Alana n'éprouva aucune joie à la revêtir. Tandis que Margaret nouait le corset en damassé blanc avant de lui tendre les jarretières de soie, Alana songeait à ce que cette journée aurait représenté pour elle si elle avait aimé son mari. Cependant, une étrange résignation tempérait son chagrin. Elle devait épouser Trevor Sheridan. Tout ce qui lui importait dépendait de ce mariage. Elle respira l'exquise senteur de son bouquet, cherchant déjà l'oubli dans ces fragrances qui symbolisaient pourtant la pureté de l'amour éternel.

Vêtue avant même que les premières lueurs du jour n'éclairent Washington Square, elle se posta à la fenêtre pour admirer le lever du soleil sur le parc. L'immense traîne de satin l'empêchait de s'asseoir.

Elle ne toucha pas à son petit déjeuner. Elle s'efforçait de ne pas penser à la maison blanche de son rêve, à l'homme sans visage qui se détournait dès qu'elle l'appelait. Depuis toujours, elle pressentait qu'elle ne le rencontrerait jamais. Pourtant, il ne quittait pas ses pensées, et encore moins ce matin où elle flottait entre deux mondes, l'un qu'elle désirait profondément voir exister, et l'autre qui existait bel et bien, hélas !

— C'est l'heure, Mademoiselle. Votre oncle est en bas. Oh, Mademoiselle, vous êtes magnifique ! s'exclama Margaret. Comme je regrette de ne pas assister à votre mariage !

Alana se retourna, se forçant à sourire.

— En partant tout de suite, vous trouverez encore une place sur les bancs de l'église avec les autres domestiques.

— Comment le pourrais-je, Mademoiselle ? Après ce que j'ai dit à M. Sheridan, hier… soupira Margaret, incapable de retenir ses larmes.

— Vous ignoriez que l'homme qui avait fait irruption ici avec tant d'impertinence était mon ma… mon fiancé, se reprit-elle in extremis.

Margaret avait la faculté de passer sans transition des regrets larmoyants à l'indignation courroucée.

— Justement ! Vous n'étiez pas mariés hier. Il n'avait donc pas le droit d'agir comme il l'a fait !

Mal à l'aise, Alana éluda la réponse.

— S'il vous plaît, Margaret, allez chercher Kevin et courez vite à l'église. Je ne peux envisager une seconde que vous ne soyez pas là.

— Oh, Mademoiselle ! je n'arrive pas à y croire. Je vous vois comme si c'était hier, en robe courte, avec votre sœur…

Le regard de Margaret se porta sur le daguerréotype représentant Christabel, et les larmes affluèrent à nouveau à ses yeux.

— Quel malheur que la pauvre petite soit morte si jeune !

— J'aimerais tant qu'elle soit là ! soupira Alana, ses yeux s'embuant aussi.

Margaret essuya résolument ses joues.

— Quelle idiote je suis ! Vous faire pleurer un jour aussi merveilleux ! Je vous souhaite tout le bonheur du monde, Mademoiselle.

Alana prit un coffret dans le bureau et en retira de quoi louer un fiacre.

— Tenez, mettez votre plus jolie robe et prenez cela. Vous serez là-bas avant moi !

— Oh, Mademoiselle ! Je ne peux accepter ! Comment pourrais-je vous rembourser ?

Alana faillit éclater de rire.

— Margaret, vous savez qui je vais épouser, n'est-ce pas ? Alors vous n'avez vraiment pas à vous soucier pour ces quelques pièces. Bientôt, je ne saurai sans doute plus quoi en faire, tant j'en serai couverte.

— Que la Vierge Marie vous bénisse pour tout ce que vous avez fait pour nous, Mademoiselle.

Gênée, Margaret prit les pièces, fit une courte révérence et disparut.

Seule à nouveau, Alana regarda le daguerréotype et son cœur se serra. Elle le prit, le caressa et embrassa la joue de sa sœur.

— Christal, murmura-t-elle contre le verre, je parviendrai à prouver ton innocence, je te le promets, et je viendrai danser à ton mariage.

Elle plaça le portrait dans une des malles destinées à partir chez Trevor, et, rassemblant son courage, quitta sa chambre.

Son oncle l'attendait au salon. Lui jetant un regard chargé de mépris, elle accepta froidement son bras et se laissa mener jusqu'à la voiture. À nouveau, il la conduisait à Sheridan. À nouveau, et bien malgré elle…

Ils remontèrent la 5e Avenue sans échanger un mot. Plus ils approchaient de l'église et plus la foule grossissait. Les « Quatre Cents » étaient au rendez-vous. Il y avait tant de monde que la voiture de la mariée resta bloquée près d'une demi-heure derrière la longue file d'attelages.

Dès qu'elle parvint devant l'église, William Backhouse Astor Jr. descendit les marches de marbre pour l'aider à se frayer un chemin parmi les curieux. Même si, pour certains, il ne possédait pas la prestance de son illustre père, Alana le trouvait très fringant. Vêtu d'un habit à queue-de-pie et d'un haut-de-forme gris, il avait fière allure avec sa moustache bouclée, et si la publicité entourant ce mariage l'intimidait, cela ne se voyait pas du tout.

Dans le narthex, deux pages en habit saisirent sa traîne et les orgues entonnèrent le célèbre *Water Music* de Haendel. Alana prit alors le bras de William et remonta l'allée centrale au bout de laquelle l'attendait son ténébreux mari, au pied de l'autel.

Plus elle avançait et plus elle avait envie de s'enfuir. Son mariage chez Delmonico avait été fort bref et dénué du moindre apparat. Ici, il prenait une réalité tangible qui jusque-là lui avait échappé. Elle reconnut sans hésiter les visages des protestants, choqués de se retrouver dans ce qu'ils tenaient pour un lieu païen, celui de Mme Astor, se détournant ostensiblement à son passage, celui de ce jeune homme insolent – le frère de Trevor, à en juger par leur ressemblance – qui la détaillait d'un air approbateur, et enfin celle que Trevor avait choisie pour demoiselle d'honneur, Mara. Elle la précédait de peu dans l'allée, extraordinairement jolie dans sa robe de satin rose pourtant un peu trop courte pour une jeune fille de seize ans.

Si Alana ne devait garder qu'un seul souvenir de cette mémorable journée, ce serait l'odeur entêtante des fleurs d'oranger et le regard que le beau Trevor Sheridan posa sur elle.

Jamais elle ne devait oublier ces yeux étincelant de triomphe, où elle crut déceler une flamme indéfinissable, comme le signe d'une émotion hésitante. Une fêlure perceptible d'elle seule... Un sentiment de culpabilité ? Ou bien l'inquiétude soudaine que ce mariage ne serait pas aussi simple que le marché qu'il avait conclu ? Elle ne savait pas. Une seule chose était sûre : ils allaient être unis aux yeux de l'église et de la loi, et il n'y avait plus aucun moyen de faire marche arrière.

William Astor laissa la mariée aux côtés de Trevor et rejoignit sa femme. Sheridan était impressionnant d'élégance dans sa redingote grise, d'un ton plus clair que le pantalon rayé. Sa cravate de soie blanche chatoyait sur une chemise assortie, formant un contraste très marqué avec ses cheveux lissés, que l'huile de Macassar rendait plus noirs encore. Ses épaules paraissaient plus larges, les traits de son visage plus austères et ses yeux plus fascinants que jamais.

Elle parvint non sans mal à se tourner vers l'évêque qui commençait son sermon, et retint son souffle quand il prononça les paroles décisives sur un ton grave et solennel.

— Trevor Byrne Sheridan, acceptez-vous de prendre Alice Diana Van Alen, ici présente, pour épouse ?

Relevant le menton avec une expression de défi, Trevor articula un « oui » net et précis.

L'évêque hocha la tête avant de continuer :

— Alice Diana Van Alen, acceptez-vous de prendre Trevor Byrne Sheridan, ici présent, pour époux ?

Alana crut que son cœur s'arrêtait de battre dans sa poitrine. L'église tout entière s'était tue, pour entendre le « oui » rituel de la mariée, mais tout à coup elle le ressentait comme un blasphème. Elle regarda Trevor Sheridan. Raide comme une statue, il ne cilla pas mais son regard de braise plongea dans le sien, rempli de menace.

— Oui, murmura-t-elle, s'en voulant mortellement de mentir devant Dieu.

L'évêque prit sa main tremblante et la mit dans celle de Trevor, ferme et chaude. Le marié prononça ses vœux avec son assurance coutumière. Alana s'exprima au contraire d'une voix à peine audible, altérée par l'émotion.

—... jusqu'à ce que la mort nous sépare, conclut-elle dans un souffle.

Ils s'agenouillèrent. Alana parvint à sourire à Mara qui se démenait avec la traîne.

— Je vous déclare unis par les liens sacrés du mariage, au nom du Père, du Fils et du Saint-Esprit, Amen.

L'évêque procéda à la bénédiction des époux, puis des bagues avant de les tendre à Sheridan. Alana s'apprêtait à ôter le solitaire quand il l'en empêcha, lui glissant au même doigt l'anneau serti de saphirs. Elle contempla les deux bagues avec effroi. Elles semblaient la narguer, lui disant : « Vous voilà mariée deux fois à présent ! »

Tournant les yeux de son côté, elle le vit mettre à son annulaire une grosse bague en or représentant deux mains offrant un petit cœur couronné, et tourner le motif côté paume. Selon une vieille tradition gaélique, ce geste symbolisait l'intimité et la fidélité du mariage.

Tandis que l'évêque achevait la bénédiction, Alana tentait de refouler la panique qui l'envahissait. Cette mascarade, ce parjure devant Dieu lui devenaient de plus en plus insupportables. Comment pouvait-il rester aussi calme alors qu'ils jouaient cette odieuse comédie ?

Malgré ses efforts pour réprimer ses pleurs, une larme coula sur sa joue. Mais elle ne se souciait pas qu'il la vît. Ce goujat l'avait forcée à prononcer des vœux sacrés qui n'avaient pas la moindre valeur.

— Vous avez maintenant le droit d'embrasser votre femme, Trevor Sheridan, dit l'évêque.

Sans lui laisser le temps de réagir, Trevor souleva son voile et prit son menton entre ses doigts. Il se pencha pour l'embrasser mais elle ne put réprimer un léger mouvement de retrait. Elle le regretta aussitôt. Personne ne l'avait remarqué dans l'assemblée, mais il n'échappa pas à Sheridan. Ses yeux noisette lancèrent des éclairs de colère. Il l'enlaça avec fougue, lui arrachant un faible gémissement avant d'écraser sa bouche sur la sienne, forçant la barrière de ses lèvres obstinément serrées. À la grande stupeur de l'assistance, il la souleva du sol, l'embrassant à perdre haleine.

Ulcérée, Alana fulminait d'impuissance. Paralysée par son étreinte d'acier, elle ne pouvait même pas se débattre alors qu'elle brûlait de le gifler de toutes ses forces ! Sa langue se lovait contre la sienne, délicieusement douce et lisse. À sa grande honte, Alana sentit une flambée de désir lui embraser le ventre.

Scandalisé, l'évêque finit par rappeler Trevor à l'ordre. Il la lâcha à regret. Discrètement, l'évêque lui chuchota à l'oreille :

— Il faudra apprendre à contrôler vos passions, mon fils, sinon elles vous mèneront en enfer.

Avec son irrévérence habituelle, Sheridan rétorqua :

— En enfer ou à Connacht, mon père, la province la plus gaélique de ma chère Irlande ?

Sur ce, il posa la main de sa jeune épouse sur son bras et, ensemble, ils se tournèrent vers la foule. Les joues toujours embrasées, Alana avait l'impression de porter sur ses lèvres et au plus profond de son être les traces de cet indécent baiser. Il avait agi à dessein, pour choquer le monde et pour la choquer elle. Mais à son grand désarroi, il avait éveillé en elle une flamme ardente qui courait toujours dans ses veines. Profondément troublée, elle ne se reprit qu'en sentant la main de Sheridan faire pression sur son bras, et ils quittèrent l'église au son de *Lullay my Liking*.

Alana ne lui adressa la parole qu'une fois assise à ses côtés dans la voiture, sa longue traîne bouffant autour d'eux.

— N'oubliez pas que cela ne va pas durer ! jeta-t-elle.

— Pourquoi êtes-vous si bouleversée ? demanda-t-il négligemment, tandis que l'équipage se frayait un passage parmi la foule, sous les ovations joyeuses. Tout s'est passé comme prévu, non ? Même cette vieille sorcière de Caroline Astor s'est dérangée, bien malgré elle, à en juger par sa mine revêche.

Elle demeura insensible à son humour.

— Cette union sacrilège ne pouvait recueillir son approbation. Quand je pense que votre prêtre a accepté de nous marier tout en sachant qu'il s'agissait d'un odieux mensonge !

— L'évêque ne sait rien de notre « arrangement ». Quoique… il doit se demander comment j'ai réussi à vous persuader d'accepter un mariage catholique.

— Par le chantage et la corruption ! Quel beau début pour un mariage, commenta-t-elle avec amertume.

— Ne parlons pas de mariage, corrigea-t-il.

Ses mots cinglèrent son cœur romantique comme un fouet.

— Il s'agit d'un marché incluant certains devoirs dont vous devrez vous acquitter. Dans notre intérêt à tous les deux, je vous suggère de vous montrer coopérative.

— J'ai seulement accepté de présenter votre sœur dans le monde. Mes « devoirs » envers vous s'arrêtent là. Souvenez-vous-en la prochaine fois qu'il vous prendrait la fantaisie de vous conduire comme vous venez de le faire à l'église. Vous n'irez pas plus loin, croyez-moi. Vous n'avez pas la moindre chance de consommer ce mariage.

Elle croisa rageusement ses bras sur sa poitrine tout en le fusillant du regard.

L'ombre d'un sourire flotta sur les lèvres de Trevor Sheridan.

— Madame Sheridan, mon baiser, à l'église, n'était pas un pas vers la… « consommation ». N'ayez pas peur, vous ne risquez pas de vous retrouver enceinte. Il s'agit de tout autre chose.

Alana sentit ses joues s'empourprer. Ne sachant que répondre, elle feignit de s'intéresser aux passants de la 5e Avenue, et n'accorda pas un seul regard à Trevor jusqu'à ce qu'ils fussent arrivés à son hôtel particulier.

Heureusement pour elle, car la façon dont il l'observait, fixement, avec une avidité inexplicable, l'aurait effrayée.

12

La réception se tint dans la salle où devait avoir lieu le premier bal de Mara. Les gens invités alors étaient les mêmes que ceux qui s'y trouvaient aujourd'hui. Ils mangèrent dans la porcelaine de Limoges dorée à l'or fin, burent dans les Stiegel bleus et demeurèrent bouche bée devant les plats en or massif. La richesse opulente de Trevor Sheridan en laissa plus d'un pantois.

Le déjeuner dura trois heures. Il épuisa Alana. Elle posa tout d'abord avec Trevor, main dans la main, pour la réalisation d'un daguerréotype. Sa proximité la paralysait. Elle ne le regardait pas mais c'était comme si sa présence toute proche l'habitait, éveillant toutes les fibres de son corps. Il émanait de lui une force vibrante, terrible et incontournable. Sa main tenait la sienne avec une douceur trompeuse, prête à se resserrer comme un étau à la moindre velléité d'éloignement. Son soufflc chaud lui carcssait les tempes, son parfum fruité et poivré, infiniment masculin, propageait ses notes subtiles jusqu'au bout de sa langue…

Suivit le repas. Assise près de son mari, elle toucha à peine au contenu de son assiette mais but beaucoup de champagne. Les vœux mensongers qu'elle avait prononcés devant l'évêque la hantaient. Elle venait de se prêter à une farce grotesque, allant à l'encontre de toutes ses convictions, trahissant les fondements mêmes de sa vie.

Riant à une plaisanterie de son frère, Trevor attira son attention. Il contemplait ses invités comme un souverain ses sujets, avec une satisfaction presque palpable. Alana lui en voulait plus pour le baiser qu'il lui avait publiquement infligé que pour tout le reste, car il avait irrémédiablement fait voler en éclats la façade d'indifférence calculée derrière laquelle elle s'abritait. L'espace d'une seconde, Trevor avait fait naître en elle une émotion qu'elle ne lui destinait pas. Et elle craignait par-dessus tout qu'il ne recommence.

À ce moment-là, il se tourna vers elle et capta son regard. Aussitôt, un courant passa entre eux et, soudain incapable de le regarder avec hostilité, elle demeura captive, fascinée par l'intensité de ses yeux qui perçaient son être le plus secret. Mais il sourit alors avec arrogance, et la magie se brisa.

— Nous partons à midi. Mara vous montrera où vous changer. Aurez-vous besoin de votre servante ? s'enquit-il avec une sollicitude feinte.

— Oui, fit-elle en s'apprêtant à se lever.

Il l'en empêcha.

— Nous n'avons pas porté de toast à la nouvelle mariée.

— Ce ne sera pas nécessaire.

— J'insiste.

Trevor regarda son frère qui se mit debout et leva son verre. Aussitôt, le silence se fit dans la salle.

— Les mariages irlandais sont connus pour durer, dit-il en se tournant vers Alana.

En un geste solennel, il leva son verre encore plus haut et ajouta :

— Celui-ci sera éternel. Vive la mariée !

Et tout le monde répéta « Vive la mariée », plus ou moins sincèrement, avant d'avaler une gorgée de champagne.

Alana était de plus en plus pâle. Cette nouvelle comédie lui semblait au-dessus de ses forces. Elle avait envie de plaquer ses mains contre ses oreilles et de s'enfuir à toutes jambes.

Mais la foule l'acclamait. Son mari leva son verre et la contempla avec une telle intensité qu'elle eut l'étrange impression d'être soudain seule avec lui. Il célébra ensuite l'Irlande en gaélique et avec une certaine arrogance.

Un silence désapprobateur s'ensuivit, avant que William Astor ne lève son verre à son tour. Comme pour provoquer sa femme, il répéta haut et fort la phrase de Trevor :

— *Erin go bragh !* Que Dieu vous bénisse, Alana !

Toute l'assemblée l'imita, même Caroline. Alana força un sourire sur ses lèvres. Elle finit par lever son verre et balaya la foule du regard. C'était son mariage, pourtant, personne autour d'elle ne comptait parmi ses amis. Assis à la table des Astor, Didier affichait une bonne humeur de circonstance. Malgré son apparente sérénité, Caroline Astor lui lançait des coups d'œil venimeux. Alana reconnut beaucoup de monde, mais aucun de ceux qui l'aimaient n'était là. Sentant sa gorge se serrer, elle s'empressa de finir son champagne avant de monter dans sa chambre, heureuse de se retrouver loin de tous, et surtout de Trevor Sheridan.

— Que penses-tu de ma femme, Eagan ?

Il s'était réfugié dans la bibliothèque avec son frère, pendant qu'Alana se changeait à l'étage. Les invités continuaient leurs agapes dans le salon en attendant que la mariée redescende. Trevor avait ôté sa redingote. En chemise, gilet de brocart noir et pantalon gris, il se réchauffait devant la cheminée, sa canne posée contre l'ottomane.

— Maintenant que je l'ai vue, je comprends certaines choses, répondit Eagan, avec l'air désinvolte de ceux qui ont toujours un verre à la main.

— Par exemple ?

Eagan grimaça un sourire espiègle.

— Que tu aies été aussi pressé de te marier. Elle est incroyablement belle.

Un sourire cynique étira les lèvres de Trevor.

— Froide, comme savent l'être les Knickerbockers, mais belle, je le concède.

— D'une beauté à couper le souffle, ne dis pas le contraire. Tu n'as pas cessé de la dévorer des yeux depuis qu'elle t'a rejoint à l'église.

Trevor sembla se raidir.

— Tu te trompes.

— Je t'envie, Trevor, continua Eagan comme s'il ne l'avait pas entendu. Ta femme a un visage d'ange et un corps...

Les mots moururent sur ses lèvres quand il rencontra le regard meurtrier de son frère.

— Ne m'envie pas trop. Ce n'est pas vraiment ce que tu imagines.

— Tu sais bien que je ne brille pas par mon imagination, parvint à répondre Eagan sur un ton plus léger. Pourquoi l'emmènes-tu à Newport ? Pourquoi ne partez-vous pas pour Alexandrie ? L'Égypte est très à la mode. Une longue traversée, suivie d'une promenade sur le Nil... si tu vois ce que je veux dire.

— Newport suffira.

— Si tu y tiens... Et quand reviendrez-vous ?

— Dans deux semaines. Mara sera du voyage, ajouta Trevor après une hésitation, comme s'il s'attendait à ce qui allait suivre. Elle nous rejoindra avec les autres domestiques.

— Comment ! s'étrangla Eagan. Tu plaisantes ! Tu ne vas pas emmener Mara pendant ton voyage de noces ?

— Je veux qu'elle fasse connaissance avec mon épouse.

— N'est-ce pas à toi de faire sa connaissance ?

Trevor détourna les yeux et fixa les flammes.

— J'ai tout mon temps.

Eagan durcit soudain le ton.

— À quoi joues-tu, Trevor ? Me prendrais-tu pour un imbécile ? Qu'est-ce que tu mijotes ?

Comme Trevor ne répondait pas, il continua froidement :

— Je vois. Tu n'aimes pas cette fille. Tu te sers d'elle dans l'intérêt de Mara. Bien sûr, tu n'as pas jugé utile de m'en parler. Tant qu'il s'agit de choisir les vins ou de philosopher sur les *Éléments* d'Euclide, tu sais où me trouver, mais pour les choses d'importance comme celle-ci, tu ne prends pas la peine de me consulter.

— Ce n'est pas vrai ! En tout cas, ce n'est pas parce que tu as fréquenté l'université que tu as ton mot à dire sur le choix de mon épouse.

— Je t'aurais dissuadé de commettre une telle folie. Que pense-t-elle de tout cela ? Ma belle-sœur éprouve-t-elle quelque chose pour toi, ou bien l'as-tu obligée à t'épouser ? Est-ce qu'elle nous considère comme des Irlandais attardés ?

— J'ignore ce qu'elle pense de nous et je m'en moque totalement, jeta Trevor avec dureté.

— Elle sait, ou bien s'imagine-t-elle que tu éprouves quelque chose pour elle ?

— Alana sait.

— Et Mara ?

— Comment peut-on expliquer cette sorte d'arrangement ?

— La prendrais-tu pour une imbécile ? Mara se doutera de quelque chose. Elle s'étonnera forcément que tu tiennes à sa présence durant ta lune de miel.

— Je ne lui dirai rien, et Alana non plus, s'obstina Trevor.

Eagan secoua la tête avec humeur.

— Mara l'apprendra un jour ou l'autre, et tu ne devras pas t'étonner si elle le prend mal.

— Elle ne le saura jamais.

— Je n'en reviens pas. Comment as-tu pu faire une chose pareille ? Prêter serment devant dieu ?

— Nous ne vivrons pas comme mari et femme. Dès que Mara aura trouvé la place qu'elle mérite dans le monde, ce mariage sera annulé.

— Annulé ? pouffa Eagan. Je ne te donne pas une semaine pour partager le lit de cette femme.

— Que le diable t'emporte !

Voyant qu'il avait tapé juste, Eagan sourit.

— Tu n'es donc pas si insensible. C'est bien ce que je pensais. Tu es marié, Trevor. Cette femme est la tienne. Tu ne sortiras pas de cette histoire aussi facilement que tu le penses.

— Je te dis que nous ne vivrons pas maritalement !

Trevor avait brusquement retrouvé son accent irlandais et Eagan préféra mettre un terme à la discussion.

— Très bien. Après tout, vous avez conclu un marché et cela ne regarde que vous. Mais une chose me préoccupe : que feras-tu si un homme vient à faire des avances à cette superbe créature ?

Trevor ne répondit pas. Il ramassa rageusement sa redingote et sa canne avant de quitter la pièce en claquant violemment la porte.

— Vos cheveux sont magnifiques ! Ils ont exactement la couleur du blé. Comme j'aimerais avoir d'aussi belles boucles blondes !

Mara brossait les longs cheveux d'Alana qui s'était installée devant la coiffeuse de la jeune fille, pendant que les femmes de chambre préparaient sa tenue de voyage. Les yeux fermés, elle commençait à se détendre.

— Vous n'avez rien à m'envier, Mara. Croyez-moi, si vous étiez blonde comme moi, vous n'auriez pas attiré tant de regards à la réception. Vos cheveux ont une couleur magnifique.

— Peut-être, mais les hommes ne désirent que les femmes comme vous.

Une note de regret douloureux perçait dans sa voix. Alana ouvrit les yeux et la regarda dans le miroir. Mara portait des robes décidément trop courtes pour son âge. Alana devrait lui en parler d'ici peu.

— N'en croyez rien, Mara. Vous êtes ravissante et n'importe quel homme serait fier de vous avoir à son bras.

— Merci, Alana, répondit simplement la jeune fille, pleine d'une reconnaissance qui illuminait ses grands yeux bleus.

Puis, très spontanément, elle noua ses bras autour du cou d'Alana :

— J'étais tellement heureuse quand Trevor m'a annoncé qu'il vous épousait ! Je vous ai aimée dès que je vous ai rencontrée au parc, et vous êtes aussi merveilleuse que je le pensais. D'ailleurs, Trevor ne pouvait épouser qu'une femme merveilleuse !

Mara la serra dans ses bras. Alana aurait voulu partager son émotion, mais le fait de savoir que la jeune fille était dupée la paralysait. Elle en voulut plus que jamais à Trevor, qui n'hésitait pas à tromper sa propre sœur.

Ébouriffant les cheveux noirs de Mara, elle répondit d'une voix hésitante :

— Je suis très touchée, Mara, d'autant plus que vous pourriez me haïr. Je ne suis pas venue à votre bal.

Mara sourit.

— Trevor m'a expliqué pourquoi. J'ai été désolée d'apprendre la conduite de votre oncle. Je ne vous aurais pas invitée si j'avais su qu'il vous enfermerait dans votre chambre.

— Votre frère vous a... raconté ? fit Alana en s'efforçant de cacher sa stupeur.

Mara acquiesça :

— Il ne voulait pas que je vous juge mal. Je n'en aurais rien fait de toute façon, même si vous n'aviez pas voulu venir à mon premier bal. Dès l'instant où Trevor vous épousait, je vous considérais comme ma sœur, ce que vous êtes maintenant, n'est-ce pas ?

L'émotion embua les yeux d'Alana. La confiance que lui manifestait Mara, son innocence la touchaient profondément, et elle mesura combien les « Quatre Cents » avaient blessé cette jeune fille. Sans plus réfléchir, Alana l'étreignit tendrement :

— Je voulais vraiment aller à votre bal, murmura-t-elle. Ne l'oubliez jamais.

— Je sais.

Elles se séparèrent et Alana essuya ses yeux en riant. Elle n'en croyait pas ses oreilles. Trevor avait dit la vérité à Mara bien qu'il n'en crût pas un mot. Quel homme déconcertant...

— Madame Sheridan ? Il est presque midi, dit l'une des femmes de chambre en tendant à Alana un long manteau de velours bleu.

En un tournemain, Alana noua ses cheveux en un chignon bas sur la nuque et se regarda dans le miroir. De couleur sombre, le manteau complétait joliment sa tenue. En brocart de velours agrémenté d'un soupçon de tournure et d'une courte traîne, la jupe s'ouvrait sur une sous-jupe de taffetas doré, ornée d'un galon tressé et de glands assortis que l'on retrouvait aux épaules, comme dans les tenues militaires. Alana songea avec satisfaction qu'il ne lui manquait plus que l'épée et le bouclier afin d'affronter Némésis.

Elle embrassa Mara sur la joue.

— Vous n'imaginez pas à quel point vous comptez pour votre frère.

— J'avais besoin d'une amie dans ce club réservé aux hommes que mon frère prend pour une maison. Je suis vraiment heureuse qu'il se soit épris de vous.

Alana grimaça intérieurement et elles se dirigèrent vers le grand escalier. Les invités attendaient la mariée dans le vestibule. À mi-chemin de la volée de marches, Alana s'arrêta et laissa Mara la précéder. Quand toutes les femmes célibataires furent rassemblées au bas des marches, elle lança son bouquet. Des cris accompagnèrent son envol, et Alana souhaita de tout son cœur que ce soit Mara qui le rattrape. Malheureusement, aucune des jeunes filles n'y parvint. Le bouquet fusa au-dessus des mains tendues avant d'atterrir dans celles d'Eagan qui l'intercepta de justesse, sans renverser son verre.

Les rires couvrirent les soupirs de déception quand Eagan agita le porte-bonheur en direction de la mariée :

— C'est signe de chance ou de malchance ?

Alana sourit.

— Pour le célibataire, de malchance, sans aucun doute. Vous vous marierez dans l'année.

Eagan se mit à jongler avec le bouquet comme s'il lui brûlait les doigts tout à coup.

— Oh non ! Pas de ça ! s'écria Alana par-dessus les rires. Il est à vous maintenant. C'est votre croix, vous devez la porter !

Eagan la considéra avec un sourire qui tenait davantage de la grimace.

— Tout sauf le mariage ! Que Dieu m'en préserve ! Je ne mérite tout de même pas une croix aussi lourde !

Alana riait. Elle s'apprêtait à descendre les dernières marches quand son regard dériva vers la porte. Son rire s'éteignit aussitôt : Trevor Sheridan l'observait fixement, avec dureté, sans le moindre humour.

— Moi non plus, Eagan, murmura-t-elle pour elle-même en atteignant le bas de l'escalier.

Sous une pluie de grains de riz et de pétales de rose, son mari la conduisit jusqu'à l'attelage blanc garé devant la maison, qui devait les emmener jusqu'à la Gare centrale, dans la 42e Rue. Elle prit sèchement congé de son oncle, au milieu des innombrables visages familiers, vieilles connaissances des Van Alen. Eagan l'embrassa affectueusement sur la joue.

Elle salua enfin les Astor. Contrainte et forcée, Caroline déposa un baiser sur sa joue, profitant de la confusion générale pour murmurer :

— Je ne te pardonnerai jamais, Alice.

Alana s'immobilisa. L'offense ne s'adressait pas seulement à elle et à Trevor, mais visait aussi Eagan, que Caroline ne connaissait même pas. Furieuse, elle se tourna vers la matrone et rétorqua :

— Vous vous en remettrez, madame Astor.

Ignorant le visage outré de Caroline, Alana prit la main que Trevor lui tendait et monta dans la voiture. Figée sur place, Mme Astor faillit s'étrangler de stupeur et de rage. Pour ajouter de l'huile sur le feu, Eagan lui tendit le bouquet porte-bonheur avec un grand sourire.

— Vous en aurez plus besoin que moi, j'en ai peur, lui dit-il.

— Oh ! s'exclama Mme Astor avant de tourner les talons au bras de son mari.

Eagan éclata de rire, et Alana crut voir les épaules de William Astor agitées d'imperceptibles soubresauts.

— Pourquoi avez-vous fait cela ?

Alana se tourna vers son mari. Avec lui à ses côtés, l'intérieur de l'habitacle lui semblait soudain réduit de moitié. Son regard sombre et grave la fascinait. À l'idée de la longue journée de train qui l'attendait, et où elle serait seule avec lui, un frisson courut le long de son dos.

— Elle le méritait, répondit-elle vivement en détournant les yeux.

— Cette vieille sorcière l'a sans aucun doute mérité, mais je ne m'attendais pas à ce que *vous* lui parliez de la sorte, répliqua-t-il sur un ton sarcastique.

Décidément, quoi qu'elle fasse, elle encourait toujours sa réprobation. Pour lui, elle était et resterait une Knickerbocker.

— Ce n'est pas parce que vous êtes irlandais que vous êtes un gredin, rétorqua-t-elle. De même que Caroline Astor n'est pas une « vieille sorcière » sous prétexte qu'elle est snob.

— C'est à cause de cette femme que personne n'est venu au bal de Mara. Elle ne vaut même pas la corde pour la pendre.

Il avait vraiment le don de la faire sortir de ses gonds !

— Caroline Astor a peut-être des défauts, mais elle n'incarne pas le diable en personne. Elle aime les enfants, le saviez-vous ? Elle subventionne je ne sais combien de foyers qui recueillent bon nombre de malheureux que vous, les Irlandais, abandonnez dans nos rues. Je l'ai vue pleurer devant ces petits miséreux, et c'est cette femme-là qui ne vaut pas la corde pour la pendre ?

— Elle n'a jamais versé que des larmes de crocodile. Et si elle octroie une aide financière à ces foyers, c'est seulement pour apaiser sa mauvaise conscience.

— C'est grâce à des femmes comme elle que les enfants d'Irlande souffrent un peu moins. Vous lui devez beaucoup.

— Si l'on donnait aux Irlandais les mêmes chances qu'aux autres, nous nous assumerions sans l'aide de personne.

— Peut-être. Mais Mme Astor n'est pas seule responsable de cette situation, et vous êtes injuste envers elle.

— Vous l'offensez et vous la défendez en même temps. Il faudrait choisir.

— Elle est comme tout le monde, elle a ses défauts et ses qualités.

— C'est votre opinion, elle n'engage que vous.

Alana le considéra en plissant les yeux.

— Je ne vous considère pas au-dessus du lot, figurez-vous. Vous n'êtes pas un saint.

Il s'adossa contre les coussins de velours et ses doigts caressèrent le pommeau en or de sa canne.

— Je le sais. Alors prenez garde.

Elle reçut cette réplique comme un soufflet mais ne sut que répondre. Se laissant à son tour aller contre le dossier, elle l'épia à son aise tandis qu'il observait l'animation des rues. Ils s'engageaient dans la 42e Rue, et Alana accueillit avec soulagement l'apparition des hauts bâtiments de la Gare centrale. De style Second Empire, ils comptaient parmi les fiertés de la ville.

Ils empruntèrent l'entrée destinée aux attelages et descendirent. Trevor montra un laissez-passer à l'un des agents et on les escorta jusqu'à leur quai. Il régnait dans l'immense gare une activité impressionnante.

Alana avait déjà pris un train Vanderbilt pour aller à Newport, mais elle comprit vite que ce voyage-là serait tout différent. Ils n'occuperaient pas l'un des compartiments privés mais le Pullman personnel de Sheridan que l'on accrochait en ce moment même au reste du train. Comme Trevor donnait ses ordres aux porteurs, l'un d'entre eux aida poliment Alana à monter dans le wagon vert et doré.

À l'intérieur, le luxe la stupéfia. Des rideaux de soie d'un brun roux, relevés par des embrasses dorées, protégeaient chaque vitre des regards indiscrets. Un velours du même ton chaud recouvrait les sièges disposés comme dans un salon. Des boiseries d'acajou, des cuivres rutilants, des tapis aux couleurs du Pullman avec, en bordure, les emblèmes de l'Irlande, composaient le décor.

Alana s'installa près d'un petit poêle à bois qui répandait une chaleur agréable. Il faisait bon, mais cet insolent déploiement de richesses lui donnait le frisson. Sans doute la maison de Newport était-elle à l'image de l'hôtel particulier de Trevor, décorée par Hunt et tout en marbre. Elle qui ne rêvait que de la simplicité d'une petite maison de bois blanc ! Si être née dans une famille riche lui avait souvent pesé, elle allait, désormais, se noyer dedans.

Son mari la rejoignit et prit place sur un divan, de l'autre côté du poêle. Dix longues minutes s'écoulèrent avant que le train ne s'ébranle et, si durant la cérémonie il ne l'avait pas lâchée des yeux, Alana eut brusquement l'impression d'être devenue invisible.

Dès que le train quitta la gare, l'éclat du soleil illumina l'intérieur du wagon. Ils roulaient vers Yorkville, en direction du nord.

Trevor se plongea dans la lecture attentive de la page boursière du *Chronicle*. La première page avait glissé sur le tapis et Alana y découvrit, étalés en gros caractères, tous les détails de leur mariage.

Cette découverte raviva sa mauvaise humeur.

— Prenons-nous la route normale pour Newport, ou bien votre argent a-t-il le pouvoir de nous faire arriver plus vite ?

Trevor leva lentement les yeux.

— Vous me parliez ?

Une légère secousse du train fit frémir la gorge d'Alana, bien prise dans le corset, et elle crut percevoir une lueur d'intérêt dans les yeux sombres de son mari.

— Je vous demandais quelle était la durée du trajet.

S'en voulant de se sentir aussi gênée, elle croisa ses bras sur sa poitrine.

— N'êtes-vous jamais allée à Newport ? répondit-il en détournant les yeux.

Alana sourit imperceptiblement.

— Je pensais qu'avec tous vos millions, vous auriez trouvé le moyen de nous faire voyager plus vite.

— S'il existait, je serais le premier à le savoir, croyez-moi.

— L'occasion pour vous de nouvelles spéculations, et des plus lucratives, bien sûr.

Il lui lança un regard acéré aussitôt suivi d'un petit rire qui la surprit.

— Où est le problème ? N'ai-je pas là un comportement typiquement américain que la Knickerbocker que vous êtes, Américaine entre toutes, devrait approuver ?

Alana haussa les sourcils avec hauteur.

— Au contraire. Je me suis laissé dire que s'enrichir à la Bourse frisait la malhonnêteté. Même mon oncle estime qu'il devrait être interdit de vendre des actions que vous ne possédez pas, de jouer avec des titres qui n'ont aucune valeur...

— Si je comprends bien, les hommes devraient se contenter de vivre de leur héritage ?

— Il n'y a pas de honte à vivre d'une fortune familiale honnêtement acquise.

Il la considéra avec hostilité.

— Au risque de vous choquer, ma chère, qu'advient-il de ceux qui n'ont *pas* de fortune familiale ?

Son ironie la blessa. Il la haïssait, elle le savait. Il n'aurait pas joué ainsi avec sa vie s'il avait eu le moindre respect pour elle. Mais il semblait aussi la prendre pour une simple d'esprit.

— Imagineriez-vous que je n'ai rien dans la tête ni dans le cœur ? Que je suis ignorante au point de croire que tout le monde est riche et privilégié ? Que j'ignore tout de la situation des pauvres et que je m'en moque totalement ?

— Vous n'avez jamais été pauvre. Vous n'avez pas le droit de me juger ni même de parler de ces problèmes.

Sur ce, il se plongea à nouveau dans le journal.

Alana sentit les larmes lui monter aux joues. Sans doute l'effet de cette abominable journée...

— C'est vous qui me jugez, rétorqua-t-elle.

Elle se leva et s'installa sur un sofa à l'autre extrémité de la voiture, près d'une fenêtre. Ils avaient dépassé les taudis de Bloomingdale, et allaient franchir les hauteurs de Harlem avant de piquer sur l'ancienne Boston Post Road.

Elle ouvrit son sac pour prendre un mouchoir. Déterminée à lui cacher sa peine, elle réussit à ravaler ses larmes sans trop de mal.

Pourquoi n'aurait-elle pas le droit de penser aux pauvres ? La pauvreté offrait à ses yeux certains avantages, tels qu'une vie plus simple, sans prétention ni dissimulation. Une vie où l'on vous acceptait telle que vous étiez, et où l'on ne guettait pas sournoisement votre moindre faux pas.

Un paysage sans arbres ni fermes se déroulait sous ses yeux. Bercée par cette monotonie, elle glissa peu à peu dans ses rêves favoris. Elle s'imaginait moins riche et entourée d'amis, se contentant de plaisirs simples tels que se réunir autour d'un bon feu.

L'image de l'homme sans visage lui revint. Lui aussi aimerait se réchauffer devant l'âtre en hiver, auprès de celle qu'il aimait. Comme elle aurait voulu être cette femme-là ! Si seulement elle pouvait voir les traits de cet homme... si seulement il existait !

Trevor Sheridan semblait tendu, sur la défensive. Il se leva et se dirigea vers le bar où attendait une bouteille de champagne. Alana tamponna discrètement ses yeux. En aucun cas, il ne devait savoir combien elle était vulnérable.

Il se servit une coupe et la vida d'un trait, avant de prendre une carafe de cristal taillé et de se servir un verre d'un liquide couleur d'ambre pâle. Sans un mot, il le but et le remplit à nouveau.

Elle se surprit à l'envier et s'en irrita. Une femme n'avait pas le droit de recourir aux spiritueux pour soulager sa peine. Les partisans du droit de vote pour les femmes n'étaient pas assez hardis dans leurs revendications. Il y avait beaucoup à faire. Après tout, cet homme l'avait forcée à l'épouser. Pourquoi le laisserait-elle l'impressionner, la contraindre à lui obéir ? Leur mariage n'existait que de nom. Elle s'était seulement engagée à présenter sa sœur dans le monde. Alors de quel droit lui reprocherait-il de noyer sa tristesse dans un peu d'alcool ?

Se redressant, elle se dit qu'il pouvait bien aller au diable. Tout en le maudissant d'observer le moindre de ses gestes avec une telle insistance, elle s'approcha du bar sans oser le regarder, de peur qu'il ne découvre ses yeux rougis.

— Si vous vouliez du champagne, j'allais vous en apporter.

— Je ne veux pas de champagne, fit-elle en prenant un verre.

Elle enleva ensuite le bouchon de la carafe.

— Vous ne pouvez pas boire cela, s'interposa-t-il.

— J'en ai besoin, déclara-t-elle avec défi.

Ignorant son air de plus en plus sombre, elle saisit la carafe mais il la lui prit des mains.

— Vous n'aimerez pas. Avez-vous l'habitude de vous servir vous-même, au bar ?

Il scruta ses yeux verts, à la fois rieurs et furieux. Après tout, elle s'adonnait peut-être à la boisson... qu'en savait-il ?

— Inquiet ? le provoqua-t-elle, ravie. Après tout, vous ne me connaissez pas. Je suis peut-être affligée de toutes sortes de vices...

Les doigts de Trevor s'animèrent sur le pommeau en forme de tête de lion, et elle se demanda pourquoi ce geste faisait courir un frisson le long de son dos, jusqu'au creux des reins.

— C'est vrai. Mais moi aussi.

Un sourire mystérieux voila son regard.

Alana choisit d'instinct d'ignorer le défi qu'il lui lançait. Elle avança la main vers la carafe, mais il l'en empêcha.

— Je vous ai dit que vous ne pouviez pas boire ça.

Elle s'énerva. Quelle hypocrisie ! Trop content de lui brouiller l'esprit, il l'avait laissée boire du vin chez Delmonico. Mais maintenant qu'elle en avait besoin, il le lui interdisait.

— Si vous vous asseyez, je vous servirai une coupe de champagne.

Et voilà qu'il lui parlait comme à une enfant qui ferait un caprice !

— Je préférerais quelque chose de plus fort. Je veux boire la même chose que vous.

— Vous tenez vraiment à goûter à cet alcool ? fit-il après une brève hésitation. Très bien.

Il lui remplit un verre.

— D'un trait, exigea-t-il en le lui tendant.

— D'un trait, répéta-t-elle en avalant une bonne gorgée.

Un incendie explosa aussitôt dans sa poitrine. Le souffle coupé, elle crut mourir sur place. Quand elle put enfin cracher l'air qui l'étouffait, ses yeux étaient pleins de larmes et elle se mit à tousser violemment tandis qu'il éclatait de rire.

— Vous en prendrez bien un second ? proposa-t-il d'un ton ingénu.

Incapable d'apprécier le comique de la situation tant sa fureur était grande, Alana essayait de reprendre son souffle.

— Vous... vous voulez me tuer ? balbutia-t-elle en s'étranglant.

Des éclairs de colère dansaient dans ses yeux verts.

— Qu'est-ce... qu'est-ce que c'est ? demanda-t-elle en désignant l'alcool.

— Un très bon whisky irlandais. Vous n'aimez pas ?

— C'est un poison violent !

— Si vous en abusez...

— Vous n'en buvez tout de même pas... *volontairement ?*

— C'est le seul breuvage capable de m'assommer.

— Dieu du ciel ! Comment peut-on apprécier un tord-boyaux pareil ? C'est pire que de la lotion capillaire !

— Qu'en savez-vous ? Serait-ce la boisson préférée de ces dames Knickerbockers, quand elles ont besoin d'un petit remontant ?

Il renversa la tête en arrière et partit d'un grand éclat de rire.

Il se moquait d'elle. Elle aurait dû se mettre en colère mais... était-ce l'effet de cet infâme breuvage ? Elle se trouva sous l'emprise de son charme, découvrant à quel point il était beau quand il cédait à la gaieté. Fascinée, elle le contempla. Il était tout aussi effronté qu'Eagan, mais plus secret et infiniment plus séduisant.

Le train se mit de la partie et joua contre elle. Une secousse soudaine la propulsa dans les bras de Trevor. Aussitôt, il cessa de rire. Leurs regards s'accrochèrent, comme électrisés. Elle ne put ignorer l'invitation exprimée au fond de ses yeux sombres.

Le pire, c'est qu'elle n'avait aucune envie de s'y soustraire.

Elle sentait son souffle contre sa joue. Il tentait visiblement de se contrôler, sans y parvenir. Il se pencha vers elle, lentement. Elle aurait dû crier, rompre cet étrange courant qui les poussait l'un vers l'autre... elle n'en fit rien. Le désir, assoupi depuis des années, s'épanouissait soudain en elle. Il ne s'était manifesté qu'une seule fois, la nuit où, pour la première fois, elle avait affronté Trevor Sheridan.

Comme un baume sur une brûlure, il posa ses lèvres sur les siennes. Elle faillit soupirer de plaisir tant c'était agréable. Refusant d'écouter la petite voix de la raison, elle sentit avec délices son bras se resserrer autour de sa taille pour l'amener tout contre lui. Il l'embrassa comme dans l'église mais sans témoins, cette fois. Il prit son temps. Sa langue experte et avide força doucement ses lèvres. Choquée et effrayée par sa sensualité brûlante, elle voulut s'écarter mais il glissa une main sous son chignon et la maintint contre lui. Il continua de l'embrasser jusqu'à ce qu'elle s'abandonne totalement dans ses bras. Éperdue, elle promena une main sur sa chemise blanche, jusqu'à sa joue, comme pour mettre un terme à ce baiser dévastateur.

Ce geste obtint l'effet contraire. Au lieu de s'apaiser, sa bouche se mit à la dévorer et il la renversa contre le bar. Soumise, elle se laissa griser, affoler par l'ardeur de ses lèvres. La main qui lui tenait la taille remonta doucement, jusqu'à sa gorge dénudée par le décolleté. Là, elle s'attarda puis voulut s'aventurer plus loin, cueillir entre ses doigts la pointe de ses seins. Alana revint à elle à ce moment-là, saisie d'une panique incontrôlable qui lui donna la force de détacher ses lèvres des siennes.

Chancelante, elle le regarda avec effroi, déconcertée par ce qui venait de se passer entre eux. Ils restèrent un instant à s'observer, toujours dans les bras l'un de l'autre, bercés par le mouvement érotiquement lancinant du train.

Quand il se redressa, Alana s'aperçut avec horreur qu'elle était toujours appuyée contre le bar, la tête légèrement renversée, les lèvres entrouvertes dans l'attente d'un autre baiser. Son visage se décomposa. Non parce qu'il l'avait embrassée, mais parce qu'elle l'avait désespérément désiré alors qu'il la haïssait.

Il se méprit sur les raisons de ces traits soudain figés. Afin de cacher ses émotions, il se servit un nouveau verre et dit d'une voix rauque et déformée par l'accent irlandais :

— C'est donc ainsi que se conduit une Knickerbocker quand un homme l'approche de trop près ?

Il méritait une gifle. Elle se sentit trahie, blessée au plus profond d'elle-même, mais, se reprenant, elle afficha un masque de glace. Avec un dédain souverain, elle releva la tête et regagna sa place sans prendre la peine de répondre.

Un silence de plomb tomba dans le Pullman. Meurtrie mais trop fière pour le montrer, elle demeura figée sur son siège. Le goût du whisky persistait sur sa langue, mêlé à celui des lèvres de Trevor. Elle passa un doigt tremblant sur sa bouche mais le goût persistait, lui rappelant cruellement ce baiser.

Le train roulait en pleine campagne mais Alana n'était pas d'humeur à apprécier le charme des vieilles fermes coloniales. Pas plus que lui, qui buvait silencieusement dans son coin pendant qu'elle découvrait, atterrée, que son mari avait le pouvoir d'éveiller en elle des sensations qui risquaient de les mener à la catastrophe.

13

Ce soir-là, un copieux dîner leur fut servi mais Alana y toucha à peine. Le souvenir de leur baiser la hantait, et rester assise en face de lui était une véritable torture. S'excusant dès que possible, elle se réfugia sur le sofa où, bercée par le mouvement régulier du train, elle ne tarda pas à s'endormir.

Ils arrivèrent peu après minuit. Quand Alana se réveilla, il faisait sombre dans le Pullman, seulement éclairé par les becs de gaz du quai. S'asseyant, elle repoussa un vêtement qui la couvrait. Debout près d'elle, Trevor regardait par la fenêtre. Son profil se découpait dans le faible éclairage. Même dans l'obscurité, il demeurait inexplicablement attirant, inaccessible et solitaire. À voir ainsi sa haute silhouette appuyée sur sa canne, elle fut saisie de l'envie subite de le prendre dans ses bras et, en même temps, elle se serait volontiers enfuie à des kilomètres de lui. Cet homme avait décidément le pouvoir de provoquer en elle des conflits inextricables. Jamais elle n'avait rencontré d'être plus insensible. Pourtant, quelque chose en lui l'émouvait si profondément qu'il aurait pu faire d'elle ce qu'il voulait. Ne l'avait-elle pas épousé au mépris de toute raison ? Il l'avait manipulée avec un art consommé. Mais peut-être avait-elle obéi à la même force invisible qui l'avait empêchée de le repousser, quand il l'avait prise dans ses bras ?

Le souvenir de ce baiser lui fit monter le rouge aux joues. Elle essayait de se persuader qu'elle le haïssait, mais tout lui prouvait le contraire. Trevor Sheridan la troublait. Anson avait tenté une fois de l'embrasser ainsi, mais dès que sa langue s'était faite exigeante, elle l'avait repoussé sans hésiter. Avec Trevor, elle avait éprouvé tout autre chose : non seulement le désir de prolonger le baiser, mais celui, impérieux, de ne pas s'en satisfaire. Quand il posait ses lèvres sur les siennes, une étrange magie survenait. Elle se sentait alors comme une créature indomptable qui reconnaît enfin le compagnon qu'elle cherche depuis toujours.

Alana s'efforça de se raisonner. Ce mariage n'était rien d'autre qu'un contrat impersonnel, une transaction soigneusement calculée comme celles qu'il réussissait quotidiennement à Wall Street. Si jamais elle l'oubliait et se laissait gouverner par ses émotions, il la traiterait comme n'importe quel agent de change : il l'écraserait. Comme il l'avait déjà fait.

— Newpaht ! Newpaht ! cria le voiturier en pénétrant dans le Pullman pour allumer les lampes à gaz.

Éblouie par la lumière, Alana cligna des yeux. Elle s'aperçut alors avec surprise que c'était le manteau de Trevor qui la recouvrait, et non une couverture comme elle l'avait cru. N'en croyant pas ses yeux, elle scruta la redingote noire en fronçant les sourcils.

— Mon manteau ne mord pas, jeta Trevor.

Confuse de constater qu'une fois de plus il se trompait sur ses réactions, elle voulut s'expliquer.

— C'est gentil à vous de...

— Il est tard, la coupa-t-il en se détournant. Notre voiture nous attend. Venez.

Il reprit son manteau et l'enfila.

Alana ouvrit la bouche, cherchant désespérément à dissiper ce nouveau malentendu, mais l'expression hostile qu'il affichait l'en dissuada.

— Où est mon manteau ? s'enquit-elle en regardant autour d'elle.

Il lui désigna le porteur près de la porte ; il tenait la cape de velours bleu sur son bras et en drapa aussitôt la jeune femme. Depuis toujours, des valets et des servantes avaient fait ce geste, mais soudain ces mains étrangères l'indisposaient. Ce devoir revenait maintenant à son mari.

Puis ils s'installèrent dans la voiture qui les emmènerait à Fenian Court, le domaine de Trevor Sheridan. À cette heure tardive, Bellevue Avenue était calme. Alana se souvint des agréables journées qu'elle passait autrefois avec Christabel, du temps de leur enfance, à marcher le long de Bailey's Beach pour ramasser des coquillages. Elles aimaient aussi s'asseoir sur la falaise de Brenton Point et contempler les vagues se brisant en gerbes sur les rochers noirs de la côte.

Newport avait bien changé en dix ans. Autrefois, des maisons tarabiscotées, avec leurs grandes vérandas aérées, bordaient Bellevue Avenue ; dès juin, d'énormes hortensias bleus fleurissaient partout, conférant un charme incomparable à ce lieu balnéaire très prisé des gens du sud fuyant la chaleur accablante de ces régions, et des estivants bostoniens à la recherche d'une ambiance plus mondaine qu'à Cap Cod.

Et puis, les manigances des « Quatre Cents » avaient rapidement tout bouleversé. Si, à Manhattan, les hommes imposaient à leurs épouses une discrétion totale sur les affaires qu'ils négociaient, ici, à Newport, c'était les femmes qui imposaient leurs propres règles, et ce, grâce à l'argent de leurs maris. C'est ainsi que d'énormes villas de cinquante pièces obstruaient déjà la vue sur l'océan.

Le spectacle de ces demeures monstrueuses attrista Alana. Où étaient les pâturages que longeait Bellevue Avenue dans son enfance ? Le règne du paraître n'épargnerait-il donc aucun site ? Elle était bien placée pour savoir que derrière cette façade se cachaient souvent des âmes craintives et perdues.

Comble de l'ironie, Fenian Court était la plus prétentieuse de toutes ces demeures. Une allée d'ormes bourgeonnants menait à une fabuleuse bâtisse de style Louis XV, véritable réplique du Petit Trianon. Tout en marbre, c'était un chef-d'œuvre rococo : la ligne courbe triomphait de la ligne droite, les dorures s'étalaient partout ; même les marches de marbre conduisant au perron étaient encadrées par d'incroyables balustrades en fer forgé surmontées d'une rampe en bronze poli !

Alana avait entendu dire que le « cottage en bord de mer » des Sheridan ne comptait pas moins de soixante-huit pièces, sans compter les dépendances. À en juger par sa taille, elle n'en doutait plus.

Un ballet de serviteurs se déploya autour d'eux dès leur arrivée. Le secrétaire de Trevor lui présenta une bande de téléscripteur avec les cours de clôture de la Bourse tandis que le majordome s'occupait d'Alana. Après l'avoir débarrassée de sa cape, il comprit qu'elle était fatiguée et s'empressa de la conduire à sa chambre. S'occupant déjà des messages télégraphiés qu'il devait expédier sans délai, Trevor la salua avec indifférence d'un bref hochement de tête.

L'épuisement l'empêcha d'apprécier le luxe imposant de son nouvel environnement. Trop de choses s'étaient succédé tout au long de cette harassante journée. Curieusement, elle avait beau se répéter qu'elle n'était mariée que pour un an, son instinct lui disait que sa vie venait de changer irrévocablement.

Le style reposant, la fraîcheur des tons rose et ivoire de sa chambre la surprirent agréablement. Une fois seule, elle chercha son dressing-room ; ayant le choix entre plusieurs portes, elle en choisit une au hasard et l'ouvrit.

Ce n'était pas la porte du dressing-room mais celle de la chambre de son mari. S'apercevant qu'elle était vide, elle y jeta un coup d'œil rapide. Elle s'apprêtait à refermer quand son aspect totalement différent du reste de la maison la frappa. Un bon feu brûlait dans la cheminée, faisant oublier la fraîcheur de cette nuit de mai. Les murs lambrissés de bois donnaient à l'ensemble un aspect douillet. Dans la journée, les fenêtres devaient offrir une vue magnifique sur Rhode Island.

Les tons chauds dominaient partout, jusqu'aux draps de lin beige et à l'épaisse couverture de tartan. Dans l'intimité, Trevor préférait la simplicité de bon goût au luxe ostentatoire qui dominait partout ailleurs.

Près du feu, un fauteuil de velours bleu invitait à la détente. Sur l'ottomane était posé le *Chronicle* du jour. La canne du maître des lieux était appuyée contre l'accoudoir. Alana recula d'un pas. Jamais elle n'avait vu Trevor sans sa canne. Si elle se trouvait là, c'est que...

— Que faites-vous ici ? lança soudain une voix familière.

Atterrée, Alana découvrit Trevor dans l'embrasure d'une porte, une serviette à la main. Il venait visiblement de faire sa toilette. Les deux premiers boutons de son pantalon étaient ouverts. Son torse nu paraissait plus large et plus musclé qu'elle ne l'avait imaginé. Des gouttelettes d'eau perlaient sur son front et sur ses cheveux.

— Je vous demande ce que vous faites ici, répéta-t-il en jetant la serviette sur le lit.

— Je... Je...

Il sembla hésiter, puis avança vers sa canne d'un pas incertain, sans pour autant cesser de la défier du regard, réclamant une réponse qui tardait à venir. Il atteint enfin sa canne, mais non sans difficulté.

— Oh, vous êtes blessé, murmura-t-elle.

Elle se porta aussitôt vers lui pour l'aider mais dut s'arrêter net. S'il n'avait été un gentleman, il l'aurait sans aucun doute violemment repoussée.

— N'approchez pas ! grinça-t-il.

— Mais... vous êtes blessé.

— Je ne suis pas blessé ! Désolé de devoir vous l'apprendre, ma chère, mais vous pouvez ajouter « infirme » aux nombreuses qualités de votre mari.

Sur ce, il se dirigea vers le coin opposé de la pièce. Un peu revenue de sa stupeur, Alana s'aperçut qu'il s'appuyait effectivement de tout son poids sur sa canne et que son maintien un peu raide n'était pas une coquetterie de sa part. Elle dut se rendre à l'évidence : même s'il le cachait fort bien, cet homme grand, fort et intimidant boitait.

— Je comprends maintenant pourquoi vous êtes tombé chez Delmonico...

Elle se souvint soudain qu'elle avait heurté sa canne, ce soir-là, et...

— Oui, rétorqua-t-il sans se retourner.

Devant la fenêtre, il semblait scruter la nuit où scintillaient les quelques lumières de Sachuest Point.

— Bien que vous en ayez tiré parti, je n'ai jamais pensé que vous l'aviez fait exprès. Comment...

Il fit brusquement volte-face.

— En quoi cela vous concerne-t-il ? Et pourquoi a-t-il fallu qu'on vous installe dans une chambre contiguë à la mienne ?

— Sans doute parce que je suis censée être votre femme.

Cette réponse sembla l'apaiser, aussi elle ajouta :

— N'ai-je pas le droit de savoir ce qui vous affecte ?

Son regard sombre s'emplit de dédain.

— Parce que vous entendez être vraiment ma femme ? Voulez-vous que nous partagions le lit conjugal ?

Il eut une exclamation de mépris et rectifia :

— Non, cela n'entre pas dans notre marché. Vous n'êtes pas plus ma femme que ne l'est ma maîtresse restée à Manhattan, et vous n'avez aucun droit sur moi.

Cette révélation la cloua sur place. Sous le choc, elle ne songea même pas à cacher sa stupeur.

— Vous avez une maîtresse ?

— Pourquoi pas ? Auriez-vous l'intention de prendre sa place ?

— Mais nous sommes mariés !

Scandalisée, elle ne parvenait pas à croire qu'il ait pu prononcer des vœux sacrés sans la moindre intention de les respecter, ni même de la respecter, elle.

— Nous ne le sommes qu'en théorie. Dans la pratique, il n'en est rien.

Furieuse, elle parvint néanmoins à se contrôler. Ce qu'elle ressentait ressemblait à... de la jalousie. Ridicule ! Cela impliquait qu'elle éprouvait des sentiments pour cet homme, ce qui n'était pas le cas. Ni maintenant ni jamais.

— Je vois, dit-elle froidement.

En notant son attitude pleine de défi, il sembla se détendre un peu.

— Ce mariage nous autorise quelques écarts, à condition de rester discrets.

— Parlez pour vous, murmura-t-elle.

Il avança vers elle.

— En quoi cela vous concerne-t-il ? rétorqua-t-il en lui prenant le bras.

Elle voulut se dégager mais sa main l'enserrait comme un étau.

— En rien ! s'écria-t-elle. Et si vous me surprenez un jour dans les bras d'un homme, cela ne vous concernera pas non plus.

— On vous croirait presque jalouse. Serait-ce à cause de ce baiser dans le train...

— J'aurais dû vous gifler au lieu de me laisser embrasser !

Il ricana.

— Vous oseriez me gifler, oublier vos belles manières ? Non, ma douce, jamais vous ne feriez une chose pareille. Seule une femme passionnée pourrait agir ainsi.

Cette fois, c'en était trop et, sans réfléchir, elle le gifla à toute volée.

Un silence suivit. L'espace d'une seconde, ils s'évaluèrent du regard. La réaction de Trevor la prit totalement au dépourvu. En bon Irlandais, il aurait dû laisser exploser sa colère, ou même la repousser sans ménagement. Au lieu de cela, il la prit soudain par la taille et la plaqua contre lui. D'un bras, il s'appuyait sur sa canne, mais à en juger par la force de son étreinte il n'en avait plus besoin. Elle s'agita en vain pour se dégager.

— Lâchez-moi !

Il raffermit sa pression. Plaquant ses mains contre sa poitrine, elle tenta de le tenir à distance mais, au contact de sa peau, de sa toison bouclée, elle se sentit faiblir. Comment un homme pouvait-il être aussi souple et aussi... dur en même temps ?

Furieux mais conscient de l'impression qu'il produisait sur elle, il se mit à lui parler comme à un enfant indiscipliné.

— Laissez-moi vous expliquer, Alana. Notre mariage n'est rien d'autre qu'un marché. Ne vous avisez jamais de recommencer une chose pareille, sinon...

— Vous me provoquez ?

— Oui, et vous aussi.

— C'est faux ! cria-t-elle en lui griffant la poitrine.

— Voulez-vous que je vous prouve le contraire ? murmura-t-il.

Relâchant son étreinte, sa main se promena sur sa taille, puis sur ses hanches. Il lui prit alors le menton et la força à le regarder. Leurs yeux s'aimantèrent, elle était perdue.

Elle entrouvrit lentement les lèvres tandis qu'il se penchait vers elle. Elle aurait dû se défendre, mais ses baisers agissaient sur elle comme une drogue. Et maintenant qu'elle y avait goûté... elle brûlait de sentir sa bouche sur la sienne, leurs langues se mêler en une danse lascive. Il allait enfin apaiser cette envie dévorante quand un bruit derrière eux l'interrompit. Il releva la tête.

— Ô mon Dieu !... Pardonnez-moi... Je cherchais l'une de vos malles, *madame Sheridan*, et... Doux Jésus, si j'avais su...

Luttant contre le charme qui l'envoûtait, Alana s'écarta à regret de Trevor pour se tourner vers une Margaret rouge de confusion.

— Ce n'est pas grave, Margaret, ne vous inquiétez pas, dit la jeune femme d'une voix altérée par le désir.

— Je vous attendrai dans le dressing-room, Mademoi... euh, Madame Sheridan.

Margaret fit une brève révérence et se dirigea vers une porte qu'elle ouvrit précipitamment. C'était celle du cabinet de toilette. Alana crut que Trevor allait exploser. Il esquissa un pas vers la servante mais Alana le retint. Heureusement, la seconde porte que Margaret choisit d'ouvrir était la bonne, et elle s'y engouffra avec soulagement.

Dans le silence qui suivit, Alana s'éloigna brusquement de Trevor, comme si tout à coup son contact la brûlait.

— Bonne nuit, dit-elle doucement en se détournant.

Il posa une main sur son bras.

— Préférez-vous vous installer dans une autre chambre ?

Cette proposition la blessa sans qu'elle sût pourquoi. Peut-être lui rappelait-elle simplement combien elle bafouait toutes ses convictions sur le mariage. Non, elle l'avait touchée plus profondément.

— Si vous le jugez nécessaire... Mais sachez que je ne vous dérangerai plus, maintenant que je sais que c'est votre chambre.

— C'est moi qui pourrais vous déranger.

— Je vous fais confiance.

— C'est votre première erreur, Alana.

Elle le regarda et fut saisie par sa sincérité. Comme il n'y avait plus rien à dire, elle regagna sa chambre, refermant soigneusement les doubles portes dorées derrière elle.

Peu après, Alana enfilait une chemise de nuit en mousseline de soie couleur pêche délicieusement transparente. Elle faisait partie de son trousseau de mariage choisi par Trevor. Ce n'était pas la première fois que Margaret la voyait nue mais, soudain, sa présence l'intimidait. Elle se sentait impudique...

— C'est une bonne chose que vous soyez mariée, Madame. Comme ce doit être agréable de porter une tenue comme celle-ci ! s'exclama Margaret en contemplant rêveusement la jeune femme dans le miroir.

Alana s'empressa de la congédier. Il ferait bientôt jour et cette journée l'avait épuisée. Elle se glissa entre les draps de satin avec un plaisir intense. Pourtant, le sommeil se fit désirer. Les yeux fixés sur les portes dorées, elle songeait à l'homme qui se trouvait derrière. Il ne viendrait pas la rejoindre. Elle ne parvenait d'ailleurs pas à imaginer une réelle intimité entre eux car ils se ressemblaient trop, sachant se contrôler et écouter leur raison. Cette raison qui lui rappelait maintenant que l'amour n'entrait pas dans leur arrangement.

S'efforçant de nier la singularité de la situation, elle ne cessa de se retourner, de s'agiter... et de contempler les portes dorées. Elle l'imaginait debout derrière les battants, le visage décidé, la main sur la poignée, prêt à ouvrir. S'ils passaient la nuit ensemble, elle entrevoyait plusieurs scénarios, du plus sauvage au plus sublime. Mais l'aube se leva sans qu'aucun d'entre eux se fût concrétisé. Elle finit par s'endormir, triste de constater que sa nuit de noces s'achèverait dans la solitude.

— Mais je ne veux pas aller à Newport ! Pourquoi Trevor m'y oblige-t-il, Eagan ? C'est sa lune de miel. Ma place n'est pas avec eux. C'est stupide.

Tandis que Mara tempêtait, on chargeait ses malles dans la voiture qui attendait devant l'hôtel particulier de la 5e Avenue. Les domestiques qui partaient avec elle se trouvaient déjà à la Gare centrale.

Elle se tourna vers son frère.

— Explique-moi, Eagan. Je suis sûr que tu ne me dis pas tout.

Les poings sur les hanches, elle le considérait avec un air si menaçant que le jeune homme éclata de rire.

— Mara, dit-il en la prenant affectueusement par l'épaule pour l'entraîner vers le salon, je vais t'apprendre deux ou trois choses à propos du mariage de Trevor. La première est qu'il ne sait pas ce qui lui convient. Tu vois ce que je veux dire ?

Elle secoua négativement ses boucles noires.

— Mara, Trevor est loin d'être parfait, bien qu'il soit mon frère...

— Oh ! Tu te moques de moi ! Tu ne veux rien me dire...

— Mais si, petite fille. Assieds-toi gentiment et je vais tout te raconter.

— Très bien, je t'écoute, fit-elle en s'asseyant.

— Est-ce que tu aimes Alana ?

— Oui. Elle est très gentille.

— Je te l'accorde. Mara, le mariage de notre frère est en danger et nous sommes les seuls à pouvoir le sauver.

— Mon Dieu, Eagan...

— Il y a certaines choses que tu dois savoir à propos de ton frère, si tu veux l'aider.

Il se détourna un instant pour prendre un air grave, mais ses yeux verts pétillaient d'amusement devant la mine décomposée de sa sœur.

— Que dois-je savoir à propos de Trevor ?

— Il est timide, annonça Eagan en se mordant les lèvres pour ne pas éclater de rire.

— Timide ? répéta-t-elle, incrédule.

Elle s'aperçut soudain qu'Eagan fuyait ostensiblement son regard.

— Tu me fais marcher ! Voyou ! Trevor n'est pas timide, allons !

— Il n'en a pas l'air, Mara, mais il l'est, parvint à poursuivre Eagan d'un ton docte. Et cette timidité va ruiner son mariage. Quand tu seras là-bas, tu devras t'arranger pour que lui et sa femme ne se quittent pas un seul instant, sinon sa timidité prendra le dessus et...

— Eagan, comment Trevor serait-il devenu si riche en étant timide ? Il voit tellement de gens à la Bourse et...

— Mais c'est avec les femmes qu'il l'est. Elles lui font terriblement peur.

— Écoute, je l'ai surpris un jour dans la bibliothèque avec cette actrice, Daisy Dumont. Il l'embrassait et la caressait d'une façon... non, Eagan, je peux t'assurer qu'il n'est...

— Oublie immédiatement ce que tu as vu ! l'interrompit Eagan, atterré que sa petite sœur, si pure et si innocente, ait pu assister à une telle scène, et dans sa propre maison de surcroît. Pourquoi n'en as-tu parlé à personne ?

— Enfin, Eagan, à qui l'aurais-je dit ?

— Je ne sais pas, moi ! Je suis sûr que... tu as été choquée...

— Mais non !

Le jeune homme se sentit soudain extrêmement gêné à l'idée que la jeune fille puisse être moins ignorante des choses de l'amour qu'il ne croyait. Préférant ne pas approfondir le sujet, il revint à sa préoccupation première.

— Oublie Daisy Dumont, Mara. Elle n'est pas du même monde qu'Alana. Tu me comprends, n'est-ce pas ?

À son grand soulagement, Mara acquiesça.

— Bon, tu admets donc que Trevor puisse être paralysé devant une femme aussi raffinée qu'Alana Van Alen ?

— Je crois, oui :

— C'est pourquoi il veut que tu le rejoignes. Il redoute d'être seul avec elle.

— Tu en es sûr ?

Pardonne-moi, mon frère. Je ne sais pas ce que je fais. Et Eagan opina avec conviction.

— Bon, comment pourrai-je l'aider ?

Il toussa pour masquer un sourire de triomphe et vint s'asseoir près d'elle.

— Petite fille, j'y ai pensé toute la journée. Voilà ce que...

14

Alana ne vit pas son mari durant les deux jours qui suivirent. Elle avait appris qu'il adorait les longues promenades sur la plage au lever du jour ou au crépuscule, des heures que les femmes choisissent rarement.

Elle passa ses journées à lire et à écrire longuement à Christabel mais, le soir, elle s'ennuyait un peu. Elle commença à se demander comment elle allait occuper son temps durant les deux ou trois semaines de sa lune de miel. La saison des bals commençait à peine à Newport, et elle ne pouvait guère compter sur plus d'une ou deux invitations. Mara n'étant pas encore arrivée, elle n'avait que Margaret à qui parler, et malgré la tendresse qu'elle lui portait, Alana n'avait pas beaucoup de choses en commun avec elle. Elle avait déjà presque entièrement exploré l'immense demeure et les journées s'étiraient, longues et mornes.

L'invitation de Trevor à le rejoindre pour le dîner lui fournit une agréable diversion. Elle choisit pour l'occasion une élégante robe de velours vert qu'elle agrémenta d'un magnifique collier de perles hérité de sa famille.

Quand elle arriva dans l'immense salle à manger chargée de dorures et lambrissée d'authentiques boiseries françaises du XVIIe siècle, elle se prit à regretter

…ae sa suite. Impassible, Trevor l'accueillit …e politesse formelle. Elle allait prendre place …ae lui quand son regard parcourut l'interminable …ble au bout de laquelle un laquais lui indiquait son siège. Contrainte de s'asseoir à l'autre extrémité, elle se sentit ridicule. Trevor lui semblait à des kilomètres et elle distinguait à peine son visage. Il faut dire que les huit chandeliers en or alignés sur la table ne lui facilitaient pas la tâche ; pas plus que leurs flammes ne parvenaient à réchauffer l'atmosphère glacée de cette pièce tout en marbre.

Le dîner fut servi peu après, et la jeune femme n'osa pas engager la conversation de crainte de devoir crier pour se faire entendre.

Elle accueillit l'arrivée du dessert avec soulagement. Comment se sentir à l'aise quand deux valets de pied pleins de sollicitude ne cessent de vous observer et que vous vous sentez seule tellement votre hôte s'est placé loin de vous !

Elle se servait de crème anglaise quand Mara fit brusquement irruption dans la pièce, sa cape de voyage encore sur les épaules.

— Bonjour tout le monde ! s'écria-t-elle. Me voilà enfin !

S'immobilisant brusquement, elle découvrit avec stupeur Trevor et sa femme, assis à plusieurs mètres l'un de l'autre.

Alana l'entendit murmurer : « Dieu du ciel… ce n'est pas vrai ! » Puis la jeune fille se précipita vers elle et l'embrassa bruyamment sur la joue.

— Bonjour, chère belle-sœur ! Alors, vous plaisez-vous à Newport ? J'étais tellement impatiente de vous connaître mieux que je n'ai pu attendre.

Elle courut ensuite embrasser son frère.

— Trevor, mon grand frère adoré ! Non, ne te lève pas. J'ai déjà dîné. Je vous verrai dans la bibliothèque pour le thé, quand vous aurez terminé.

Sur ce, elle disparut avant qu'Alana ait eu le temps de reposer sa cuillère.

— Qu'est-ce que cela signifie ? fit Trevor.

Accoutumés aux fantaisies de leur jeune maîtresse, les valets haussèrent les épaules en signe d'ignorance.

Incapable d'endurer la fin de ce repas, Alana se leva.

— J'aimerais aller me rafraîchir, si vous le permettez.

Trevor se leva, acquiesça, et attendit qu'elle eût quitté la pièce avant de se rasseoir.

Alana s'absenta plus longtemps que prévu. À l'étage, elle se trompa de couloir et déboucha successivement dans un salon, une salle de billard, une buanderie et une nursery, avant de retrouver enfin le chemin de sa chambre. Après une brève toilette, elle redescendit en toute hâte pour découvrir le frère et la sœur en pleine conversation dans la bibliothèque, une scène chaleureuse et familière lui rappelant un passé heureux mais révolu : Trevor riait à une plaisanterie de Mara tout en attisant le feu ; assise sur le sofa, la jeune fille mimait ses propos avec ses mains, comme le faisaient fréquemment les jeunes filles de son âge.

— ... et tous ces gens importants rassemblés à St. Brendan, Trevor ! Le père Donegal a dit qu'il n'avait jamais vu un mariage comme le tien, de toute sa vie.

— Je parie qu'il en verra beaucoup d'autres comme le mien, bien qu'il ne soit plus tout jeune, hélas.

Sur le seuil, Alana écoutait avec émoi les intonations chantantes de son mari. Pour une fois, il laissait dominer son accent naturel aux sonorités aussi douces que charmeuses. Elle resta là, à observer ce tendre tableau, hésitant à manifester sa présence par crainte de jouer les intruses. Il n'y avait pas de place pour elle dans cette famille étroitement unie. Reculant dans l'ombre, elle allait s'éclipser quand Mara l'aperçut :

— Alana ! Nous nous demandions où vous étiez passée.

S'efforçant de sourire, Alana les rejoignit. Malgré elle, son regard se riva à celui de son mari.

— Je ne voudrais pas interrompre votre conversation.

Les doigts de Trevor caressèrent nerveusement la tête de lion. Était-ce parce qu'elle savait maintenant combien sa canne lui était indispensable, ou bien parce qu'elle venait de déranger son intimité ? Elle se demanda tristement laquelle de ces deux hypothèses la chagrinait le plus.

S'obligeant à détourner les yeux, elle s'assit et chercha une façon spirituelle de détendre l'atmosphère.

— Alors, Mara, New York se languit déjà de son couple le plus scandaleux ?

Son sourire s'évanouit dès qu'elle vit l'expression de Trevor. Visiblement, il n'appréciait pas son humour et n'entendait pas lui ouvrir aussi facilement les portes de sa famille, bien qu'elle fût sa femme. Changerait-il jamais d'attitude vis-à-vis d'elle ?

Se méprenant sur les raisons de ce silence entre les deux époux, Mara se leva d'un bond.

— Suis-je bête ! Alana, venez vous asseoir auprès de votre mari.

— Non, se défendit Alana, mal à l'aise. Restez près de votre frère, je...

— Pas question ! Je sais à quel point vous devez être malheureux dès que vous êtes séparés plus de cinq minutes.

Le visage d'Alana s'empourpra violemment.

— Vraiment, Mara ? s'étonna Trevor. Tu sais ces choses-là ?

— C'est-à-dire que... je les imagine, rectifia Mara en prenant un air candide. N'oublie pas que j'ai seize ans, Trevor. J'ai lu un certain nombre de romans d'amour.

Étant parvenue à ce qu'Alana prenne sa place, Mara s'installa dans un fauteuil de cuir. Satisfaite, elle contempla le jeune couple d'un regard rêveur.

Désespérée, Alana tentait d'afficher un air serein, alors que la proximité de son mari la troublait tant qu'elle sentait un début de panique l'envahir.

— Alors, Mara, fit-elle pour cacher ses émotions, avez-vous fait un bon voyage ?

— Vous pouvez vous tenir la main, si vous voulez, suggéra la jeune fille avec un sourire angélique. Certes, Mme Mellenthorp n'approuverait pas, mais elle n'est pas là, n'est-ce pas ?

— Mme Mellenthorp ? répéta Alana.

Comme Mara se contentait de lui sourire béatement, elle se tourna vers Trevor.

Il semblait sur le point d'étrangler sa sœur.

— Mara... gronda-t-il.

— Prends la main de ta femme, Trevor, l'interrompit-elle. Fais comme si je n'étais pas là, je t'en prie... Je ne voudrais surtout pas que ma présence vous oblige à garder certaines distances qui ne sont pas de mise lors d'une lune de miel.

— Ne t'inquiète pas pour nous.

— Si, parce que je ne devrais pas être ici. Eagan le pense aussi.

— Eagan ? répéta Trevor qui commençait à comprendre. Tiens donc...

— Je t'en prie, Trevor. Prends la main d'Alana. Tu n'as aucune raison d'être timide.

Timide ! faillit crier Alana, stupéfaite. Au même moment, Trevor lui prit la main sans douceur, d'un geste mécanique.

— Magnifique ! s'exclama Mara en se renversant dans son fauteuil.

— Parle-nous de ton voyage, Mara, enchaîna-t-il, visiblement irrité.

Mara raconta donc sa halte forcée à Narragansett, son valet ayant oublié l'une de ses malles. Alana l'écoutait, figée comme une statue, avec l'impression que des griffes de lion emprisonnaient sa main. La force, la chaleur, la colère émanant de la main de Trevor la bouleversaient tellement qu'elle préférait ne pas le regarder, de peur que son expression ne la trahisse.

— Et vous, Alana ? Que pensez-vous de Fenian Court ?

Essayant d'oublier les doigts qui enserraient les siens, la jambe qui touchait la sienne, Alana tenta de rassembler ses esprits. Malgré toutes les épaisseurs de soie, de batiste et de velours, elle devinait les longs muscles de sa cuisse, des muscles d'acier.

— Fenian Court est magnifique mais je ne m'attendais pas à ce que ce soit si grand, parvint-elle à répondre avec un rire nerveux.

Mara sourit.

— J'espère que mon frère ne vous a pas abandonnée dans ce labyrinthe pour s'occuper de ses chères valeurs boursières ? Il me décevrait terriblement si c'était le cas.

— Eh bien, je... commença-t-elle.

Une brève pression de sa main l'interrompit. Bien sûr, il ne voulait pas que sa sœur soupçonne la vérité sur leur mariage, mais Alana n'avait pas besoin qu'il le lui rappelle de la sorte. Pour qui la prenait-il ? Une nouvelle pression, plus accentuée, porta son exaspération à son comble :

— En fait, il est impossible à vivre, se rebella-t-elle.

Cette sortie inattendue détendit l'atmosphère. Mara éclata de rire, et Alana l'aurait sans doute imitée si elle n'avait craint que Trevor ne lui brise la main.

— C'est la fluctuation des cours qui est insupportable, pas moi.

Alana reçut cette réponse comme une mise en garde destinée à elle seule. Il agrippa sa main plus fort, empêchant toute dérobade.

Un sourire espiègle joua sur les lèvres de Mara.

— Mais dis-moi, mon grand frère chéri, quand puis-je espérer un neveu ou une nièce ?

Trevor considéra Mara comme si elle venait de lui parler en chinois. Au lieu de se sentir gênée, Alana repensa à leur dîner à cette immense table, et elle décida de le narguer un peu. Elle enfonça ses ongles dans la paume de sa main tout en lui offrant son plus beau sourire.

— Oui, mon amour, glissa-t-elle perfidement. Je me le demandais moi-même. Dites-nous, je vous en prie.

Il lui lança un regard de biais, meurtrier.

— À vous de décider, ma douce épouse. Je suis à votre entière disposition, croyez-le bien. Vos désirs sont des ordres, en la matière.

Et il la contempla d'un œil vengeur et plein de convoitise qui lui coupa le souffle. Du coup, elle ôta ses ongles de sa paume, lui concédant la victoire à contrecœur. Mais au lieu de la lâcher, il garda fermement sa main dans la sienne et ils se défièrent du regard.

— Voulez-vous que je vous joue quelque chose de romantique ? intervint Mara. Une valse, voilà exactement ce qu'il vous faut.

Mara papillonna jusqu'au Steinway en ébène qui occupait tout un coin de la pièce. De ses doigts agiles s'élevèrent alors des notes cristallines.

— *Le Beau Danube bleu*, murmura Alana, reconnaissant la valse de Strauss.

Trevor écouta sa sœur tout en la contemplant avec fierté. Mais au fur et à mesure que s'égrenait la mélodie, la tristesse assombrissait son regard, et en le voyant serrer le pommeau de sa canne Alana en comprit soudain la raison : son mari aimait la valse, mais jamais il n'en danserait aucune.

Cependant, sous l'effet de la musique, la pression autoritaire de sa main se transforma en une caresse inconsciente. Un long frisson parcourut le dos d'Alana. Elle aurait voulu rester insensible, mais elle appréciait infiniment ce moment, au contraire… Si de telles soirées se renouvelaient trop souvent, elle risquerait de s'attacher à cet homme plus que de raison.

Quand la valse s'acheva, un silence plana. Trevor dut soudain prendre conscience de ce qu'il faisait, car il retira brusquement sa main.

Et Alana se surprit à avoir froid...

— C'était magnifique, dit-elle à Mara, déconcertée d'éprouver tant d'émotions inattendues.

Mara secoua la tête.

— Dommage qu'Eagan ne soit pas là. Il chante à merveille. Il faut que vous l'entendiez, Alana. Il a une très belle voix.

Les deux jeunes femmes se sourirent. Mara était vraiment ravissante. Puis le regard d'Alana tomba sur sa jupe trop courte et elle décida de lui en parler dès le lendemain.

— Bon, fit Mara en se levant. La journée a été longue pour moi, et je sais que vous êtes impatients de vous retrouver seuls.

La remarque sembla arracher Trevor à ses pensées.

— J'ai l'intention de sortir le *Colleen*, demain, dit-il à sa sœur. Avis aux amateurs.

— Qu'est-ce que le *Colleen* ? demanda Alana, prête à saisir au vol le moindre sujet de conversation susceptible d'empêcher Mara de les laisser seuls.

— C'est le yacht de Trevor. Un voilier extraordinaire qui a gagné je ne sais combien de trophées. Vous verrez Alana, à bord du *Colleen*, on a l'impression de valser sur des nuages !

Les mots de Mara étaient révélateurs. Trevor ne valsait pas mais il faisait de la voile, sur un bateau sans doute gigantesque et luxueusement équipé.

— À quand la prochaine sortie en mer, Trevor ? s'enquit Mara.

— Demain matin. À la première heure.

— Formidable ! À demain... Je vous adore tous les deux !

Dès que Mara eut quitté la pièce, Trevor se leva, suivi d'Alana. Tout à coup, elle regrettait que la soirée s'achève déjà.

— Permettez-moi de vous accompagner à votre chambre, dit-il sur un ton de pure forme.

— Non, merci. Si cela ne vous ennuie pas, j'aimerais rester ici encore un moment.

Elle s'approcha du feu pour se réchauffer les mains. La bibliothèque était sa pièce préférée. Ici, ni dorures ni meubles de style. Un décor masculin et simple y régnait, avec des lambris, des fauteuils de cuir et des rayonnages en noyer qui tapissaient les murs jusqu'au plafond. Seul un épais tapis d'un vert profond, fait sur mesure pour la pièce, évoquait l'opulence qui régnait ailleurs.

— J'espère que vous respecterez notre arrangement et que vous serez gentille avec Mara.

Ce commentaire lui fit l'effet d'un camouflet. Elle se détourna du feu et le regarda dans les yeux.

— Votre sœur est adorable. Pourquoi ne serais-je pas gentille avec elle ?

— Pour me défier, par exemple.

Alana poussa un profond soupir. Jamais elle ne le convaincrait qu'elle aussi pouvait éprouver des sentiments.

— Croyez-moi si vous voulez, je ferai tout mon possible pour elle, en dépit de vous.

— Bien, conclut-il d'un air menaçant. Gardez bien présent à l'esprit que je ne permettrai à quiconque de la blesser à nouveau.

Il faisait allusion au premier bal de Mara, mais il oubliait que sa sœur n'était pas la seule à avoir souffert. Il oubliait qu'Alana l'avait payé cher, elle aussi, alors qu'elle était sans doute la seule à avoir voulu y assister. Quelle ironie ! Étrangement, cette funeste soirée lui semblait déjà très lointaine.

— Je n'ai jamais voulu blesser Mara, mais vous refusez de me croire, même si vous feignez le contraire devant votre sœur.

— Il est important qu'elle ait une bonne opinion de vous. Et surtout confiance en vous, ajouta-t-il plus bas.

— Comment le pourrait-elle, quand vous n'avez pas la moindre confiance en moi ?

— Je tiens seulement à m'assurer que vous la traiterez avec beaucoup d'égards. Pour le reste…

— Je suis votre femme. Le lien du mariage n'implique-t-il pas inévitablement la confiance ?

— Dans un vrai mariage, oui.

Sans comprendre pourquoi ses paroles la heurtaient à ce point, elle se tourna vers le feu. Il n'avait pas tort, mais les émotions qui se bousculaient en elle la déconcertaient.

— Je m'étonne que vous ne preniez pas un malin plaisir à ternir l'image que Mara a de moi, vous qui vous alarmiez tant à l'idée que nous puissions être amies.

Il parut hésiter, choisissant bien ses mots avant de répondre.

— Mara a été privée de compagnie féminine. Notre mère est morte à sa naissance. Je pense que la présence d'une femme capable de la guider lui sera bénéfique… à condition que cette conseillère soit animée de bonnes intentions.

— Contrairement à ce que vous semblez croire, je n'ai pas un cœur de pierre, incapable de s'attendrir sinon sous la contrainte ! Mara m'inspire une réelle sympathie. Elle a le même âge que ma s…

Alana s'interrompit brusquement.

— Votre… *sœur* ?

— Bonne nuit, éluda-t-elle en relevant le bas de sa robe pour battre en retraite.

Pas question de lui répondre. Il s'était engagé à ne jamais lui poser de questions personnelles et s'il ne respectait pas leurs engagements, elle demanderait l'annulation sur-le-champ.

— Attendez.

Son intonation, imperceptiblement chaleureuse, l'arrêta. Peut-être avait-il compris qu'il outrepassait ses droits ? Il s'approcha d'elle et lui dit simplement :

— Promettez-moi de ne jamais blesser Mara et je vous croirai.

— Je vous le promets, murmura-t-elle, soudain les larmes aux yeux.

Il scruta brièvement son visage et retourna près du feu. Elle s'apprêtait à sortir quand il la rappela de nouveau.

— Alana, j'ai oublié de vous dire qu'une invitation des Varick était arrivée aujourd'hui. Ils donnent un bal à Maison-sur-Mer demain.

— Réjouissez-vous. Votre plan fonctionne.

— Oui, répondit-il amèrement. C'eût été impensable avant notre mariage.

À ces mots, son cœur s'emplit de tristesse. Car si les choses se déroulaient comme prévu, les paroles de l'évêque ne cessaient de la hanter. Pour elle, ses vœux avaient une signification, même si Trevor ne manquait jamais une occasion de lui rappeler qu'il s'agissait seulement d'un marché temporaire.

Or il y avait eu ce baiser dans le train. Il ne faisait pas partie de leur arrangement, lui. Et, l'autre soir, quand elle était entrée par erreur dans sa chambre, elle aurait juré qu'il avait envie de l'embrasser à nouveau. Mais, victime de ses préjugés, il élevait entre eux une barrière chaque jour plus grande. Il était persuadé, notamment, que compte tenu de sa position privilégiée dans le monde elle était incapable de s'intéresser à quiconque n'appartenait pas à ce monde-là. Et il ne voulait pas en démordre.

— Bon, je crois que je vais...

— Une dernière chose. J'ai une requête à vous adresser.

— Laquelle ?

— Je... j'aimerais que vous parliez à Mara de ses robes. Elles ne lui conviennent plus. Vous savez pourquoi elle porte toujours des robes aussi courtes, n'est-ce pas ?

Elle acquiesça. Bien sûr qu'elle le savait ! Une jeune fille ayant fait ses premiers pas dans le monde abandonnait définitivement ses tenues d'adolescente. Elle lui en voulut d'adopter un ton accusateur pour souligner l'échec dont elle n'était en rien responsable.

— Vous pouvez vous retirer à présent, ajouta-t-il sèchement.

Voyant combien elle avait hâte de mettre un terme à leur tête à tête, il émit un petit rire sarcastique :

— Et même vous enfuir en courant !

Ces mots la transpercèrent comme la lame d'un couteau et, incapable de s'en empêcher, elle regagna sa chambre... en courant.

15

Un ciel bleu, une brise légère : le temps idéal pour naviguer à bord d'un voilier.

Alana tira les rideaux et ouvrit la croisée afin de respirer l'air de la mer à pleins poumons. Une bouffée d'optimisme l'envahit : tout n'était peut-être pas perdu. Si leur séjour à Newport se déroulait agréablement, Trevor et elle parviendraient peut-être à trouver un terrain d'entente. Pour des raisons qui lui échappaient, Alana souhaitait faire en sorte que les vœux qu'ils avaient prononcés à l'église ne restent pas de purs mensonges.

— Que dois-je mettre pour faire du bateau, Margaret ? demanda-t-elle en se retournant vers sa femme de chambre.

— Du lin blanc, bien sûr.

— C'est entendu. Préparez aussi le petit chapeau de paille avec le ruban bleu à pois.

— Oui, Madame Sheridan.

Alana regarda par la fenêtre dont les rideaux frémissaient sous la caresse de l'air. Au bout de la jetée était ancré le *Colleen*. Des matelots s'affairaient sur le pont. Elle s'imagina à l'avant du bateau, le vent soulevant ses cheveux et ses jupes. Trevor lui montrait quelque chose sur la côte tandis qu'elle riait avec Mara de leurs efforts pour empêcher leur chapeau de s'envoler. Cette journée merveilleuse allait être l'occasion de rompre la glace qui l'empêchait de communiquer avec Trevor.

Quand Margaret lui tendit la robe de lin blanc, elle s'y glissa avec une hâte fiévreuse.

— Il est prêt ? demanda Trevor à son second.

— Oui, Monsieur. Vous pouvez monter à bord.

Trevor s'arrêta au bout de l'embarcadère. Il ne se lassait pas d'admirer son bateau. Cent cinquante pieds de cuivre poli et de teck. Le célèbre *Colleen* était le voilier le plus rapide du littoral. Les innombrables trophées exposés dans la cabine l'attestaient.

— Trevor ! appela Mara. Tu veux que j'envoie quelqu'un chercher Alana ?

Mara courut sur le pont à la rencontre de Trevor qui franchissait la passerelle. Elle portait une courte robe de lin rose agrémentée de rubans bleus.

— T'a-t-elle dit qu'elle viendrait ? s'enquit Trevor en se tournant vers la maison.

— Non, mais j'étais sûre qu'elle t'accompagnerait. Vous n'en avez pas parlé ce matin ?

— Non.

— Ah… Elle est peut-être fatiguée. Elle dormait toujours quand tu es parti ?

— Je n'en sais rien, Mara. Ce n'est pas parce qu'elle est ma femme que je peux lire dans ses pensées.

— Ce n'est pas ce que je te demande.

— Je ne sais pas si elle dormait. Écoute-moi… ta belle-sœur vient d'un monde très différent du nôtre. Des femmes comme elle n'aiment pas forcément naviguer, se retrouver avec une robe humide d'embruns et les cheveux collés par le sel.

— Alana n'est pas comme cela, décréta fermement Mara.

— J'ai parlé de cette promenade en mer hier soir. Si elle n'est pas là… eh bien, c'est qu'elle ne viendra pas.

Se tournant vers son second, il ajouta :
— On lève l'ancre.
Dix minutes plus tard, ils se trouvaient déjà loin dans le détroit de Rhode Island.

Alana se retint pour ne pas courir, tandis qu'elle traversait la pelouse s'étendant entre Fenian Court et la falaise dominant la côte. Une main sur son chapeau de paille pour ne pas qu'il s'envole, elle scruta la mer, en vain. Le yacht ancré au bout de l'embarcadère quelques minutes plus tôt avait disparu.
Son sourire mourut sur ses lèvres. Elle l'aperçut, bien avancé dans le détroit, fendant élégamment l'immensité bleue, toutes voiles au vent.
Son cœur se serra douloureusement. Ils ne l'avaient pas attendue. Pourquoi ? Tentant de raisonner calmement, elle en chercha désespérément la raison, il devait y en avoir une... En dépit de ses efforts, elle ne la trouva pas. Ils étaient tout simplement partis sans se soucier d'elle, ne tenant pas à l'emmener. Combien de temps Trevor comptait-il lui faire payer son absence au bal de Mara ?
Au fond, il se servait d'elle uniquement pour paraître à son bras, l'exhiber partout afin que les portes s'ouvrent et que Mara puisse pénétrer enfin dans cette société qui, jusque-là, lui avait tourné le dos. Mais jamais il ne l'admettrait dans sa famille.
Des larmes lui brouillèrent la vue. Elle s'efforça de ravaler sa peine. N'était-ce pas mieux ainsi ? Si aucun lien ne se tissait entre eux, l'annulation serait moins douloureuse. Pour elle, le mariage comptait tellement qu'elle en oubliait trop souvent qu'il ne s'agissait pas d'un vrai mariage.
Il voulait la tenir à l'écart ? Soit. Elle remplirait désormais sa tâche en se montrant polie, mais distante.
Tout en ressassant, elle se représentait Trevor debout à l'avant du bateau, les cheveux ébouriffés par le vent

salé. Son cœur se serra. Il l'utilisait à des fins personnelles, sans se soucier de ce qu'elle ressentait. Mais pourquoi la ménagerait-il, étant donné les circonstances ?

Essuyant ses larmes avec une violence qui la surprit, elle remonta vers la maison. Elle devait s'endurcir, ne plus se laisser attendrir par cet homme de marbre.

D'humeur chagrine, Alana se terra dans la maison une grande partie de la journée. En fin d'après-midi, ayant retrouvé son calme, elle partit se promener autour de Fenian Court. Elle admirait les plates-bandes impeccables, la pelouse, les reproductions de statues romaines qui ornaient le parc çà et là, quand elle eut la surprise de voir Mara accourir vers elle.

— Avez-vous passé une bonne journée, Alana ? s'écria aussitôt la jeune fille, à bout de souffle.

— J'ai brodé. Je viens seulement de sortir pour marcher un peu.

— Puis-je vous accompagner ?

Alana sourit. Comment en vouloir à Mara ? Elle n'était pas responsable des vilenies de son frère.

— Bien sûr, répondit-elle en glissant son bras sous le sien.

— Avez-vous vu le belvédère ?

— Non, où se trouve-t-il ?

— Là-bas, fit Mara en désignant un point au bord de l'eau.

Alana l'aperçut en effet, en contrebas, au bout d'une longue jetée. Il dominait une petite baie protégée, où les vagues de l'Océan ne venaient pas se briser comme sur le reste du littoral.

— Nous devrons passer par le hangar à bateaux. La mer est rarement agitée à cet endroit, vous n'avez rien à craindre.

— Allons-y, dit Alana, songeant que cette petite escapade lui fournirait l'occasion idéale d'aborder avec Mara la question de son habillement.

Les deux jeunes femmes traversèrent l'énorme hangar qui abritait d'habitude le *Colleen*, avant d'emprunter la longue jetée menant au belvédère. De style chinois, il était ouvert au vent. Elles s'installèrent sur les bancs garnis de confortables coussins en chintz. Tout en contemplant l'immensité de l'océan et la beauté de Fenian Court, grand monolithe de marbre blanc perché sur des falaises verdoyantes, Alana se disait que ce belvédère resterait pour toujours son endroit préféré.

— Quelque chose vous préoccupe, Alana ? Vous semblez... soucieuse.

La perspicacité de Mara la surprit. Ses manières franches et directes la déconcertaient, elle qui ne fréquentait que les gens guindés de la haute société. Curieusement, les Sheridan avaient su rester eux-mêmes. Ils ne tiraient aucune gloriole de leur incroyable richesse.

— Oh, non, Mara. Tout va bien.

Sans doute sa contrariété d'avoir été laissée à l'écart aujourd'hui se voyait-elle malgré elle. Décidant de l'oublier, elle entra dans le vif du sujet.

— Nous allons chez les Varick, ce soir.

— Oui. Vous passerez une soirée magnifique, Trevor et vous.

— Mais vous nous accompagnerez, Mara.

— Oh, je... non, je ne crois pas.

Les yeux bleus de la jeune fille s'assombrirent. Ils prenaient tout à coup l'exacte nuance de la mer qui clapotait en contrebas.

— Je tiens à vous présenter mes amis, insista Alana. Il est important que vous veniez ce soir.

— Excusez-moi, mais... c'est impossible.

Alana ne répondit pas tout de suite. Elle observa la jeune fille dans sa robe de lin rose qui ne lui couvrait pas les chevilles.

— Mara, commença-t-elle lentement. Vous avez passé l'âge de vous vêtir comme une fillette. Il est grand temps que vous portiez les robes que votre frère vous a achetées chez Worth. Je crois savoir qu'elles sont dans votre chambre, toujours dans leur emballage d'origine, n'est-ce pas ?

Mara essuya furtivement une larme.

— Je ne veux pas. Suis-je donc si vilaine à regarder ?

— Pas du tout…

— Je ne tiens pas à devenir une lady, Alana. Je préfère rester une petite fille, lança-t-elle avec défi.

Cette lueur qui animait soudain les beaux yeux saphir… Alana l'avait déjà vue dans ceux de Trevor. Elle se rapprocha de Mara.

— Que votre premier bal ait eu lieu ou non, vous n'allez pas rester une enfant toute votre vie. Votre corps change avec les années, et il vous faut adapter vos tenues à ces changements. Je sais combien c'est difficile pour vous après ce qui s'est passé, mais vous devez l'accepter.

— Je m'en ferai faire d'autres. Des robes qui dissimuleront mes… Je…

Mara éclata en sanglots. Alana l'attira contre elle et la laissa pleurer sur son épaule. Elle n'ignorait pas combien l'on était sensible à l'âge de Mara, sensible et fragile. Elle-même avait vécu son adolescence dans un cocon douillet, bien protégée au sein d'une famille merveilleuse. Puis tout avait basculé, pour elle et pour Christal…

— Mara, murmura-t-elle. La vie est parfois cruelle mais vous ne pouvez la laisser vous abattre. Venez avec nous, ce soir. Trevor et moi veillerons à ce que personne ne puisse vous blesser, je vous le promets.

— Ils me traiteront avec mépris. Ils m'humilieront.

— Non, Mara. Ils n'oseront pas.

Encore moins maintenant que Trevor leur avait montré de quelle façon il se vengeait… songea amèrement Alana.

— Et si les femmes se moquent de moi ? Et si personne ne m'invite à danser parce que je... je suis irlandaise et pas assez bien pour eux ?

Alana lui embrassa les cheveux et la serra contre elle.

— Je vous assure que personne ne vous manquera de respect. Et puis, quand ils verront combien vous êtes belle, ils se demanderont sans doute si les origines irlandaises ne constituent pas un avantage, finalement.

— C'est pour cette raison que vous êtes tombée amoureuse de Trevor ? Parce qu'il est si beau ?

Mara accepta le mouchoir qu'Alana lui tendait.

— Trevor est très séduisant, en effet, répondit la jeune femme, prise de court.

— L'auriez-vous aimé dans le cas contraire ?

— C'est difficile d'imager Trevor Sheridan autrement, éluda-t-elle.

Mais la jeune fille attendait visiblement une autre réponse, aussi Alana opta-t-elle pour la franchise.

— Il est rare de rencontrer des hommes aussi séduisants, mais il émane aussi de lui une force qui m'attire irrésistiblement. Je ne suis pas sûre que mes sentiments à son égard seraient différents s'il n'avait pas ce physique.

— Je savais bien que vous l'aimiez ! Je le savais ! s'exclama Mara en lançant les bras autour de son cou.

Alana se sentit horriblement mal à l'aise.

— Si nous allions choisir la jolie création parisienne que vous porterez pour le bal de ce soir ? proposa-t-elle.

Mara la lâcha.

— J'ai peur, Alana. Mais je me fie à vous. Je vous suis !

— Vous verrez, ce n'est pas si terrible de grandir.

Alana mit dans ces paroles une conviction qu'elle n'éprouvait pas. Pour sa part, devenir une femme lui avait surtout appris à étouffer son chagrin. Mais Mara ne connaîtrait pas le même sort. Il existait certainement une âme chevaleresque que sa pureté et son impétuosité séduiraient.

— Vous croyez vraiment qu'on m'invitera à danser ?

Mara paraissait si inquiète qu'Alana éclata de rire.

— Je crains que vous n'ayez l'embarras du choix, ma chérie !

Alana s'habillait pour le bal quand on frappa à la porte de communication. Margaret et elle s'immobilisèrent.

— Dois-je ouvrir, Madame ? murmura la femme de chambre.

Alana avait eu le temps de se préparer à revoir Trevor après l'affront de la matinée. Elle plaqua sur son visage un masque d'indifférence et répondit d'une voix claire :

— Je vous en prie.

Elle s'irritait de voir que sa femme de chambre n'osait même plus parler à voix haute tant le maître des lieux l'impressionnait. D'un coup d'œil dans le miroir, elle constata qu'elle semblait aussi froide et lointaine qu'elle le voulait. Elle avait revêtu une robe de soie bleu paon que de larges nœuds et des bouquets de roses en satin remontaient sur les côtés, laissant apparaître des jupons de guipure blanche virevoltant autour d'escarpins de shantung bleu. Restait encore à natter ses cheveux et à épingler la coiffe ; pour l'instant, ils ruisselaient dans son dos comme de l'or en fusion.

Sur le seuil de la porte, Trevor apparut dans un habit à queue-de-pie sur un gilet en piqué blanc. Souriant, il s'inclina galamment devant Alana. Elle le trouva si séduisant qu'elle en perdit le souffle, et ne put s'empêcher de songer qu'il devait avoir cette allure-là quand il sortait avec sa maîtresse...

Il avança dans la chambre comme en terrain conquis, contemplant la jeune femme avec une légère surprise. Elle crut même percevoir une lueur admirative dans ses yeux. Il s'attarda sur la masse opulente de ses cheveux défaits qui contrastait étrangement avec une robe aussi recherchée.

— Voulez-vous que j'attende dans le salon, Madame Sheridan ? s'enquit Margaret, toujours nerveuse en présence du maître de maison.

Ils se tournèrent tous deux vers la petite femme, comme s'ils avaient oublié sa présence.

— Je crains que votre femme de chambre ne m'apprécie guère, Alana, dit Trevor, amusé. Elle s'empresse de s'éclipser dès que j'arrive.

— Oh, non, Monsieur ! Vous êtes un bon maître, vraiment ! s'exclama Margaret, non sans reculer d'un pas.

Trevor se mit à rire. Furieuse qu'il se moque ainsi de Margaret, Alana intervint :

— Vous pouvez vous retirer, Margaret. Je me coifferai moi-même. Descendez donc dîner.

Margaret acquiesça avant de se tourner vers Trevor, visiblement confus de l'avoir involontairement blessée.

— C'est bon, Pegeen, fit-il en employant affectueusement son surnom irlandais. Une surprise vous attend, en bas. Kevin, votre mari, vient d'arriver. Je me suis laissé dire que vous vous languissiez l'un de l'autre, aussi ai-je pris la liberté de l'envoyer chercher. Courez vite le rejoindre !

De surprise, Margaret resta bouche bée.

— Oui, Monsieur. Merci... Monsieur... Sheridan, balbutia-t-elle. Oh, merci.

Les joués roses de plaisir, la femme de chambre se retira.

— C'est très gentil à vous, dut reconnaître Alana, déconcertée par cet homme qui se conduisait tantôt comme une crapule, tantôt comme un homme généreux.

— Ce n'est rien.

Bien malgré elle, Alana sentit à nouveau son cœur se serrer. S'il savait se montrer attentionné pour des personnes étrangères à sa famille, hélas, il ne semblait guère disposé à compter sa femme parmi ces quelques privilégiés.

À ses yeux, elle n'était pas digne de ses prévenances. Mais Margaret était irlandaise. Toute la différence était là. Ils formaient en quelque sorte une grande famille dans laquelle elle n'entrerait jamais, quoi qu'elle fît. Et, comble de l'ironie, elle était chargée de l'introduire dans un monde qu'il rejetterait toujours, qu'il méprisait souverainement mais dont il avait besoin.

— Mara nous attend au salon, dit-il, interrompant ses sombres pensées.

— Mara est... habillée ?

Trevor marqua un temps, et il eut ce sourire qui lui coupait le souffle.

— Oui. Je tenais à vous remercier. Elle est magnifique.

Refusant de se laisser émouvoir, elle se hâta de le congédier.

— J'en suis heureuse. Pourriez-vous me laisser à présent ? Je dois me coiffer.

— Pas tout de suite. Venez ici.

Il s'assit sur une chaise et posa sa canne sur ses genoux. Dans ce décor de satin ivoire extrêmement féminin, il semblait plus mâle que jamais.

Elle avança vers lui, s'efforçant de masquer son trouble. Quand elle fut près de lui, il sortit un écrin de la poche interne de sa veste et le lui tendit sans autre cérémonie.

— Je tenais à vous remercier d'aider Mara. Je l'ai reçu de Boston cet après-midi. Si tout continue à se dérouler aussi bien, vous en recevrez d'autres.

Ses mains tremblaient en ouvrant l'écrin de cuir. Atterrée, elle découvrit une somptueuse rivière de diamants.

— Vous pouvez le garder, Alana. Même après l'annulation. C'est ma façon de récompenser le travail bien fait.

Elle referma le couvercle. Sa détermination à rester de marbre commençait à faiblir. Il l'insultait, de la façon la plus grossière. Elle allait crier, le gifler... Mais non, elle se contint, conservant à grand-peine ce masque glacé qui la protégeait et dont jamais plus elle ne devrait se séparer.

— Désolée, mais je ne peux accepter, lança-t-elle en lui rendant l'écrin. Si vous voulez bien m'excuser, j'aimerais me coiffer à présent.

Un silence suivit, puis il lui demanda, d'une voix trop calme :

— Pourquoi ce refus ?

Comment ne se rendait-il pas compte qu'il l'humiliait ? Quel grossier personnage ! Elle haïssait ce collier inestimable. Il venait matérialiser le marché que constituait leur mariage. Trevor Sheridan s'imaginait qu'il pouvait tout acheter avec ses millions. Le moment était venu pour lui d'ouvrir les yeux.

Jubilant secrètement à l'idée de ce qu'elle s'apprêtait à dire, elle le toisa d'un regard hautain, un regard souverain.

— Dans mon monde, monsieur Sheridan, les diamants ne s'échangent pas entre deux étrangers.

Il demeura stupéfié.

— Nous ne sommes pas des étrangers. Vous êtes ma femme, rétorqua-t-il d'un ton menaçant.

— Seulement de nom.

Avec un soupir rageur, il reprit l'écrin.

— Que voulez-vous que j'en fasse si vous n'en voulez pas ?

— Votre maîtresse sera peut-être ravie de l'ajouter à sa collection.

Cette réplique lui avait échappé. Elle s'en mordit les lèvres.

Ils s'affrontèrent du regard. Avec une lenteur insupportable, il rouvrit l'écrin, prit le collier et laissa ruisseler la rivière sur sa main.

— Non, dit-il nonchalamment. Daisy en a déjà suffisamment, je crois.

— C'est son nom ? fit-elle, regrettant que sa voix ait tremblé.

— Pourquoi cet intérêt, ma douce ?

Alana ferma les yeux, furieuse contre elle-même. Décidément, il avait le don de la mettre hors d'elle.

— J'aimerais finir de me préparer, rétorqua-t-elle en se détournant. Si vous...

— Non.

Il se leva et lui prit le bras. Sans sa canne, il chancela légèrement et se stabilisa en lui prenant la taille de l'autre main.

— Je veux savoir pourquoi vous refusez mon cadeau.

Elle tenta de le repousser mais il la retint sans effort.

— J'attends une réponse, insista-t-il en la maintenant fermement.

— Je n'aime ni votre cadeau ni ce qu'il insinue ! avoua-t-elle enfin, cédant à la colère. Je n'aime ni son prix, ni sa froideur, ni celui qui me l'offre !

Il l'avait bien cherché. Furieux, il la plaqua violemment contre lui et agita les diamants sous son nez.

— Vous m'étonnez, grinça-t-il. Des pierres aussi froides sont pourtant celles qui vous conviennent.

— Je ne porterai pas vos diamants, Trevor ! fit-elle haineusement. Ils sont vulgaires. Il y a des choses que jamais votre argent ne pourra acheter !

Les yeux noisette ne formaient plus qu'une mince ligne.

— Le droit de poser sur vous mes grossières mains irlandaises, par exemple ? Ne vous inquiétez pas, petite Knickerbocker, un jour viendra où je ne me soucierai plus d'acheter ce droit. Je le prendrai.

Sous l'effet du choc, Alana sursauta. Elle baissa les yeux sur la main de fer qui capturait sa taille et une onde de peur la parcourut.

— J'obtiens tout ce que je veux, Alana. D'une manière ou d'une autre, murmura-t-il.

— Et moi ? fit-elle dans un souffle. Vous me voulez ?

Sans répondre, il la lâcha, comme malgré lui. S'approchant du lit, il jeta la rivière de diamants sur la couverture en satin.

— Finissez de vous préparer ! ordonna-t-il. Nous devons emmener Mara à ce satané bal.

Jamais elle ne s'habituerait à sa façon d'éluder les questions qui le gênaient. Comment allait-elle pouvoir supporter ce rustre durant cette soirée et... durant une année entière ?

Quand la voiture des Sheridan arriva devant Maison-sur-Mer, le bal battait déjà son plein. La demeure des Varick était un petit château de style Louis XIV ou Louis XV, Alana n'aurait su le dire. Tous les genres se mélangeaient à Newport, mais le marbre et les dorures anciennes dominaient.

Bien que ce fût le premier bal de la saison d'été, la salle était pleine. Alana en comprit la raison quand elle apparut au bras de Trevor : après l'incroyable mariage d'Alice Diana Van Alen, dont tout le monde parlait, la présence du couple à une soirée constituait une attraction à ne pas manquer.

Elle prit une longue inspiration quand le maître d'hôtel annonça :

— Monsieur et Madame Sheridan, et Mademoiselle Sheridan.

Ayant éprouvé quelques difficultés à recouvrer son calme après le dernier affrontement avec son mari, Alana avait dû appeler Margaret à l'aide pour se coiffer, puis, par bravade, elle avait mis à son cou les perles des Van Alen.

Pendant tout le trajet, elle avait dû endurer le regard perçant de Trevor, assis en face d'elle. Un regard qui s'était attardé sur son cou avec un éclat vengeur...

— Alana chérie ! s'exclama Joanna Varick à son entrée. Quel plaisir de vous avoir parmi nous !

Joanna Varick était l'une des dernières matrones du clan des Knickerbockers. Toujours séduisante à cinquante ans, elle portait une robe de satin aussi blanche que ses cheveux, une harmonie divinement rehaussée par les émeraudes de famille offertes par le marquis de Lafayette lors de son dernier passage en Amérique.

— J'ai été ravie de recevoir votre invitation, madame Varick. J'étais impatiente de vous présenter ma nouvelle famille.

Elle jeta à Mara un regard rassurant. La jeune fille semblait terrorisée. Quant à Trevor, il paraissait maussade. Mme Varick le toisa avec circonspection, signifiant ainsi qu'elle n'était pas encore prête à accepter un Irlandais sous son toit. Mais quand elle se tourna vers Alana, seule une lueur amusée brillait dans ses yeux, comme si le scandale de ce mariage la réjouissait.

Irritée par ce comportement, Alana murmura :

— Vous devez connaître mon mari, Trevor Byrne Sheridan.

Joanna Varick afficha une mine de circonstance.

— Félicitations, monsieur Sheridan. Vous n'auriez pu faire un meilleur choix parmi nous... en la personne d'Alana.

Alana se demanda comment Trevor allait réagir. À sa grande surprise, il offrit à Joanna Varick son sourire le plus charmeur.

— Je n'en doute pas un instant, madame, répondit-il insolemment, en s'inclinant pour lui baiser la main.

Peu accoutumée à une telle effronterie, l'hôtesse haussa les sourcils ; Alana n'aurait su dire si Trevor lui déplaisait ou non, mais elle crut percevoir dans son regard une lueur rêveuse tandis qu'elle contemplait sa main à l'endroit où il venait de poser ses lèvres. Irlandais ou non, Trevor Sheridan était un homme extrêmement séduisant et, si distante Joanna Varick fût-elle, c'était du sang et non de la glace qui coulait dans ses veines.

— Et voici ma belle-sœur, Mlle Mara Sheridan, continua Alana, en poussant discrètement la jeune fille devant leur hôtesse.

Détournant son attention de Trevor, Joanna salua Mara plus chaleureusement. Comment aurait-elle pu rejeter une jeune fille aussi timide et aussi ravissante que celle-ci ? Dans sa somptueuse robe de chez Worth, avec la multitude de perles entrelacées dans ses cheveux, Mara incarnait si joliment l'innocence que même le Knickerbocker le plus rigide n'eût pu y rester insensible.

— Quel plaisir de vous connaître, mademoiselle Sheridan.

— M... mad... madame Varick, balbutia Mara en s'inclinant en une petite révérence.

— Mme Anders a le carnet de bal, mon enfant. Puis-je emmener Mara ? demanda-t-elle à Alana.

— Bien sûr, Joanna, ce serait très aimable à vous, répondit la jeune femme, savourant sa première victoire.

— Ce n'est rien, ma chérie.

Après un dernier regard à Trevor, Joanna fendit la foule, la jolie Mara à son bras, lui ouvrant la voie de son premier bal.

— Si jamais ils lui font le moindre mal... murmura Trevor.

— Maintenant, ils n'oseront plus. Elle a conquis Mme Varick. Bien qu'elle soit considérée comme une excentrique, la lignée des Varick demeure irréprochable. C'est capital pour les « Quatre Cents ».

— Et Caroline Astor ?

Un sourire se dessina sur les lèvres d'Alana.

— Caroline Astor l'acceptera. Notre mariage ne lui laisse pas le choix.

Leurs regards se soudèrent. Une étrange expression plana brièvement dans celui de Trevor. Haine, désir, triomphe ? Alana n'aurait su choisir.

— Bien, rétorqua-t-il sans autre commentaire, avant de lui prendre le bras et de l'entraîner parmi la foule.

La soirée commença bien. Mara ne cessait de valser et, malgré son détachement, Trevor manifestait à Alana une attention suffisante pour qu'elle se détendît. Assise, elle observait les festivités, plutôt heureuse de le sentir debout derrière elle.

L'assemblée n'était pas assez nombreuse pour que Mara passe inaperçue, mais suffisante pour que l'on ait vent de l'impression qu'elle produirait jusqu'à Manhattan. Soudain, les voix et les rires se turent les uns après les autres, et un silence succéda au joyeux brouhaha. Alana se leva pour en comprendre la cause, et faillit tomber à la renverse contre Trevor : le maître d'hôtel venait d'annoncer Anson Vanbrugh-Stevens.

Il arborait une mine indéchiffrable, tout comme Alana, mais les invités épiaient leur réaction, tout autant que celle de Trevor.

Anson scrutait les visages des invités. C'était un bel homme, grand et blond, aux traits réguliers, de type germanique. Quand son regard bleu et vif trouva Alana, la colère y brilla.

Puis, l'ignorant, il s'éloigna du dais et les danseurs s'efforcèrent de reprendre leur valse comme si de rien n'était.

— M. Vanbrugh-Stevens n'était pas à notre mariage, n'est-ce pas ? s'enquit Trevor en posant une main sur l'épaule de sa femme.

Vu de l'extérieur, il s'agissait d'un geste affectueux.

— Non, répondit-elle froidement.

— Se pourrait-il qu'il n'ait pas été informé de votre intention de m'épouser ? lui murmura-t-il à l'oreille.

Une note amusée perçait dans sa voix.

— Je l'aurais prévenu si j'en avais eu le temps, chuchota-t-elle derrière son éventail. Mais il était à Salzbourg.

— Le destin est parfois bien cruel. Votre chevalier n'a donc pu vous sauver des griffes du diable…

Comme elle ne répondait pas, il ajouta :

— Je crois savoir qu'il vous a plusieurs fois demandée en mariage. Comment ai-je pu réussir là où il a échoué ?

— Il n'était pas animé par un désir de vengeance, lui.

Elle s'abstint de préciser qu'Anson l'aurait épousée pour la vie, pas pour une année seulement.

— Mes intentions n'étaient peut-être pas si différentes, dit-il en posant les yeux sur la peau crémeuse de ses épaules agréablement dénudées.

Au risque de compromettre l'avenir de Mara, Alana préféra ne pas entrer dans la bataille qui s'annonçait. Elle lui tourna le dos afin de mieux voir les danseurs. À sa grande consternation, elle découvrit Anson, debout devant elle.

— Madame Sheridan, fit-il en s'inclinant pour lui baiser la main. M'accorderez-vous cette danse ?

— Je… je ne crois pas que…

— Vous n'y voyez pas d'inconvénient, n'est-ce pas, mon vieux ? lança dédaigneusement Anson à Trevor.

Trevor ne dit rien, même si une vive antipathie imprégnait son regard. Ce silence alarma Alana plus que n'importe quelle réplique bien sentie. Elle posa une main sur le bras de son mari et lui dit tout bas :

— Permettez-moi de lui accorder cette danse, Trevor, murmura-t-elle. Nous devons penser à Mara. Tout le monde s'attend à ce que je danse une valse avec Anson.

Les doigts de Trevor encerclèrent le lion d'or de sa canne comme s'il se fût agi du cou d'Anson. Sans dire un mot, il s'adossa au mur et croisa les bras sur sa poitrine.

Affichant un sourire de circonstance, elle prit le bras d'Anson. Ce dernier toisa son rival avec haine et entraîna Alana sur la piste en la tenant par la taille.

Tandis qu'ils valsaient, ils durent esquiver plusieurs couples, familiers à la jeune femme, sans doute avides de surprendre une bribe de leur conversation.

— Il fait beau pour la saison, n'est-ce pas ? lança le jeune homme à Alana tout en foudroyant du regard une femme trop curieuse.

— Oui, répondit Alana à tout hasard.

— Je tenais à vous féliciter, madame Sheridan, pour votre *beau* mariage.

Alana soupira.

— Je sais que votre mère vous a envoyé un télégramme. Je n'ai pas eu le temps de vous prévenir moi-même. Je suis navrée.

Autant aller droit au but, songea-t-elle. Anson était visiblement furieux. Mais jamais elle ne l'aurait cru si épris d'elle.

— Je suis rentré dès que possible. Trop tard, visiblement.

— Ne m'en veuillez pas, Anson, fit-elle en levant sur lui ses grands yeux verts pleins de remords. Je n'avais pas le choix.

— Et moi ? N'étais-je pas un autre choix possible ? murmura-t-il avec colère.

Il adressa un signe de tête à Joanna Varick, avant de reporter son attention sur Alana.

— Aussi parfait que vous soyez, Anson, vous n'êtes pas fait pour moi et vous le savez. Je ne vous l'ai jamais caché.

— Et cet Irlandais ? Il est fait pour vous, peut-être ?

À ces mots, Alana faillit manquer un pas.

— Alana, nous avons tant de choses en commun ! Nos familles, notre milieu, nos idées... Vous auriez dû m'épouser avant qu'il ne soit trop tard.

— Vous ne savez rien de moi, Anson. Cela n'aurait jamais marché.

— Je ne sais rien de vous ? Ça, c'est trop fort !

S'apercevant qu'il se donnait en spectacle, il s'efforça de recouvrer son calme.

— Parce que, en une semaine, Sheridan est parvenu à vous connaître mieux que moi, peut-être ? Il mériterait que je le tue ! Je sais exactement ce que cet Irlandais de malheur a fait pour vous « connaître mieux » !

— Je vous interdis de parler de lui sur ce ton !

— Comment ? fit-il, interloqué. Vous... vous le défendez ? Caroline Astor m'a confié que vous aviez été plus ou moins contrainte d'accepter cette union. Elle voudrait même que vous songiez à demander une annulation. Je vous le demande aussi, Alana, insista-t-il en la serrant davantage contre lui.

— Non, Anson. Je n'ai qu'une chose à dire : j'ai épousé Trevor Sheridan et j'entends rester sa femme.

Ce n'était pas tout à fait vrai mais elle n'enfoncerait pas davantage le couteau dans la plaie. Car en vérité, même après l'annulation, elle n'épouserait jamais Anson.

— Vous attendez donc un enfant de ce moins que rien ?

Alana ouvrit de grands yeux ébahis. Le rouge de la honte incendia ses joues.

— C'est donc ce que tout le monde pense ? Que j'ai épousé Trevor parce que...

— Cela vous étonne ? la coupa-t-il avec un rire amer. Ce mariage imposé et hâtif ne pouvait avoir été motivé uniquement par l'argent, puisque moi aussi j'ai de l'argent. Et beaucoup. Vous auriez pu m'épouser, Alana. Malheureusement, il faut toujours que je joue les gentlemen.

Un long silence tomba entre eux et ils continuèrent à tournoyer au rythme de la valse.

— Ce n'est pas ce que vous pensez, Anson. Vous le verrez bien dans quelques mois.

— Oui, dans neuf mois.

Ses mains lui enserraient la taille comme un étau.

— Je ne l'ai pas épousé pour cette raison-là.

— Alors pourquoi ?

Il renversa sa tête blonde en arrière et éclata d'un rire mauvais.

— Vous ne voudriez tout de même pas me faire croire que vous l'aimez !

Alana comprit à ce moment précis pourquoi Anson et elle n'auraient jamais trouvé le bonheur ensemble. Leur entente n'était que superficielle. Elle cherchait l'amour, lui le meilleur parti social. Elle acceptait les concessions quand lui exigeait la perfection. Elle voulait pouvoir pleurer sur l'épaule d'un homme qui la protégerait ; lui l'aurait repoussée pour ne pas froisser son costume.

— Dites-moi que vous l'aimez, Alana, insista-t-il en souriant aux invités autour d'eux.

Elle soutint son regard sans répondre. Le sourire du jeune homme s'élargit et une lueur de triomphe illumina son regard.

— Je savais que vous ne pouviez aimer ce type !

— Il m'attire. Il m'a attirée dès le premier instant où je l'ai vu.

Sans bien comprendre pourquoi, elle éprouvait le besoin de se justifier, peut-être pour y voir elle-même plus clair.

— D'accord, mais ce n'était pas de l'amour.

— Non.

— Dites-moi que vous l'aimez, Alana, et je vous laisserai tranquille. Sinon, je ne vous lâcherai pas une minute jusqu'à ce que vous ayez obtenu cette annulation.

— Je l'aime, dit-elle sans le regarder.

Une émotion étrange la submergeait tout à coup. Jamais elle n'avait proféré un aussi gros mensonge, pourtant... elle n'avait pas l'impression de mentir. Un sentiment de panique incontrôlable la saisit.

Pour le grand plaisir des curieux, avides de sensationnel, Anson s'arrêta net en plein milieu de la piste et l'attira contre lui, sans se soucier du scandale.

— Vous prétendez être tombée amoureuse de ce maudit Irlandais ? Vous m'avez rejeté à cause de ce cul-terreux ? dit-il entre ses dents.

— Oui.

Anson Vanbrugh-Stevens n'avait pas l'habitude qu'on lui dise non. Alana le soupçonnait même de s'être acharné à la séduire parce qu'elle ne se laissait pas conquérir. Il ne supportait pas de perdre mais avec elle, il aurait perdu de toute façon.

Sans ajouter un mot il s'inclina et la planta là, avant de quitter le bal sans saluer personne.

Alana sentit converger sur elle les regards, comme autant de lames de couteaux. Sentant les larmes venir, elle s'empressa de gagner le balcon. S'accoudant à la balustrade, elle aspira profondément l'air chargé de senteurs marines. Incapable de se contenir plus longtemps, elle se mit à pleurer. Elle regrettait d'avoir blessé Anson, mais qu'y pouvait-elle ? En outre, elle avait dû lui mentir... Lui « mentir », vraiment ? Ses larmes redoublèrent et elle évita de s'interroger plus avant sur ses « mensonges ». D'ailleurs, comment pouvait-elle aimer Trevor ? Elle le connaissait à peine.

C'est alors que pour la première fois, elle se demanda ce qu'il adviendrait si, par malheur, elle tombait amoureuse de son mari. Cette éventualité la sidéra et l'emplit de frayeur.

— Ne soyez pas si bouleversée, Alana. Mara a réussi son entrée dans le monde. Vous le retrouverez d'ici peu.

Le ton glacial la fit sursauter. Elle découvrit Trevor, près d'elle dans l'obscurité. Elle frissonna malgré elle, et il eut un rire sans joie.

— Apparemment, la patience n'est pas la qualité principale de M. Stevens.

— Il voulait m'épouser et je ne l'ai même pas informé de mon mariage. Il avait de quoi s'emporter.

— Il s'en remettra.

Sa dureté la choqua. Elle n'osa imaginer qu'un jour il puisse la diriger contre elle, car alors il la détruirait.

— La présence d'Anson semble vous avoir contrarié, Trevor.

— Il est tout ce que je déteste en vous, *a mhuirnin*.

— Et que détestez-vous en moi ? s'irrita-t-elle, choisissant la colère pour masquer sa peine.

Que lui avait-il dit en gaélique ? Une injure, peut-être.

— Je déteste vos privilèges. Je déteste votre façon, à vous et vos semblables, d'estimer que tout vous est dû. Les Knickerbockers n'ont jamais manqué de rien. Ils m'écœurent.

Elle se détourna pour essayer de lui cacher ses larmes où se mêlaient la rage et la peine.

— Ma famille est morte dans un incendie quand j'avais seize ans. Mes privilèges ne m'ont pas épargné cette épreuve. Pas plus qu'ils ne m'ont protégée de mon oncle, si vous vous souvenez bien.

Il demeura silencieux un moment, l'observant dans l'obscurité avec une étrange expression, comme s'il balançait soudain entre clémence et rancune.

— Alana, je vous avais déjà vue avant cette nuit où Didier vous a traînée jusqu'à moi, sous la pluie. Le saviez-vous ?

Alana secoua imperceptiblement la tête. Bravement, elle essuya ses joues.

— C'était il y a un an, murmura-t-il en lui prenant les bras. Chez Delmonico. Je dînais dans l'un des salons avec Eagan, quand Lorenzo est venu nous trouver au milieu du repas. Avec force courbettes et excuses, il nous a aimablement priés de changer de table parce qu'un groupe de clients arrivaient de l'Académie de musique. Bien sûr, Lorenzo est plein de tact, mais nous savions tout comme lui que ces gens-là ne daignaient pas côtoyer des Irlandais. Savez-vous qui est entrée la première dans le salon que nous n'avions pas encore eu le temps de quitter ? Vous, Alana. Vous et ce freluquet qui vient de partir avec éclat. Je m'en souviendrai toujours. En me croisant dans l'entrée, tout occupée d'Anson, vous ne m'avez pas accordé un regard. Mais moi je vous ai vue. Jamais je n'avais rencontré une femme plus belle que vous. Et plus froide aussi.

Il l'attira contre sa poitrine.

— Si les vôtres n'avaient menacé l'avenir de Mara, je ne vous aurais sans doute jamais approchée. Mais quand l'occasion de vous faire tomber de votre piédestal s'est présentée, j'ai sauté dessus. J'ai mis tout votre monde à genoux. Pour une fois, c'est moi qui les regarde de haut.

Alana ne se rappelait pas cette soirée chez Delmonico, elle s'y était rendue si souvent en compagnie d'Anson. Et si les « indésirables » avaient dû se déplacer, ce n'était pas à sa requête. Elle n'en avait même pas eu connaissance.

Le plus surprenant était l'erreur d'interprétation de Trevor. Il l'avait crue heureuse et rayonnante au bras d'Anson. Quelle ironie ! Elle sortait avec un homme qu'elle n'avait pas l'intention d'épouser, uniquement pour se distraire de l'inconnu sans visage et de la maison blanche de ses rêves qui ne cessaient de la hanter. Elle rêvait d'avoir des enfants, un foyer. Au lieu de cela, elle se pavanait dans des robes de chez Worth pour tromper sa solitude. Pas étonnant qu'elle parût froide. Elle avait trop de secrets, et personne avec qui les partager.

— Ce piédestal est une illusion, Trevor.

— Non, Alana. Regardez comment le monde a réagi à notre mariage. Leur déesse est déchue, à cause de moi.

Par les portes ouvertes leur parvinrent les notes du *Beau Danube bleu*.

— Pourquoi n'allez-vous pas danser ? C'est votre valse favorite, dit-il en la lâchant. Je vais rentrer. Il me semble préférable que Mara ne s'attarde pas trop.

— Je ne danserai pas cette valse, fit-elle, prête à le suivre.

D'une pression sur sa taille, il l'obligea à lui faire face.

— Pourquoi ?

— La première fois que je l'ai entendue, il y a bien longtemps, je me suis promis de ne danser cette valse qu'avec l'homme que j'aimerais.

Involontairement, son regard se posa sur sa canne. Comme elle, Trevor semblait conscient qu'il ne serait jamais cet homme-là.

— Et comme Anson est parti, il ne nous reste plus qu'à en faire autant.

— En effet. Je vais chercher Mara.

Il acquiesça, le visage empreint d'une dureté incroyable.

Le trajet de retour à Fenian Court fut morne et silencieux. Le bal s'était terminé trop tôt au goût de Mara. La tension était palpable entre son frère et sa belle-sœur, et si les raisons lui échappaient, elle commençait à comprendre les craintes d'Eagan.

Trevor accompagna Alana jusqu'à la porte de sa chambre. Ils échangèrent quelques mots avant de se séparer, et Mara remarqua la tristesse de son frère. Elle aurait juré que, l'espace d'un instant, il avait failli se pencher vers Alana pour l'embrasser, comme elle l'avait déjà surpris à embrasser Daisy. Mais il s'était retenu. Maintenant ils étaient seuls, chacun dans leur chambre.

Les beaux yeux saphir de Mara s'assombrirent. Le mariage de son frère était en difficulté. Elle réfléchit. Soudain, une idée lui vint et son front s'éclaircit. Elle se précipita aussitôt dans sa chambre pour écrire à Eagan.

Sa lettre commençait ainsi : *Mesures draconiennes dès demain...*

16

Le lendemain matin, une pile de cartes de visite encombrait la console en acajou de l'immense vestibule. Trevor s'en réjouit et, en les feuilletant, il constata que Mara avait remporté un réel succès au bal des Varick. Tous ces noms illustres l'attestaient.

En arrivant à la dernière carte, cependant, son expression changea. Il lut brièvement les quelques lignes inscrites au dos du bristol et le mit dans sa poche. Il appela ensuite le majordome pour lui donner ses instructions. Il souhaitait notamment que sa femme le rejoigne pour le petit déjeuner.

Margaret s'empressa de réveiller sa maîtresse en lui transmettant la requête de son mari. Irritée mais intriguée, Alana revêtit une robe de soie couleur terre de Sienne et descendit.

Dans l'imposante pièce tendue de taffetas vert, Trevor affichait une mine sombre. Alana s'installa en face de lui, à une table aux proportions raisonnables, cette fois.

Dépliant sa serviette, elle découvrit la carte d'Anson Stevens sur son assiette.

— Il y a une note au dos, dit Trevor.

Les domestiques se retirèrent discrètement.

Je ne vous crois pas. Tels étaient les mots inscrits au verso.

Trevor semblait en proie à des émotions tumultueuses.

— Votre ami me paraît troublé, Alana, fit-il avec ironie. Comme s'il mettait en doute le caractère sacré de notre mariage.

Il masquait sa fureur sous le ton de la dérision. Alana posa la carte sur la nappe.

— Je meurs de faim ! lança-t-elle.

— Qu'est-ce qu'il ne croit pas ?

Plutôt mourir que de lui répéter ce qu'elle avait dit à Anson.

— Qu'est-ce qu'il ne croit pas, Alana ? insista-t-il d'un ton menaçant.

— J'espère que l'on va bientôt nous servir, fit-elle, ignorant sa question.

Calmement, Trevor avala une gorgée de café. Trop calmement.

— Si Stevens tient à la vie, il ferait bien de renoncer à l'idée que je pourrais tolérer l'adultère ! s'exclama-t-il avec hargne.

— De... quel droit nous jetteriez-vous la pierre ? Auriez-vous oublié votre chère Daisy Dumont ?

— Daisy était ma maîtresse avant que je ne vous connaisse, aboya-t-il.

J'ai également connu Anson avant vous.

Il se leva. Sa chaise grinça sur le parquet.

— Daisy n'a rien à voir là-dedans. Je me suis toujours montré discret, contrairement à Anson qui semble déterminé à me ridiculiser. Je ne le laisserai pas faire. Suis-je assez clair ?

— Décidément, vous vous prenez pour le centre du monde ! Aucun complot ne se trame contre vous, mon cher. Vous est-il venu à l'esprit qu'Anson a peut-être simplement du mal à renoncer aux sentiments qu'il me portait ?

Il ne retint de ses paroles que le sarcasme.

— Je suis votre mari, et cela me donne certains droits ! s'emporta-t-il. Notamment celui de vous protéger des autres hommes, dussé-je employer la force.

Tremblant de rage, Alana se leva à son tour.

— Devrai-je vous poursuivre avec un rouleau à pâtisserie le soir où vous voudrez rejoindre votre petite Daisy ?

— Si vous désirez prendre sa place, vous n'avez qu'un mot à dire et je ne la reverrai plus.

Son offre n'était qu'un défi insolent. Elle fut tentée de la relever mais la raison l'emporta. Jetant sa serviette sur la nappe, elle quitta la pièce en se retenant pour ne pas courir.

Alana passa sa journée à arpenter furieusement sa chambre, ruminant sa peine et son irritation. Il faisait presque nuit quand on lui apporta le billet de Mara. Elle lui donnait rendez-vous au belvédère. Trop heureuse de cette diversion inespérée, Alana s'y rendit aussitôt, sans même prendre un châle.

Elle traversa la pelouse parée d'ombres violacées à la lumière incertaine du jour déclinant. Le soleil se couchait derrière Bellevue Avenue et le bleu de la mer virait à l'indigo.

Le hangar à bateaux était vide. Elle le traversa et scruta la jetée à la recherche de Mara. Ce fut Trevor qui apparut.

— Que faites-vous ici ? demanda-t-il avec méfiance.

— Où est Mara ?

Il aperçut alors la silhouette de sa sœur, à quelques mètres derrière Alana. Promptement, la jeune fille ferma la porte du hangar donnant accès à la jetée, et il entendit le bruit de la clé dans la serrure. Suivant son regard, Alana se retourna et vit Mara remonter en courant la pelouse, en direction de la maison.

— Voilà des années qu'elle n'a pas reçu de fessée, mais ce soir, elle n'y échappera pas ! commenta Trevor, furieux.

— Elle nous a enfermés ici ! s'exclama la jeune femme, incrédule.

— Une idée d'Eagan, sans aucun doute. Un coup monté. J'ai senti qu'elle mijotait quelque chose dès le soir de son arrivée. Elle m'a fait porter un billet pour m'attirer ici.

— À moi aussi.

Alana scruta les remous de l'eau sombre à ses pieds.

— Vous allez devoir nager, Trevor. Je suis désolée, mais... je n'ai jamais appris.

— Je ne peux pas nager, rétorqua-t-il sèchement.

— Comment ? Je croyais que vous naviguiez à la perfection.

— Oui, mais je préfère être *sur* l'eau que *dans* l'eau.

Alana scruta désespérément les alentours, cherchant en vain un moyen de s'échapper.

— Il ne nous reste plus qu'à tuer le temps jusqu'à ce que cette insupportable gamine se décide à nous ouvrir.

Résignés, ils se dirigèrent vers le belvédère où ils s'assirent. Les minutes s'étiraient interminablement, au fur et à mesure que le ciel s'assombrissait. À Fenian Court, on avait allumé les lampes à gaz. Elles étincelaient aux fenêtres comme des joyaux dans la nuit. Ce grand palace illuminé au bord du rivage offrait une vision de rêve, mais l'air commençait à fraîchir et Alana frissonnait, particulièrement lorsque son regard s'attardait sur Trevor.

— Aurait-elle l'intention de nous laisser là toute la nuit ? finit-elle par murmurer.

— J'espère bien que non !

— Nous aurions dû lui expliquer la situation, Trevor. Elle croit que nous sommes vraiment mariés.

— Je refuse de détruire ses illusions.

— Vous croyez que l'annulation ne les détruira pas davantage ?

Il demeura silencieux mais, malgré l'obscurité, Alana devinait ses yeux rivés sur elle.

— Pas autant que si elle connaissait les détails de notre arrangement.

Elle dut admettre qu'il avait raison. Mettre un terme à un mariage raté était une chose. Se marier en mentant sciemment au Seigneur, au prêtre et à tout le monde en était une autre. Alana se détourna avec lassitude. Le paysage se fondait dans la nuit et la brise marine fraîchissait de plus en plus.

— Vous avez froid, Alana.

Elle haussa les épaules.

— Je ne comptais pas passer la nuit ici.

— Tenez, murmura-t-il en s'approchant d'elle pour la couvrir de sa redingote.

Ses grandes mains chaudes s'attardèrent sur ses épaules délicates. Elle en fut si troublée qu'elle omit de le remercier.

— Pourquoi n'avez-vous pas épousé Stevens ? murmura-t-il.

— Anson n'était pas un homme pour moi.

— Vous étiez pourtant parfaitement assortis. Tout en lui dénote une éducation *irréprochable*.

Elle ignora son ton sarcastique et ferma les yeux, essayant d'appeler l'homme de ses rêves. Elle pensait à lui depuis si longtemps que son cœur s'emballait rien qu'en l'évoquant. Pourtant, cette fois, la magie n'opéra pas. Cette image lui semblait tout à coup lointaine, appartenant à une autre vie…

— Contrairement à ce que vous pensez, la bonne éducation n'est pas tout. Certains traits de caractère comptent plus à mes yeux.

— Par exemple ?

Alana inspira profondément.

— L'intelligence, la gentillesse... Un homme doit savoir allier la douceur et la force. Le milieu social ou la taille du portefeuille m'indiffèrent.

Un silence plana... qui n'augurait rien de bon, songea-t-elle.

— L'homme que vous avez vu à Brooklyn, la veille de notre mariage, possède-t-il toutes ces qualités ?

Alana se tourna vivement vers lui. Sous le choc, la voix lui manqua. Il savait pour Brooklyn ! Et si elle s'était sacrifiée pour rien ?

Scrutant l'obscurité pour essayer de distinguer l'expression de son visage, elle s'écria :

— Vous vous étiez engagé à ne pas vous immiscer dans ma vie privée ! M'auriez-vous suivie ? Je ne vous ai épousé que parce que vous aviez promis de me laisser tranquille !

— J'ignore pourquoi vous êtes allée à Brooklyn.

Il tendit une main et lui effleura la joue.

— Je sais seulement que nous sommes mariés à présent et que plus les jours passent, plus cette promesse me coûte.

— Vous ne pouvez la reprendre, fit-elle en se détournant pour fuir le contact de sa main.

— Dites-moi que vous n'y retournerez plus.

La peur lui fit battre le cœur.

— Non. Je dois y retourner.

Un silence tomba, un silence où couvait toute la colère contenue de Trevor.

— Je comprends mieux la frustration de Stevens à présent. Est-il au courant pour Brooklyn ?

— Personne ne sait.

Elle lui agrippa soudain le bras, consciente des muscles d'acier sous ses doigts.

— Je vous en prie, ne fouillez pas dans ma vie. Je ferai tout mon possible pour votre sœur, mais laissez-moi tranquille !

— Répondez-moi, Alana, une dernière fois. Est-ce un homme que vous retrouvez là-bas ? Votre amant ?

— Non.

— Pourquoi vous croirais-je ? Vous décrivez l'homme de vos rêves avec tant de précisions...

— Cela ne vous regarde pas. Restez en dehors, et ne me suivez plus jamais ! s'emporta-t-elle, désespérée.

— Alana ! fit-il en la secouant. Si vous ne me dites rien, j'imaginerai le pire, inévitablement !

Poussant un soupir plein d'amertume, elle avoua.

— L'homme que je vous ai décrit n'existe pas.

— Ce n'est pas Anson ?

— Non. C'est personne. Il n'existe que dans mon imagination, et j'ai bien peur qu'il ne se matérialise jamais...

La voix d'Alana se brisa et un nouveau silence tomba. Elle ne lâcha son bras qu'au bout d'un long moment.

— Vous me croyez, maintenant ?

— Oui, souffla-t-il.

— Promettez-moi de ne plus me poser de questions.

— Non.

N'avait-il donc aucun sens moral pour pouvoir rompre ainsi une promesse ?

— Je vous ai épousé pour protéger ma vie privée. Nous étions convenus d'un arrangement et vous étiez d'accord.

— Quand je vous ai fait cette proposition, j'avais votre dossier sous les yeux et je croyais tout savoir à votre sujet. Vous, le joyau de l'élite new-yorkaise. Je découvre maintenant que vous me cachez quelque chose, et je me demande si la connaissance de ce secret ne vous rendrait pas plus humaine à mes yeux.

L'espace d'un instant, l'espoir fou de pouvoir lui parler de Christabel l'effleura. Confier ses problèmes, partager ses craintes la soulageraient tant ! Peut-être même l'aiderait-il à faire innocenter sa sœur ? Mais dévoiler un tel secret comportait des risques, c'est pourquoi elle n'en avait jamais soufflé mot à quiconque, et encore moins à son mari : Trevor Sheridan était un manipulateur et il risquait un jour d'utiliser cette confession à son détriment. Sa franchise se retournerait alors contre elle, et contre Christabel, inévitablement.

— Je suis humaine, éluda-t-elle. Il suffit de prendre la peine de m'approcher.

— C'est ce que je veux, murmura-t-il, si près qu'elle sentit son souffle contre son front. Je vous jure que je le veux.

Sans même s'en rendre compte, elle se retrouva dans ses bras, sa bouche contre la sienne. Il l'embrassa avec une passion débridée. Elle voulut le repousser mais une main de fer la plaqua contre lui et elle se retrouva prisonnière de son étreinte. Elle ne s'aperçut pas que la redingote glissait au sol. Son baiser la brûlait, enflammant tout son corps jusqu'au creux de ses reins, de son ventre. Des émotions assoupies en elle depuis toujours explosaient brutalement. Elle lui caressa timidement la joue.

Encouragé, il s'enhardit. Sa main s'aventura sur ses seins, bien pris dans le corset. Incapable de protester, elle gémit faiblement tandis que, du pouce, il en effleurait l'extrémité. À travers la soie, elle sentit les pointes de ses seins se durcir. Choquée, Alana voulait l'arrêter... et en même temps, le supplier d'aller plus loin. Jamais personne ne l'avait caressée ainsi, pas même Anson. Elle comprenait maintenant pourquoi elle l'en avait toujours empêché. Dans ses bras, elle n'avait jamais perdu la tête. Il n'éveillait pas ce désir fulgurant que Trevor allumait en elle, un désir si violent qu'elle se sentait prête à tout pour l'apaiser. Où trouverait-elle la volonté de résister ?

Il lui mordit doucement les lèvres, puis ses baisers s'égarèrent le long de son cou. Sa main quitta ses seins et Alana s'en voulut de ressentir une frustration soudaine. Ses doigts remontèrent lentement, dégrafant un à un les boutons de son corsage. Il reprit alors ses caresses à même sa peau nue. Alana frémit de tout son être contre lui.

— On dirait que vous n'êtes pas de glace, finalement, murmura-t-il contre ses cheveux, en refermant ses doigts autour d'un sein.

Son arrogance la blessa. Elle voulait qu'il continue à la toucher, que son corps la réchauffe, tendrement. Elle tenait à ce que son cœur éprouve les sentiments qui enfiévraient ses sens, tout comme pour elle. Mais visiblement, il la désirait seulement physiquement. Avec une force insoupçonnée, elle le repoussa et se détourna pour reboutonner son corsage.

— Alana…

— Non, ne dites rien. Nous avions conclu un pacte. Vous ne pouvez le changer ainsi, selon votre bon plaisir.

Le froid de la nuit les enveloppait à nouveau.

— Vous sembliez plutôt consentante, il y a un instant.

— J'ai perdu la tête. Je n'ai pas l'intention de servir à apaiser vos besoins lubriques ! Tenez-vous-le pour dit.

— Ne vous inquiétez pas, riposta-t-il d'une voix venimeuse. Pas une seconde je n'ai pensé qu'une lady telle que vous pouvait avoir contracté un mariage stipulant qu'elle devrait écarter les jambes au moindre de mes désirs !

Avec une exclamation de rage, elle passa devant lui et franchit en courant la jetée de planches menant au hangar. Elle se mit à cogner rageusement contre la porte, prête à la défoncer si nécessaire. Le bruit d'une clé dans la serrure la ramena soudain à la raison. Elle se retrouva face à un jardinier qui levait une lanterne au-dessus de son visage.

— Madame Sheridan ! s'exclama-t-il. Comment avons-nous pu vous enfermer ici !

Sans lui répondre, elle s'enfuit vers la falaise qu'elle gravit en aveugle, tant les larmes lui brouillaient la vue.

17

Ils ne s'adressèrent pas la parole pendant trois jours, même durant les repas, et quand Trevor devait informer Alana qu'ils sortiraient le soir, il lui faisait parvenir un billet sur le plateau de son petit déjeuner. Bien sûr, devant Mara, ils ne laissaient rien paraître de leurs griefs.

Mara continuait de remporter un franc succès dans la haute société, mais l'inutilité de ses efforts pour rapprocher son frère et sa belle-sœur ternissait un peu son bonheur. Elle n'était pas dupe. Si Alana déployait de réels talents d'actrice pour donner le change, Trevor parvenait mal à cacher ses sentiments. Quant à l'épisode du belvédère, il n'avait fait que les éloigner un peu plus l'un de l'autre.

Ce soir-là, ils étaient tous les trois réunis dans le salon, près du feu. Alana s'appliquait à terminer une tapisserie représentant l'épagneul de la reine Victoria, pendant que Trevor buvait du whisky en fixant les flammes d'un air morose. Mara s'apprêtait à se mettre au piano pour tenter d'égayer l'atmosphère quand, ouvrant brusquement la porte, Eagan fit irruption dans la pièce.

Sa démarche incertaine prouvait qu'il avait bu plus d'un verre pendant le voyage. Il jeta son chapeau sur un sofa et offrit à Alana son sourire le plus éblouissant.

— Ma chère belle-sœur, comme vous m'avez manqué ! s'exclama-t-il bruyamment en s'agenouillant à ses pieds pour déposer un baiser sonore sur sa joue.

Embarrassée, Alana rougit en tournant les yeux vers Trevor qui se leva, agrippant fermement sa canne.

— Que fais-tu ici, Eagan ? lui demanda-t-il d'un ton désapprobateur.

— Quel plaisir de retrouver ma jolie petite sœur ! s'écria le jeune homme, comme si Trevor n'était pas là.

— Que fais-tu ici ? s'impatienta ce dernier.

— Mon cher grand frère ! continua Eagan en lui prenant son verre pour en vider le contenu d'un trait. Pouah ! Comment peux-tu avaler un tord-boyaux pareil ?

Eagan avait pris un accent irlandais très prononcé, mais Trevor ne se dérida pas pour autant.

— Pourquoi es-tu venu ? Tu ne sais pas que c'est notre lune de miel ?

— Si, bien sûr, mais Mara est bien là, elle ; donc je me suis dit... Alors ma chère belle-sœur, cette lune de miel ? ajouta-t-il en se tournant vers Alana, jovial.

Visiblement contrarié, Trevor prit le bras de sa femme. Elle réprima un mouvement de recul. Ce n'était pas le moment d'étaler leur animosité.

— Il est temps que je raccompagne « la jeune mariée » à sa chambre, annonça Trevor avec ironie. Bonne nuit, Eagan. Si tu n'as pas tout oublié de l'éducation reçue à Columbia, tu devrais reprendre le premier train pour New York.

— Parfait ! Je vous verrai donc tous les deux au petit déjeuner ?

Alana dut se mordre les lèvres pour ne pas éclater de rire. Mara pouffa derrière sa main. Quant à Trevor, il semblait prêt à commettre un meurtre. Quand il vit la lueur pétillante qui dansait dans les yeux de sa femme, elle crut qu'il allait passer à l'acte.

— Trevor, mon frère, tu ne te sens pas bien ? s'enquit Eagan. Te voilà... tout congestionné.

Incapable de résister plus longtemps, Alana céda au fou rire. Rouge de fureur, Trevor l'entraîna aussitôt vers sa suite.

— Alors, Mara, quelles sont les nouvelles ? demanda Eagan à sa sœur, dès qu'ils furent seuls.

Avec un grand soupir, la jeune fille s'enfonça dans le sofa.

— Tu n'as donc pas reçu ma dernière lettre ? Je les ai enfermés dans le belvédère !

— Tu l'as fait ! s'exclama-t-il d'un ton admiratif.

— Oui, mais cela n'a pas marché. Ils se haïssent, Eagan. Je ne comprends pas... Et je ne crois pas une seconde que Trevor soit timide, comme tu l'affirmes. Quelque chose m'échappe.

— La frontière entre la haine et l'amour est ténue ; à nous de les aider à la franchir.

— Cela doit venir d'eux, Eagan.

Il la contempla avec tendresse.

— Quelle perspicacité, sœurette. Je me demande parfois d'où tu tiens tant de sagesse.

— Simple question de bon sens.

— Tu es sans doute la seule Sheridan à en avoir un peu !

— Suis-je si différente de toi et de Trevor ?

Préférant ne pas s'aventurer sur ce terrain, Eagan lui pinça le bout du nez.

— Voyons plutôt ce que nous pourrions faire pour Trevor. J'aimerais tellement que ce mariage marche.

— C'est depuis ce bal chez les Varick que les choses se sont gâtées. Depuis que Trevor a vu Stevens, il n'est plus le même.

— Stevens ?

— L'ex-prétendant d'Alana. Il a valsé avec elle. Si tu avais vu le regard de ton frère ! Il semblait prêt à lui sauter à la gorge !

Le visage du jeune homme s'éclaira.

— Il est jaloux ! Formidable ! Tout n'est pas perdu. Écoute-moi, petite sœur. Nous allons changer de tactique...

Trevor laissa Alana à la porte de sa chambre sans s'être déridé. Toujours en proie au fou rire, elle lui jeta un bref coup d'œil : il était de marbre. Dès qu'il eut refermé la porte, elle se calma.

Une fois au lit, elle eut du mal à s'endormir. Elle entendait Trevor arpenter inlassablement sa chambre, de l'autre côté de la porte, ses pas rythmés par les coups réguliers de sa canne. Un lion en cage, voilà à quoi il lui faisait penser. Il exprimait sa fureur, sa puissance entravée mais prête à se déchaîner à la première occasion.

Afin de se venger.

Il marcha ainsi jusqu'aux premières lueurs de l'aube. Durant tout ce temps, Alana resta éveillée. À penser aux lions.

18

À son grand plaisir, Alana trouva Mara et Eagan déjà attablés pour le petit déjeuner quand elle descendit.

— Bonjour ! Il fait beau, n'est-ce pas ? lança-t-elle gaiement.

Eagan se leva et l'aida galamment à s'asseoir. Elle déplia sa serviette et commanda deux œufs sur le plat.

Bien qu'elle eût peu dormi, elle se sentait d'humeur curieusement optimiste. La présence des deux jeunes gens l'aiderait peut-être à rétablir avec Trevor des relations amicales... Cette idée la réjouissait, et ses angoisses de la veille semblaient avoir fondu sous le soleil magnifique de Newport.

— Trevor doit être encore au lit, hasarda-t-elle en notant sa place vide. Je pourrais lui faire monter un plateau ?

Étrangement, l'idée d'accomplir ce petit devoir conjugal lui faisait plaisir.

— Il est parti, lui apprit Mara, au bord des larmes.

C'est à cet instant seulement qu'Alana prit conscience de la gravité de leur visage.

— Parti ? répéta-t-elle en s'efforçant de prendre un air détaché. Que voulez-vous dire ?

— Il est parti pour Boston aux aurores. Il a laissé un mot, expliquant que des affaires l'appelaient, répondit Eagan à la place de sa sœur.

— Je vois.

Alana regarda ses œufs. Ils lui donnèrent soudain la nausée.

— Mais quelle mouche l'a piqué ? explosa Mara. Comment peut-il agir ainsi, en pleine lune de miel ! C'est épouvantable...

— Allons, Mara, intervint Eagan. Ce n'est peut-être pas le moment.

Alana l'entendit à peine. Le départ de Trevor lui déchirait le cœur. Incapable de cacher sa peine, elle demeura immobile, le regard rivé sur ses œufs.

— Je suis sûr qu'il ne va pas tarder à revenir, Alana, lui dit doucement Eagan. Nous traitons peu d'affaires à Boston. Cela ne sera pas long.

Alana ferma les yeux. Pourquoi éprouvait-elle un tel chagrin ?

— Mlle Dumont fréquente-t-elle Boston ? fit-elle d'une toute petite voix.

Un silence passa.

— Oh non ! fit Mara. Eagan, dis-moi que ce n'est pas vrai ?

— Non... bien sûr que non. Alana, croyez-moi, ce n'est pas ce que vous pensez.

Il s'interrompit et se tourna vers sa sœur.

— Tu veux bien nous laisser, Mara ?

La jeune fille se leva à contrecœur. Dès qu'elle fut sortie, Eagan rapprocha sa chaise de celle d'Alana.

— Ne le prenez pas si mal. Il tient juste à conclure une ou deux négociations importantes, voilà tout.

— Vous n'en croyez pas un mot. Il est allé la rejoindre, n'est-ce pas ?

Il ne répondit pas tout de suite.

— Je ne sais pas, avoua-t-il enfin, ses yeux émeraude emplis de pitié.

— Vous savez donc ce qu'il en est de notre « mariage » ?

— Oui. Oh !... tout est ma faute, Alana ! Jamais je n'aurais dû venir. C'est moi qui ai tout déclenché ! Nous voulions vous aider avec Mara. Je projetais même de le rendre jaloux...

— Non, je suis la seule responsable. J'aurais dû m'y prendre autrement. Si cela me touche autant, c'est que... que je...

Quand Eagan lui prit la main, elle éclata en sanglots.

— Je voulais tellement croire à ces vœux que j'ai prononcés, Eagan. J'ai même failli m'imaginer que peut-être... nous n'avions pas menti.

Il l'attira contre sa poitrine et elle pleura un long moment avant de se reprendre.

— Excusez-moi, murmura-t-elle en essuyant ses joues.

Il prit sa serviette et les tamponna doucement avant de replacer quelques mèches échappées de son chignon. Tout à coup, comme elle relevait la tête, il effleura brièvement ses lèvres des siennes.

Alana demeura interdite, et une lueur espiègle dansa dans les yeux du jeune homme.

— Désolé, *a mhuirnin*. Je ne peux pas m'empêcher d'embrasser les jolies filles.

Cramoisie, elle lui sourit faiblement.

— Il faut que vous compreniez, Alana. Mon frère et moi sommes très différents. Lui gagne de l'argent, énormément, faisant vivre beaucoup de monde autour de lui. C'est son but, sa passion. Moi, je dépense son argent et je cours après les filles... deux occupations auxquelles j'excelle, je dois l'avouer.

Comme elle ne disait toujours rien, il ajouta :

— Je voudrais vous promettre que cela ne se reproduira plus mais...

— Quand vous aurez trouvé celle qui vous convient, cela ne se reproduira plus, Eagan.

— Je doute de la rencontrer un jour, *a mhuirnin*. Je les ai toutes essayées.

Alana l'observa. Elle lui savait gré de sa franchise à son égard. Il était coureur, noceur, vantard, et si elle n'avait pas été à ce point fascinée par son frère, peut-être aurait-elle succombé à son charme. Avec ses magnifiques yeux verts et ses traits fins d'Irlandais, plus d'une femme devait lui céder. Elle le comprenait. Mais elle était mariée et... elle devait bien se rendre à l'évidence : elle brûlait de revoir Trevor.

Cette révélation la cloua sûr place. Elle regarda la place vide. Était-elle tombée amoureuse de son mari pour le voir s'éloigner d'elle chaque jour davantage ? Il ne l'honorait même pas de sa présence pendant leur lune de miel. Comment pourrait-elle le convaincre de rester près d'elle le temps de leur mariage quand Daisy Dumont était dans les parages ? Des larmes coulèrent à nouveau sur ses joues.

— Ne pleurez plus, Alana, fit-il en lui tendant la serviette. Venez, il fait beau. Si nous allions chercher Mara pour faire un tour sur le *Colleen* ? Vous oublierez vite vos soucis, vous verrez.

Elle hésita brièvement.

— M'en voudrez-vous si je refuse ?

— Qu'est-ce qui pourrait vous faire plaisir ? Que je vous accompagne en ville ? Une promenade à cheval ?

— Eh bien... en réalité, je... J'aimerais rentrer à New York, Eagan. Je me sens incapable de rester ici à l'attendre.

— Je comprends. Je m'occupe de tout. Mara et moi rentrerons avec vous. Pour nous, vous faites partie de la famille, à présent. Pas question de vous laisser tomber, *a mhuirnin*.

— Qu'est-ce que cela veut dire, *a mhuirnin ?*

Trevor l'avait déjà appelée ainsi, mais la réponse d'Eagan la surprit :

— En gaélique, cela signifie « mon amour ».

— Et... on l'emploie facilement ?

— Oh... oui, pourquoi ?

— Pour rien, fit-elle, déçue. Je... j'ai simplement entendu les domestiques employer ce mot une ou deux fois. Je vous abandonne, Eagan. Je dois donner mes instructions à Margaret pour le voyage.

— Très bien.

Il la suivit de son regard vert animé d'une nouvelle lueur d'espoir.

— « Menteuse », dit-il tout bas, avec un drôle de petit sourire.

L'architecture « Nouvelle Angleterre » de Brattle Street n'avait pas été sacrifiée au profit de constructions d'acier et de verre, comme à Manhattan, mais ce n'était pas le genre de subtilités qui attirait l'attention de Trevor Sheridan. Il venait de passer quatre jours à Boston, et en quelques heures il avait amassé une petite fortune. Ses entrepôts bostoniens s'avéraient plus que rentables. Pourtant, aucun de ses succès financiers n'était parvenu à le dérider.

Dans la voiture qui l'emmenait chez *Weymouth*, le plus grand bijoutier de la ville, son humeur était des plus sombres.

Dès qu'il pénétra dans le magasin, le patron abandonna aussitôt son client du moment pour venir s'occuper de lui personnellement.

— Monsieur Sheridan ! Quel plaisir de vous voir ! J'espère que votre ravissante sœur est en ville. J'ai là un bracelet de saphirs qui lui conviendrait parfaitement.

— Mara n'est pas avec moi cette fois, Weymouth, mais je veux lui rapporter quelque chose. Montrez-moi ce bracelet.

Le joaillier s'empressa d'ouvrir une mallette et plaça sur un coussinet de velours un lourd bracelet d'or incrusté de saphirs.

— Un bijou du meilleur goût. Il n'a pas de prix... hum... cinq cents dollars, une bagatelle.

— Faites-moi un paquet.

— Tout de suite, Monsieur.

Weymouth claqua des doigts. Un jeune homme en livrée apparut aussitôt et emporta le bracelet.

— Maintenant, continua le bijoutier en caressant ses moustaches, que pourrais-je vous montrer ? Peut-être un petit rien pour cette charmante Mlle Dumont, que je n'ai hélas eu le plaisir de voir qu'une seule fois ?

— Je me suis marié depuis ce voyage avec Mlle Dumont. La nouvelle n'est pas parvenue jusqu'ici, apparemment.

Weymouth abandonna habilement le sujet de la dame en question. Ses espoirs grandissaient. Si cet Irlandais dépensait des fortunes pour sa maîtresse, qu'en serait-il pour sa femme ?

— Toutes mes félicitations, Monsieur. Vous connaissant, vous aurez su trouver la perle rare, une femme d'une grande beauté, j'en suis sûr.

Habitué aux ronds de jambe du bonhomme, Trevor acquiesça mollement. Déjà, le bijoutier ouvrait un autre coffret.

— Si Mme Sheridan aime les diamants, j'ai là...

— Non, l'interrompit Trevor. Pas de diamants pour elle.

— Des saphirs, peut-être ? J'ai justement un autre bracelet, plus élaboré, qui conviendrait mieux à une jeune épouse.

Trevor secoua la tête. Ignprant les bijoux, il s'approcha d'une table sur laquelle étaient exposés des cadres en or et des boîtes à musique.

— J'ai là ce qu'il vous faut, monsieur Sheridan. Quelque chose de très spécial... Un jeune bijoutier de Saint-Pétersbourg m'a... Tenez, regardez.

L'homme s'esquiva un instant et revint avec un objet en forme d'œuf en or poli, incrusté de muguet représenté par des perles fines dégoulinant en grappes. À l'intérieur se trouvait une série de sept icônes miniatures, toutes plus belles les unes que les autres.

— Il me vient de M. Fabergé en personne. Qu'en pensez-vous ?

Trevor hésita.

— Elle sera la seule au monde à posséder une telle pièce.

— Sans doute, mais... Non, je me contenterai du bracelet pour aujourd'hui.

Dissimulant sa déception, Weymouth rangea le joyau, tandis que le jeune homme revenait avec son paquet enrubanné. Dans sa hâte à ne pas faire attendre un client de l'importance de Trevor Sheridan, il heurta le coin de la table et une des boîtes à musique s'ouvrit en tombant sur l'épais tapis. Les sons cristallins du *Beau Danube bleu* s'élevèrent alors.

Trevor fit aussitôt volte-face.

— Montrez-moi cela, dit-il au jeune homme qui s'empressa de lui tendre le bibelot.

Il était rare de trouver chez Weymouth des objets d'aussi peu de valeur. Il s'agissait d'une petite boîte peinte, avec des myosotis bleus entrelacés de lierre. Pourtant, Trevor eut l'intuition que c'était exactement ce qu'il cherchait. Il se tourna vers le bijoutier.

— Je la prends. C'est la valse favorite de Mme Sheridan.

— Très bien, mais... cette pièce ne coûte que vingt-cinq dollars. Êtes-vous certain que Mme Sheridan ne préférerait pas quelque chose de plus... substantiel ?

— La prochaine fois, elle m'accompagnera et pourra acheter toute la boutique si cela lui chante, mais aujourd'hui, je me contenterai de cette boîte à musique.

Quand Weymouth le raccompagna à la porte, il lui fit ses adieux avec force courbettes.

— Je suis impatient de connaître Mme Sheridan, vraiment impatient !

Pour la première fois depuis des jours, Trevor Sheridan se mit à rire.

19

Alana ne revit Trevor qu'une semaine plus tard. Elle se trouvait avec Mara et Eagan dans le salon de l'hôtel particulier de Manhattan où ils aimaient s'attarder après le dîner. Mara jouait de la harpe pendant qu'Eagan chantait en gaélique de sa belle voix de ténor. Ses chansons drôles s'étant avérées impuissantes à tirer Alana de sa mélancolie, il interprétait maintenant un air où il était question d'amour. Il y mit tant d'émotion qu'Alana en eut les larmes aux yeux.

— Comment s'appelle cette chanson, Eagan ? s'enquit-elle. Elle est magnifique.

— *Bridget O'Malley*, fit une voix qu'elle aurait reconnue entre toutes.

Trevor se tenait sur le seuil, d'un calme impénétrable. Il parcourut la pièce d'un œil détaché, mais quand ses yeux se posèrent sur elle, une lueur de braise y apparut, exprimant toute la force de son désir et de son émotion.

Ce fut Eagan qui rompit le lourd silence qui s'était installé.

— Mon frère ! Te voilà de retour. Tu as donc pu résoudre ces affaires urgentes qui t'appelaient, ajouta-t-il sur un ton sarcastique.

Trevor nota le regard réprobateur de Mara puis l'hostilité de son frère, avant de reporter son attention sur Alana. Elle tentait désespérément de paraître détachée, alors que son cœur saignait.

— Ainsi, vous étiez impatiente de rentrer, Alana. Vous auriez pu laisser à votre mari le soin de vous montrer la maison lui-même, comme le veut l'usage.

Alana posa sa tapisserie et se leva.

— Vous m'excuserez, mais la patience n'est pas ma qualité principale.

Eagan se mit à rire.

— Attention, Trevor ! Tu as épousé une femme d'esprit !

Trevor le foudroya du regard.

— Alana, continua-t-il d'un ton contenu, vous imaginez, je suppose, quelle a été ma surprise, en rentrant à Newport, de découvrir que vous étiez partie.

— Non, pas du tout. En réalité, je pense que vous vous en êtes à peine aperçu.

Au lieu de lui répondre, Trevor posa un regard insistant sur son frère et sa sœur. Il ne tenait pas à ce qu'ils assistent à leur différend. Pour une fois, Alana partageait son point de vue. Souriant à la jeune fille et à Eagan, elle se leva.

— Je me sens un peu fatiguée. Je vais vous dire bonsoir.

— Bonsoir, Alana, répondit Mara, visiblement perplexe, tandis qu'Eagan s'inclinait.

Adressant un bref signe de tête à son mari, Alana quitta la pièce et Trevor lui emboîta le pas.

— Alana, j'aimerais vous parler, lui dit-il dès qu'ils furent dans le vestibule.

Incapable de surmonter plus longtemps son ressentiment, elle répliqua :

— Eh bien, agissez en gentleman, pour une fois. Laissez votre carte au maître d'hôtel. J'aviserai demain matin.

Interdit, il la regarda gravir l'escalier en s'efforçant de contenir sa fureur. Mais un juron lui échappa, qu'il proféra en gaélique.

Le lendemain matin, Trevor se rasait dans sa chambre quand Whittaker lui apporta le plateau du petit déjeuner. Il lui prépara son linge et attendit. Tout en s'essuyant le menton, Trevor aperçut dans le miroir son visage tendu, et pensa qu'il lui apportait de mauvaises nouvelles.

— Que se passe-t-il, Whittaker ?

— Deux lettres sont arrivées, Monsieur. Dois-je les poser sur votre bureau ?

Trevor acquiesça, et commença à s'habiller. Whittaker, lui, ne semblait toujours pas vouloir se retirer.

— Qu'y a-t-il encore ? s'enquit Trevor.

— Elle sort aujourd'hui, Monsieur. J'ai pensé que vous voudriez le savoir. En ce moment même, elle monte dans la voiture.

Trevor se précipita vers la fenêtre ouverte pour apercevoir Alana qui, en effet, prenait place sur le siège arrière.

— Dois-je demander à quelqu'un de « l'accompagner », Monsieur ?

Trevor se retourna. Ses cheveux frémissaient sous la caresse de l'air matinal et son visage courroucé exprimait les sentiments contradictoires qui l'agitaient.

— Monsieur ? le pressa Whittaker.

— Non, répondit son maître en jetant à nouveau un coup d'œil dehors.

L'attelage s'éloignait déjà dans la 5e Avenue. Dès qu'il fut hors de sa vue, Sheridan referma violemment le vantail et tira même les rideaux.

— Puis-je me retirer, Monsieur ?

— Attendez, il y a peut-être une réponse à donner à ces lettres.

Il ouvrit la première et la lut.

Monsieur Sheridan,

J'emmène Mara à l'Académie de musique, ce soir. On y donne La Chauve-Souris, *de Johann Strauss. Nous ne serons donc pas à la maison pour dîner. J'espère que cela ne causera aucun désagrément.*

Mme Sheridan

Trevor froissa le papier dans sa main et le jeta rageusement sur son bureau. Un bref coup d'œil sur l'autre lettre lui suffit pour en reconnaître l'auteur d'après l'écriture. Il la posa sur la pile de courrier en attente.

— Faites avancer une autre voiture, dit-il à Whittaker. Je dois me rendre chez Mlle Dumont.

Une expression réprobatrice, à peine perceptible, passa sur les traits du majordome, mais il reprit aussitôt son expression impassible.

— Bien, Monsieur.

— Et envoyez une note chez Ebel Fleurs immédiatement. Je veux que deux douzaines de roses rouges précèdent mon arrivée.

— Tout de suite, Monsieur.

Cependant, il ne semblait pas décidé à obtempérer.

— Vous ne semblez pas pressé, Whittaker.

— Non, Monsieur.

— Et pourquoi cela ?

— Pardonnez-moi, Monsieur, mais il m'arrive parfois de succomber à des langueurs passagères. Cela s'est déjà produit une fois.

— Oui, quand je vous avais chargé d'envoyer une note à Tammany Hall. Elle n'est jamais arrivée.

— Et ainsi le *New York Times* n'a pas eu vent des agissements des Sheridan.

— C'est du chantage, Whittaker ?

— Oh, non, Monsieur ! J'aimais beaucoup votre père, et ces soirées que nous passions au pub de Connacht.

— Que voulez-vous ? De l'argent ?
— Mais non, Monsieur !
— Alors hâtez-vous de transmettre ce message.
— Je ferai de mon mieux, Monsieur. Toutefois, cette langueur me semble plus sérieuse que la précédente.

Trevor s'approcha du petit homme, le dominant de toute sa hauteur.

— Je vous conseille de surmonter cette langueur au plus vite et de faire ce que je vous demande ! cria-t-il d'une voix de stentor.

Implacable, Whittaker ne bougea pas d'un pouce.

Trevor perdit contenance.

— Je vous préviens, si vous commencez à vous mêler de mes affaires, je vous mets à la porte immédiatement.

— Et vous auriez raison, Monsieur, admit l'autre sans bouger pour autant.

Trevor passa une main dans ses cheveux en soupirant.

— Vous voulez une explication, c'est cela ?
— Oh, non, Monsieur. Ce serait déplacé de ma part.
— Oui, mais elle aurait peut-être des vertus thérapeutiques... Apprenez, Whittaker, que j'ai décidé de persuader Mlle Dumont de poursuivre sa carrière théâtrale à Paris. Le mieux serait que je lui trouve un bienfaiteur susceptible de s'occuper d'elle là-bas. Je saurai trouver les mots pour flatter sa vanité, de manière qu'elle considère ce séjour comme indispensable pour son avenir. Elle boudera sans doute un peu, d'où les roses. Vous vous sentez mieux, maintenant, Whittaker ?
— Oui, Monsieur. Je me sens complètement rétabli.

Cette réponse, teintée d'un dédain tranquille, mit Trevor hors de lui.

— Vraiment, Whittaker, si vous n'étiez pas un ancien ami de mon père, je vous jure que je vous tordrais le cou avec un plaisir immense.

— Bien, Monsieur, fit Whittaker en s'inclinant avant de se retirer prestement.

Un petit sourire flottait sur ses vieilles lèvres ridées.

Une fois seul, Trevor termina de s'habiller. Comme il boutonnait sa chemise devant la glace, son regard tomba sur la tablette de la cheminée où reposaient deux petites boîtes enrubannées de velours bleu. Cédant à une impulsion, il prit la plus grande et entra dans la chambre contiguë à la sienne.

Là, il se figea. Aucune trace de flacon de parfum sur la table de toilette, de châle de cachemire sur le fauteuil ou de chaussons près du lit. Il avança dans la pièce avec la désagréable impression d'être dupé. Un bruit attira soudain son attention. Par la porte restée ouverte, il aperçut Margaret sur le palier.

— Vous ! cria-t-il.

Margaret se retourna, l'air apeurée.

— Moi, Monsieur ?

— Oui ! Où est partie votre maîtresse ?

— Mlle Alana ? Elle est sortie, Monsieur. J'ignore où elle est allée.

— Vous voulez parler de *Mme Sheridan*, je suppose ? Je ne vous demande pas où elle est en ce moment, mais où elle s'est installée.

— Eh bien... Quand nous sommes rentrés de Newport, elle a tenu à occuper une autre chambre que celle-ci, Monsieur.

— Apprenez qu'ici la maîtresse de maison dort dans cette chambre-là. Elle n'a pas d'autre choix possible.

Terrifiée, Margaret le regarda fondre sur elle.

— Faites rapporter toutes ses affaires ici immédiatement. Compris ?

— Oui, Monsieur Sheridan...

— Et que ça saute !

— Oui, Mon... Monsieur Sheridan ! bredouilla la pauvre Margaret en s'inclinant.

Trevor regagna sa chambre en soupirant et reposa son cadeau sur la tablette de la cheminée d'un geste sec. Il se sentait frustré et écœuré.

Une fois prêt, il retourna dans la chambre de sa femme où une armée de domestiques s'activait frénétiquement. Debout sur le pas de la porte, il croisa les bras et supervisa les opérations tel un prédateur pressé de reconquérir son territoire. Trevor Sheridan était un être d'instinct et pour l'heure, cet instinct exigeait qu'il reprenne possession de son domaine, ce domaine où il régnait en maître.

Comme d'habitude, Alana rentra déprimée de sa visite à Christabel, et la crainte d'avoir été suivie par Trevor n'arrangeait rien.

Christabel s'était montrée particulièrement joyeuse, mais Alana n'était pas dupe. Des cernes sombres creusaient les yeux de la jeune fille, qui en rendait vaguement ses cauchemars responsables. L'infirmière Steine avait plus que jamais insisté pour qu'Alana ne tente pas de réveiller les souvenirs de la malade, au risque de lui causer un choc irrémédiable. Alana voyait sa sœur décliner peu à peu, et elle se demandait combien de temps elle mettrait pour sombrer dans la folie. La situation semblait sans issue.

S'efforçant de cacher le désespoir qui l'habitait, elle laissa Whittaker la débarrasser de son manteau.

— M. Sheridan est sorti, Madame, lui annonça-t-il soudain. Un travail à terminer. Puis-je vous apporter du thé ?

Alana se força à sourire. Ce vieil homme plein de dignité avait attiré sa sympathie dès son arrivée dans cette maison.

— Non merci, Whittaker, répondit-elle gentiment. Je vais seulement me reposer un peu avant de sortir, ce soir.

— Bien, Madame. M. Sheridan a veillé à ce que votre nouvelle chambre soit prête. Puis-je vous y conduire ?

— Ma nouvelle chambre ? répéta-t-elle, abandonnant un instant ses sombres pensées.

— J'ai bien essayé de lui expliquer que vous préfériez celle que vous aviez choisi d'occuper, mais il estime que la place de sa femme est dans la chambre contiguë à la sienne. Je n'ai pas su trouver d'arguments capables de le contredire. La place d'une femme est effectivement près de son mari.

L'impudence de Trevor lui parut inadmissible.

— Demandez à Margaret de faire transporter mes affaires dans mon ancienne chambre, s'il vous plaît.

— Bien, Madame, fit Whittaker en s'inclinant.

Alana attendit qu'il s'en aille, mais il ne bougea pas...

— Vous allez bien, Whittaker ?

— Oui, Madame. C'est seulement une légère affliction qui me prend de temps en temps... Une langueur subite.

Inquiète, Alana se dit que Whittaker n'était plus tout jeune.

— Venez vous asseoir, le pria-t-elle.

— Oh non, Madame. Ce n'est pas à vous de m'aider. Je ne pourrais l'accepter, fit-il en repoussant le bras qu'elle lui tendait.

— Vous préférez que j'appelle quelqu'un ?

— Je vous en prie, Madame. Si vous devez réintégrer votre ancienne chambre, il faut s'en occuper tout de suite.

— Ne vous souciez pas de cela. C'est de vous qu'il faut s'occuper en premier lieu.

— Qu'avez-vous dit, Madame ?

— J'ai dit de ne pas vous soucier de ce déménagement. Vous devez vous reposer. Vous m'inquiétez.

Whittaker s'inclina.

— Ne vous alarmez pas, Madame, je me sens beaucoup mieux. Jamais je ne supporterais de causer du souci à ma maîtresse. Si vous voulez bien m'excuser, je vais suspendre votre manteau et m'occuper sans tarder des vêtements que mon maître portera pour vous escorter ce soir.

Le vieil homme s'éclipsa, vif comme les vieux renards. Il fallut un certain temps à Alana pour comprendre ce qui venait de se passer.

Ce majordome était exaspérant !

20

Les « Quatre Cents » occupaient presque tous les sièges de l'Académie de musique, mais la loge des Van Alen les intéressait visiblement plus que l'opérette de Strauss.

Durant la première partie, Alana se concentra sur le spectacle afin d'oublier la proximité de son mari, assis près d'elle. Elle ne lâcha pas ses jumelles. Au grand plaisir de sa sœur et à l'étonnement de sa femme, Trevor s'était invité de son propre chef.

L'Académie ne comptait que dix-huit loges et n'entendait pas s'agrandir pour accueillir les nouveaux riches new-yorkais. Commodore Vanderbilt avait été jusqu'à proposer quarante mille dollars pour l'une de ces illustres loges. Se heurtant à un refus, il avait alors menacé de construire son propre opéra rien que pour les narguer.

La loge des Van Alen et celle des Astor se trouvaient de part et d'autre de la scène. Comme à son habitude, Caroline Astor apparut à neuf heures, vêtue de noir et couverte de diamants. Elle examina l'assemblée à travers ses jumelles et s'arrêta sur la loge des Van Alen. Alana imagina ses yeux exorbités en découvrant par qui elle était occupée. Le dernier bastion de la haute société venait de s'écrouler. Des Irlandais, dont l'anglais n'était même pas la langue maternelle, se trouvaient maintenant assis face à Caroline Astor. Et ils ne semblaient nullement gênés ! À la façon dont elle agitait son éventail, Alana devina sa fureur impuissante.

— Ils nous observent, n'est-ce pas, *a mhuirnin ?*

— Oui, murmura-t-elle à Trevor, troublée de l'entendre l'appeler ainsi.

— Parfait.

Elle épia son beau profil dans l'obscurité. Elle lui en voulait d'avoir fait déménager sa chambre et de s'être invité aussi cavalièrement. La soirée ne se terminerait pas sans qu'elle lui ait dit ce qu'elle pensait de ses façons.

Eagan se trouvait derrière eux, en compagnie d'une actrice. Elle portait une robe rose outrageusement décolletée, dont la vulgarité choquait Alana.

Pendant l'entracte, Alana se retrouva seule avec Trevor. Elle se tourna vers lui. Il affichait son petit sourire cynique.

— Vous aimez cette opérette ? s'enquit-il.

— C'est charmant.

— Et que pensez-vous de la dernière conquête d'Eagan ?

— Eh bien… je crains que ses goûts vestimentaires ne correspondent…

Trevor se pencha vers elle en murmurant :

— Alana, apprenez que mon frère a deux défauts de taille. Un penchant excessif pour l'alcool et un goût déplorable en matière de femmes. Plus elles sont vulgaires et plus il les aime. Je crains qu'il ne soit incurable.

Alana ne s'attendait pas à ce qu'il déploie un tel humour. Elle se mit à rire, une main devant la bouche.

— Je ne trouve pas que cette jeune actrice soit vraiment une faute de goût, dit-elle.

— Je vous le concède. Sur un trottoir, elle ne déparerait pas.

— Oh, monsieur Sheridan, vos commentaires à propos de cette demoiselle ne sont pas dignes d'un gentleman.

— Je n'ai jamais prétendu être un gentleman, répondit-il, sérieux tout à coup.

— Non, en effet, reconnut-elle, cessant de rire à son tour.

Leurs regards se rivèrent l'un à l'autre.

— Voulez-vous que je sois un gentleman ?

Il lui faisait penser à un félin prêt à bondir. En toute logique, elle aurait dû répondre oui, mais elle n'en fit rien. Peut-être, au fond d'elle-même, n'en avait-elle pas envie. Peut-être, pour la première fois, avait-elle envie de devenir la femme de Trevor Sheridan, de tout son corps et de toute son âme... L'intensité de ce désir lui parut impossible à cacher.

— Pourquoi détournez-vous les yeux ? demanda-t-il doucement.

Elle ne parvint pas à lui répondre. Si seulement elle pouvait oublier cet invraisemblable mariage, se laisser aller contre lui, voir le désir embraser son regard. Elle voulait qu'il la serre contre lui, qu'il l'embrasse à en perdre haleine et lui murmure des mots d'amour. Le mur de glace qui les empêchait de se rejoindre, elle voulait l'abattre, quitte à l'abattre dans un lit. Elle se sentait prête à tout pour un moment de passion dans les bras de cet homme.

— Que vous pouvez être froide, parfois, jeta-t-il sèchement.

Elle aurait tant voulu lui prouver le contraire ! Mais sa dureté soudaine lui lacéra le cœur. Elle ne lui adressa plus un regard et vécut le reste de la soirée comme un calvaire.

Ils rentrèrent après avoir déposé Eagan et son amie chez Hoffman, un bar peu fréquentable, décoré de peintures douteuses représentant des nymphes et des satyres.

Trevor se retira aussitôt dans sa chambre et Alana s'attarda au salon, buvant une dernière tasse de thé en compagnie de Mara. Puis celle-ci monta à son tour, laissant la jeune femme à sa mélancolie. Elle contemplait les flammes d'un air absent quand le bruit d'une arrivée tapageuse dans le vestibule capta son attention. Eagan entra peu après dans le salon, d'un pas chancelant. Il était ivre.

— Alana, ma chérie ! Vous n'êtes pas couchée ?

— Je n'ai pas sommeil, répondit-elle en lui rendant son sourire malgré elle.

Ce jeune homme avait le don de la désarmer.

— Il est tôt... Votre amie se serait-elle montrée moins hospitalière qu'elle ne le semblait ?

— Elle a joué les jeunes filles effarouchées. Mais elle me relancera, comme toutes les autres. Ah, je ne sais pas dire non... et on me dit toujours oui !

Il se servit un verre et s'assit en face d'Alana.

— Ainsi, Trevor continue à vous ignorer. Il mériterait une bonne leçon !

Elle sourit tristement, la gorge nouée. Sa réaction n'échappa pas au jeune homme.

— Il a peut-être passé une mauvaise nuit, tout simplement, ajouta-t-il pour la consoler. Sa jambe le fait parfois souffrir.

— Que lui est-il arrivé, Eagan ? Il ne m'a jamais rien dit.

Eagan avala une longue gorgée d'alcool.

— Oh, cela remonte à loin... Il avait quatorze ans. C'est une histoire assez sordide, Alana.

— Racontez-moi.

Il s'exécuta, un peu à contrecœur.

— Trevor traînait dans l'East Side avec une bande de voyous. Une nuit, ils ont attaqué une bijouterie. La police les a surpris et Trevor a reçu une balle dans le dos comme il se sauvait.

Un lourd silence tomba.

— Et il n'avait que quatorze ans ?

— Vous ne savez pas à quel point nous étions pauvres, et sans le moindre espoir de jours meilleurs. Nous vivions entassés dans une seule pièce que nous partagions avec une autre famille, Alana. Trevor avait décidé de nous sortir de là, et il s'est laissé entraîner par ce gang dans la seule intention de nous aider.

— Il est allé en prison, après cette histoire ?

— Non. Il a réussi à échapper à la police. On l'a retrouvé quelques jours plus tard, dans une ruelle. Il avait perdu beaucoup de sang. On l'a ramené à ma mère et elle l'a soigné tant bien que mal. Si on avait pu s'offrir un médecin, il ne boiterait pas aujourd'hui. Voyez-vous, cette balle est toujours logée dans sa hanche. Il est trop tard pour l'extraire maintenant, mais elle le fait souffrir.

Alana ferma les yeux, se souvenant de cette soirée chez Delmonico, quand il était tombé avec elle.

— Et comment en est-il arrivé là ? voulut-elle savoir, en désignant d'un geste le luxueux salon.

— Il lui a fallu une année entière pour récupérer de sa blessure. Et quelle année ! fit-il en vidant la moitié de son verre. Les choses allaient de mal en pis. Il ne trouvait pas de travail à cause de son infirmité et, dans la bande, on ne voulait pas d'un voleur boiteux, vous l'imaginez bien. Il finit par trouver une place de vendeur de journaux au *Chronicle*. Il gagnait une misère, mais il s'épuisait à la tâche pour nous rapporter quelques sous.

Il se tourna vers le feu et s'absorba un instant dans ses souvenirs.

— C'est alors que Mara naquit.

— Votre mère mourut en couches ?

— Oui. Je garderai toujours en moi l'image de Trevor berçant Mara dans ses bras. Elle était si petite… Savez-vous ce que signifie son prénom ?

Elle secoua la tête.

— Il veut dire « amer ». Et bien sûr, Trevor se sent responsable de l'illégitimité de Mara. Il estime que s'il nous avait donné suffisamment d'argent, maman n'en serait pas arrivée là. Pour lui, tout est sa faute.

— Pourquoi tant de sévérité envers lui-même ? dit-elle d'une voix altérée par l'émotion.

— Il se reproche même la mort de notre mère. C'est depuis ce jour qu'il est aussi ténébreux, coléreux.

— Et comment est-il devenu aussi riche ?

— En lisant le *Chronicle* qu'il vendait, il apprit qu'un terrain à Manhattan pouvait rapporter beaucoup. Il parvint à persuader l'un de ses clients, un gentleman, d'acheter une parcelle afin de la revendre en multipliant sa mise. Trevor prenait un pourcentage sur les bénéfices. Il put ainsi acquérir son propre terrain et, de fil en aiguille, il s'attaqua à Wall Street. Il vendait des actions devant la porte de la Bourse un penny moins cher qu'à l'intérieur. Quand ils l'apprirent, ils furent trop heureux de l'admettre parmi eux. Voilà, conclut-il avec un sourire.

Alana demeura songeuse. Peut-être Trevor souffrait-il en ce moment ? Ses douleurs expliquaient peut-être ses humeurs difficiles ? Elle avait tout à coup l'impression de le connaître mieux. Brusquement, elle eut envie de le voir. C'est alors qu'une idée lui vint, peut-être un peu saugrenue, certes, mais une idée.

— Mon grand-père, dit-elle à Eagan, souffrait d'épouvantables crises de goutte qu'il soulageait avec du liniment pour chevaux. Trevor n'a jamais essayé ?

Eagan éclata de rire.

— Celle qui soignera mon frère ainsi n'est pas encore née !

— C'est ce que nous allons voir ! lança Alana en allant sonner.

Whittaker apparut sur-le-champ.

— Dites aux garçons d'écurie de vous apporter une bouteille de liniment pour chevaux, Whittaker. Vous me la monterez dans ma chambre, s'il vous plaît.

— Oui, Madame, fit l'homme en s'inclinant.

Il roula de grands yeux dès qu'il fut hors de vue... Alana se tourna vers Eagan et lui prit les mains.

— Je voulais vous le dire depuis quelque temps déjà... Merci d'être de mon côté, Eagan. Je tiens à ce que vous sachiez que je vous considère comme un véritable ami.

Il la contempla un instant puis une lueur amusée dansa dans ses yeux.

— C'est peut-être moi que vous auriez dû épouser, Alana. Je crois bien que c'est une femme comme vous qu'il me faudrait.

— Vous la trouverez, j'en suis sûre.

Il scruta un instant le contenu de son verre et ajouta d'un ton faussement léger :

— En attendant, je vais retourner chez Hoffman.

Il avait soudain l'air si malheureux qu'Alana l'embrassa tendrement, avant de quitter la pièce.

Une fois dans sa chambre, elle constata avec soulagement que les lampes brûlaient toujours dans celle de Trevor. La bouteille de liniment dans les mains, elle hésita devant la porte de communication. Il devenait de plus en plus clair pour elle qu'elle désirait ce mariage, surtout depuis qu'elle commençait à connaître un peu mieux l'homme qu'elle avait épousé. Peut-être leurs relations s'amélioreraient-elles ? Il suffisait de le vouloir, après tout. Forte de cette pensée, elle frappa à la porte.

— Qu'est-ce que c'est ? répondit une voix peu amène.

Résolue à ne pas se laisser impressionner, elle répondit :

— C'est Alana. Je... J'ai vu de la lumière et j'ai pensé que... peut-être, vous ne vous sentiez pas bien. Mon grand-père utilisait du liniment pour les chevaux pour soulager ses douleurs articulaires, et je... je vous en ai apporté.

— Je ne suis pas votre grand-père.

Décidément, il ne lui facilitait pas la tâche. Exaspérée, elle rétorqua :

— Non, vous êtes mon mari.

Un silence s'établit de part et d'autre. Elle s'apprêtait à renoncer quand la voix de Trevor lui parvint.

— Vous pouvez entrer.

Elle ouvrit d'une main tremblante. Trevor était étendu sur son lit, apparemment nu, le drap remonté jusqu'à la taille. Alana en éprouva une douce brûlure au creux du ventre.

La bouche sèche, elle se demandait comment elle allait trouver le courage de s'approcher de lui. Elle lui montra la bouteille.

— Vous y croyez vraiment ? fit-il d'un air ennuyé.

— Eagan m'a dit, à propos de votre...

« Accident », avait-elle failli ajouter, mais ce n'était pas le mot adéquat.

— Vous voulez parler de ma *blessure*, je suppose. Vous a-t-il aussi raconté comment c'est arrivé ?

— Oui.

— Et cela ne choque pas votre sensibilité délicate de jeune fille de bonne famille ?

— Moi aussi j'ai mon lot de malheurs. Vous n'êtes pas le seul à avoir été contraint d'agir par désespoir.

Un silence plana.

— Apportez-moi cette chose, dit-il finalement.

Comme une enfant obéissante, elle s'approcha du lit. Il ne faisait pas chaud mais elle suffoquait tout à coup. La vue de son torse parfait, large et musclé, avec sa légère toison brune qui se soulevait au rythme de sa respiration la rendait... folle. Elle trouvait sa peau dorée infiniment érotique. Quant à son regard… plein de promesses sans équivoque, il lui donnait le frisson. Un délicieux frisson. Elle posa prudemment la bouteille sur la table de nuit et recula.

Trevor roula sur le côté.

— À vous de me l'appliquer. Je n'y arriverai pas tout seul.

Elle se félicita qu'il se fût retourné car elle avait pâli. Elle faillit se sauver sans demander son reste, mais une force irrésistible la poussa à prendre la bouteille.

— Où ?… souffla-t-elle.

— Ici, fit-il en baissant le drap, découvrant ses reins.

À la lumière de la lampe à gaz, elle aperçut alors une petite tache rose sur sa hanche droite, à peine visible. Reprenant courage, elle ouvrit le flacon et déposa un peu de produit au creux de sa main.

Elle aperçut alors le visage de Trevor dans le miroir placé près du lit. Visiblement, se laisser soigner par elle le contrariait.

— Allez-y, dit-il néanmoins.

Détournant les yeux de la psyché, elle s'approcha et posa les mains sur sa hanche. Il était chaud et ferme. Elle ne sentit pas la forme de la balle sous ses doigts, seulement la dureté de ses muscles.

S'enhardissant, elle se mit à le masser plus vigoureusement. Dans le miroir, elle vit qu'il avait fermé les yeux et que ses traits se détendaient, comme sous l'effet d'un plaisir profond. Elle s'assit au bord du lit afin de parfaire ses gestes. Ses mains lui semblaient petites comparées à son large dos, ses épaules massives et ses bras puissants…

Elle ne se lassait pas de le contempler. C'était la première fois qu'elle voyait un homme nu d'aussi près. Cette vision éveillait un torrent de frissons au creux de ses reins. Elle avait l'impression de caresser un félin, avec un peu d'effroi, certes, mais aussi avec cette excitation que procure le fait d'approcher intimement une créature sauvage et inaccessible. Elle luttait pour que ses mains ne s'égarent pas sur ce ventre qu'elle imaginait dur et musclé. Elle aurait aimé savoir jusqu'où descendait la toison sombre de son torse...

Mais si ses mains ne quittaient pas sa hanche, son esprit l'explorait tout entier, et alors qu'elle mettait dans ses gestes toute la vigueur possible, son regard descendit soudain le long de ses jambes, qu'elle devinait longues et musclées sous le drap fin. Et elle se prit à rêver...

Elle rencontra alors son regard dans le miroir.

Il l'observait comme un fauve fixant sa proie. Le désir qui brûlait dans ses yeux lui coupa le souffle. Elle trouva soudain le décolleté de sa robe du soir trop profond. À chacun de ses mouvements, il découvrait un peu plus sa poitrine. Trevor ne perdait rien de ce spectacle ravissant. Lentement, très lentement, son regard remonta vers son visage, comme une caresse brûlante le long de sa gorge.

Alana perdit le contrôle de ses mains, qu'elle sentit à peine déraper. Ses yeux verts demeuraient rivés aux siens, hypnotisés. Et sans même s'en rendre compte, elle se mit à caresser son ventre. C'était comme s'il avait eu le pouvoir de lui faire faire ce qu'il voulait, par la seule force de son regard.

Tout à coup, elle se figea. Bien que n'ayant aucune expérience des hommes, elle savait parfaitement ce que ses doigts enserraient maintenant. C'était extraordinairement doux, et tendu à l'extrême. Son visage se décomposa en même temps qu'elle reprenait pied dans la réalité, mais il ne lui laissa pas le temps de réagir. Roulant prestement sur le dos, il la saisit à la nuque et la fit basculer sur lui. Il s'empara de sa bouche avec une fièvre surprenante de la part d'un homme aussi distant par ailleurs. Il était ardent, impatient. Éperdue, elle voulut se rappeler qu'il agissait sans doute de même avec Daisy, mais sa langue affamée la fit chavirer.

Ce baiser brûlant alluma un véritable brasier dans son corps. La raison lui soufflait de faire machine arrière, mais elle ne put résister à la douceur de la main qui s'immisçait dans son corsage. Il abandonna ses lèvres afin de mieux se concentrer sur le déboutonnage des petites perles qui fermaient le décolleté. Alana s'aperçut alors que le drap avait glissé et qu'il était nu sous elle. D'une main, il la maintenait au niveau des reins, la pressant contre son sexe.

La panique la prit. Elle tenta de le repousser mais il l'en empêcha en s'emparant de force de sa bouche et en resserrant son étreinte.

— Je vous en prie, murmura-t-elle contre ses lèvres.

Incapable de le regarder, elle sentait son sexe lui brûler le ventre.

— Pourquoi êtes-vous venue ici alors ? soudain furieux de cette dérobade inattendue.

— Je... je ne sais pas, avoua-t-elle, au bord des larmes.

— Je ne suis pas de bois.

Il lui prit brutalement la main et la plaqua sur son sexe tendu, en répétant :

— Je ne suis pas de bois.

— Je sais, s'écria-t-elle, éperdue, honteuse et brûlante de désir.

Il l'observa attentivement, et quelque chose en elle, son désarroi peut-être, le toucha. Il la lâcha si brusquement qu'elle faillit perdre l'équilibre. Lui échappant, elle courut vers la porte en retenant ses larmes. Elle prit sur elle pour ne pas se retourner et admirer son corps magnifique une dernière fois. Elle savait qu'il la regardait, et son beau visage d'Irlandais ne reflétait qu'une intense frustration et le goût amer de la trahison.

21

Cette nuit-là, Alana ne parvint pas à trouver le sommeil. Elle se revoyait sans cesse quittant la chambre de Trevor en pleurs. Ce n'était pas uniquement pour soulager ses souffrances qu'elle était allée le voir, elle le comprit aux premières lueurs du jour.

Au fond de son cœur, elle brûlait d'être à lui afin que leur mariage ne soit plus un simple chassé-croisé entre un homme et une femme pris au piège d'une signature sur un registre. Inutile de se le cacher plus longtemps : elle était bien allée le retrouver avec le désir inconscient de consommer leur mariage. Ce grand Irlandais irascible l'obsédait corps et âme.

Même si Trevor Sheridan ne correspondait pas à l'image de l'homme de ses rêves, même si sa richesse lui semblait insolente, même s'ils n'étaient pas faits l'un pour l'autre, elle voulait être sa femme. Sans l'ombre d'un doute.

Dans ce cas-là, bien sûr, plus question d'annulation. Il ne leur resterait plus qu'à divorcer si, dans un an, il tenait toujours à mettre un terme à leur union. Mais elle était certaine de mieux supporter la réprobation sociale dont elle ferait inévitablement l'objet, si auparavant elle avait tout tenté pour sauver ce mariage.

Et lui ? Partageait-il seulement ses espoirs ? Elle soupira en retapant son oreiller de satin. L'image d'une petite maison blanche, pleine de rires d'enfants, passa devant ses yeux. Jamais elle ne vivrait aussi simplement avec Trevor. Quant aux enfants... Il ne voulait certainement pas s'embarrasser d'une famille.

Cette dernière pensée l'emplit d'une profonde tristesse, mais ce n'était pas le moment d'y succomber. Pour l'instant, ce qu'elle désirait le plus, c'était un mari. Dans le plein sens du terme.

Le jour se levait quand elle sombra enfin dans le sommeil. Quand Margaret la réveilla, la matinée était déjà bien avancée. Alana se hâta de se préparer et ne prit même pas le temps de déjeuner, tant elle était impatiente de voir Trevor. Elle devait lui parler, s'excuser de sa conduite de la veille, le convaincre que si elle s'était montrée réticente, elle ne l'était plus.

Nouant un nœud de velours pourpre à son chignon, elle se regarda dans le miroir avec satisfaction. Sa robe de soie verte intensifiait la couleur de ses yeux. Elle se pinça les joues pour les faire rosir. Tout à coup, elle n'évoquait plus une princesse de glace mais une toute jeune femme impatiente de retrouver son mari.

La porte de communication avec la chambre de ce dernier ne disparaissait pas sous les dorures, comme celle de Newport. Incrustée de motifs médiévaux, de lettres romaines, de trèfles et d'écussons, on aurait dit la porte de quelque château mystérieux.

Toute fébrile, elle frappa à plusieurs reprises sans obtenir de réponse. Elle s'apprêtait à renoncer quand elle songea que Trevor était peut-être dans son cabinet de toilette d'où il ne pouvait l'entendre. Déterminée à lui parler de vive voix et en privé, elle entra.

— Trevor ? appela-t-elle.

Cette fois, elle dut se rendre à l'évidence. Il n'était pas là. Elle s'appuya contre le bureau et la perspective de devoir le chercher dans l'immense demeure l'irrita.

Elle allait se retirer quand une lettre posée sur le bureau attira son attention. Plus exactement, une signature affreusement voyante : Daisy.

La raison, la bienséance lui criaient de l'ignorer, mais son cœur voulait savoir si les espoirs qui venaient de naître en elle avaient une chance d'aboutir.

Trevor chéri,

Vous avez menti ! Votre mariage, bien qu'arrangé, s'avère déjà fort embarrassant. Si vous m'aimez un tant soit peu, venez me voir aujourd'hui. Je suis seule, mon ami...

Votre ange, Daisy

P.-S. *Je sais par les journaux que votre lune de miel est finie.*

Alana se redressa, livide. Elle sursauta en entendant des pas dans le couloir et courut se réfugier dans sa chambre, tandis que les domestiques envahissaient le domaine de son mari. Elle se sentit terriblement malheureuse de n'avoir personne à qui parler. Dans ces cas-là, la seule personne qu'elle avait envie de voir était sa sœur. Sans perdre une minute, elle demanda une voiture afin de se rendre à Brooklyn.

— Elle prend la voiture, Monsieur, annonça Whittaker, debout près de Trevor qui lisait son journal dans la bibliothèque. Dois-je envoyer quelqu'un ?

Trevor leva les yeux. Il serait volontiers allé lui-même pour l'en empêcher mais, fidèle à sa promesse, il n'en fit rien.

— Non, répondit-il.

Visiblement, l'attitude de son maître le dépassait mais Whittaker s'inclina docilement. Muni d'un coupe-papier en argent, il ouvrait des cartons d'invitation quand l'un d'eux attira son attention.

— Celui-ci, Monsieur, dois-je l'ouvrir ou le remettre à Madame ?

Trevor lui jeta un regard las, mais une lueur d'intérêt s'y alluma dès qu'il reconnut le nom élégamment gravé à l'or fin sur la carte : M. Anson Vanbrugh-Stevens. Le coin droit du carton était plié afin de dissimuler un message personnel : « Je dois vous parler. »

Trevor prit le billet et le froissa rageusement dans sa main.

— Vous pouvez vous retirer, Whittaker.

Ce dernier s'empressa d'obtempérer.

Trevor se leva et s'approcha de la fenêtre. Sa femme venait de refermer la portière de l'attelage qui partit aussitôt pour une destination inconnue. Ses yeux tombèrent à nouveau sur le message, et son expression se durcit dangereusement.

Les escapades de sa femme à Brooklyn le rendaient fou...

22

En rentrant de Brooklyn, Alana eut tout juste le temps de se changer avant de repartir chez Delmonico. Le duc de Granville venait d'arriver à New York. Ce soir, il apparaissait pour la première fois en public et Mme Astor avait demandé à Alana de se joindre à eux. Alana aurait préféré dîner tranquillement dans sa chambre et se coucher tôt, mais c'était hors de question. Tout le monde serait chez Delmonico ce soir.

Revigorée par sa visite à Christabel, elle s'habilla en toute hâte et descendit au salon. Cette première rencontre avec Trevor après l'épisode de la veille l'emplissait d'émoi, mais elle demeura impassible afin de le cacher. Le souvenir de la nuit précédente lui avait laissé le goût amer du désir inassouvi.

— Mara ne va pas tarder, lui dit-il dès son entrée. Votre petit voyage s'est-il bien passé ? ajouta-t-il sur le même ton.

Elle ne s'attendait pas à cette question insidieuse.

— Oui, répondit-elle d'un ton neutre en se plongeant, tout comme lui, dans la contemplation du feu.

— À quand le prochain ?

— Vous le savez mieux que moi, non ?

Pour toute réponse, il laissa planer un silence chargé de menaces.

— Ainsi, tous vos domestiques m'espionnent ? Qui était de service, aujourd'hui ? Whittaker ?

— Il est de mon devoir de savoir *tout* ce qui se passe sous mon toit.

— Bien sûr, minauda-t-elle en se remémorant le billet de Daisy Dumont. Je ne suis pas la seule à être sortie, ce matin. Vous-même êtes parti très tôt, si je ne m'abuse.

— Comment le savez-vous ?

La gorge d'Alana se serra au souvenir de son espoir bafoué.

— Peut-être ai-je moi aussi mes espions ?

Il la regarda avec défiance.

— J'avais une affaire à régler sans délai. Je n'ai pas eu le temps de déjeuner.

Du moins pas ici, songea-t-elle.

— Vous m'avez cherché, ce matin ? ajouta-t-il en fronçant les sourcils.

Jamais encore il ne s'était adressé à elle avec une telle douceur dans la voix. Mais Alana ne se laissa pas émouvoir. L'idée de partager son mari avec une autre femme l'humiliait au-delà de tout.

— Cela ne risque pas de se reproduire, riposta-t-elle froidement, en détournant ostensiblement la tête.

Ils n'échangèrent plus un mot jusqu'à ce qu'ils fussent dans la voiture. Comme toujours, Mara était tout excitée par la soirée qui s'annonçait. Son bavardage incessant détendit un peu l'atmosphère jusqu'à ce qu'elle s'aperçoive de l'animosité silencieuse entre Trevor et Alana. Du coup, elle se tut.

Le silence se prolongeait. Se sentant de plus en plus nerveuse, Alana finit par le rompre.

— Vous êtes ravissante, Mara. Comment vous sentez-vous à l'idée de rencontrer le duc ?

— Je n'ai jamais rencontré de duc auparavant. Il est impressionnant ?

Alana faillit répondre « pas autant que votre frère », mais elle pencha pour la prudence.

— Oh non ! Je l'imagine plutôt âgé et à moitié sourd ! fit-elle en essayant de rire. Ne vous inquiétez pas, nous ne le verrons certainement pas beaucoup. Mme Astor saura l'occuper comme il se doit.

— Ouf ! soupira Mara en prenant son éventail.

Son mouvement attira l'attention d'Alana sur ses mains, et elle remarqua alors le bracelet de rubis.

— Quel ravissant bracelet, Mara ! Je ne vous le connaissais pas, il me semble ?

— Non, Trevor me l'a rapporté de Boston.

— Il vous va à ravir, dit Alana en s'efforçant de sourire.

Cette nouvelle l'attrista. Ainsi, son mari partait pour Boston pendant leur lune de miel, rapportait un cadeau de prix à sa sœur, et rien à sa femme. Ce n'était pas la valeur du présent qui importait, mais l'attention. L'attention qu'il portait à Daisy, car il ne l'avait certainement pas oubliée, elle non plus...

Tout le gratin new-yorkais était réuni chez Delmonico. Représentants des « Quatre Cents » et membres du gouvernement se pressaient pour accueillir le prestigieux duc anglais. Peu d'entre eux connaissaient les Granville. Ils savaient seulement qu'ils possédaient un immense domaine près de la frontière écossaise, et que le premier duc avait été armé chevalier par Henry V. On racontait même que Victoria et Albert avaient passé leur lune de miel au château des Granville.

Quand on annonça le duc, un silence se fit. Les Sheridan se tenaient au fond de la salle de bal. Pour l'heure, Mara s'intéressait davantage aux jeunes gens qui papillonnaient autour d'elle plutôt qu'à l'arrivée du vieux duc. Le jeune homme infiniment séduisant qui apparut alors dans l'encadrement de la porte en surprit plus d'un. Il devait avoir l'âge d'Eagan...

— C'est… le duc de Granville ? s'étonna Alana.

— Je ne lui donne même pas vingt-cinq ans, commenta Trevor.

— Qu'il est beau ! murmura Mara.

— Il est anglais, rectifia sèchement Trevor.

— Mais « beau », glissa Alana.

— Vous croyez que nous lui serons présentés ? demanda Mara.

— Sans le moindre doute, décréta Alana en prenant le bras de la jeune fille afin de l'entraîner à travers la foule.

Trevor les arrêta et prit Alana à l'écart.

— Je vous préviens, Alana, je ne veux pas que Mara se lie à un Anglais.

— Comment ? Écoutez, je comprends que les Irlandais éprouvent une certaine animosité envers l'Angleterre, mais c'est ridicule, Trevor. Vous ne connaissez même pas cet homme.

— Il est anglais, cela me suffit.

— Vous m'étonnez, mon cher. Vous qui souffrez tant d'être rejeté par la plupart des gens ici présents…

Trevor esquissa un sourire sarcastique.

— Vous marquez un point, je vous le concède. Mais Mara ne fréquentera pas un Anglais. Je les connais. Ils traquent les riches partis américains afin d'embellir leurs beaux châteaux et tout le reste. Autant vous le dire tout net : mon argent n'ira pas sauver le moindre château du Northumberland.

Trevor s'enflammait et son accent revenait.

— Mara n'a même pas rencontré le duc et vous la voyez déjà mariée à lui ! Ils ne se plairont peut-être pas.

— Ma sœur lui plaira, il suffit de la regarder. Elle est magnifique, délicieuse… et l'une des plus riches jeunes filles ici présentes. Elle n'épousera pas un Anglais, un point c'est tout.

Alana trouvait cette petite altercation fort divertissante. Elle prit un air ingénu.

— Je ne me souviens pas avoir signé, dans notre contrat de mariage, la moindre note stipulant que Mara n'était pas autorisée à épouser un Anglais.

— Je ne pouvais pas tout prévoir.

— Non, en effet. Les dés sont jetés, monsieur Sheridan.

Impuissant, il la regarda entraîner Mara.

Avec beaucoup d'habileté, elles prirent place dans la rangée d'invités attendant l'honneur insigne d'être présentés au duc, et Alana remarqua avec satisfaction que ce dernier semblait s'ennuyer ferme à écouter minauder une vieille matrone de Washington Square. Mara n'aurait aucun mal à capter son attention.

Lorsque Alana se présenta à lui, une lueur d'intérêt brilla enfin dans son regard.

— Madame Sheridan, dit-il en lui baisant galamment la main. Votre nom de jeune fille est Van Alen, je crois ?

Alana sourit sans se soucier des murmures qui naissaient autour d'elle.

— Oui, je m'appelais Van Alen, en effet. Mais aujourd'hui, mon nom est *Sheridan*.

Elle avait parlé assez fort pour que Trevor l'entende. Du coin de l'œil, elle vit qu'il fronçait les sourcils.

— N'étant pas seule à porter ce nom, Votre Grâce, j'aimerais vous présenter ma belle-sœur, Mlle Mara Sheridan.

Le duc s'inclina sur la main de la jeune fille. Quand il se releva, toute trace d'ennui avait déserté ses beaux yeux bleus.

— Quel plaisir de vous rencontrer, mademoiselle, dit-il en contemplant une Mara rougissante.

— Mlle Sheridan est native de New York, et elle adore notre nouveau parc, glissa Alana. Aimez-vous les promenades en voiture, Votre Grâce ?

— Bien sûr, bien sûr, répondit-il d'un air absent, incapable de détacher son regard de celui de la jeune fille.

Alana réprima un sourire de satisfaction. C'était encore plus facile qu'elle ne le croyait.

— Mlle Sheridan évoquait justement les agréments des promenades dans le parc, tout particulièrement, le matin, après le petit déjeuner.

— Oui, c'est le moment que je préfère moi aussi, répondit le duc.

— Vraiment ? feignit de s'étonner Alana en remarquant que Trevor ne perdait pas un mot de leur échange.

Elle se cacha derrière son éventail pour dissimuler sa gaieté. De son côté, Trevor observait l'art de sa femme à exercer sa magie sur le duc. Il la trouvait parfaite. Quelle éducation ! Quel esprit ! Quel charme ! Personne ne remarqua la lueur de fierté et d'admiration qui anima son regard... et personne ne l'entendit murmurer entre ses dents :

— Lors de votre prochaine escapade à Brooklyn, madame Sheridan, je vous accompagnerai...

— Comme il est séduisant ! J'ai cru m'évanouir quand il m'a invitée à danser cette valse...

Durant tout le trajet de retour jusqu'à la 5ᵉ Avenue, Mara ne cessa de babiller.

— Ce jeune Granville est un parfait gentleman, n'est-ce pas, Trevor ?

Alana se tourna vers son mari. Il arborait une mine renfrognée et elle lui offrit son plus beau sourire.

— Au cours de la conversation, j'ai réussi à glisser que Mara et moi nous promenions au parc le mardi matin. Je ne serais pas étonnée de le rencontrer...

Trevor lui jeta un regard noir et s'adressa à sa sœur.

— Ne te berce pas d'illusions. Mme Astor lui aura réservé un emploi du temps si chargé qu'il n'aura certainement pas une minute à te consacrer.

— Oh, c'est vrai... Tu as sans doute raison, soupira la jeune fille, perdant aussitôt sa belle exubérance.

— Sottises ! s'écria Alana en prenant la main de Mara. Il sera au parc mardi, j'en suis sûr ! Et je lui ferai savoir que, s'il vous courtisait, ce serait avec notre plein accord !

— Vraiment ? s'exclama Mara, retrouvant sa bonne humeur comme par enchantement.

— Bien sûr ! Après tout, ajouta Alana en défiant Trevor qui s'était retranché dans son coin, je suis là pour cela.

— Je voudrais vous parler en arrivant, ma chère épouse, grinça-t-il entre ses dents.

— Certainement, mon cher mari.

Une fois chez eux, Trevor souhaita une bonne nuit à Mara et s'installa dans la bibliothèque avec Alana. Elle aimait cette pièce. Comme la chambre de Trevor, elle était meublée dans un style moderne et sobre. Elle se jura que si un jour elle partageait une maison avec Christabel, elle ferait appel au même décorateur.

— Vous encouragez cette idylle uniquement pour me contrarier, commença-t-il en croisant les bras sur sa poitrine.

— Vous ne pouvez vous dresser contre le véritable amour, répliqua-t-elle en s'asseyant sur un sofa.

— C'est votre porte de sortie, n'est-ce pas ? Vous jetez Mara dans les bras du duc, et dès qu'elle sera mariée, vous vous croirez autorisée à reprendre votre liberté. Je ne vous laisserai pas vous en sortir aussi facilement.

— Mon Dieu, Trevor ! Pas si vite ! Granville semble apprécier Mara, je n'ai aucune raison de le décourager. Pour une fois, voilà un jeune homme assez intelligent pour passer outre aux préjugés des Knickerbockers. Je pensais que vous l'accueilleriez à bras ouverts.

Furieux, Trevor se détourna.

— Très bien, aboya-t-il. Qu'il voie Mara. Je traiterai avec lui directement, le moment venu. Mais n'allez pas croire que vous obtiendrez votre annulation aussi facilement. L'homme qui épousera ma sœur devra prouver son amour plutôt deux fois qu'une.

En entendant Trevor évoquer l'annulation, Alana perdit son bel allant. Avec le succès qu'elle avait, Mara ne serait pas longue à recevoir une demande en mariage. Dans deux mois, peut-être, son avenir serait scellé...

Deux mois... Alana regarda son mari. Elle tenta de le haïr en pensant à sa maîtresse, mais elle avait beau essayer, elle n'y parvenait pas. Bien au contraire... Voilà pourquoi il avait le pouvoir de la blesser. Elle pensa à la vie qui l'attendait, une vie sans cet homme séduisant et coléreux à ses côtés ; une vie où Christabel était libre, une vie peuplée de maisons blanches, avec des hommes surgissant de l'ombre pour la sauver... mais une vie uniquement bâtie sur des rêves.

Tout à coup, tout ce qu'elle refusait de voir devint clair. Son rêve se mit à défiler dans sa tête, s'arrêtant brusquement sur l'homme qui, cette fois, se retournait, quittant l'ombre. Elle distinguait enfin son visage. Le visage de Trevor. Surgi de la nuit de sa conscience, mais extraordinairement précis.

— Vous ne vous en tirerez pas ainsi, continuait-il sombrement. Il vous faudra vous démener un peu plus pour trouver à Mara un mari digne d'elle.

Il sous-entendait que leur mariage durerait plus longtemps que prévu. Ce n'était pas pour lui déplaire mais, d'après ce qu'elle avait vu de Granville, il risquait de se décider d'ici peu.

Il lui dit quelque chose qu'elle n'entendit pas. La sinistre perspective de la solitude qui l'attendait, une fois l'annulation prononcée, emplissait soudain toutes ses pensées. Elle se sentait comme Cendrillon après le bal. Maintenant qu'elle avait enfin trouvé l'être mystérieux de ses rêves, il s'avérait être le seul homme qu'elle ne pourrait jamais posséder.

— Tiens ? Pas de réplique cinglante ?

Alana regarda Trevor. Il y avait tant de choses qu'elle n'aimait pas chez cet homme. Sans parler de cette maison où il vivait, trop grande, trop voyante, trop vulgaire. Pourtant, lorsqu'elle s'imagina vivant seule dans la maison blanche de ses rêves, sur cette falaise désertique, elle comprit combien elle y serait malheureuse. Elle se languirait de Trevor, si dur et irritable fût-il. La pensée de ne plus jamais le défier, de ne plus jamais s'asseoir en sa compagnie dans le salon pendant que Mara caressait les cordes de la harpe, de ne plus jamais le voir… lui donnait envie de crier.

— Que vous arrive-t-il, Alana ? Auriez-vous perdu votre langue ?

— Je… je ne me sens pas très bien. Je vais monter.

Les mains sur ses joues brûlantes, elle quitta la pièce, laissant Trevor à sa perplexité.

Il était deux heures du matin quand on frappa à la porte d'Alana. Elle ne dormait pas. Essuyant les larmes sur ses joues, elle se leva, enfila un négligé et se dirigea vers la porte en espérant secrètement que ce serait Trevor. Car elle avait fini par admettre ses sentiments pour lui. Oui, elle était tombée amoureuse de lui. Mais la situation était sans espoir et elle l'acceptait mal.

Elle ouvrit. Ce n'était pas Trevor, mais Eagan, visiblement éméché, qui lui souriait bêtement.

— Que faites-vous ici à une heure pareille, Eagan ?

— Je reviens de chez Hoffman, fit-il en l'écartant pour entrer dans la pièce.

— Eagan ! Comment osez-vous vous introduire dans ma chambre, en pleine nuit !

— Ne vous emportez pas, Alana. Je sors justement de chez une dame.

— Je vous crois volontiers… fit-elle en agitant la main pour chasser les relents de parfum à la violette qui s'échappaient des vêtements du jeune homme.

Il s'affala dans une bergère recouverte d'une délicate soie rose, offrant un tableau assez incongru.

— Eagan, vous êtes vraiment impossible ! soupira-t-elle. Que voulez-vous ?

— Vous parler, Alana. J'ai besoin de me confier comme à une... à une mère. Quand ma mère est morte, j'étais très petit, vous comprenez ?

Comme elle se résignait à acquiescer, il enchaîna :

— Bien sûr, je reconnais que j'éprouve pour vous des choses que jamais ma mère ne m'a inspirées !

Alana rougit et vérifia le boutonnage de sa chemise de nuit, se demandant si sa tenue n'était pas trop légère.

Soudain, Eagan se prit la tête dans les mains.

— Alana, j'en ai assez de mener cette vie de débauche. Je suis fatigué. Je voudrais me sentir libre, sans Trevor derrière moi pour tirer les ficelles.

Émue par cet élan, Alana s'agenouilla près de lui et posa une main sur sa tête.

— Il ne tire aucune ficelle, Eagan. C'est vous qui l'imaginez. Trevor vous admire. Il ne manque jamais une occasion de souligner votre intelligence.

— C'est lui qui est admirable. Il est son propre maître.

— Mais vous aussi, Eagan. Simplement... des endroits comme celui d'où vous venez ce soir ne sont pas dignes de vous, à mon avis. De même que ces...

Comment décrire cette fille qui l'accompagnait l'autre soir à l'Académie de musique ? Eagan dut deviner ses pensées car il répliqua :

— Cette fois, je veux passer la nuit avec une femme que je respecte, pour savoir si c'est différent.

— Eagan, pourquoi me racontez-vous cela ?

— Parce que j'aimerais faire l'amour avec vous. Je veux savoir si je pourrais vous aimer. Je crois que oui.

— Eagan ! s'exclama-t-elle, choquée. Vous vous trompez, vous ne m'aimez pas. Vous ne cherchez qu'à vous mesurer à Trevor.

Il l'examina un instant, de son regard vitreux, puis un sourire se dessina sur ses lèvres.

— Je vous trouve vraiment belle, cela ne compte pas ?

— Non.

— Et Trevor vous délaisse, ne le niez pas.

Comment le détromper ? Elle se tut.

— Reconnaissez-le, Alana. Il se moquerait que je vous embrasse, fit-il en l'attirant brusquement vers lui, presque sur ses genoux.

— Eagan ! Cessez ce jeu idiot ! s'écria-t-elle, incapable de réprimer un rire nerveux tandis qu'elle luttait pour le repousser.

Il faillit atteindre ses lèvres mais trouva son menton.

— Alana... toutes les femmes aiment mes baisers...

— Vous êtes fou ! continua-t-elle en riant, se démenant à tel point qu'il finit par perdre l'équilibre, et ils se retrouvèrent sur le tapis.

Prise d'un fou rire inextinguible, sans doute en réaction aux tourments qu'elle endurait à cause de Trevor, elle devint une proie plus facile pour Eagan qui parvint à rouler sur elle.

Il s'apprêtait à l'embrasser à nouveau quand une voix s'éleva derrière eux. Ils s'immobilisèrent instantanément.

— Tu mériterais que je te fouette comme un chien, Eagan.

Terrifiée, Alana découvrit Trevor sur le seuil de la porte de communication, blême de rage. Son regard la remplit de honte. Elle parvint à se relever et à remettre un semblant d'ordre dans ses vêtements.

— Ce n'est pas ce que tu crois, Trevor, fit Eagan en se levant à son tour.

Trevor ne répondit pas. Il fixait son frère avec un tel dégoût qu'Eagan baissa les yeux.

— Je t'en prie, Trevor, je sais que je ne devrais pas me trouver ici à une heure pareille... Mais ce n'est pas ce que...

— Dehors !

— Je t'assure, Trevor, tu te trompes... Je... Laisse-moi t'expliquer.

— M'expliquer quoi ? cracha Trevor, dardant son regard sur son frère, puis sur sa femme qui agrippait le col de son peignoir comme une jeune mariée terrifiée à l'approche de la nuit de noces. Que tu ne la trouves pas attirante ? Que tu la considères comme une sœur ? Tu ne t'es jamais conduit de la sorte avec Mara que je sache.

Brusquement dégrisé, Eagan se tourna vers Alana.

— Ce n'était qu'un jeu, Trevor, à ma seule initiative. Il ne faut y voir aucun mal.

— Tu mériterais une bonne correction, espèce de...

— Ta femme ne serait pas une telle tentation si tu t'occupais d'elle ! explosa soudain Eagan.

Trevor avança d'un pas, menaçant, terrible. Certaine qu'ils allaient se battre, Alana poussa un petit cri, mais Trevor s'arrêta.

— Laisse-nous, grogna-t-il.

Eagan semblait décidé à avoir le dernier mot.

— Cela t'ennuie de voir Alana rire avec moi, admets-le ! Je suis sûr que tu t'en serais moqué si je l'avais touchée, mais t'apercevoir qu'elle peut prendre du bon temps sans toi, tu ne le supportes pas !

— Tu parles de ma femme !

— Si elle est ta femme, eh bien, fais en sorte qu'elle le soit vraiment !

Les deux frères s'affrontèrent du regard dans une jouxte silencieuse.

— Sors, Eagan. Tout de suite.

Eagan s'inclina. Il jeta à Alana un regard d'excuse avant de disparaître.

Un silence de plomb tomba dans la pièce. Trevor se tourna vers Alana. Les murs semblaient faire écho à sa colère. L'émotion qu'elle lut dans son regard la laissa interdite. Il était jaloux ! Il était fou de jalousie ! S'il y avait un peu d'espoir, il était là, dans cette flamme de fureur possessive qui avait jailli dans ses yeux en la découvrant dans les bras de son frère.

Il la regarda longuement avant de déclarer tranquillement :

— Venez dans ma chambre, Alana.

Sa joie retomba instantanément. Il ne faisait que relever le défi d'Eagan.

— Non, refusa-t-elle fermement.

Il acquiesça, ce qui n'était pas bon signe.

— Vous êtes ma femme, Alana, en toute légalité. J'ai certains droits. Venez dans ma chambre ou je vais chercher un policier pour vous y traîner.

— Si vous faites cela, il n'y aura pas d'annulation.

— Eh bien, il n'y en aura pas.

Elle était prise au piège. En refusant, elle laissait peut-être passer sa seule chance de sauver son mariage. Mais, en acceptant dans de telles circonstances, elle ne récolterait qu'amertume et chagrin.

Le contemplant, elle comprit que toutes les questions qui l'avaient torturée durant la nuit n'étaient pas vaines. Elle l'aimait. Vraiment. Et cette canne sur laquelle il s'appuyait ne modifiait en rien ses sentiments. Au contraire. Loin de le diminuer, elle prouvait à quel point il s'était surpassé pour devenir l'homme riche et puissant qu'il était aujourd'hui.

Inutile de chercher à justifier son amour. Elle l'aimait. De tout son être. Et elle était prête à tout pour qu'il l'aime aussi.

— Venez, Alana.

— Est-ce seulement à cause d'Eagan ? murmura-t-elle.

— Non, jeta-t-il.

Lentement, elle marcha vers sa chambre. Il la suivit et referma la porte de communication. De crainte que son courage ne faiblisse, elle n'osa pas se retourner. Quand elle le fit, il était adossé contre la porte et l'observait. Elle s'aperçut alors qu'il ne s'était pas encore déshabillé et elle se sentit nue dans son négligé diaphane.

— Mettez-vous au lit.

Le cœur de la jeune femme s'arrêta de battre. Elle tourna un regard effrayé vers le lit depuis longtemps préparé par la femme de chambre. Les draps de soie crème étaient rabattus en triangle d'un côté. Lentement, elle s'en approcha.

— Enlevez vos vêtements.

Certes, elle voulait aller jusqu'au bout. Mais cela ne se passait pas comme elle l'avait imaginé. Où étaient le champagne, les roses, les gestes tendres ? En guise de mots d'amour elle recevait des ordres de la part d'un mari qui se tenait dans l'ombre, et la fixait d'un regard menaçant, inquiétant.

— Le négligé.

Elle baissa les yeux sur le déshabillé vaporeux sous lequel elle portait la chemise de nuit qu'il avait choisie lui-même : une chemise de nuit entièrement transparente. Relevant la tête, elle se retrouva captive de son regard. Une onde de désir la parcourut. C'était maintenant ou jamais. L'amour ou le néant. Ses doigts défirent l'unique bouton de nacre et le négligé glissa à ses pieds dans un bruissement soyeux. À présent, seul un voile très fin, couleur chair, recouvrait son corps. Son cœur se mit à battre plus vite.

Il prit son temps pour la contempler, s'attardant sur la courbe des reins. Puis ses yeux remontèrent lentement le long de ses jambes fuselées, de ses cuisses pleines à peine dissimulées par le voile pour s'arrêter sur sa taille fine et haute. Son regard s'embrasa sous l'effet de la faim dévorante qui montait en lui, mais il ne put poursuivre car elle croisa les bras sur sa poitrine.

— Baissez les bras, dit-il d'une voix altérée.

Soudain paralysée de frayeur et de désir, elle ne bougea pas, incapable de pousser plus avant ce petit jeu érotique.

Trevor posa alors sa canne contre la porte et marcha vers la desserte d'un pas un peu incertain. Sa façon à lui de partager un peu de son intimité avec elle. Alana se détendit imperceptiblement tandis qu'il remplissait un verre de whisky. Il en avala une gorgée avant de le lui tendre, l'invitant à faire de même. Bien que détestant cet alcool, elle sentit une onde de chaleur et d'excitation la parcourir : le goût lui rappelait ses baisers.

Il se trouvait maintenant tout près d'elle, se délectant du spectacle de ses seins aux aréoles sombres qui tendaient la soie impalpable.

Son regard s'assombrit. Il termina d'un coup sec le verre qu'elle lui tendait, puis le reposa. Avant qu'elle n'ait pu faire un geste, il lui saisit les mains et l'embrassa, sans le lâcher, comme pour lui interdire de le toucher. Pas encore.

Comme toujours, son baiser était dominateur. Elle ne pouvait presque plus respirer mais elle s'en moquait. Son envie de lui la dévorait. Le devinant, il immobilisa ses bras le long de son corps et souffla contre sa bouche haletante :

— Dites mon nom...

Sans comprendre, étourdie par son baiser, elle secoua la tête.

— Trevor, insista-t-il. Pas Eagan... pas Anson... je veux entendre *mon* nom.

— Trevor.

— C'est bien. *Tà sé agat anis*.

Sur cette phrase énigmatique, il la souleva dans ses bras et la porta sur le lit. Il s'allongea sur elle de tout son poids, et ses mains s'égarèrent sur son corps embrasé. Après avoir pressé ses seins, elles descendirent jusqu'à son ventre, puis plus bas, dans la douce toison où palpitait son désir. Choquée, elle laissa échapper un léger cri mais il étouffa ses protestations d'un baiser. Elle essaya de se soustraire à l'exquise torture qu'il lui infligeait, mais elle était prisonnière. Prisonnière corps et âme, entièrement offerte à sa volonté.

Il remonta la chemise de nuit et ses caresses se précisèrent jusqu'à ce qu'il fût certain de l'avoir vaincue. Oubliant toute pudeur, elle se livrait totalement à lui. Il attisait tellement son désir qu'elle faillit pleurer d'impatience. Elle lui en voulait d'obtenir aussi facilement victoire grâce à ces sensations que jamais elle n'aurait osé imaginer. Mais qu'y pouvait-elle maintenant ?

Soudain, il ralentit le mouvement de sa main et tira sur la chemise de nuit d'Alana, dénudant ses seins. Il se déshabilla ensuite, envoyant ses vêtements de part et d'autre du lit, avec une lenteur exaspérante.

Une fois nu, il s'allongea contre elle. Au lieu de prendre son temps pour la dévêtir complètement, comme elle s'y attendait, il fut soudain pris de fièvre. Ses mains ne la caressaient plus, elles la pétrissaient. Il tenta de faire glisser la chemise de nuit mais, comme elle résistait, il la déchira d'un coup sec.

Cette violence soudaine effraya Alana ; sentant qu'elle se raidissait, il écrasa sa bouche contre la sienne. Alors elle oublia le reste du monde, tant son corps palpitait contre le sien. Il se frottait contre sa peau douce avec volupté, l'embrasant.

Elle s'était représenté la relation entre un homme et une femme un peu comme un échange de mots doux, main dans la main. Jamais elle n'aurait soupçonné une telle tempête, un tel emballement de tous les sens. Mais elle n'avait pas prévu que son mari serait Trevor Sheridan et qu'avec lui, douceur et mesure n'étaient pas de mise.

Sans lui laisser le temps de réaliser, il s'enfonça en elle d'un seul coup, s'attendant à lui arracher un cri de surprise et de douleur.

Mais elle ne dit rien. Elle le regardait, émerveillée et terrifiée à la fois. Jamais elle n'avait rien éprouvé de semblable. Jamais. Quand, se courbant sur elle, il saisit la pointe d'un sein entre ses lèvres tout en la pénétrant plus avant, elle éprouva une sorte de vertige et s'accrocha à lui de toutes ses forces avec une passion que jamais elle ne ressentirait pour personne d'autre.

Relevant la tête, il captura à nouveau sa bouche et elle sentit la brûlure s'intensifier entre ses cuisses. Il glissa une main sous ses hanches pour la sentir plus proche encore, et il l'emmena sans plus attendre vers le point culminant du plaisir.

— Trevor, gémit-elle, éblouie.

— Mon Dieu, répondit-il d'une voix rauque avant de chavirer, lui aussi, dans les délices de la jouissance.

Il retomba sur elle, rassasié, et de longues minutes s'écoulèrent. Impulsivement, elle lui caressa la joue en songeant, avec une clairvoyance nouvelle, que désormais, elle vivrait sans son rêve. Adieu la maison blanche au bord de la falaise. Adieu les valses dans les bras de l'homme qu'elle aimait. Elle n'envisageait plus, à présent, de vivre sans cet Irlandais arrogant et sauvage. Trevor Sheridan était un être unique. Il ne ressemblait à personne. Depuis la mort de ses parents et l'internement de Christabel, elle avait passé trois années sans aucun homme à aimer. Aujourd'hui, elle aimait, et elle consacrerait le reste de ses jours à cet amour.

Une seule incertitude subsistait : parviendrait-il un jour à l'aimer ?

Soudain, la fraîcheur ambiante la fit frissonner. Il s'était écarté d'elle.

Allongé sur le dos, il contemplait le plafond. Elle se demanda avec effroi à quoi il pensait. Il n'était pas de ceux qui enrobaient les choses avec des mots, elle le savait.

Mais des mots l'auraient rassurée. En désespoir de cause, elle prit la parole :

— Est-ce toujours comme cela ?

Il tourna la tête et la regarda.

— Comme quoi ?

— Eh bien, tellement... effréné.

Ce n'était pas le terme qui convenait, mais comment décrire ce moment... sauvage, brutal... merveilleux ?

Le regard de Trevor erra sur son corps, puis il la recouvrit avec le drap. Ce geste la déçut. Seul son corps à lui pouvait la réchauffer. Elle avait besoin de sa chaleur, de ses caresses, de sa tendresse. Elle aurait voulu s'endormir dans ses bras. Mais non. Quelque chose n'allait pas. Son cœur se glaça.

Il avait fermé les yeux, comme pour lutter contre lui-même.

— Je ne suis pas homme à traiter un marché à la légère, ou à en changer les termes pour un oui pour un non. J'ai l'habitude de jongler avec les chiffres, et je n'aime pas les changements imprévus. Mais ce qui vient de se passer est totalement différent.

— Était-ce si imprévisible ? s'inquiéta-t-elle. Après tout, je suis votre femme.

— Quand j'ai conclu cet arrangement avec vous, je ne pensais pas vraiment que cela arriverait. Je croyais sans doute pouvoir me contrôler. Éviter ce genre d'embarras.

— Un « embarras »... répéta-t-elle, blessée.

Comme il ne répondait pas, elle ajouta :

— Je trouve votre qualificatif plutôt vulgaire, murmura-t-elle en le sentant s'éloigner d'elle. Jamais encore je n'avais entendu quiconque définir cela ainsi. Sans doute les Irlandais le font-ils différemment.

Elle se doutait bien qu'il le prendrait mal, mais elle s'en moquait.

— Laissez-moi vous dire que les Irlandais le font exactement comme les Knickerbockers.

Tous les espoirs d'Alana s'envolèrent en fumée. Rien ne semblait pouvoir les rapprocher. Tout n'était que mensonge. Il avait fait l'amour avec elle uniquement par jalousie vis-à-vis d'Eagan, mais il n'éprouvait rien pour elle. Seulement des regrets. En rompant leur engagement, il compromettait l'avenir de Mara. Peut-être même déplorait-il qu'elle ne. soit pas sa Daisy ? Comparée à elle, elle avait dû lui paraître bien novice, bien maladroite. Et peut-être était-elle aussi froide qu'il le disait ? Elle s'était tellement repliée sur elle-même depuis la mort de ses parents...

Fermant les yeux, elle refoula ses larmes pendant qu'il reprenait la parole sans la regarder.

— Notre annulation n'est pas remise en cause. Vous l'obtiendrez quand vous aurez accompli votre part du marché.

— Comment envisager encore cette annulation, après ce que nous venons de faire ? objecta-t-elle froidement, déterminée à ne pas lui montrer combien elle était brisée.

— Nous ne serons pas les premiers à mentir dans ce sens, croyez-moi.

Elle rejeta ses longs cheveux blonds en arrière et se redressa pour attraper son déshabillé.

— Vous m'avez entendu ? Où allez-vous ?

Il se leva sans se soucier de cacher sa nudité, et elle ne put s'empêcher d'admirer son corps magnifique.

— Je ne supporterai pas de mentir une nouvelle fois. Non.

— Non ? Et que proposez-vous d'autre pour mettre un terme à ce mariage ? demanda-t-il d'un ton glacial.

— Le divorce.

Il serra les dents.

— L'église catholique interdit le divorce. C'est hors de question.

— Nous avons conclu ce marché sur la base d'une séparation ultérieure, lui rappela-t-elle.

— Oui, mais je n'ai jamais parlé de divorce. Vous devrez mentir pour obtenir votre annulation, vous n'avez pas le choix.

— Je ne mentirai pas à nouveau devant Dieu. Ce mariage a commencé dans le mensonge, il se terminera dans la vérité.

— Comment une femme de votre condition peut-elle préférer recourir à une chose aussi vile que le divorce ?

Son esprit belliqueux la sauva.

— Ce que j'aurais préféré, Trevor Sheridan, c'est ne pas vous avoir pour mari.

Il l'observa avec une rage muette et voulut la rattraper, mais elle l'esquiva et quitta la pièce en claquant la porte. La canne de Trevor tomba sur le tapis. Il la ramassa et regagnait lentement le lit quand soudain, donnant libre cours à la rage qui l'habitait, il empoigna sa canne aux deux extrémités et la cassa d'un coup sec. Puis, avec une violence inhabituelle, il lança les morceaux à travers la pièce avec une sorte de cri étouffé qui ressemblait à un sanglot.

23

Le lendemain matin, Eagan se retrouva seul à la table du petit déjeuner. Mara n'était pas matinale et le jeune couple s'était fait monter un plateau dans leur chambre, « leurs chambres respectives » d'après les domestiques.

De fort mauvaise humeur, Eagan en voulait au monde entier tout autant qu'à lui-même. Il repoussa ses œufs et se contenta d'un café noir. L'impression désagréable que rien ne pouvait le distraire de son ennui ne le quittait pas. Même ses frasques dans les maisons de plaisir le laissaient insatisfait. Il ne rencontrait plus ni l'oubli ni l'extase dans les bras de celles qui vivaient du commerce de leur corps.

Il rêvait d'une femme à ses côtés, d'une compagne à qui parler. Sa vie de débauche lui laissait à présent un goût amer, et depuis quelque temps il ne cessait de penser à Alana. C'était une femme comme elle qu'il lui fallait, mais elle n'était pas pour lui. Il n'était pas aveugle. Trevor s'était épris d'elle, passionnément, et elle était sur le point de faire rompre la digue qui donnait accès à son cœur.

Eagan rêvait de rencontrer enfin celle qui saurait éveiller en lui de tels sentiments. Pour la première fois, Eagan Sheridan désirait quelque chose qui n'était pas à sa portée.

La veille au soir, il avait noyé sa lassitude dans l'alcool avant de rentrer. De retour à la maison, il avait éprouvé le besoin de se confier à Alana... et il en découlait un beau gâchis.

Terminant son café, il songea que le mieux serait de se faire oublier durant quelques jours. Il avait besoin de prendre un peu de recul afin d'y voir plus clair. Un petit séjour à Newport, dans la solitude, l'y aiderait à coup sûr.

Eagan quitta l'hôtel particulier et choisit de se rendre à pied au Commodore Club. Dans la lumière ensoleillée du matin, il se sentit d'humeur moins sombre et après un ou deux brandies à son club, il avait même recouvré un certain optimisme. Sa vie n'était pas si terrible, après tout. S'il n'avait pas encore trouvé la femme de sa vie, il en connaissait d'autres assez agréables, qui le feraient patienter... Et il s'empressa d'aller les rejoindre. Il était quatre heures de l'après-midi quand il décida de se rendre chez Lord and Taylor, afin d'acheter un présent pour sa belle comédienne. Il devait se faire pardonner de l'avoir délaissée.

Le décor du grand magasin de quatre étages était particulièrement accueillant, presque intime avec ses grands palmiers en pot, ses miroirs dorés, ses tableaux, ses fresques et ses chandeliers. Le sol dallé de marbre lui rappelait celui de l'hôtel particulier de la 5e Avenue, et il avait presque l'impression d'être chez lui.

Après avoir longuement hésité devant une broche en émeraudes, il décida qu'une fourrure ferait plus grande impression. Il était déjà cinq heures, l'heure de la fermeture, mais Eagan ne s'en soucia pas. Dès qu'on le reconnaîtrait, le magasin resterait ouvert pour lui, toute la nuit si nécessaire. Il appela l'ascenseur tandis que les autres clients refluaient déjà vers la sortie. Il actionna plusieurs fois la sonnerie, sans résultat.

Exaspéré, il allait se diriger vers l'immense volée de marches qui menaient aux étages quand il avisa une jeune fille d'apparence misérable, armée d'un seau et d'un balai. Elle se tenait au pied de l'escalier de marbre. Ses cheveux blonds étaient coiffés avec soin et noués en chignon sur la nuque. Elle avait un joli visage, malgré les traces de poussière qui le maculaient par endroits, témoignant de la longue et dure journée de travail qu'elle venait d'accomplir. Pas très grande, elle portait sous son tablier des vêtements gris, usés, mais propres.

Il n'aurait pas dû faire attention à elle, mais en hésitant au bas des marches elle eut un geste qui attira son attention : elle porta une main sur son ventre proéminent. Elle était enceinte.

À ce moment-là, le tintement d'une cloche annonça l'ouverture des portes de l'ascenseur qui arrivait enfin. Reconnaissant immédiatement Eagan, le liftier rajusta son nœud de cravate et demanda aimablement :

— Quel étage, Monsieur Sheridan ? Vous achetez des bijoux ou des fourrures, aujourd'hui ?

Eagan se tourna vers lui.

— Une fourrure, je pense. Quatrième étage, Billy.

— Bien, Monsieur, répondit Billy en s'écartant pour le laisser passer.

Eagan ne bougea pas. Il observait à nouveau la jeune fille qui se tenait les reins en contemplant l'escalier. Il ne lui donnait pas plus de seize ans, malgré l'accablement empreint sur ses traits. D'ici à quelques années, cette expression deviendrait constante, et sa beauté s'en trouverait définitivement altérée. Sa silhouette fragile l'émut et, pris d'une impulsion, il appela :

— Madame ?

Il dut le répéter une deuxième fois pour qu'elle réalise que c'était à elle qu'il s'adressait. Elle se retourna.

Elle avait les yeux bleus les plus clairs qu'il eût jamais vus. Ils évoquaient le ciel de Ballinlough, le ciel de son enfance.

— Madame, voulez-vous monter ? dit-il d'un ton grave en désignant l'ascenseur.

Cette proposition sembla la frapper de stupeur, et elle secoua la tête, comme subitement apeurée.

— Venez, insista-t-il en l'invitant d'un geste.

Tenant son seau et son balai, elle avança vers lui. Eagan lui prit le bras pour la faire entrer dans la cabine. Elle eut un mouvement de recul, mais il insista avec douceur.

Billy toussa discrètement.

— Euh, hum... si je puis me permettre, Monsieur... Cette personne est une femme de ménage, nota-t-il, désapprouvant visiblement la présence d'une pauvre fille dans un ascenseur de luxe.

— Je le vois bien, répondit Eagan. Mais Lord and Taylor comprendraient certainement qu'elle n'emprunte pas l'escalier dans son état, non ?

Pour Billy, le client était roi, mais quand il possédait un portefeuille aussi impressionnant que celui d'Eagan Sheridan, il était Dieu en personne. Aussi lui offrit-il son plus beau sourire.

— Bien sûr, Monsieur.

— Merci, Billy, répondit Eagan en lui glissant discrètement un billet de dix dollars dans la main.

À ce prix-là, Billy aurait même transporté cette femme sur son dos !

L'ascenseur s'ébranla. Eagan se plongea dans l'inoubliable regard bleu de la jeune femme et lui sourit. Elle lui rendit son sourire avec une sorte de. gratitude mêlée de méfiance.

Ils ne devaient jamais atteindre le quatrième étage : entre le deuxième et le troisième, un craquement se fit entendre et l'ascenseur s'arrêta brusquement.

Maugréant contre les caprices de ces machines imprévisibles, Billy tira un bon moment sur la corde, mais rien ne se produisit. S'excusant auprès d'Eagan, il mit ses mains en porte-voix et cria :

— Harper ! La manivelle !

Hélas, il n'obtint pas la moindre réponse malgré ses appels réitérés. Amusé, Eagan s'installa sur le banc capitonné et offrit une place à la jeune femme. Elle refusa, l'air affolée.

— Ne vous inquiétez pas, lui dit-il.

Comme elle ne semblait pas comprendre, il se demanda si elle n'était pas récemment arrivée de quelque pays scandinave.

— Je suis désolé, Monsieur Sheridan, dit Billy en regardant la trappe ménagée dans le plafond. Ce ne sera pas long. Je vais me hisser jusqu'au troisième et j'actionnerai la manivelle. J'espère ne pas vous faire perdre trop de temps.

— Mais non. Partez en éclaireur, j'assure la garde.

Avec un petit rire nerveux, Billy grimpa sur le banc et se glissa à travers la trappe avec l'agilité d'un singe. Avec ses larges épaules, Eagan ne serait jamais passé. Une fois seul dans la cabine avec la jeune femme, il se tourna vers elle. Appuyée contre la paroi, elle s'efforçait de réprimer ses tremblements. De près, son ventre paraissait plus impressionnant encore, et Eagan se sentit vaguement inquiet.

— Nom d'un chien ! hurlait Eagan, le cou tendu vers la trappe béante. Billy ! Vous allez revenir, oui ou non ? Billy !

Une heure que le liftier avait disparu ! Cédant à l'épuisement, la femme avait fini par s'asseoir.

— Il y a quelqu'un, bon sang de bon sang ? criait Eagan dans le trou sombre.

Furieux, il monta sur le banc et tapa contre la paroi avec sa chaussure. Il n'osait pas regarder le ventre de sa compagne d'infortune. Et si jamais elle avait besoin de quelque chose, ne serait-ce que d'un peu d'eau ?

Que fabriquait donc ce benêt de Billy ? Il avait intérêt à revenir, sinon, Lord and Taylor auraient affaire à lui et à ses hommes de loi. Pendant qu'il s'énervait, la jeune fille se massait le ventre d'un air pensif, comme pour réconforter son bébé. Eagan se remit à crier en direction du trou.

C'est alors qu'une petite voix lui parvint.

— Monsieur Sheridan ?

— Billy ?

— Non. Je m'appelle Harper. Ne perdez pas patience, monsieur Sheridan. Nous faisons tout notre possible. Billy est parti chercher M. Otis. Lui seul connaît le fonctionnement de ces nouveaux dispositifs. Il saura quoi faire.

— Mais nous ne pouvons pas rester bloqués ici plus longtemps ! Débrouillez-vous comme vous voulez !

Voyant que son agitation semblait effrayer la jeune femme, Eagan se calma.

— Bon, combien de temps cela prendra-t-il ?

— Pas longtemps, monsieur Sheridan. Pas longtemps. On est parti chercher de quoi vous restaurer. La direction vous exprime tous ses regrets.

Eagan leva les yeux au ciel.

Au bout d'un nouveau quart d'heure d'attente, Eagan se décida à rompre le silence, trouvant l'inconnue anormalement calme depuis le début de l'incident.

— Comment vous appelez-vous ? lui demanda-t-il, bousculant les conventions.

L'usage voulait qu'une femme de sa condition garde le silence en présence de gens de condition « supérieure ». Pour toute réponse, elle lui lança un regard interrogateur.

— Votre nom ? insista-t-il.

Elle bredouilla quelques mots dans une langue qui sembla familière à Eagan.

— Mon Dieu !... Vous êtes irlandaise ?

— Oui, dit-elle dans un souffle.

Eagan regretta de ne pas avoir écouté Trevor quand il voulait lui apprendre le gaélique.

— Ma famille est originaire de Connacht, lui dit-il. Et vous ?

Le visage de de la jeune femme s'éclaira et elle lui répondit en gaélique.

— Désolé, je ne connais que l'anglais.

— Je parle assez mal anglais.

D'après son accent, il déduisit qu'elle venait des régions reculées de l'ouest irlandais.

— Quelqu'un s'inquiète peut-être pour vous ? demanda-t-il en articulant. Votre mari ?

Elle comprit, mais en guise de réponse elle cacha sa main gauche avec la droite, dissimulant ainsi l'absence d'alliance à son doigt. Mais Eagan l'avait déjà remarquée. Il scruta son beau regard clair et s'étonna de la profonde détresse qui l'imprégnait.

À nouveau, le silence les enveloppa.

Une heure encore s'écoula avant que la voix de Harper se fasse à nouveau entendre, plus flegmatique que jamais. Eagan se promit de lui tordre le cou dès qu'il aurait retrouvé la liberté.

— Monsieur, nous allons vous sortir de là. Cela prendra simplement un peu plus de temps. M. Otis se trouve dans le New Jersey et Billy a dû prendre le ferry. Je vous fais parvenir un petit en-cas.

— Le New Jersey ! Mon Dieu ! Nous en avons pour la nuit.

— Dès que nous aurons trouvé M. Otis...

— Non seulement vous avez intérêt à le trouver, mais il ferait bien de se dépêcher d'arriver !

— Oui, monsieur. Encore mille excuses et... tous les regrets de la direction.

Eagan poussa un soupir exaspéré. Il attrapa le panier que Harper leur descendait au bout d'une corde et le posa par terre avant de se rasseoir. Il s'aperçut alors que la jeune femme regardait le panier avec envie. Honteux, il l'ouvrit et lui proposa de choisir. N'osant prendre ni le caviar ni les petits fours présentés dans des collerettes de papier dentelle, elle saisit un simple toast. Visiblement, on n'avait garni ce panier qu'à son intention, en ignorant totalement la présence de la jeune femme. La bouteille de Dom Pérignon le confirmait. Si elle s'était trouvée seule dans cet ascenseur en panne, personne n'aurait songé à lui envoyer la moindre collation et cela le révolta.

Il l'observa tandis qu'elle mangeait son pain. Sa vulnérabilité l'émouvait. Elle était vraiment jolie. Il admira sa peau, semblable à celle d'un enfant, fine, douce et claire, une peau d'Irlandaise.

Se méprenant sur ce regard, elle lui tendit le panier. Il le posa près de lui mais, curieusement, il n'avait envie de rien. Cette jeune inconnue occupait toute son attention. Un homme, abusant certainement de sa naïveté, l'avait mise dans son lit pour l'abandonner ensuite. Lui-même n'était pas un saint, mais jamais il n'aurait livré la mère de son enfant à une vie misérable, la laissant récurer les sols d'établissements luxueux alors qu'elle était enceinte... comme sa propre mère avait dû le faire.

Le père de l'enfant aurait aussi pu mourir avant de l'avoir épousée, mais Eagan devina qu'il n'en était rien. Il ne connaissait pas cette jeune femme, mais il avait lu dans son beau regard limpide la honte d'avoir été abusée.

— Quel est votre nom ? Le mien est Eagan Sheridan, tenta-t-il à nouveau.

La sonorité irlandaise de l'illustre patronyme apaisa sa méfiance.

— Je m'appelle Katleen O'Roarke, répondit-elle dans un anglais hésitant.

— Katleen. C'est très joli. Quelqu'un s'inquiète peut-être à votre sujet, Katleen, dit-il avec douceur. Où est votre famille ?

Le regard de Katleen se fit lointain.

— Personne ne s'inquiète pour moi.

— Vous êtes venue en Amérique toute seule ?

— C'était mieux pour l'enfant, expliqua-t-elle en posant une main sur son ventre.

À nouveau, Eagan pensa à sa mère. Des femmes continuaient à souffrir comme elle, aujourd'hui.

— Et le père de l'enfant ?

Elle baissa les yeux.

— Il est anglais, murmura-t-elle.

Il s'agissait donc d'un de ces propriétaires fonciers installés en Irlande. Eagan se souvint que Trevor n'aimait pas les Anglais. Il décida soudain qu'il ne les aimait pas non plus.

— Est-il au courant, pour le bébé ? s'enquit-il, comme s'il pouvait atténuer la tristesse de ce beau visage.

— Il en a épousé une autre. Il m'a donné dix pounds pour partir pour l'Amérique. Voilà, fit-elle, au bord des larmes.

Eagan n'insista pas, mais se promit de l'aider… dès qu'il serait sorti de cet ascenseur de malheur ! Peut-être pourrait-il l'intégrer au personnel de leur hôtel particulier ? Trevor était un bon patron. Elle serait sans doute plus heureuse qu'ici, à frotter les sols jusqu'à épuisement.

— Où habitez-vous ? reprit-il d'un ton plus résolu.

— Baxter Street.

Au cœur des bas-fonds de New York… Il s'apprêtait à lui demander si elle voulait travailler pour lui quand elle prit une profonde inspiration, retenant son souffle.

— Katleen ? s'inquiéta-t-il, refusant d'envisager le pire.

— Ce n'est rien, dit-elle au bout d'un moment. J'ai mal au dos ces temps-ci.

Eagan se remit à appeler Harper par le trou. Sans effet. Ne sachant que faire, il tendit à nouveau le panier à la jeune fille.

— Vous n'avez pas assez mangé, Katleen. Prenez.

Katleen voulut tendre la main mais se plia brusquement en deux, comme sous l'effet d'une crampe. Eagan sentit ses jambes se dérober sous lui. Elle voulut se lever. La poche des eaux se rompit à ce moment-là.

— Monsieur... Sheridan, balbutia-t-elle en s'accrochant à son bras. Je vais avoir mon bébé.

— Mon Dieu... murmura-t-il, essayant d'enrayer la panique qui le gagnait. Mon Dieu !

Il se remit tout à coup à hurler le nom de Harper.

— Oui, monsieur Sheridan ?

Eagan songea que Dieu avait le sens de l'humour.

— Il nous faut un docteur immédiatement. Et M. Otis avec lui.

— Billy n'est pas rentré du New Jersey et...

— Un docteur, j'ai dit ! La dame est sur le point d'accoucher !

Un ange passa, puis Harper sembla s'agiter.

— Oui, monsieur. Tout de suite !...

Le visage tendu, les mains agrippées à son ventre, Katleen surmontait une nouvelle contraction.

— Tout ira bien, la rassura-t-il, mais elle ne sembla pas l'entendre.

Il l'observa en songeant à sa vie, cette vie dissolue qui ne le satisfaisait pas. Jamais rassasié, il courait toujours après un bonheur inaccessible, se sentant irrémédiablement inutile. Et là, il se trouvait brusquement face à une jeune fille qui avait besoin de lui et il ne pouvait pas se dérober, toute fuite étant impossible. Si le courage signifiait encore quelque chose pour lui, c'était le moment ou jamais de le prouver.

Il enleva sa veste, dégrafa ses boutons de manchettes et roula les manches de sa chemise, au cas où le docteur n'arriverait pas à temps. Katleen gémissait et des larmes perlaient au coin de ses yeux.

Eagan n'avait jamais prié. Pourtant, il se mit à le faire avec ferveur.

Une heure plus tard, le bébé n'était toujours pas là. Eagan ne savait plus quel saint invoquer pour que le docteur arrive à temps. Allongée sur sa redingote, Katleen serrait le mouchoir du jeune homme dans sa petite main. Elle souffrait de plus en plus et il enleva son gilet de soie. Il fallait bien envelopper le bébé, s'il venait à naître.

Profitant d'un moment de répit, il murmura en lui prenant la main :

— Katleen… Tout ira bien. Vous êtes très courageuse. Le père de cet enfant ne vous méritait pas.

Elle lui sourit faiblement juste avant une nouvelle contraction. Haletante, elle agrippa son bras. Quand il comprit qu'il ne pouvait l'éviter plus longtemps, il souleva les jupes de Katleen d'une main tremblante, songeant qu'une femme aurait mieux su quoi faire. Tant pis. Il l'aida doucement à remonter les jambes et poussa une exclamation.

La tête de l'enfant était déjà engagée. Les cheveux étaient noirs, sans doute comme ceux de son père.

— Il va falloir que vous poussiez, Katleen, lui murmura-t-il à l'oreille. D'accord ?

Épuisée, elle balbutia des mots incompréhensibles.

— Katleen ! Je vois votre bébé. Il a les cheveux noirs, contrairement à vous. Je ne peux pas encore vous dire si c'est un garçon ou une fille. À moins que vous ne poussiez.

— Des cheveux… noirs ?

— Oui ! Vous voulez voir ?

Elle hocha à peine la tête.

— Alors, poussez, je vous en prie !

Réunissant ses dernières forces, elle lui obéit. Eagan crut qu'elle n'y arriverait jamais, mais soudain, le ventre se contracta. Il saisit le bébé aux épaules et le sortit doucement. Aussitôt, le nouveau-né cria, si fort qu'Eagan sursauta.

Ébahi, incrédule, il contempla cette petite vie qu'il tenait dans ses mains. Il compta tous les doigts, émerveillé de constater à quel point il se sentait soudain incroyablement vivant. Et humble...

— Qu'est-ce que c'est ? Qu'est-ce que c'est ? demandait Katleen en essayant vainement de se redresser.

Eagan se tourna vers elle. Ses longs cheveux blonds collés par la sueur, sa robe souillée et chiffonnée ne parvenaient pas à l'enlaidir. Une joie indicible brillait dans ses beaux yeux bleus. Jamais il n'avait vu de femme aussi belle.

— Une fille, Katleen, une magnifique petite fille, murmura-t-il, plein de respect pour le petit être qu'il tenait avec précaution, et pour celle qui venait de lui donner le jour.

— Une fille ? répéta Katleen, trop épuisée pour se soulever. Doux Jésus...

Tendrement, il écarta quelques mèches de son front pour qu'elle voie mieux son enfant. Il étendit alors son gilet de soie sur son ventre où il déposa le bébé, l'enveloppant de son mieux pour qu'il ait chaud mais préférant laisser au docteur le soin de couper le cordon. Puis il s'assit derrière Katleen et la redressa légèrement contre lui, les enveloppant de ses bras, elle et le nouveau-né. Ils restèrent longtemps ainsi, immobiles. Le jeune homme ne tarda pas à souffrir de crampes, mais pour rien au monde il n'aurait changé de place.

— Elle est belle, n'est-ce pas ? murmura Katleen en pleurant de bonheur.

Trop ému pour parler, Eagan se contenta d'acquiescer. Bien en sécurité dans les bras de sa mère, l'enfant ne pleurait plus.

— Comment voulez-vous l'appeler ? demanda-t-il doucement en essuyant les larmes de ses joues.

— Shivhan.

Shivhan... Quel joli prénom. Il aimait particulièrement la façon dont Katleen le prononçait.

— Mais elle est si petite, reprit-elle, ses larmes redoublant soudain. Et elle mérite tellement...

Il voulut la réconforter mais n'en eut pas le temps. Des bruits se firent entendre au-dessus de leurs têtes.

— Tout va bien, monsieur Sheridan ? demanda Harper avec son flegme coutumier.

Eagan eut un sourire plein d'ironie.

— Oh oui, Harper ! Où diable étiez-vous passé ? Et qu'attendez-vous pour nous sortir de là ? Que l'enfant soit en âge scolaire ?

— J'ai amené un docteur, monsieur Sheridan. Et M. Otis est à l'ouvrage. Ce sera réparé d'un instant à l'autre. Je vous le promets.

— Des promesses, toujours des promesses ! rétorqua Eagan en faisant un clin d'œil à Katleen qui sourit.

Ils contemplèrent le bébé endormi contre sa mère. Katleen allait lui caresser la tête quand la lumière s'éteignit brusquement. Ils éclatèrent de rire. Que pouvait-il leur arriver de plus ? Ils riaient aussi de se savoir sauvés, avec Shivhan, qui semblait aller tout à fait bien.

Ils attendirent dans l'obscurité, Katleen tenant son bébé et Eagan tenant Katleen. Il venait de découvrir ce qui lui avait toujours manqué.

24

Il faisait presque jour quand Whittaker informa Margaret que le maître l'attendait sur-le-champ dans la bibliothèque. Connaissant les colères notoires de ce dernier, la pauvre Margaret ne douta pas que cette fois, elle en ferait les frais.

Blanche comme un linge, elle frappa faiblement à la porte et sursauta violemment quand Sheridan répondit d'une voix de stentor :

— Entrez !

Toute tremblante, elle obéit. Il faisait sombre à l'intérieur. Les épais rideaux de drap vert étaient tirés.

— Je dois vous parler, Margaret.

Les yeux baissés, la pauvre servante attendit la sentence. Assis près du feu, Sheridan avait une mine épouvantable, comme s'il ne s'était pas couché depuis plusieurs jours. À côté de lui étaient posés un verre et une carafe vides. Il avait bu, mais en cet instant, il semblait parfaitement sobre.

— Qu'est-ce que j'ai fait, Monsieur ? murmura-t-elle d'une voix mourante.

— Asseyez-vous, fit-il en désignant un fauteuil.

Surprise par cette sollicitude soudaine, mais terrifiée par l'intonation de sa voix, elle s'assit maladroitement.

— Margaret, avec Kevin, vous êtes les seuls serviteurs que Mme Sheridan ait emmenés en quittant Washington Square, n'est-ce pas ?

— Oui, Monsieur.

— Pourquoi ?

Elle se mordit les lèvres.

— Kevin et moi, on est renvoyés, Monsieur ?

Trevor sembla surpris.

— Non ! déclara-t-il en la scrutant d'un regard tellement perçant que cette réponse ne la réconforta nullement.

— Pourquoi n'a-t-elle choisi que vous deux ?

— Eh bien… sans doute ne faisait-elle pas entièrement confiance aux autres, je ne sais pas. Mme Alana est plutôt solitaire et secrète.

— Pourquoi ?

— C'est depuis l'incendie qui a coûté la vie à sa famille. Je crois qu'elle ne s'en est jamais remise, Monsieur. En fait…

— Continuez.

— Elle est très préoccupée par Mlle Christabel. Je pense qu'elle a surmonté la mort de ses parents mais… elle ne cesse de penser à Mlle Christabel, et ce n'est pas bon pour elle. Je l'ai déjà surprise à parler au portrait de sa sœur comme si elle était là, devant elle…

— Je n'ai jamais vu ce portrait.

— Elle le garde toujours sur elle, Monsieur. Elle n'aime pas que les gens sachent à propos de Christabel.

— Étrange… Mme Sheridan m'a toujours paru très équilibrée.

— Oh, mais elle l'est, Monsieur… Loin de moi l'idée de médire. Elle est très équilibrée…

Il l'arrêta d'un geste.

— Elle vous fait confiance, Margaret, et vous connaissez sans doute certains de ses secrets. J'ai une question à vous poser, et vous devez me jurer devant Dieu de me dire la vérité.

— Je le jure, Monsieur, murmura Margaret, se demandant où il voulait en venir.

— Que faisait votre maîtresse la nuit du premier bal de Mara ?

Margaret rassembla ses souvenirs.

— Cette nuit-là... oui, je me rappelle. Il pleuvait. Mme Alana s'était habillée pour le bal et...

— Vous voulez dire que ma femme avait l'intention de se rendre à ce bal ? l'interrompit-il aussitôt, d'un ton pourtant très calme.

— Oui, Monsieur. Je l'ai aidée moi-même à s'habiller... Et puis, son oncle est arrivé. Quand il a su où elle projetait de se rendre, il l'a enfermée dans sa chambre, à double tour. Oh, Monsieur, c'était pitié de l'entendre pleurer derrière sa porte. Le lendemain, elle portait une marque sur sa joue, et nous avons eu bien du mal pour la cacher.

Trevor s'adossa contre son siège. Son regard s'assombrit sous l'emprise d'une émotion indescriptible.

— Vous me le jurez, Margaret ? Vous me dites bien la vérité ?

— Que je meure si je mens, Monsieur !

Il passa une main à travers ses cheveux. Il semblait brusquement plus vieux, comme si le remords creusait ses traits.

— Vous pouvez disposer, Margaret. Et pas un mot de cette conversation à votre maîtresse, compris ?

— Oui, Monsieur.

Bouleversée par l'intense tristesse que reflétait le visage de son maître, Margaret se retira. On eût dit qu'il venait de perdre ce qu'il avait de plus précieux au monde...

Comme prévu, le jeudi suivant, Alana et Mara prirent le phaéton pour leur promenade à Central Park. Déjà, les tulipes fleurissaient un peu partout, déployant leurs corolles multicolores ; la glycine parait les becs de gaz de grappes violettes. Au loin, évoquant un Rembrandt, une jeune fille lisait, assise au bord du lac.

Alana ne doutait pas que le duc viendrait. Sa longue expérience du monde lui avait appris à distinguer les rendez-vous à demi-mot des paroles en l'air. Tout à son inquiétude de ne pas revoir le jeune homme, Mara ne disait rien et Alana put songer à loisir à son mari.

Il ne quittait pas ses pensées. Voilà deux jours qu'elle ne l'avait pas vu. La veille, elle était restée dans sa chambre de crainte de devoir affronter son regard. Ce matin, se décidant à une confrontation inévitable, elle était descendue mais il était déjà parti à la Bourse.

À la Bourse ou bien... chez Daisy. Cette éventualité la mettait au supplice, mais refusant de céder au désespoir elle fit mine de s'intéresser à la promenade. Il faisait doux. Pas un souffle de vent sur le lac. La capote baissée du cabriolet lui permettait de profiter pleinement du spectacle.

Incapable de détourner ses pensées de son mariage, elle déplora son impuissance à le sauver. De toute cette accumulation de mensonges, une seule vérité émergeait : ses sentiments pour son mari.

Il lui avait fait l'amour sans la moindre tendresse. Et de quoi lui avait-il parlé, ensuite ? De l'annulation. Cette seule idée la glaçait jusqu'aux os. Quant au divorce, même si elle y avait songé, elle savait aujourd'hui que jamais elle ne l'accepterait. C'était une faute trop grave aux yeux de Dieu, et Christabel souffrirait davantage de ses retombées. Quoi qu'il en soit, la séparation lui semblait inévitable puisque Trevor ne l'aimait pas. Et comment le forcer à l'aimer ? C'était impossible.

Se tournant vers Mara qui scrutait anxieusement les alentours, son cœur se serra. Elle éprouvait une affection sincère pour la jeune fille, mais Trevor la considérait comme une simple entremetteuse. Dès que Mara serait mariée, Alana Van Alen n'aurait plus qu'à faire ses bagages sans espoir de la revoir un jour, ni même Eagan qu'elle aimait aussi. Avec Christal, ils étaient sa seule famille à présent, et elle espérait profondément ne pas leur être indifférente.

— Il ne viendra pas, dit Mara d'un ton lugubre.

— Il est encore tôt, la réconforta Alana en lui tapotant la main.

— Non, rentrons. Il serait indécent que j'attende plus longtemps, déclara la jeune fille en détournant la tête pour cacher sa peine.

Alana venait de se résoudre à ordonner au cocher de faire demi-tour, quand un bruit de sabots attira leur attention. Peu après, le duc de Granville et son escorte s'arrêtaient à leur hauteur.

— Bonjour, madame Sheridan, lança-t-il avec un grand sourire avant de s'adresser à Mara en ôtant son chapeau. Et bonjour à vous, mademoiselle Sheridan.

Comme l'usage l'exigeait, c'était à Alana de prendre la parole.

— Quelle coïncidence de se rencontrer ici, Votre Grâce !

— Je me disais justement la même chose, répliqua-t-il avec un petit sourire.

Quelques minutes plus tard, le duc mettait au pas son pur-sang noir au côté du phaéton des jeunes femmes. À son grand amusement, Alana prétexta un torticolis et changea de place avec Mara, afin de la laisser du côté du jeune homme.

Il la contemplait avec une sorte de fièvre, comme s'il craignait de ne jamais la revoir. De son côté, elle lui lançait des regards timides. Ravissante dans sa robe de velours bleu de l'exacte nuance de ses yeux, elle incarnait l'innocence même.

Une conversation anodine s'engagea peu après entre eux, et Alana joua les chaperons silencieux. Au moment de les quitter, Granville les invita à la soirée donnée en son honneur par Mme Astor, et Alana réprima un sourire de triomphe. Il était visiblement en extase et Mara, conquise.

De retour à l'hôtel particulier des Sheridan, Alana se sentit profondément déprimée. Elle était heureuse pour Mara, mais cette idylle lui coûtait cher : elle allait inévitablement entraîner l'annulation de son mariage, et donc tous ses espoirs de bonheur.

Et Trevor Sheridan la hanterait à jamais.

25

Ce même jour, en début d'après-midi, Eagan entra dans la bibliothèque et tira les lourdes tentures.

— Quel malheur de rester enfermé par un temps pareil ! s'exclama-t-il.

Un rayon de soleil révéla brutalement le visage de Trevor.

— Que veux-tu, Eagan ? grommela-t-il en clignant des yeux.

— Je voudrais apprendre un peu de gaélique. J'ai découvert hier soir que cela risquait de m'être utile.

— De quoi parles-tu ?

— Tu n'imagineras jamais ce qui m'est arrivé...

Sur ce, Eagan lui raconta son histoire.

— Et où sont cette fille et ce bébé maintenant ? demanda Trevor, bien qu'il se doutât fort de la réponse à en juger par le sourire rêveur de son frère.

— En bas, avec les domestiques. Je lui ai promis un emploi dès qu'elle serait remise.

— Bon, approuva Trevor en se servant un verre. Quelle ironie, tout de même, de te voir prendre sous ton aile une jeune fille en détresse alors que d'ordinaire, c'est toi qui les mets en détresse. Tu veux un verre ?

Eagan refusa.

— Tu devrais voir cet enfant, Trevor. Elle est... magnifique ! Viens, je voudrais te présenter Katleen.

Tu lui parleras dans sa langue, elle se sentira un peu moins dépaysée.

— Je finis mon verre et je descends.

Eagan observa son frère. Affligé d'une barbe de deux jours et d'une chemise toute froissée, il faisait peur à voir.

— Tu as une mine épouvantable.

— Vraiment ? fit Trevor sans le regarder.

— Si cela a un rapport avec ce qui s'est passé l'autre nuit... Je te jure qu'Alana et moi n'étions pas...

— Peu importe. Laisse-moi, Eagan. Je n'ai pas envie de parler.

— Dis-moi ce que tu as, insista le jeune homme. Il s'agit d'Alana, j'en suis sûr.

Trevor avala une longue rasade de whisky et finit par répondre.

— Tu n'aurais jamais dû faire une chose pareille. À cause de toi, notre mariage a pris une nouvelle tournure, et les conséquences risquent d'être graves.

— Moi, je dirais plutôt que j'ai sauvé votre mariage.

Trevor lui jeta un regard noir. S'il n'y avait eu entre eux des liens aussi forts, leurs propos auraient sans doute tourné à l'aigre.

— Oui ! Et à cause de tes singeries stupides, nous devrons mentir pour obtenir cette annulation.

Un silence accueillit ses paroles.

— Je ne voulais pas en arriver là. Ce mariage devait rester temporaire, sans que je m'y implique le moins du monde.

— Mais maintenant que c'est fait, pourquoi y mettre un terme ?

Trevor poussa un profond soupir.

— Que ferais-tu si tu découvrais que tu t'es acharné sur une innocente dans le seul but de te venger de certaines personnes ?

— Je... je lui ferais mes excuses... J'essaierais de réparer... Et je me sentirais coupable, je le crains.

Trevor ferma brièvement les yeux.

— Alana voulait réellement se rendre au bal de Mara.

— Je le savais, affirma Eagan. Qu'est-ce qui l'en a empêchée ?

— Son oncle l'a enfermée dans sa chambre, comme elle me l'avait dit. Elle ne méritait pas ce que je lui ai fait subir, Eagan. Au contraire, elle fut la seule à avoir eu le courage de braver le monde pour se rendre au bal de Mara. La seule !

— Bon, mais maintenant que tu sais quelle femme merveilleuse elle est, pourquoi vouloir cette annulation ?

— Que veux-tu que je fasse ? Qu'en guise de remerciements je l'oblige à rester auprès d'un homme qu'elle hait ?

— Elle ne te hait pas, répondit fermement Eagan.

— Elle m'a dit qu'elle aurait préféré ne pas m'avoir pour mari.

— Et la solution qui pourrait apaiser ta conscience te brise le cœur, c'est cela ?

Trevor lui lança un regard meurtrier.

— À force de tendre des pièges, tu as fini par te prendre aux tiens.

— Je m'en sortirai, ne t'inquiète pas.

Eagan eut un sourire amer.

— La vie est parfois bien injuste. Tomber amoureux de sa femme, quand elle est la seule que l'on ne peut avoir...

Trevor se leva et se servit un autre whisky. Double, cette fois.

Deux heures plus tard, Trevor était toujours cloîtré à boire son alcool favori, mais dans le salon, où il pianotait de vieux airs irlandais sur le Steinway pour soulager sa mélancolie. Il chantonnait parfois les paroles de *Bridget O'Malley* d'une voix rauque, pleine d'émotion, évoquant le cœur brisé d'un homme éperdument amoureux d'un être inaccessible.

Il était quatre heures quand Whittaker frappa à la porte du salon.

— Je ne veux voir personne, grommela Trevor.

Whittaker passa outre et entra dans la pièce. Il tenait un petit plateau d'argent sur lequel était posée une carte de visite.

D'un seul coup d'œil, Trevor sut de qui il s'agissait.

— Il est là ? s'enquit-il, la colère prenant aussitôt le pas sur sa morosité.

— Oui, Monsieur. Je pense que vous devriez lui dire deux mots cette fois. Il a envoyé une note à Mme Sheridan. La voici, ajouta le maître d'hôtel en lui tendant la carte d'Anson où l'on pouvait lire : *Je veux un rendez-vous*.

Trevor se leva. Il se contrôlait parfaitement malgré ses excès de boisson.

— Envoyez-le-moi.

— Bien, Monsieur.

Une fois seul avec l'ex-soupirant de sa femme, Trevor l'affronta avec l'air d'un fauve sur le point d'achever sa victime.

— Alana n'est pas là ? Pardonnez cette intrusion, Sheridan, mais c'est elle que je suis venu voir, pas vous.

Sans s'énerver, Trevor avala tranquillement une gorgée de whisky, mais sa fureur lui chauffait le ventre.

— Stevens, de quel droit venez-vous rendre visite à ma femme comme si elle était une jeune fille à peine sortie des jupes de sa mère ?

Anson minauda un sourire.

— Bienvenue dans le monde, Sheridan. New York doit vous changer de l'Irlande, où les femmes ne sont bonnes qu'à pondre des douzaines d'enfants et à se terrer dans leur masure.

— Vous n'aurez pas ma femme, Stevens.

— Vous croyez ? fit l'autre en levant un sourcil. Ce n'est pas ce que pense Caroline Astor. Il paraîtrait qu'une annulation va être prononcée d'ici peu.

— Vraiment ? rétorqua calmement Sheridan.

Anson le considérait avec des yeux luisant de haine.

— Votre mariage avec Alana n'est qu'une façade. Il ne trompe personne. Alana a été contrainte de l'accepter.

Un sourire qui n'augurait rien de bon étira les lèvres de Trevor.

— Au regard de Dieu et de la loi, je suis son mari. Ce qui se passe, ou ne se passe pas, dans le lit conjugal ne concerne que nous. Transmettez le message à votre vieille sorcière de la 34e Rue.

La rage déforma le visage d'Anson.

— Si l'annulation s'avérait impossible, il reste le divorce. Je sortirai Alana de ce mauvais pas, vous pouvez me faire confiance.

— Pourquoi vous accrochez-vous ainsi, Stevens ? Il doit bien exister, au sein des « Quatre Cents », une jeune fille susceptible de soulager vos petites pulsions en tout bien tout honneur.

— Caroline Astor et moi-même avons le devoir de sauver Alana ! cracha Anson. Nous ne pouvons laisser une femme du monde comme elle à des êtres comme vous, qui ne pouvez que la souiller avec votre sale argent et vos sales mains d'Irlandais !

Trevor reposa brutalement son verre sur le Steinway.

— Sortez d'ici, et dites à votre vipère entremetteuse qu'Alana Sheridan est une cause perdue. J'ai déjà mis mes « sales mains d'Irlandais » sur elle, et je compte bien récidiver.

— Elle ne vous aime pas. Elle attend quelque chose de vous, je ne sais pas quoi au juste, mais une fois qu'elle l'aura obtenu, elle vous quittera. Alana n'est pas pour vous, c'est une femme convenable.

— Vous insinuez qu'aucune femme convenable ne resterait mariée avec moi ? Ouvrez grandes vos oreilles, mon vieux. Alana a peut-être certains reproches à m'adresser, mais il y a un endroit où elle me trouve parfait. C'est au lit.

Perdant le contrôle de lui-même, Anson se jeta sur Trevor. Mais ce dernier avait connu la rue. Il en gardait certains réflexes. Esquivant adroitement son agresseur, il le projeta d'un seul coup de poing contre la commode Louis XV.

Peu après, des laquais en livrée vert et noir transportaient discrètement un Anson hagard et saignant du nez dans la voiture de Trevor, qui leur indiqua en gaélique où le déposer.

En rentrant de leur promenade au parc, Alana était montée directement dans sa suite afin de se changer pour le dîner. Elle n'avait toujours pas revu son mari depuis la nuit fatidique, et plus le temps passait, plus elle redoutait cet instant.

Jetant ses gants sur son lit, elle aperçut soudain une carte, posée bien en évidence sur la couverture de satin. *Je veux un rendez-vous*, avait écrit Anson, et, en travers, de la main ferme et autoritaire de Trevor : *Il ne manque pas d'audace, non ?*

Ce n'était pas la première fois que Trevor se montrait jaloux, mais sa jalousie n'était dictée que par son caractère possessif, et non par le cœur. Il la considérait comme sa propriété, voilà tout.

— Madame Sheridan ?

Alana se retourna et découvrit Margaret. Elle tenait contre elle un nouveau-né enveloppé dans une couverture de flanelle, qu'elle contemplait avec un sourire ébloui.

— Regardez, Madame Sheridan. Katleen m'a permis de vous monter son bébé. Avez-vous déjà vu une petite fille aussi jolie ?

— Ô mon Dieu ! murmura Alana en se penchant sur elle.

Elle lui effleura le menton du bout du doigt et le nourrisson sourit, à la grande joie des deux femmes.

— Vous voulez la tenir ? proposa Margaret.

Rose de plaisir, Alana prit l'enfant dans ses bras, émue de la sentir si petite, si fragile et si légère dans ses bras.

— Quand est-elle née ? Je ne me souviens pas que l'une des servantes fût enceinte.

— C'est M. Eagan qui a ramené sa mère. Elle s'appelle Katleen O'Roarke. Il s'est trouvé bloqué dans un ascenseur avec elle, et l'a aidée à mettre son bébé au monde.

— Ce n'est pas croyable !

— Oh, mais bien sûr que si, Madame Sheridan ! M. Eagan est subjugué par cette enfant. Il ne sait plus quoi faire pour elle... et pour sa maman. Oui, il l'a installée ici et lui a même offert du travail, quand elle sera rétablie.

— Je savais qu'Eagan avait du cœur. Cela se voit dans ses yeux.

— Oui, Madame Sheridan. Bon, je dois redescendre la petite.

— Je vous accompagne. J'aimerais connaître sa mère. Et puis... j'ai envie de la tenir encore un peu, avoua-t-elle en contemplant son précieux fardeau. Comment s'appelle-t-elle ?

— Shivhan.

— C'est joli. Eh bien, Shivhan, allons rejoindre ta maman.

Alana suivit Margaret jusqu'aux quartiers des domestiques. En entrant dans la chambre de Katleen, elles surprirent une scène touchante : Eagan tenait dans ses bras une toute jeune fille en chemise de nuit blanche qu'il déposa doucement dans son lit.

— Vous ne vous lèverez que dans quelques jours, comme le médecin l'a prescrit, lui disait-il d'un ton ferme. En attendant, vous resterez ici.

— Mais, je dois travailler, se plaignit la jeune mère, inquiète et visiblement impressionnée par son nouvel environnement.

— Non, Eagan a raison, intervint Alana. Il est hors de question que vous songiez à travailler quand vous avez à vous occuper de cette adorable enfant.

Tout attendrie, elle sourit à Shivhan qui s'était endormie dans ses bras.

Katleen sursauta en découvrant Alana. D'après sa robe, elle comprit immédiatement qu'elle était la maîtresse de maison, mais elle ne parvenait pas à croire qu'elle pût se soucier de gens de sa condition.

Eagan se chargea des présentations. Au regard qu'il échangea avec Katleen, Alana devina qu'un lien très fort s'était tissé entre eux. Elle le regardait avec admiration, et lui, comme un homme déterminé à protéger ce qu'il avait de plus cher au monde…

— Cela vous va bien de porter un bébé dans vos bras, Alana. Trevor devrait en prendre note.

Alana se troubla et rougit. Après l'autre nuit, la possibilité d'être enceinte n'était pas écartée… Le bébé lui épargna un commentaire. Il s'éveilla et se mit soudain à pleurer.

La jeune femme le berça tendrement.

— Je crois qu'elle a faim, murmura-t-elle.

Elle s'apprêtait à rendre l'enfant à sa mère quand une voix s'éleva derrière eux, prononçant des paroles en gaélique. Trevor sc tenait là, appuyé sur une nouvelle canne. Il venait de se baigner. Ses cheveux encore mouillés et plaqués en arrière luisaient d'huile de Macassar. Rasé de près, il portait une veste de satin rouge sombre. À nouveau, il s'adressa à Katleen en gaélique. Inquiète, elle leva aussitôt vers Eagan des yeux anxieux.

Trevor se mit à rire.

— Quel besoin avez-vous de l'effrayer ? s'irrita Alana.

Elle s'étonna elle-même de trouver le courage de s'adresser à lui sur ce ton, surtout après avoir croisé son regard qui exprimait tout à la fois la passion, la culpabilité et la fièvre qu'ils avaient partagées dans les bras l'un de l'autre.

Trevor l'observa. La surprendre ainsi, avec ce bébé dans ses bras, l'emplissait de sentiments troublants, incompréhensibles.

— Je lui demandais seulement si elle était une princesse celtique. À en juger par la cour qui se presse autour d'elle, cela n'aurait rien d'extraordinaire.

Alana s'aperçut qu'il avait bu. Mais seul un éclat inhabituel dans ses yeux trahissait son ébriété. Le bébé se remit à pleurer et elle le rendit à sa mère. Ensuite, tout le monde sortit, afin que Katleen pût le nourrir en paix.

Une fois dans le couloir, Trevor saisit Alana par le bras.

— Nous avons à parler, lui dit-il.

— Lâchez-moi ! se défendit-elle en se débattant. Vous êtes ivre. De quoi parlerions-nous, de toute façon ? Oh, oui, je vois ! Il est temps de mettre au point l'annulation maintenant que Mara et le duc...

— Mara a vu Granville ?

— Oui ! Étonnant, n'est-ce pas ? Nous l'avons rencontré au parc.

— Peu importe. Je verrai cela avec lui.

— Que verrez-vous donc ? Vous croyez pouvoir tout contrôler ? Lâchez-moi...

— Non. Nous devons parler, ajouta-t-il doucement.

— C'est hors de question, s'obstina-t-elle en essayant vainement de se dégager. Je ne parle pas avec des hommes ivres !

Il la plaqua contre lui et elle respira son odeur poivrée, sentant naître en elle le désir comme une bouffée de chaleur.

— Vous avez tort de fuir la discussion, murmura-t-il sauvagement. Si nous évoquions votre état, hum ? Vous ne devinez toujours pas où je veux en venir ? En vous voyant avec Shivhan dans les bras, je me suis dit que vous-même, peut-être, dans neuf mois...

Il ne semblait envisager cette éventualité que comme un embarras de plus. Alana eut l'impression que son cœur se déchirait.

— Et cela ruinerait vos projets, n'est-ce pas ? Je vous imagine avec un petit Knickerbocker sur les bras... Quoi de plus révoltant ! Je comprends votre panique. Qu'allez-vous me proposer, un rendez-vous chez Mme Restell ?

— Je vous tue si vous voyez cette femme !

Alana n'en doutait pas... Prise d'une rage incontrôlable contre cet homme qui, non content de l'avoir ruinée, entendait lui dicter sa loi, elle se débattit de toutes ses forces. Mais il l'emprisonnait dans ses bras comme dans un étau. Hors d'elle, elle se mit à le gifler violemment. Une fois, deux fois, trois fois...

Lui la toisait froidement, comme insensible à ce qu'il subissait. Alors Alana éclata en sanglots. Ils étaient seuls dans le couloir, mais elle ne se souciait plus d'être vue.

— Je vous hais ! Je n'ai qu'une hâte, c'est que l'annulation soit prononcée.

— C'est impossible.

— Pourquoi ? fit-elle en reniflant, songeant avec désespoir combien elle aimait cet homme qui s'arrangeait toujours pour se rendre méprisable à ses yeux.

— Avez-vous songé que peut-être, vous portiez mon enfant ? Non, n'est-ce pas ? L'idée qu'il vienne de moi vous répugne tellement que vous préférez l'oublier... Quoi qu'il en soit, ne croyez pas pouvoir vous réfugier dans le grand monde qui est le vôtre. Si vous êtes enceinte, je le saurai. Dussé-je poster des espions dans les nurseries et faire interroger votre femme de chambre chaque jour.

— Vous êtes une brute !

— Oui. Un sauvage, contrairement aux gens civilisés que vous fréquentez. Ne l'oubliez jamais.

— Comment le pourrais-je ? cria-t-elle en s'agitant à nouveau pour lui échapper. Vous ne cessez de me le rappeler. Mais vous ne pouvez acheter ma soumission. Je me moque de votre argent, et il ne peut rien contre votre hypocrisie et vos préjugés. Aujourd'hui, c'est vous qui en êtes la première victime.

— Moi ?

— Oui, vous ! Vous êtes une victime de la société, Trevor Sheridan, et vous vous imaginez que cela vous donne le droit de détruire quiconque se place en travers de votre chemin. Mais en vérité, c'est de votre esprit tortueux que vous êtes victime et vous le resterez à tout jamais !

Elle crut qu'il allait l'étrangler. Au lieu de cela, il la lâcha brutalement.

— Vous êtes comme les diamants, Alana. Belle mais tranchante. Voilà pourquoi vous ne les aimez pas : ils vous rappellent trop ce que vous êtes.

Il secoua la tête avec dégoût.

— Ce mariage est une malédiction. Depuis le début, dit-il.

— Mais on peut s'en libérer ! Je ne veux plus attendre, je veux y mettre un terme !

— Alors débrouillez-vous pour ne plus vous trouver en travers de ma route. Si vous jouez les tentatrices comme l'autre nuit, je vous mets dans mon lit et, si aujourd'hui vous n'êtes pas enceinte, laissez-moi vous dire que la prochaine fois, vous n'aurez peut-être pas cette chance.

— Je vous quitterai même si j'attends votre enfant ! Le divorce me fait moins peur à moi qu'au catholique que vous êtes !

Elle le défiait avec un sourire triomphant. Croisant les bras, il releva le défi.

— Vous ne comprenez pas, *a mhuirnin*. Les liens sacrés du mariage catholique sont indestructibles. Peu importe que vous me quittiez. Vous resterez toujours ma femme, jusqu'à votre dernier soupir. Seule une annulation pourrait vous libérer.

Sous le choc, Alana resta sans voix. Pas question d'annulation si elle était enceinte. Si elle décidait de partir, elle ne serait jamais libre de refaire sa vie puisqu'elle demeurerait sa femme. Cependant comment concevoir de mettre au monde son enfant, de vivre auprès de lui et d'endurer ses caresses quand il la regardait avec une haine aussi violente ?

Pâle comme la mort, elle s'en alla. Elle comprit alors le symbolisme de son rêve : l'homme sur lequel elle avait fini par mettre un visage, Trevor Sheridan, ne venait pas pour la sauver, mais pour l'entraîner avec lui dans un océan de richesses qui les engloutissait tous deux.

26

— Je... je ne peux pas rester longtemps...

— Ce n'est pas grave ; je voulais simplement vous voir. Vous êtes un ange d'avoir accepté. Pouvons-nous faire quelques pas ?

Mara prit le bras qu'il lui offrait et s'engagea avec lui le long du Mall, suivie à distance par son équipage.

Ils parlèrent de New York, de musique, de théâtre. Parfois, Mara se taisait, tant elle craignait de se noyer dans le bleu insondable des yeux du duc. Ils évoquaient pour elle la mer des Caraïbes où Trevor l'avait emmenée une fois, à bord du *Colleen*.

— Que se passe-t-il, Mara ? lui demanda le duc, comme elle se taisait. Vous êtes fâchée contre moi ?

— Oh non ! Bien sûr que non...

— Alors dites-moi.

— Eh bien, je... je me demandais pourquoi vous vous intéressiez à moi, avoua-t-elle, incapable de soutenir son regard.

Le duc renversa la tête en arrière et partit d'un grand éclat de rire.

— Et pourquoi cela vous étonne-t-il ? Vous me trouvez peut-être trop âgé pour vous courtiser, c'est cela ? Vous savez, je n'ai que vingt-deux ans.

— Oh non, ce n'est pas cela ! Trevor vous croyait plus vieux, mais... là n'est pas la question. Il ne vous apprécie guère, vous savez.

À nouveau, le duc se mit à rire.

— Vous, les Américaines, vous n'y allez pas par quatre chemins ! Vous dites toujours ce qui vous passe par la tête !

— Non, pas toujours...

Granville reprit aussitôt son sérieux.

— Avez-vous entendu parler de mon premier bal ?

— Oui. Je sais que ceux que vous appelez ici les « Quatre Cents » vous ont offensée, répondit-il doucement en repoussant une boucle de la joue de Mara. Parce que vous êtes irlandaise.

— Et vous, vous êtes anglais. Trevor dit que nous devrions haïr les Anglais parce qu'ils haïssent les Irlandais encore plus violemment que les « Quatre Cents ».

Granville eut un sourire à la fois amusé et amer.

— Ne vous laissez jamais influencer par la haine, Mara. Sachez que je ne hais pas les Irlandais. Ma grand-mère était irlandaise. Mon grand-père, un colon anglais, l'a sortie de ses cuisines et l'a épousée. Ils vécurent heureux durant leurs cinquante années de mariage. Ils eurent dix enfants et trente petits-enfants. Vous me haïssez ?

— Oh non ! Je craignais seulement de...

— De souffrir ?

Elle hocha la tête. À nouveau, il lui effleura la joue, mais pas pour écarter une mèche, cette fois.

— Vous savez, les Granville forment une étrange famille. Tous les hommes se sont mariés quelques jours seulement après avoir rencontré leur femme. Mon grand-père était le pire ! En une semaine, sa femme, simple domestique, est devenue duchesse. Subjugué, il l'avait, paraît-il, demandée en mariage le jour même de leur rencontre. Mais elle avait refusé, certaine qu'il était fou ou bien ivre.

— Et il l'était ?

— Je ne sais pas. Vous me croyez fou, ou ivre ?

Elle secoua la tête et se perdit une fois de plus dans les yeux incroyablement bleus du duc.

— Bien, murmura-t-il.

S'assurant que personne ne les voyait, il effleura ses lèvres d'un baiser.

— Quand nous marions-nous ?

Mara rougit.

— Finalement, je crois que vous êtes un peu fou.

Il sourit.

— Je vous préviens, je viens de comprendre ce que mon grand-père a ressenti en voyant ma grand-mère pour la première fois. Je crois qu'une longue traversée jusqu'en Angleterre offrirait une lune de miel idéale.

Incapable de répondre, Mara se laissa dériver dans son regard.

Alana buvait une coupe de champagne tout en contemplant les valseurs qui tournoyaient dans la salle de bal de l'Hôtel de la 5e Avenue. Mara dansait dans les bras de Granville, sereine et heureuse, et Alana s'en réjouissait. Elle avait réussi à introduire Mara dans la haute société, et tant mieux si la jeune fille avait en même temps rencontré l'amour.

Elle jeta un bref coup d'œil à Trevor, debout près d'elle. Son cœur se serra. Si seulement son mari pouvait la regarder un jour avec cette ferveur qui brillait dans les yeux de Nigel…

— Ils forment un beau couple, non ? dit-elle pour essayer de le sortir de son mutisme.

Ils ne s'étaient pas adressé la parole depuis leur dernière altercation dans le couloir des domestiques, et pour une raison mystérieuse ses provocations incisives lui manquaient.

Il tourna lentement les yeux vers elle. Le collier de diamants étincelait sur sa gorge. *Les pierres aussi froides sont pourtant celles qui vous conviennent.* Au souvenir de ces mots, elle avait mis le collier, pour se venger.

Mais à présent, ces diamants formaient un mur de glace entre eux, Trevor sachant exactement pourquoi elle les portait, et Alana regrettant son choix.

— Qui ? demanda-t-il.

— Nigel et Mara, bien sûr.

Mais à quoi pensait-il donc ? Pas à elle, en tout cas...

— Vous n'avez pas encore dansé. Stevens serait-il le seul à oser vous inviter ?

— Comment ? fit-elle sans comprendre.

— Qu'est-ce qui ne va pas ? Tous ces gentlemen savent bien que vous adorez valser. Pourquoi ne vous invitent-ils pas ?

Il se dirigea vers le bar sans attendre sa réponse. Alana ne comprit le sens de sa question que lorsque son regard tomba sur sa canne. Il ne supportait pas de ne pouvoir la faire danser.

Trevor prit son verre et disparut vers la salle de lecture. Elle le suivit et le trouva debout devant la fenêtre ouverte sur la 14e Rue. Il y avait deux autres personnes dans la pièce.

— Il va être l'heure de dîner, dit-elle en le rejoignant. Vous m'accompagnez ?

— Ce n'est pas Stevens qui s'en charge ?

— Est-ce ce que vous voulez, Trevor ?

Il allait lui répondre, quand un groupe de jeunes gens fit irruption dans le salon. Ils se dirigèrent aussitôt vers le bar et commandèrent des brandies tout en continuant de rire bruyamment. Ils lançaient des plaisanteries douteuses avec pour cible les Irlandais, leurs femmes, leurs mœurs... quand l'un d'entre eux aperçut soudain Trevor, et pâlit :

— Sheridan, murmura-t-il d'une voix blanche. Nous ignorions que vous étiez là.

— Vous êtes très drôle, répliqua Trevor, l'air plus sombre et menaçant que jamais. Mais il y a une dame ici. Vous devez des excuses à ma femme.

Un à un ils s'excusèrent, avant de se retirer, penauds et inquiets. Ils regrettaient tous amèrement d'avoir froissé « le Prédateur », évaluant mentalement ce que risquait de leur coûter leur légèreté.

Alana s'approcha de son mari.

— Trevor ? murmura-t-elle. Ils ne pensaient pas ce qu'ils disaient. Ce ne sont que de jeunes idiots.

Sans la regarder, il répliqua d'une voix blanche :

— C'est pour Mara et Eagan que je me suis battu, et pour rien d'autre. Je n'ai jamais eu la moindre envie de fréquenter les gens de votre monde.

— Je sais, répondit-elle, blessée, même si elle le comprenait.

— Je suis sans cesse obligé de cacher tout ce dont je suis fier pour que mes origines ne leur nuisent pas.

Trevor se confiait rarement. Cet aveu fit oublier à Alana tout ce qui les séparait.

— Vous voulez parler de votre accent, par exemple ? Il vous trahit seulement quand vous êtes en colère... ou quand vous oubliez.

Comme lorsque nous avons fait l'amour, se souvint-elle avec émotion. Ses intonations chantantes, à ce moment-là, avaient décuplé son désir...

— Mara et Eagan sont américains. Ils parlent comme des Américains. Je m'en voudrais que mon accent les poursuive.

Alana contempla le beau profil de son mari et, suivant l'élan de son cœur, elle lui dit :

— Moi, *j'aime* votre accent, Trevor. J'aimerais l'entendre, au moins lorsque vous me parlez.

Il la considéra avec surprise, mais elle décela encore de la méfiance dans ses yeux. On n'effaçait pas si facilement les traces de longues années de lutte contre l'injustice et la pauvreté.

— Vous arrive-t-il de vous sentir supérieure, comme eux ?

— Non, dit-elle fermement, ne sachant comment venir à bout de sa suspicion. Jamais.

Elle ne se souciait pas du jugement que les autres portaient sur lui. Comment l'en convaincre ? Il ne cessait de la blesser mais elle savait qu'au fond, son caractère était noble ; son comportement avec Mara le prouvait. Il méritait largement une place au sein des « Quatre Cents », mais elle ne savait quoi faire pour qu'il la trouve digne de lui.

— Allons dîner, déclara-t-il. Après ce qui vient de se passer, vous auriez certainement préféré que quelqu'un d'autre vous escorte.

— Emmenez-moi dîner, insista-t-elle, ne sachant comment lui montrer qu'elle ne le jugeait pas à travers les yeux des autres. Donnez-moi votre bras.

Leur mariage n'avait peut-être pas d'avenir, mais il devait se rendre compte que le fait qu'il fût irlandais n'y était pour rien.

Il la considéra d'un air hésitant avant de lui tendre son bras, auquel elle s'accrocha fermement.

— Je ne vous comprendrai jamais, admit-il comme pour lui-même, tout en la ramenant vers la salle de bal. Vous faites tant de choses que je ne m'explique pas...

Au bord des larmes, Alana sourit. Infiniment fière d'être au bras de Trevor, elle salua d'un hochement de tête une ou deux matrones.

— Le problème, Trevor, c'est justement que vous ne voulez pas comprendre.

Il ne répondit pas et passa le reste de la soirée à boire plus que de raison. Elle le surprit souvent à l'observer, de ce regard étrange, sombre et pourtant si lumineux. Et chaque fois qu'elle captait ce regard, essayant de le retenir, il détournait les yeux.

27

La soirée de Mme Astor était l'événement mondain du siècle. En trois semaines, sa salle de bal se transforma peu à peu en un véritable Versailles miniature. Telle Marie-Antoinette, la matrone y veilla de près. Le bruit courait même qu'elle avait fait l'acquisition de certains bijoux ayant appartenu à la reine de France.

Alana ne décida de s'y rendre que pour voir les visages stupéfaits des « Quatre Cents » quand le duc annoncerait ses fiançailles avec Mara.

Quant à Eagan, il étonnait tout le monde. Ni lui ni Katleen ne semblaient vouloir admettre leurs sentiments l'un pour l'autre, mais personne ne s'y trompait. En attendant que la petite Irlandaise reprenne le travail, il l'avait installée luxueusement, elle et son bébé. Shivhan dormait dans un ravissant berceau garni de satin rose, et possédait une layette impressionnante. Il avait même engagé une nourrice, prétextant que la jeune mère était trop faible pour s'occuper elle-même de l'enfant.

En réalité, Katleen était très robuste et il fallait l'obliger à rester couchée tant elle bouillait d'impatience de rembourser son bienfaiteur dont les attentions et les cadeaux l'embarrassaient énormément. Or, plus elle se montrait réticente, plus Eagan la gâtait.

Alana ne savait pas bien comment cette relation évoluerait, mais elle doutait qu'Eagan retourne à sa vie dissolue. La naissance de Shivhan l'avait métamorphosé. Sans doute verrait-il désormais les femmes d'une autre façon. Déjà, il regardait Katleen avec une expression pleine de respect que jamais Alana n'avait vue dans ses yeux.

— Votre voiture est prête, Madame Sheridan, annonça Whittaker, la tirant de ses pensées en faisant irruption dans le salon.

Alana se leva. Elle portait un costume de voyage bleu sombre, comme chaque fois qu'elle se rendait à Brooklyn.

— Merci, Whittaker. Si on me demande, je serai de retour pour le souper.

Mais qui s'inquiéterait de son absence ? Trevor l'ignorait totalement depuis le bal. Alana traversa le vestibule sous l'œil vigilant de Cupidon, imposante statuette à l'arc pointé. D'autres yeux, bien vivants ceux-là, suivirent son départ : ceux de Whittaker. Dès qu'elle eut refermé la porte, il pénétra dans la bibliothèque.

— Elle vient de partir, certainement pour Brooklyn car elle a mis son ensemble bleu.

Aussitôt, Trevor prit sa canne et sortit à son tour. Destination Brooklyn.

— Elle ne va pas bien, madame Sheridan. Je vous conseille vivement de rentrer à Manhattan. On vous enverra un mot dès qu'elle sera à nouveau en état de recevoir des visites.

L'infirmière Steine pinça les lèvres et soutint froidement le regard d'Alana.

— Qu'est-il arrivé ? s'alarma la jeune femme, tandis que ses mains se crispaient sur son petit sac perlé.

— Elle s'imagine qu'elle se souvient de la nuit où vos parents trouvèrent la mort. Nous avons dû lui administrer des calmants, de la morphine. Ce n'est guère le moment d'aller la voir.

— Mais il le faut ! Elle a besoin de moi, plus que jamais ! Où est-elle ?

— Madame Sheridan ! Je vous prie de vous ressaisir.

Mais Alana fut incapable de retenir ses larmes.

— Elle croit qu'elle les a tués, c'est cela ?

— C'est bien pire, elle a des hallucinations. Si vous allez la voir, elle vous accusera sans aucun doute de ce meurtre. Elle ne sait plus ce qu'elle dit. Non, j'insiste pour que vous rentriez chez vous. Inutile de vous infliger à toutes les deux une expérience insupportable.

— Je veux la voir, s'obstina Alana. Elle a besoin de moi. Je le sais.

— Il nous faut l'avis du médecin, et il se trouve qu'il ne sera pas là avant ce soir, répliqua Mme Steine, plus sèche que jamais.

— Eh bien, je l'attendrai.

L'infirmière la considéra d'un air sévère et réprobateur. À ce moment-là, un cri strident leur parvint.

— C'est Christabel ! s'exclama Alana. Je vais la voir !

— Vous n'avez pas le droit ! hurla l'infirmière.

Mais déjà, la jeune femme avait franchi la porte d'où le cri avait fusé.

Ce qu'elle découvrit la brisa. Christabel n'était plus que l'ombre d'elle-même. Amaigrie, les yeux exorbités, elle luttait contre deux femmes en blouse bleue qui tentaient de la maintenir allongée. Sur la table de nuit, un peu de poudre blanche près d'une seringue attestait qu'on venait de lui administrer une drogue. Elle produisait d'ailleurs son effet car la malade se calma soudain, retombant inerte sur son lit. Les deux infirmières en profitèrent pour resserrer les courroies qui maintenaient ses bras et ses jambes. Les yeux de Christabel semblaient éteints, terriblement fixes.

— Ô mon Dieu ! sanglota Alana en se précipitant vers sa sœur.

Elle caressa ses cheveux blonds, emmêlés et humides.

— Vous voyez que j'avais raison, jeta Mme Steine.

— Pourquoi lui administrez-vous un traitement aussi fort tout à coup ? s'écria furieusement Alana.

— Nous vous avions prévenue que ce serait nécessaire si la mémoire lui revenait.

— Mais elle ne se souvient de rien, puisque, d'après vos termes, elle est victime d'hallucinations.

— Oui, mais... elle s'imagine qu'elles sont vraies.

— Que se rappelle-t-elle ?

— Je vous l'ai déjà dit. Cela n'a aucun sens. Elle accuse tout le monde.

Alana éprouva la très nette impression que Mme Steine lui mentait, mais elle crut qu'elle tenait uniquement à justifier le traitement de sa sœur.

— Emballez ses affaires, décida Alana. J'emmène ma sœur immédiatement.

— C'est impossible, madame Sheridan. Le commissaire de police a accepté qu'elle soit internée ici. Lui seul peut l'autoriser à sortir.

— J'obtiendrai sa permission. En attendant, veuillez la préparer.

L'infirmière Steine devint soudain d'une froideur de marbre, fixant Alana d'un regard haineux.

— Tant que vous n'aurez pas cette autorisation, elle restera ici. J'ai un devoir envers votre oncle et...

— Et votre devoir d'être humain, qu'en faites-vous ? Christabel n'a que seize ans, je refuse qu'on lui administre de tels traitements !

— Elle est dangereuse, pour elle-même et pour son entourage, grinça l'infirmière entre ses dents. Je vous conseille de partir, madame Sheridan, et inutile de revenir tant que vous n'aurez pas cette lettre.

Alana fixa la femme à travers ses larmes, puis se tourna vers sa sœur qui reposait, apaisée. Seules ses lèvres semblaient encore protester. Reportant son regard sur l'inébranlable Mme Steine, Alana comprit que la seule façon de sauver sa sœur était d'obtenir cette lettre.

— Au revoir, madame Sheridan, la pressa l'infirmière en désignant la porte.

Alana embrassa Christabel et partit. Une fureur impuissante grondait en elle. Une fois dehors, elle aspira l'air à grandes goulées pour essayer de se calmer. Elle n'aurait de cesse qu'elle n'obtienne cette autorisation désormais, dût-elle entamer une grève de la faim. Imaginer Christabel sous l'emprise de telles drogues la rendait folle.

En apercevant sa voiture, elle s'arrêta net. Les bras croisés sur sa poitrine, nonchalamment adossé contre le noir attelage, se tenait son mari.

Un silence de mort tomba. Même les oiseaux s'arrêtèrent de gazouiller...

— Je viens d'apprendre que cet asile abritait une pensionnaire nommée Christabel Van Alen. C'est votre sœur, n'est-ce pas ? murmura-t-il.

Alana se prit soudain à détester ce beau et séduisant visage, cette canne, ces manières vulgaires.

— Vous aviez promis de ne jamais me suivre ! Vous n'êtes qu'un menteur !

Lentement, il avança vers elle, les traits durs et tendus.

— Je vous méprise ! s'exclama-t-elle furieusement. Vous m'avez trahie... Espèce de menteur ! Je...

— Alana ! Il fallait que je sache. Oui, je vous ai menti, mais je n'ai pas pu m'empêcher de venir.

— Et maintenant, qu'allez-vous faire de votre découverte ? Vous en servir pour me faire du mal ?

— Là n'est pas mon intention.

Tout à coup, une panique irraisonnée s'empara d'Alana.

— Ne faites pas de mal à ma sœur ! Je... ferai tout ce que vous voudrez mais... ne lui faites pas de mal !

Bouleversée par les images horribles qui lui venaient à l'esprit, Alana se prit le visage dans les mains avant d'éclater en sanglots.

Elle remarqua à peine qu'il la touchait d'une main hésitante. Avec une extrême douceur, il la prit dans ses bras et la serra contre lui. Désespérée, Alana pleurait toutes les larmes de son corps, comme pour puiser dans sa souffrance la force de réagir et de sauver Christabel de ce calvaire.

Finalement, ses pleurs s'apaisèrent et elle revint lentement à la réalité, réalisant alors où elle se trouvait. Ces bras autour d'elle lui semblaient si forts, si rassurants… Se pouvait-il qu'il voulût l'aider ? Non, elle n'osait y croire.

— Alana, je ne suis pas venu ici pour faire du mal à votre sœur. Je voudrais l'aider, si c'est en mon pouvoir.

Sentant les larmes lui monter aux yeux, elle se détourna mais, d'un mouvement vif, il la saisit à la taille et la ramena vers lui.

— Dites-moi comment l'aider, murmura-t-il.

Alana rendit enfin les armes.

— Ma sœur est malade mais… Elle est maltraitée… Si je ne la sors pas d'ici, ils la tueront ! conclut-elle, éperdue. Il me faut cette autorisation de sortie…

— Qui peut vous la fournir ?

— Le commissaire de police.

— J'obtiendrai cette autorisation, Alana, je peux vous l'assurer. La police compte plus d'Irlandais que de Knickerbockers dans ses rangs. Laissez-moi prendre soin de votre sœur. J'y tiens, Alana.

— Pourquoi ?

— Parce que j'aime que vous ayez besoin de moi.

Alana se retrouva prisonnière de son regard et un long frisson lui parcourut le dos. Malgré son apparente froideur, peut-être commençait-il à éprouver quelque chose pour elle. Il semblait capable d'obtenir tout ce qu'il voulait.

— J'ai besoin de vous, avoua-t-elle dans un souffle.

— Bien, répondit-il simplement.

Une satisfaction étrange envahit son sombre regard celtique...

Dès que la voiture des Sheridan disparut, l'infirmière Steine courut vers son bureau et prit une plume. Elle rédigea un billet adressé à M. Baldwin Didier, Hôtel Athena, Troy, New York.

Elle avisa ensuite un infirmier auquel elle remit le billet.

— Faites-le parvenir au plus vite. M. Didier a bien précisé qu'il voulait être prévenu sur-le-champ si quelque chose se produisait. Comment va-t-elle ?

— Elle dort, répondit le jeune homme avant de se retirer.

L'infirmière Steine retourna aussitôt au chevet de Christabel. Elle observa sans la moindre émotion la jeune fille sanglée sur le lit. Elle gémissait, se tortillant légèrement pour se libérer de ses liens. Ses lèvres semblaient vouloir obstinément prononcer des paroles. Elle manifestait une force incroyable malgré la morphine...

Quand l'infirmière se retira, la jeune fille murmura distinctement des mots qu'elle n'entendit pas.

— Je vous ai vu... Vous étiez là... Je vous ai vu... Non ! Non ! Pas ça ! Je vous en prie, *oncle Baldwin*, ne faites pas ça !

28

En arrivant chez eux, Alana était tellement épuisée qu'elle monta se reposer, alors que Trevor partait aussitôt rendre une visite au commissaire de police. Alana ne doutait pas que son mari exigerait une contrepartie pour ses services, mais elle ne supportait pas de savoir Christabel en danger dans cet asile.

Après un petit somme, elle décida de prendre un bain et appela Margaret. Elle commençait à se déshabiller quand une autre idée lui vint. Pourquoi ne pas utiliser la salle de bains adjacente, qui était après tout à la disposition de la maîtresse de maison ? Jusqu'ici, seul Trevor s'en servait. Alana préférait prendre ses bains dans son cabinet de toilette, comme cela se faisait chez les Knickerbockers qui n'approuvaient pas le modernisme dans ce domaine. Mais aujourd'hui, incapable de résister à l'idée d'une douche chaude sur ses muscles endoloris, elle renonça à ses principes. Et puis elle devait se détendre avant la soirée chez les Van Dam, et avant d'affronter les nouvelles que Trevor ramènerait de chez le commissaire.

Protégée par des rideaux de lin huilé, la douche occupait le centre d'une grande pièce entièrement marbrée. Des manettes en or permettaient de régler la température de l'eau. Alana retira sa robe d'intérieur en satin rose, dénoua ses longs cheveux blonds et monta dans le bac. Quelques minutes plus tard, elle se demandait si elle trouverait jamais la force de sortir de là… Sous le jet d'eau chaude qui caressait son corps engourdi, ses soucis semblaient s'estomper. Comme par magie, elle entrevoyait l'avenir sous un jour meilleur… Quand Trevor voulait quelque chose, il l'obtenait. Il le lui avait prouvé à maintes reprises. Il parviendrait donc à libérer sa sœur.

Son cœur fit un bond dans sa poitrine. La sollicitude soudaine de Trevor ne prouvait-elle pas qu'elle comptait peut-être plus pour lui qu'elle ne le pensait ? Elle ferma les yeux, n'osant croire que son mariage avait peut-être une chance de réussir. La façon dont il remuait ciel et terre pour le bonheur de Mara le grandissait à ses yeux et lui allait droit au cœur, car elle aussi avait une sœur qu'elle adorait. Il n'était peut-être pas aussi brillant que Stevens, pas aussi charmeur qu'Eagan, mais il l'émouvait plus que quiconque.

Non, elle ne renoncerait pas à son mariage sans se battre.

L'eau coulait sur elle comme un torrent brûlant. La vapeur gouttait sur les rideaux de lin. Le délicieux parfum du savon lui rappela son odeur. Fermant les yeux, Alana respira avec une volupté indicible les senteurs enivrantes, et l'image de Trevor lui apparut aussitôt, tellement précise qu'elle crut le sentir là, tout près, comme s'il la touchait…

Elle fit mousser le savon et le passa sur son corps nu avec un trouble qui la fit rougir, sans cesser de penser à lui. C'était presque comme s'il faisait partie d'elle, l'éveillant à la vie, enflammant tous ses sens.

Et le savon glissait sur sa peau enfiévrée… L'odeur exquise embaumait tout son être, à l'intérieur comme à l'extérieur. Bien qu'elle se refusât à l'admettre, elle désirait Trevor à en mourir.

Reprenant un peu ses esprits, elle saisit une éponge et continua sa toilette, mais son désir la brûlait toujours. Un désir qu'elle devrait réprimer puisqu'il ne voulait pas d'elle.

Gémissant, elle tendit son visage au jet d'eau chaude, comme pour laver l'odeur magique et, avec elle, son excitation insupportable. Mais rien n'y faisait. Les pointes de ses seins restaient dures et tendues, ses pensées chavirées, habitées par son mari. Il l'enveloppait tout entière… N'était-ce pas ce qu'elle désirait le plus au monde ?

Un bruit l'intrigua soudain, comme des gouttes d'eau sur du papier… Elle ouvrit les yeux et découvrit alors une présence, entre les rideaux entrouverts. Trevor l'observait, et le plastron amidonné de sa chemise était tout mouillé.

Alana s'essuya les yeux. Il arborait une expression de surprise et de désir mêlés. Stupéfaite, elle songea que la magie avait opéré. Celui qu'elle appelait de toutes les fibres de son corps s'était matérialisé. Incapable de refermer les rideaux pour cacher sa nudité, elle ne pensa même pas à lui demander des nouvelles de Christal. Sans lui laisser le temps de dire un mot, il la saisit par la nuque et s'empara de sa bouche.

Un gémissement lui échappa, un gémissement qui n'avait rien d'une protestation. D'ailleurs, toute protestation eût été hypocrite car elle le désirait à en mourir. Sa langue, exigeante et brûlante, se mouvait contre la sienne avec la volonté sauvage d'apaiser la faim qui la dévorait. Sans se soucier de la douche qui continuait de ruisseler sur eux, d'une main, il cueillit un sein tandis que de l'autre, il déboutonnait son pantalon.

Elle n'aurait su dire ce qui se passa ensuite, consciente uniquement de sa bouche sur la sienne et du désir furieux qu'il avait d'elle.

Il l'entraîna avec lui sur le plancher de la douche et la fit basculer sur lui. Cet homme, toujours si froid, si maître de lui, cédait enfin à l'attrait qu'elle exerçait sur lui. Pour la première fois depuis leur mariage, elle surprit dans son regard une lueur insatiable.

Dans un nuage de vapeur, le dos martelé par l'eau chaude, elle le sentit à sa merci. Soulevant sa chemise, elle caressa avidement son torse, enfouissant ses doigts dans la toison brune. Il aimait cette hardiesse, car il sourit imperceptiblement, sans cesser de caresser l'intérieur des longues cuisses blanches qui l'enserraient ; puis, tirant doucement sur ses longs cheveux blonds, il attira sa bouche contre la sienne avant de s'enfoncer en elle, les deux mains agrippées à ses hanches.

Elle s'arc-bouta comme un chat. Haletant, il lui montra comment bouger, la guidant habilement. Elle comprit vite ce qu'il attendait, particulièrement quand elle sentit ses doigts sur son sexe. Il se mit à la caresser sans cesser de se mouvoir en elle. Se fiant à ses gémissements de plaisir, il sut très vite ce qu'elle aimait. Il l'embrassa à nouveau, lui pinça le bout des seins tout en allant et venant en elle, plus loin, plus fort. Lui, toujours si attentif à cacher ses émotions, soudain ne se contrôlait plus, et quand elle vit son visage métamorphosé par le jeu de l'amour, elle laissa exploser son plaisir dans un cri d'extase.

Une seconde passa, ou peut-être une heure. Elle ne savait plus. Reprenant sa respiration, elle le regarda. Il bougeait toujours en elle, transfiguré par la violence du plaisir qu'il éprouvait. Se délectant du pouvoir qu'elle détenait sur lui, elle caressa lentement ses cheveux épais, sa large poitrine, sa chemise trempée qui épousait ses longs muscles puissants, et elle sentit alors, avec une certitude sans faille, qu'il ne s'était jamais donné à Daisy comme il se donnait à elle en ce moment. Son masque de rigidité avait disparu, et il l'observait avec une sorte d'avidité sauvage qui lui coupa le souffle.

Un râle sourd s'échappa de sa gorge en même temps que, dans un ultime coup de reins, il cédait à son tour à la jouissance. Alana avait envie de pleurer, de rire, d'exprimer la violence de ses émotions. Ils venaient de se donner l'un à l'autre, corps et âme, sans retenue, grâce au prodige de l'amour.

À dix-sept heures trente, Margaret et le valet de chambre de Trevor se trouvaient devant la porte de leur maître. Elle était fermée à clé et ils comprirent qu'il s'y trouvait en compagnie de sa femme. Ils n'osèrent les déranger. Après tout, M. et Mme Sheridan pouvaient manquer le dîner. Cela ne les empêcherait pas de partir chez les Van Dam à dix heures. Ils avaient tout leur temps...

Alana reposait dans les bras de Trevor. Les draps étaient humides à cause de leur peau mouillée par la douche et de leur ardeur à faire l'amour. Ils avaient recommencé, deux fois de suite, plus lentement mais non moins ardemment.

Allongée sur le ventre, Alana jouait avec la toison sombre du torse de Trevor qui lui caressait paresseusement les reins. Ils ne disaient rien, comme si parler leur faisait peur tout à coup.

Jusque-là, les mots les avaient toujours séparés, exprimant trop ou pas assez. Pourtant, quand le silence devint trop pesant, Trevor se mit à lui murmurer, pas en anglais mais en gaélique, des paroles qu'elle ne comprenait pas mais dont la douceur, les inflexions coulées lui soufflaient la signification. Elle l'embrassa quand il demanda un baiser, il la caressa quand elle sembla hésiter, et elle finit par guider son sexe en elle, enroulant ses jambes autour de lui pour le sentir jusqu'au creux de son ventre. Alors, il l'emporta au rythme de ses soupirs, en répétant inlassablement « *tarcionn...* », jusqu'à ce qu'il ne puisse plus parler.

29

— Je veux épouser Mara. Je repars pour l'Angleterre la semaine prochaine et je compte l'emmener avec moi. Je... J'aimerais avoir votre approbation.

Assis en face de lui dans la bibliothèque, Trevor étudiait Granville. C'était le tout début de la matinée et Alana dormait encore. Bien entendu, ils n'étaient pas allés à la soirée chez les Van Dam. Trevor se frotta le menton. Il n'avait pas eu le temps de se raser et plusieurs affaires l'attendaient. La visite de ce jeune Anglais impudent l'ennuyait.

— Qu'est-ce que Mara ressent pour vous ? demanda-t-il d'un ton peu amène.

Nigel choisit ses mots avec soin.

— Je crois qu'elle partage mes sentiments.

— Je vous rappelle qu'elle n'a que seize ans. Bien trop jeune pour se marier, à mon avis.

— En Irlande, les jeunes filles se marient plus tôt.

— Nous ne sommes pas en Irlande.

Pour la première fois, Trevor sourit alors que le duc perdait sa superbe.

— Vous savez, *Votre Grâce*, aussi curieux que cela puisse paraître, les Irlandais aiment leur seigneur. Mon père me donna le nom du comte qui possédait la terre qu'il cultivait. Quel honneur, n'est-ce pas ? Remarquez, ce même comte laissa ma mère mourir de faim après la mort de mon père. Vous comprendrez que je n'aie pas la moindre estime pour la classe possédante anglaise. Désolé, mais je me vois mal vous tapant dans le dos et vous accueillant dans la famille à bras ouverts.

— Les Granville n'ont jamais contribué à exploiter l'Irlande. Nous reconnaissons combien c'est injuste.

Le jeune duc releva fièrement le menton et sembla soudain beaucoup plus âgé que ses vingt-deux ans.

— Très bien. Dans ce cas, vous épouserez ma sœur quand cette injustice sera réparée, décréta Trevor en se levant, lui signifiant ainsi que l'entretien était terminé.

Mais Nigel ne semblait pas disposé à baisser les bras.

— Vous voulez la pousser à s'enfuir ? Car c'est ce qu'elle fera si vous nous y contraignez, bien qu'elle eût préféré avoir votre bénédiction.

— Elle n'est pas venue me la demander, pour l'instant. Curieux, non ?

— Pour tout vous dire, Sheridan, riposta le duc en articulant bien nettement, je me moque d'avoir ou non votre bénédiction. Je n'ai pas besoin de vous. Je veux seulement le bonheur de Mara.

Sheridan se mit à rire en saisissant sa canne.

— Ce que vous voulez surtout, ce sont ses dollars ! Allons, mon vieux, autant être franc, nous gagnerons du temps.

— J'aime votre sœur, pas son argent. Je serai un bon mari pour elle, je vous en donne ma parole.

— Granville, répondit tranquillement Trevor. Le mariage de Mara me tient tellement à cœur que j'ai fait des choses incroyables pour qu'elle le réussisse. Alors vous comprendrez mes réticences à la laisser partir avec un petit duc appauvri, qui ne veut d'elle que parce que son cordon ombilical est relié à la banque de New York !

Nigel perdit patience.

— Je n'ai nul besoin de l'argent de Mara, mais puisque vous ne semblez pas disposé à me croire, je vais me retirer. Sachez seulement que j'annoncerai nos fiançailles au bal masqué de Caroline Astor.

Trevor rit à nouveau.

— Les hostilités sont ouvertes, si je comprends bien. Parfait : si vous annoncez vos fiançailles, je coupe les vivres à Mara. Si vous voulez épouser une Irlandaise, Granville, elle sera aussi pauvre que sa mère quand elle est arrivée à Castle Garden.

— Peu m'importe.

— Dans ce cas, rien ne vous empêche d'annoncer vos fiançailles.

— En effet, répliqua sèchement le duc en prenant son chapeau avant de quitter la pièce.

Il était furieux.

Trevor regarda la porte close avec un sourire cynique :

— Permettez-moi d'en douter, fit-il.

Alana roula sur le dos et ouvrit les yeux. Le soleil entrait à flots dans la chambre, par quatre immenses fenêtres à guillotine entrouvertes qui ne lui étaient pas familières. Les bruits de la 5e Avenue lui parvenaient, celui de l'omnibus, des voitures, des passants qui s'interpellaient.

Se souvenant qu'elle se trouvait toujours dans la chambre de Trevor, elle ferma les yeux pour se rappeler sa nuit en détail. Son corps délicieusement endolori et une douleur plus précise au creux du ventre lui firent regretter que son mari ne fût pas auprès d'elle.

Un petit sourire lui vint aux lèvres. Lui, toujours si distant, s'était révélé bien différent. Le resterait-il ou se murerait-il à nouveau dans sa tour d'ivoire ? Son sourire pâlit.

Se tournant de l'autre côté, elle ouvrit les yeux et aperçut brusquement Trevor qui l'observait, assis dans un fauteuil près du feu, sa canne sur ses genoux.

— Je ne savais pas que vous étiez là, murmura-t-elle, incapable de se détacher de son regard pénétrant.

Ce fut lui qui baissa les yeux pour parcourir lentement son corps à moitié dénudé. Aussitôt, elle remonta les draps froissés jusqu'à son cou.

— Vous êtes là depuis longtemps ?

Il hocha la tête. À la lumière du jour, ses traits semblaient tirés. Le résultat de leur folle nuit, peut-être ? En tout cas, il portait bien ses trente-deux ans, ce matin.

— Vous offrez un bien joli spectacle, endormie dans mon lit, *a mhuirnin*. Tellement sereine, tellement enfantine… si différente de la femme que vous étiez la nuit dernière.

Alana se sentit rougir. Il avait raison, le déchaînement soudain de sa passion l'avait surprise elle-même.

Prenant une lettre dans la poche de sa veste, il se leva et s'approcha du lit.

— C'est la réponse du commissaire. Votre sœur va être relâchée. Il vous suffira de montrer cette lettre à l'asile.

Alana prit la feuille d'une main tremblante. Christal allait recouvrer la liberté. Enfin ! Se retenant pour ne pas aller s'habiller immédiatement et se précipiter à Brooklyn, elle leva vers Trevor un visage transfiguré par la joie.

— Merci, murmura-t-elle. Vous ne pouvez imaginer ce que cela représente pour moi. Je vous en serai à jamais redevable.

— Vous vous êtes acquittée de votre dette la nuit dernière.

Tout à son bonheur, il fallut quelques instants à Alana pour comprendre le sens de ses paroles. Déjà, il s'éloignait en s'appuyant sur sa canne.

— Si vous croyez que la nuit dernière j'ai acheté la liberté de ma sœur, vous vous trompez.

Il s'arrêta sans se retourner.

— Pour quelle autre raison m'auriez-vous attendu sous la douche ?

— Je...

... *ne vous attendais pas !* faillit-elle ajouter. Mais leur rencontre de la veille n'était pas tout à fait due au hasard. Inconsciemment, elle avait pressenti qu'il viendrait et ensuite... une force incontrôlable les avait poussés l'un vers l'autre.

— C'est bien ce que je pensais.

— Non ! Christal n'a rien à voir avec ce qui s'est passé entre nous, répliqua-t-elle en se redressant, les draps bien serrés contre sa poitrine. Je l'ai fait parce que...

La voix lui manqua quand elle réalisa ce qu'elle s'apprêtait à dire.

— Pourquoi l'avez-vous fait ? insista-t-il en se retournant, les sourcils froncés. Vous ne répondez pas ? Je vais vous le dire, moi. Parce que vous avez découvert qu'aux jeux de l'amour, l'art de la séduction pouvait vous permettre d'obtenir ce que vous désiriez.

— Non, c'est faux !

— Alors, pourquoi ?

Elle le regarda bien en face, le visage altéré par l'émotion.

— Pourquoi, selon vous, une femme comme moi peut-elle se transformer en cette créature impudique que vous avez connue la nuit dernière ?

Et elle ajouta, dans un murmure :

— Une femme comme moi, Trevor, ne fait cela que pour l'homme qu'elle aime.

Voilà, les mots étaient lâchés. Au fond, cet aveu la soulageait. Elle n'aurait plus à cacher ses sentiments désormais.

Un silence s'ensuivit, durant lequel il l'observa sans rien dire, le visage totalement indéchiffrable.

— Vous prétendez m'aimer, Alana, fit-il finalement. Mais comment la femme que vous êtes pourrait-elle aimer l'homme que je suis ? Donnez-moi une seule raison.

Il se retranchait. Alana avait envie de pleurer.

— Il n'y a pas de raison « logique » à l'amour, Trevor. Je ne voulais pas vous aimer. Vous m'avez ruinée, vous m'avez blessée, mais tout ce que je sais, c'est que malgré tout je vous aime. Et bien que vous me repoussiez, je crois qu'à votre façon, vous m'aimez un peu.

Il ne répondit pas, se réfugiant derrière un masque impénétrable. Son mutisme la blessait, mais si elle voulait sauver son mariage, elle devait se montrer patiente, lui laisser du temps. Il aimait demeurer le maître en toutes circonstances et, pour la première fois de sa vie, la situation lui échappait.

— Stevens vous conviendrait bien mieux que moi, Alana, dit-il enfin. Je dois l'admettre, malgré tout le mépris qu'il m'inspire. Vous appartenez au même monde tous les deux, un monde qui n'est pas le mien.

Alana sentit soudain la panique l'envahir. Il fuyait, et elle ne savait que faire pour le retenir. Elle avait envie de le secouer de toutes ses forces, de l'obliger à dire ce qu'elle rêvait d'entendre.

— Mon Dieu, Trevor ! s'exclama-t-elle alors. Ne serons-nous donc jamais égaux ? Êtes-vous incapable d'oublier un instant *qui* je suis et *ce que* je suis ? Je l'ai bien oublié, moi, en ce qui vous concerne ! Je ne vous considère pas comme un Irlandais sorti du ruisseau, mais comme celui que je veux désespérément aimer !

Cette fois, l'émotion qu'il s'efforçait tant de cacher ébranla ses traits figés.

— Non, vous ne me connaissez pas, Alana, s'obstina-t-il cependant, seulement trahi par son accent qui perçait à chaque mot. Celui que vous voulez aimer a toujours ses racines dans le ruisseau. Chaque fois que nous allons à vos bals, Caroline Astor me regarde avec dégoût. Je resterai toujours celui que je suis. Je ne peux même pas inviter ma femme à danser, et savez-vous pourquoi ? Parce que celui que vous voulez tant aimer a été touché par une balle lors d'une bagarre de rue, et qu'il ne valsera jamais !

Alana réprima un sanglot tandis qu'il se détournait rageusement. À travers ses larmes, elle le vit se diriger vers la fenêtre sans presque se servir de sa canne, comme s'il ne se souciait plus tout à coup de boiter devant elle. Le désespoir l'envahit. Il ne s'estimait pas digne d'elle et, dans ces conditions, leur mariage n'avait pas la moindre chance. Cette révélation brutale anéantit la jeune femme.

Des petits coups retentirent alors à la porte.

— Pas maintenant ! hurla Trevor.

Mais la voix étouffée de Whittaker leur parvint à travers le battant.

— Un télégramme vient d'arriver, Monsieur. Il est adressé à Mme Sheridan et je crois que c'est urgent.

Alana essuya ses larmes et resserra les draps autour d'elle tandis que Trevor allait ouvrir. Il prit le télégramme, referma aussitôt et le lui tendit.

Blême, Alana l'ouvrit en tremblant :

Christabel Van Alen disparue de Park View 5 heures du matin. Croyons à une fugue. Recherches entamées. Pronostics sombres. Vous contacterons quand retrouvée.

Mme Mathilde Steine

Atterrée, Alana laissa retomber sa main. Les draps avaient glissé, mais elle ne s'en souciait plus.

Trevor prit à son tour connaissance du contenu du télégramme.

— Je la trouverai, déclara-t-il après l'avoir lu. Je vais immédiatement alerter Pinkerton.

Alana ne pensait plus à ses déboires sentimentaux. Seule l'image de Christal, si fragile, si vulnérable, errant au hasard des rues sans personne pour veiller sur elle, occupait ses pensées. Elle était sa seule famille, en dehors de Didier.

— Vous m'entendez, Alana ?

Elle leva sur lui un regard éteint. En quelques minutes, elle venait de perdre l'homme qu'elle aimait et sa sœur.

— Pourquoi a-t-elle fait cela ? Juste au moment où j'allais enfin la libérer...

— Je l'ignore.

— Il doit y avoir une raison, déclara-t-elle avec une conviction nouvelle. Oui, jamais Christabel n'aurait agi ainsi sans me prévenir, à moins d'avoir été contrainte de le faire. Je me moque que tout le monde la croie folle ! Je la connais mieux que personne !

Frénétiquement, elle se mit à chercher un vêtement.

— Que faites-vous ?

— Je vais à Brooklyn ! Je veux la retrouver !

— Laissez cela aux hommes de Pinkerton. Ils connaissent leur métier.

Comme il l'aidait à se lever, les draps glissèrent et elle se retrouva nue entre ses bras.

— Soyez raisonnable, Alana.

Sa colère flamba soudain. Non seulement il rejetait son amour, mais il voulait l'empêcher de rechercher sa sœur ! Comme il tentait de la maintenir, elle se débattit furieusement.

— Lâchez-moi ! Je suis la seule à pouvoir l'aider ! Mais... j'y pense, n'est-ce pas bizarre que juste quand vous découvrez l'existence de ma sœur, elle disparaisse ?

— Que voulez-vous dire ? fit-il en la plaquant sur le lit.

— Eh bien, hurla-t-elle, perdant toute retenue, vous craignez peut-être pour votre réputation ? Oui, vous ! La folie de ma sœur pourrait compromettre l'ascension sociale de Mara, non ?

— Vous ne savez plus ce que vous dites.

— Lâchez-moi, répéta-t-elle, d'une voix dangereusement calme tout à coup.

— Votre sœur est malade. On l'a droguée. Elle se sera simplement enfuie aux premières heures du jour et elle ne tardera pas à rentrer, j'en suis sûr. J'engagerai tous les détectives possibles pour la retrouver.

— La reverrai-je seulement un jour ? gémit-elle, au bord des larmes, en s'accrochant à son bras.

— Je m'y emploierai, je vous le promets.

Il la contempla avec une expression à la fois douloureuse et troublée.

— Regardez-moi, Alana.

Elle l'entendit à peine. Folle d'inquiétude, elle ne cessait de penser à sa sœur. À l'idée de ne plus jamais la revoir, elle éclata en sanglots.

— Alana, murmura-t-il en voulant l'étreindre doucement pour la calmer.

— Non ! Ne me touchez pas ! Vous ne m'aimez pas, alors vous n'avez pas le droit de me toucher !

D'un bond, elle fut hors du lit. Ramassant le drap pour s'en envelopper, elle voulut s'enfuir mais un bras de fer encercla sa taille.

— Ô mon Dieu !... s'effondra-t-elle en sanglots. Pourvu qu'il ne lui soit rien arrivé !... Je vous en prie... Je vous en prie...

— Allons, calmez-vous, murmura-t-il doucement. Nous la retrouverons, je vous le promets.

— Vous avez failli à toutes vos promesses, pourquoi tiendriez-vous celle-là ? Cet arrangement, ce mariage… tout était faux.

Il l'observa avec gravité.

— Je suis le seul à pouvoir vous aider, Alana. Le seul.

Incapable de supporter son regard, elle se détourna et se dirigea vers la porte, suivie par des yeux éperdus de douleur.

30

— Non, je refuse, insista Katleen tout en berçant Shivhan qui pleurait.

— Mais vous ne pouvez rester une simple servante, répéta Eagan, visiblement contrarié.

— Ma mère l'était, et sa mère avant elle.

— Mais pourquoi vous obstiner ainsi, alors que je vous offre un moyen de vous en sortir ? Pensez à l'enfant. Elle pourrait aller à l'école, devenir quelqu'un. Comment lui offririez-vous cela avec vos seuls gages de servante ?

Katleen s'approcha de la fenêtre, et son regard se perdit au-delà des barreaux ouvragés qui tenaient les cambrioleurs à distance.

— Il ne serait pas convenable d'accepter une chose pareille d'un homme.

— Vous me rembourserez, si vous y tenez.

— Je n'y arriverai jamais.

— Mais je m'en moque, de toute façon.

Elle lui jeta un coup d'œil puis regarda son enfant.

— Je ne peux pas. Non.

Eagan se frotta le menton. Jusque-là, tout avait été simple pour lui, tellement simple ! Et puis Katleen était entrée dans sa vie, et tout se compliquait.

— Parfois, je me dis que vous ne m'aimez pas beaucoup.

Katleen se retourna aussitôt vers lui.

— Au contraire ! Vous avez été merveilleux avec nous !

Elle contempla Shivhan et son regard se fit triste. Eagan vint près d'elle.

— Alors qu'y a-t-il ? demanda-t-il doucement.

Katleen berçait sa fille contre son épaule, et l'enfant posa soudain ses petits yeux pleins de sommeil sur Eagan. Il lui sourit et, prenant le menton de Katleen entre ses doigts, il déposa un baiser sur ses lèvres.

Chose très inhabituelle, Eagan l'embrassa brièvement, avec un respect infini, comme s'il craignait de la choquer. Katleen sembla apprécier ce baiser car elle y répondit sans hésiter, avec douceur. Mais ensuite il se sentit un peu coupable car elle le regardait d'un air indécis, à la fois accusateur et inassouvi.

— Vous êtes en colère, murmura-t-il.

— Je pars aujourd'hui. Vous évoquez sans cesse l'Irlande comme si nous avions cela en commun, mais nous n'avons rien en commun.

Elle parcourut la cuisine du regard. Même cette pièce était plus luxueuse que tout ce qu'elle avait jamais connu en Irlande.

— Seuls les riches colons anglais vivent dans des endroits comme celui-ci. Vous êtes américain mais comme eux, Eagan, dit-elle sans pouvoir retenir ses larmes. Et jamais je ne vous laisserai me faire un enfant pour que vous me jetiez à la rue ensuite !

Sur ce, elle sortit, laissant Eagan si ahuri qu'il ne fit pas un geste pour la retenir.

À trois heures, cet après-midi-là, les deux Sheridan étaient ivres. Tout de suite après le déjeuner, Eagan avait rejoint Trevor dans la bibliothèque où il s'était servi un premier verre de ce tord-boyaux qu'affectionnait son frère. Ça lui brûlait la gorge mais au moins, l'effet ne se faisait pas attendre longtemps.

Deux heures passèrent sans que les deux hommes échangent un seul mot. Finalement, Eagan rompit le silence d'une voix pâteuse.

— J'ai un problème, articula-t-il lentement. Tu es mon grand frère, Trevor, mon frère à... à moi. Alors, tu vas me... me dire ce que tu ferais dans ma situation.

Trevor croisa ses bras sur sa poitrine et planta son regard dans celui du jeune homme. N'eût été son accent, rien n'aurait trahi son ébriété.

— Quelle situation ?

— Katleen me rend fou. Je crois que je l'aime.

— Ne tombe jamais amoureux.

Eagan sembla abasourdi.

— Trop tard ! Trop tard... Elle... elle a besoin d'un mari et... Shivhan d'un père, hum ? Pas d'objection ?

— Non.

— Ah ? Qu'est-ce que tu as, T... Trevor ? Je pensais que tu me conseillerais de mieux...

— J'ai fait mieux, moi, et regarde où j'en suis !

Eagan étudia le visage mélancolique de son frère.

— Epouse une fille de condition inférieure, Eagan. Sinon, tu n'en as pas fini de souffrir.

— Trevor, elle t'aime. Alana t'aime.

Trevor lui lança un regard noir. Sa réponse s'avéra aussi succincte que poétique.

— Whisky et champagne ne font pas bon ménage, pas plus que *Bridget O'Malley* et *Le Beau Danube bleu*. C'est impossible, voilà. Impossible.

31

Assise dans la cour intérieure de l'hôtel particulier, Alana buvait son café du matin. Il flottait dans l'air léger de délicieuses senteurs printanières, l'eau de la fontaine murmurait sa chanson cristalline, mais la jeune femme semblait indifférente à tout. Les heures s'étiraient, interminables. La maison était aussi silencieuse qu'un mausolée, véritable prison de marbre où elle attendait des nouvelles de sa sœur.

Les détectives sonnaient toutes les heures pour faire leur rapport. Tous aboutissaient à la même conclusion : la jeune fille avait disparu sans laisser de trace. Le mystère demeurait entier.

Malgré son inquiétude extrême, Alana ne cessait de penser aux paroles très dures qu'elle avait dites à Trevor. Trop de choses étaient arrivées en même temps. Ils avaient fait l'amour, elle lui avait avoué ses sentiments, mais en apprenant la nouvelle de la disparition de Christal, tout s'était soudain mélangé dans son esprit. Anéantie, prise de panique, elle avait voulu faire marche arrière, effacer ses aveux.

Depuis, ils n'avaient plus échangé un seul mot. Un mur de silence les séparait. Il se démenait tellement pour retrouver sa sœur qu'elle se sentait honteuse d'avoir nourri de tels doutes à son sujet, et d'avoir prononcé de telles accusations.

Elle effleura une longue feuille de palmier tout en se répétant qu'elle lui devait des excuses. Comment envisager de perdre le seul homme qu'elle avait aimé et qu'elle aimerait jamais ? Son cœur souffrait déjà tellement à cause de Christabel... Mais le fossé qui les séparait, cette fois, semblait infranchissable.

— Une lettre pour vous, Madame Sheridan, annonça Whittaker en faisant irruption dans la cour.

— Merci, dit-elle d'une voix altérée.

Elle prit le petit plateau en or et ses mains se mirent à trembler : c'était l'écriture de Christabel.

— Madame, tout va bien ?

— Oui... oui, merci, balbutia-t-elle en décachetant l'enveloppe d'une main fébrile.

Ma sœur chérie,

Il m'est très douloureux de t'écrire, alors que je suis si loin de toi, impuissante à trouver les mots capables de traduire ce poids qui pèse sur mon cœur. Je sais que je n'aurais pas dû disparaître ainsi, mais je te le jure, Alana, je n'avais pas le choix. Je serais morte en restant à Park View, mais pas pour les raisons que tu imagines.

La révélation que je m'apprête à te faire va te causer un grand choc, ma grande sœur chérie. Sache que je remercie chaque jour le Seigneur d'avoir permis que tu me soutiennes comme tu l'as fait, sans jamais faiblir ni douter de mon innocence, envers et contre tout. Je sais combien la mort de Père et Mère t'a affligée, sans doute plus douloureusement que moi, car la confusion de mon esprit a agi sur ma peine comme un baume anesthésiant. Je te serai éternellement reconnaissante.

Je n'ai pas tué Père et Mère. Cependant, leur mort n'était pas un accident. Il y a une semaine, la mémoire m'est brusquement revenue. J'aurais préféré rester dans l'ignorance, Alana, mais d'un autre côté, je me sens libérée du terrible poids de la culpabilité qui pesait sur moi.

Je n'ai pas tué mes parents, et c'est pourquoi j'ai dû m'enfuir. Didier me cherche, tout comme toi, mais si lui me trouve, il me tuera, car je sais. Je crains ta réaction à la lecture de cette lettre : tu iras chercher Didier afin de l'accuser de cet horrible crime. Alana, n'oublie jamais combien ce serait risqué. Tu n'as aucune preuve tangible contre lui, à part ma parole. Je sais que tu me crois, ma sœur adorée, mais personne d'autre ne me croira. J'ai passé trois années à l'asile. Notre cause est perdue.

Ne t'inquiète pas pour moi, et surtout ne pleure pas. Si précaire qu'elle soit, ma vie sera désormais plus heureuse. J'ai réussi à vendre mes bijoux, et j'ai de quoi tenir un bon moment. En restant à l'asile, j'aurais connu un sort bien plus atroce.

Mon seul chagrin est de devoir m'éloigner de toi. Je t'aime tant, Alana ! Quand la menace ne pèsera plus sur nous, d'ici à quelques années, je reviendrai. Tu me trouveras un beau jour sur le seuil de ta porte, je t'en fais la promesse. Alors, nous ne nous séparerons plus jamais et nous rattraperons le temps perdu. Cette certitude me donne la force de continuer.

Ne me cherche pas, Alana, tu ne me trouverais pas. Je pars parce que je crains aussi pour ta vie. Mieux vaut que tu restes dans l'ignorance. Justice sera faite le moment venu. En attendant, sache que je pense sans cesse à toi. J'espère avoir de nombreux neveux et nièces quand je te reverrai. Il n'y a pas d'autre solution, c'est la seule façon pour moi de trouver le bonheur.

Ta sœur qui t'aime, Christal

Quand Alana termina cette lecture, ses larmes maculaient la lettre, se mélangeant à l'encre. Elle se demanda quand Cristal l'avait écrite. Le cachet de la poste était de Manhattan, mais où à Manhattan ? Elle imagina la jeune fille, seule, sur un quai du port ou dans une gare, apeurée, perdue, peut-être en route pour le bout du monde, déterminée à fuir les démons de New York…

L'idée de ne jamais la revoir lui était intolérable. Mais savoir que le véritable coupable demeurait impuni l'était tout autant. À cause de leur oncle, sa sœur avait été amputée de sa jeunesse. Le ton de sa lettre était celui d'une jeune fille bien plus mûre. Quel crime de lui avoir infligé un tel traumatisme ! Si seulement justice avait été faite !

En proie à une rage impuissante, Alana songea qu'au moins, Christal allait bien. Mais elle devait obtenir réparation et, pour cela, elle avait besoin de son mari.

Elle serra un instant la missive sur son cœur. Un jour, se promit-elle, Christal serait vengée. Elle allait s'y employer, dût-elle y consacrer toute sa vie.

Se reprenant, elle se tourna vers Whittaker qui attendait discrètement à l'entrée, le visage grave, compatissant.

— Où est M. Sheridan ? lui demanda-t-elle doucement.

— Dans la bibliothèque, Madame.

Il se trouvait en effet à son bureau, compulsant les innombrables documents concernant les recherches des agents de Pinkerton. Il leva la tête à son entrée.

— Whittaker m'a dit qu'une lettre pour vous venait d'arriver.

Elle contempla un instant son visage aux traits durs, partagée entre l'envie de le supplier de l'aider, et celle de s'enfuir immédiatement. Il l'avait profondément blessée en refusant d'admettre qu'il pouvait l'aimer.

— Avez-vous des nouvelles de votre sœur ?

— Oui, avoua-t-elle, hésitant à lui dévoiler le contenu intégral de la lettre. Elle s'est sauvée, comme nous le pensions, mais elle ne retournera pas à l'asile. Elle ne nous laisse aucun indice nous donnant une chance de la localiser, pas même le cachet de la poste.

— Puis-je la voir ?

Elle lui tendit la lettre à regret.

— Quel ignoble individu, dit-il entre ses dents, rédigeant aussitôt des instructions pour lancer ses détectives sur la piste de Didier.

Alana comprit qu'il allait faire rechercher son oncle.

— Puis-je vous formuler une dernière requête ? demanda-t-elle d'une voix mourante.

— De quoi s'agit-il ?

Alana ne supportait plus l'impasse dans laquelle ils se trouvaient depuis leur nuit d'amour. Maintenant que l'avenir de Christal était entre les mains de Pinkerton, elle devait régler la question de son mariage. Elle s'éclaircit la gorge.

— Le duc va annoncer ses fiançailles avec Mara au bal de Mme Astor. Ayant rempli mes engagements, je peux vous quitter, Trevor. Toutefois, je resterai si... si vous en exprimez le désir. Ce serait mon vœu le plus cher.

Elle déglutit péniblement afin de ravaler ses larmes.

— En revanche, si vous choisissez la séparation, je m'installerai ailleurs dès demain, et vous prierai de ne pas faire traîner la procédure d'annulation.

— Je n'aime pas que l'on me donne des ultimatums.

— Je le sais.

— Apprenez d'autre part que Granville n'annoncera pas ses fiançailles ; vous auriez donc pu vous dispenser de m'infliger votre petit discours. Je doute, d'ailleurs, que Mara ne s'engage avant longtemps. Vous ne serez pas débarrassée de moi aussi vite, j'en ai peur.

Elle releva fièrement le menton, déterminée à lui cacher la souffrance qu'elle endurait à cause de lui. Elle l'aimait. De tout son être. Et elle le considérait comme son mari à part entière. S'il s'imaginait gagner du temps en affirmant que Nigel ne se déclarerait pas, il se trompait.

Elle voulait sans délai mettre un terme aux tourments qui la ravageaient.

— Si l'homme que j'aime ne m'aime pas, ce mariage prendra fin quoi qu'il arrive, déclara-t-elle en cherchant à capter son regard.

L'espace d'un instant béni, elle crut déceler de la douleur sur ses traits figés, mais il se reprit aussitôt. Elle se tourna vivement vers la fenêtre, afin d'essuyer les larmes qui la trahissaient. Après avoir perdu sa sœur, c'était lui qu'elle allait perdre.

— Je... ne voudrais pas paraître trop intéressée mais... j'ai besoin d'aide pour retrouver ma sœur. Si nous nous séparons, j'espère que vous continuerez à...

— Je la trouverai. Ne vous inquiétez pas.

— Merci, parvint-elle à articuler.

Puis, avec beaucoup de dignité, elle quitta la pièce.

32

Margaret ne comprit pas pourquoi sa maîtresse éclatait en sanglots en découvrant qu'elle n'était pas enceinte, la veille du bal chez Caroline Astor. Elle-même avait connu pareils déboires avec Kevin, désirant depuis longtemps avoir un enfant. Mais Alana n'était qu'au tout début de son mariage, il n'y avait pas de quoi s'affoler.

Au prix d'un gros effort, Alana parvint à maîtriser sa peine. Il lui restait tellement à faire avant le bal du lendemain que ce n'était pas le moment de s'apitoyer sur son sort, même si les raisons ne manquaient pas : Trevor et elle s'étaient à peine vus durant les derniers jours ; il ne lui avait pas déclaré son amour, et comme elle ne portait pas son enfant, son dernier espoir s'envolait.

Muselant ses sentiments, elle se rendit dans son dressing-room pour vérifier les finitions de son costume. Par pure provocation, elle avait choisi de se déguiser en Maeve, reine légendaire de Connacht. Sa robe vert sapin était bordée d'un liséré de trèfles et elle se coifferait d'une couronne incrustée d'émeraudes. Mara, qui l'avait aidée à dessiner cette tenue, se travestirait pour sa part en reine pirate, la Grace O'Malley de la fable. Elle porterait une robe de velours vert avec une épée à la taille.

Margaret la rejoignit et l'informa qu'Eagan l'attendait dans la cour intérieure. Il souhaitait lui parler. Inquiète, Alana descendit aussitôt le grand escalier mais elle fut rassurée en voyant Katleen et son enfant dans l'entrée. Katleen était vêtue d'une robe de voyage en brocart gris, bien trop coûteuse pour une servante. À son doigt brillait une alliance en diamants.

Alana comprit aussitôt de quelle nouvelle on voulait l'instruire.

— Quand vous êtes-vous mariés ? s'enquit-elle en souriant.

— Ce matin, répondit Eagan. Nous voulions vous prévenir avant de partir pour notre lune de miel. Nous allons en Irlande, annoncer l'événement à la mère de Katleen.

Détaillant le jeune homme, Alana comprit, à sa pâleur inhabituelle, qu'il était mort de peur. En même temps, elle ne l'avait jamais vu aussi heureux. Il y avait donc parfois une justice, en ce bas monde...

— C'est merveilleux ! s'exclama-t-elle en les embrassant tour à tour.

— Votre mère va adorer Shivhan, dit-elle à Katleen en admirant le bébé dans sa robe de linon rose.

— Merci pour tout, Alana, lui dit Katleen. Vos visites m'ont comblée. Eagan avait raison à votre sujet.

Impulsivement, elle la serra dans ses bras et Alana se mit à rire.

— Allons, allons ! Qu'est-ce qu'une visite ou deux ? J'étais jalouse de votre petite fille, voilà tout ! J'aimerais avoir un enfant aussi adorable que Shivhan !

Eagan l'observait sans rien dire et elle comprit, le cœur soudain serré, qu'il savait. Embrassant sa femme, il lui demanda de l'attendre dans la bibliothèque.

— Avez-vous prévenu Mara et Trevor de votre mariage ? s'enquit Alana dès qu'ils furent seuls, désireuse de repousser l'inévitable.

— Oui, je leur ai parlé, éluda Eagan. Que se passe-t-il entre vous deux, Alana ? À un moment, j'ai cru que votre mariage était sauvé, et tout semble perdu, subitement…

Alana soupira.

— Je crains que Trevor ne soit pas disposé à m'accepter, Eagan.

— Pour quelles raisons ?

Malgré tous ses efforts, Alana sentit les larmes perler à ses paupières.

— Parce que je ne suis pas irlandaise. Je… Je dois être la seule Américaine, dans cette ville de un million d'habitants, à regretter amèrement de ne pas être irlandaise !

Il lui serra affectueusement le bras.

— Il n'arrive pas à vous imaginer ailleurs que sur votre piédestal, c'est cela ?

— C'est lui le maître de la situation, il fait ce qu'il veut.

— Je ne crois pas, Alana, pas cette fois.

— Eagan, si je comptais un tant soit peu pour lui, il m'aurait montré ses sentiments, d'une manière ou d'une autre. Il y aurait des indices. Au lieu de cela, il ne manque pas une occasion de me rappeler que je suis une réprouvée à ses yeux.

— Il ne cesse de penser à vous, dit Eagan en passant une main dans ses cheveux. On ne pourra pas dire que vous n'avez pas essayé, Alana.

— En tout cas, il est au-dessus de mes forces de rester ici à jouer seule la comédie du mariage… Vous demeurerez toujours cher à mon cœur, Eagan. Allez, ne faites pas attendre votre femme et votre fille. Je vous souhaite un excellent voyage. Je viendrai vous voir dès que je saurai où je vais habiter.

Eagan soupira.

— J'aurais tant aimé que cela se termine autrement.

— Moi aussi, fit-elle avec un petit rire qui ressemblait à un sanglot.

À l'ouest de la 5e Avenue, entre la 40e et la 42e Rue, se trouvait le Croton Reservoir. Au sommet de ses immenses murs était aménagée une promenade fort prisée du beau monde. L'on pouvait y être vu tout en admirant la ville, où les clochers des églises étaient encore les seuls édifices à pointer vers le ciel.

Alana s'y rendit pour fuir l'hôtel particulier. Elle avait besoin de réfléchir, de se forcer à admettre l'évidence : jamais Trevor Sheridan ne serait à elle.

Dès que Mara et Nigel auraient annoncé leurs fiançailles, son mariage prendrait fin. Inévitablement. Elle devrait renoncer à ce qu'elle désirait le plus au monde. L'avenir s'annonçait bien noir. Elle n'aurait plus que ses souvenirs.

S'arrêtant pour contempler le spectacle apaisant de la campagne, au-delà de la 60e Rue, elle ne s'aperçut pas tout de suite de la présence d'un homme à ses côtés.

— Madame Sheridan ! Qu'est-ce qui vous amène ici, avec votre cocher pour toute compagnie ?

— Anson, fit-elle d'un air absent en retournant aussitôt à sa contemplation.

— Quel accueil !

Alana le regarda. Il était bien élégant avec son manteau gris et sa cravate rubis, et elle se demanda pourquoi il s'intéressait encore à elle, alors que tant de femmes devaient souhaiter sa compagnie.

— Je pensais plutôt que ce serait vous qui me réserveriez un accueil glacial. J'ai appris votre altercation avec Trevor.

Anson rit, mais elle ne fut pas dupe.

— Ne m'en veuillez pas, Alana. C'est votre mari qui a engagé les hostilités. J'étais venu pour une simple visite et il l'a transformée en match de boxe !

— Vous m'étonnez. Il n'est pas aussi impulsif.

— Quand on voit ce qu'il veut protéger, qui l'en blâmerait ?

Voilà qu'il se montrait flatteur à présent... ce qui ne fit qu'accroître la méfiance de la jeune femme.

— Assisterez-vous au bal de Caroline Astor ?

Elle acquiesça.

— Puis-je être votre cavalier ? lui proposa-t-il en souriant. J'ai cru remarquer que Sheridan se dispensait volontiers de ses devoirs.

— Je doute qu'il apprécie votre offre, Anson, répliqua-t-elle, incrédule.

— Telle est précisément mon intention, ma petite rose irlandaise. Il m'a jeté dehors comme on éjecte les marins ivres des bars, dans son pays. Je crois avoir le droit de l'irriter un peu en retour... et d'apprécier votre compagnie, bien sûr.

Ses sous-entendus étaient tellement clairs qu'elle éclata de rire.

— Vous ne devriez pas songer à me mettre dans une telle situation, Anson.

— Je ne vous ai jamais vue aussi triste, Alana. Que se passe-t-il ? N'auriez-vous pas épousé l'homme qui vous convenait ?

Alana se raidit, mais ne répondit pas.

— Puis-je vous escorter à ce bal ? insista-t-il. Votre mari n'y assistera certainement pas. Il n'apprécie guère Granville. C'est un crime que vous, Alana Van Alen, vous vous y rendiez seule.

Alana poussa un profond soupir.

— Si mon mari ne vient pas, je vous enverrai un billet, et vous pourrez m'escorter.

— Je m'en réjouis !

— Mais je sais que vous n'agissez ainsi que pour mettre Trevor en colère.

Elle se garda de lui dire qu'en vérité, Trevor se moquait complètement qu'elle se rende à ce bal avec Anson.

— J'attendrai ce billet, Alana.

Les détectives continuaient leurs recherches. Au grand désarroi d'Alana, aucune piste ne se dessinait pour l'instant. Malgré les mises en garde de Christal, ils essayaient aussi de trouver Didier. Malheureusement, lui aussi s'était volatilisé.

Pour Alana, ces déceptions ajoutées à la tension entre Trevor et elle n'étaient pas faciles à supporter. Affichant une indifférence glacée, il lui parlait à peine. Elle rêvait de se rapprocher de lui, de revivre les instants passionnés qu'ils avaient partagés une nuit, mais la balle était dans son camp. Elle lui avait dévoilé ses sentiments, elle ne pouvait rien faire de plus.

Ce jour-là, néanmoins, Alana devait lui parler. Le bal approchait et Mara était fort affectée que son frère ait éconduit Nigel. Elle frappa donc à la porte de la bibliothèque, où il se terrait de plus en plus souvent. Comme il ne répondait pas, elle se risqua à pousser la porte.

— Qui est là ?

— J'ai frappé mais vous n'avez pas répondu, dit-elle froidement.

— Que voulez-vous ?

Décidée à ne pas se laisser impressionner, elle alla droit au but.

— Je voudrais vous parler de Mara… Nigel et elle ont la ferme intention de se marier, bien que vous vous obstiniez à l'ignorer.

Trevor l'observait d'un air soupçonneux.

— Ils ne se marieront pas. Si elle me désobéit, je la déshérite. Granville est un menteur.

— Je ne crois pas.

— Il l'est. Il n'annoncera pas ses fiançailles, j'en suis sûr.

— Mara voudrait votre accord.

— Je ne veux pas la blesser, mais c'est la seule solution. Quand elle verra qu'il n'annonce pas leurs fiançailles, elle comprendra que j'avais raison.

— Et si vous vous trompiez ?

Il la fusilla du regard.

— Votre façon de dénigrer son choix la trouble profondément. Je me demande même si elle ne renoncerait pas à Nigel uniquement pour vous faire plaisir.

— Elle devrait.

— J'ai employé le conditionnel, répliqua-t-elle avec un petit sourire. Mara ne manque pas de personnalité. Je pense qu'elle épousera l'homme de son cœur, que vous le vouliez ou non.

— Il ne l'épousera pas si elle est sans le sou.

— Et s'il l'épousait quand même ?

— Dans ce cas, fit-il en se penchant en avant au risque de renverser son whisky, je renoncerais à la déshériter. Mais croyez-moi, il n'en fera rien. Ce petit duc n'en veut qu'à sa fortune.

— Au moins, vous êtes clair cette fois. Selon vous, on ne peut aimer quelqu'un pour ce qu'il est, mais seulement pour ce qu'il a, ou ce qu'il représente.

Il lui jeta un regard noir.

— Vous ne voulez décidément pas comprendre que notre mariage ne peut être fondé sur l'amour. Je regrette de m'être servi de vous ainsi, et pour réparer mes torts, j'aimerais faire en sorte que vous vous sortiez au mieux de cette… déviation dans le cours de votre vie.

Elle eut un rire amer.

— « Déviation » ? C'est donc ainsi que vous qualifiez notre mariage ? Une « déviation » ?

Alana se sentit furieuse et déchirée en même temps. Il refusait de l'aimer tant il était obsédé par leurs places dans la société. Il se protégeait derrière un mur infranchissable, un mur qu'elle était impuissante à abattre.

Pour se calmer, elle lui tourna le dos et alla se servir un whisky d'une main tremblante.

— Que faites-vous ?

— Nous allons porter un toast, Trevor, répondit-elle en lui faisant face, son verre levé. Après tout, nous avons survécu à notre mariage, si bref fût-il. Autant y mettre un terme dignement, non ?

Il la regarda en plissant les yeux, les doigts crispés sur le pommeau de sa canne.

— À mon mari ! commença-t-elle en prenant soin de lui cacher combien elle souffrait. À mon mari que j'ai vu mentir, tromper, dépouiller. À mon mari qui a obtenu tout ce qu'il voulait et dont j'admire...

La prenant par surprise, il lui arracha son verre des mains et le brisa contre la cheminée de marbre.

— Je vous interdis de vous moquer de moi, articula-t-il, les dents serrées.

— Je ne fais que dire la vérité ! se défendit-elle. Je vous admire...

— Vous me haïssez.

Elle ne le détrompa pas. Après tout, il méritait de souffrir lui aussi, même si sa douleur était infime comparée à la sienne.

— Eh bien, haïssez-moi ! Vous en avez le droit après tout ce que je vous ai fait ; mais ne vous moquez jamais de moi.

— Vous savez très bien ce que j'éprouve pour vous.

Elle plongea son regard dans le sien, renonçant à cacher ses sentiments derrière un masque de dédain. Après tout, s'il ne voyait pas maintenant, dans la transparence de ses yeux, combien elle l'aimait, il ne le verrait jamais.

Un long silence s'écoula. Elle se décida finalement à le rompre.

— Le bal commence à huit heures. Maintenant qu'Eagan est parti, Mara et moi nous retrouvons sans escorte. Viendrez-vous ?

— Non. Mara s'attend à l'annonce de ses fiançailles, et je ne tiens pas à la voir de nouveau humiliée par les vôtres.

Ses paroles l'atteignirent comme un coup de fouet.

— Anson m'a proposé de m'escorter, répliqua-t-elle d'une voix doucereuse. Nous irons donc avec lui.

— Stevens va vous accompagner au bal des Astor ? répéta-t-il en martelant ses mots.

— J'ai pensé que vous lui en seriez reconnaissant.

Il se détourna, raide comme un if.

— Drôle d'époque, jeta-t-il en soupirant.

Contre toute attente, son absence apparente de jalousie la blessa plus que tout ce qu'il lui avait fait auparavant. Elle quitta aussitôt la pièce, et n'entendit pas le verre de whisky se briser violemment contre le mur.

33

En tête du cortège de voitures stationnées en file le long de la 34e Rue, se trouvait le luxueux coupé brun des Stevens. Seule Alana en descendit. Au dernier moment, le duc avait demandé à escorter lui-même Mara. Ne doutant pas qu'ils fussent sur le point de se fiancer, Alana avait accepté.

Quand Anson découvrit Alana dans sa robe celte, il manifesta aussitôt sa désapprobation. Curieusement, la jeune femme en conçut une vive satisfaction. Seul la contrariait le fait que Trevor ne l'ait pas vue habillée en Maeve, la reine irlandaise. Sans doute avait-elle espéré qu'en la voyant ainsi vêtue, ses sentiments à son égard se seraient modifiés. Mais il n'avait pas daigné sortir de la bibliothèque quand Anson s'était présenté pour l'emmener au bal.

Le valet de pied prit la cape de velours vert d'Alana, et Anson poussa un nouveau soupir devant le spectacle de sa robe, lui offrant néanmoins son bras pour rejoindre les « Quatre Cents » déjà rassemblés dans la galerie des tableaux.

Saisissant deux coupes de champagne sur le plateau qu'un valet lui présentait, Anson dit à Alana :

— J'ai cru entendre que le duc de Granville annoncerait ses fiançailles avec Mara Sheridan. C'est absurde, non ? D'ailleurs, il est anglais.

Irritée, Alana accepta la coupe qu'il lui tendait.

— Ma belle-sœur est adorable, ravissante et parfaitement éduquée. Pourquoi Granville ne l'épouserait-il pas ?

— Je sais ce qu'il veut de la jolie petite Mara. Quel besoin aurait-il de se ridiculiser en annonçant ses fiançailles avec elle ? Ils n'ont rien à faire ensemble.

Sous l'effet de la colère, les joues d'Alana s'empourprèrent.

— Précisez votre pensée, Anson.

— Allons, ma chère, ne suis-je pas assez clair ? Il veut d'elle la même chose que je veux de vous... et que j'obtiendrai peut-être sans passer par l'église.

Alana faillit s'étrangler.

— Je vous ai toujours suspecté d'être un goujat, Anson. Vous venez de me le prouver.

— Un goujat est préférable à la canaille avec laquelle vous vous exhibez. Vous savez, votre lignage est tel que si vous obteniez votre annulation, je pourrais fermer les yeux sur votre improbable virginité, et vous épouser malgré tout.

— Comment osez-vous ! s'exclama-t-elle en lâchant son bras.

— Doucement, Alana. Vous vous donnez en spectacle, fit-il en saisissant son poignet qu'il immobilisa sur son bras d'une poigne de fer. Après les humiliations que vous m'avez infligées, je vous demande de vous contenir et de faire bonne figure, ce soir. Vous me devez bien cela.

— Pour qui vous prenez-vous ? Mon gardien ? rétorqua-t-elle en enfonçant ses ongles dans son avant-bras jusqu'à ce qu'il la lâche.

— Où allez-vous ? siffla-t-il entre ses dents, avant d'émettre un rire mauvais. Chercher votre mari, peut-être ? Aurait-il été invité, ou bien tient-il compagnie aux autres Irlandais qui s'occupent des chevaux, ce soir ?

— Vous ne seriez même pas digne de cirer ses chaussures, Anson.

Lui jetant un regard profondément méprisant, elle s'apprêtait à le planter là, quand on annonça Trevor Byrne Sheridan à la porte.

Toute l'assemblée frémit, comme une volée d'oiseaux à l'approche d'un prédateur. Sheridan parcourut la salle d'un regard fier et sombre. Il semblait austère et inaccessible dans sa queue-de-pie noire et son nœud de cravate blanc. Tout le monde frissonna, comme pour dire : « J'espère que ce regard ne m'est pas destiné. »

Tout le monde, sauf Alana. Elle accrocha résolument son regard sur lui, malgré l'immense salle qui les séparait. Ils se dévisagèrent ainsi, en silence, tandis que la musique reprenait, invitant l'assemblée soulagée à se remettre en mouvement.

Quelqu'un lui prit alors le bras et elle sursauta. C'était Granville qui l'invitait à un quadrille allemand, tradition perpétrée par la mère de Caroline Astor qui trouvait les polkas et les écossaises trop brutales. Alana accepta cette diversion avec gratitude, et perdit son mari de vue le temps de la danse.

Quand on annonça le dîner, elle le vit à nouveau et son cœur flancha. Nonchalamment installé dans un fauteuil, il riait avec Joanna Varick, perchée sur l'accoudoir. Son sourire éblouissant s'évanouit dès qu'il aperçut sa femme, et il détourna les yeux.

Pour Alana, voir son mari ainsi courtisé par cette ravissante créature était une vraie torture. Elle l'avait introduit dans le monde, et maintenant les femmes s'arrachaient l'oiseau rare avec une curiosité fébrile.

Elle comprit alors que les Sheridan n'avaient plus besoin d'elle. Même si Caroline Astor les considérait toujours avec mépris, il n'en était pas de même pour les Joanna Varick et consorts. Les « Quatre Cents » lui ouvraient finalement leurs portes, tout comme ils l'ouvriraient aux nouveaux riches tels que les Vanderbilt qui ne savaient comment étaler leur richesse.

La lueur cruelle qui dansait dans le beau regard de son mari devait plaire aux femmes comme cette Joanna. Elle posa d'ailleurs sa main sur le bras de Trevor. Heureusement, Granville surgit à nouveau aux côtés d'Alana pour lui proposer de dîner à ses côtés.

Les plats les plus exquis se succédèrent – aspics de canard, épaule d'agneau à la sauce à la menthe, soupe de tortue, saumon, asperges, crème glacée –, mais elle y toucha à peine. Son appétit s'émoussait à chaque regard qu'elle lançait vers Trevor, qui semblait se divertir beaucoup.

Après le dîner, les femmes rejoignirent leur mari mais Joanna Varick refusait d'abandonner sa proie. Trevor, lui, faisait mine d'ignorer la présence de sa femme. Se sentant terriblement seule et déprimée, Alana songeait à rentrer quand une voix s'éleva à ses côtés :

— Caroline voudrait vous parler, chérie, fit Anson.

Elle ne vit pas le regard incendiaire que Trevor lui lança dès qu'Anson la rejoignit.

— Je n'y tiens pas, Anson. En vérité, je m'apprêtais à partir, je ne me sens pas bien.

Elle allait se détourner quand il lui saisit fermement le bras.

— Venez, *ma chérie,* insista-t-il avec un sourire grimaçant.

Préférant éviter une nouvelle altercation, Alana le suivit sous le dais où l'attendait Caroline.

— Comment allez-vous ce soir, Alice ? s'enquit la matrone avec une sollicitude feinte.

Elle baissa son masque de plumes, révélant un visage poudré de blanc, telle Marie-Antoinette.

Alana l'embrassa, sachant qu'elle devait considérer comme un honneur d'être la seule à être admise sous le dais avec Caroline Astor. Elle s'apprêtait à la complimenter sur le bal quand, à l'autre bout de la salle, le duc attira l'attention des convives en tapant sur son verre avec une cuillère.

— Chers amis, j'ai une déclaration de la plus haute importance à vous faire, commença-t-il sous le regard brillant de bonheur de Mara. Sachez d'abord que je n'oublierai jamais mon séjour à New York. Je vous serai éternellement reconnaissant de la façon dont vous m'avez accueilli.

Se tournant vers Caroline Astor, il ajouta :

— Je vous salue tout particulièrement, madame Astor. Je louerai vos incomparables talents d'hôtesse à Sa Majesté la reine en personne.

Un tonnerre d'applaudissements s'éleva et Caroline hocha la tête en rosissant, soulagée de constater que ce mariage avec cette Sheridan n'était qu'une vile rumeur.

— Voici donc ma déclaration...

Le silence revint. Cette rumeur... serait-elle fondée, finalement ? s'inquiéta Mme Astor en se raidissant.

Nigel plongea son regard sans celui de Mara et il leva son verre.

— New York a été doublement tendre avec moi en me permettant non seulement de lier une multitude d'amitiés, mais aussi de rencontrer la femme avec qui je passerai le reste de ma vie. Merci, New York !

Il parcourut la salle, et son regard s'arrêta sur Trevor.

— Avant de porter mon dernier toast, je voudrais remercier un homme que j'admire, un homme qui, se jouant de l'air du temps, reste attaché à des valeurs telles que la loyauté et l'amour de la famille. Sa sœur ne serait pas celle qu'elle est si elle n'avait grandi dans son ombre. Permettez-moi de vous remercier, monsieur Sheridan, fit-il en levant son verre à l'adresse de Trevor qui resta assis, dans l'attente de ce qui allait suivre.

— Je tiens à vous annoncer, continua le duc, qu'à sept heures précises, ce soir, je me suis marié. Je vous demande à tous de porter un toast à ma femme, ma splendide et adorable épouse, Mara Sheridan, Sa Grâce la duchesse de Granville.

Un murmure de stupéfaction parcourut la salle. Alana avait l'impression d'avoir reçu un coup de poignard. Elle voulait sourire, se précipiter vers Mara pour la prendre dans ses bras, mais elle demeurait figée sur place. Elle avait promis que lorsque Mara serait fiancée, elle quitterait Trevor. Mara était mariée. Tout ce qu'elle aimait lui échappait pour toujours.

Elle regarda Trevor. Malgré la distance qui les séparait, elle vit les mots « Que le diable m'emporte ! » s'inscrire sur ses lèvres. Quant à Mme Astor, elle semblait sur le point de s'évanouir.

Faisant semblant de ne pas remarquer l'effet dévastateur de ses paroles, le duc but en l'honneur de sa femme. Les joues roses d'émotion, Mara se contenta de le regarder avec amour. Elle ne chercha l'approbation de personne. Une seule chose comptait pour elle : elle avait épousé l'homme qu'elle aimait.

— Oh, tout est gâché ! pestait Mme Astor en repoussant les sels que lui présentait sa femme de chambre. Comment Granville a-t-il osé faire une chose pareille après tout ce que j'ai fait pour lui !

— Comment un duc anglais peut-il s'abaisser à épouser une vulgaire immigrante irlandaise ? renchérit Anson.

Alana les considéra avec un mélange de mépris et de pitié. Ils assistaient, terrifiés et impuissants, à la transformation inexorable de leur petit monde si sécurisant. Mais ils n'étaient pas les seuls dans ce cas. Demain, plus rien ne la retiendrait près de Trevor : ni l'espoir d'un enfant ni Mara, dont tous les vœux étaient comblés grâce à elle.

Elle vit Trevor se lever et fendre la foule pour aller serrer, à contrecœur, la main du duc, avant d'étreindre sa petite sœur avec tendresse. Si seulement il pouvait venir la rejoindre sous le dais, lui prendre la main et lui demander de demeurer sa femme parce qu'il l'aimait comme un fou ! Mais la foule se resserra autour des jeunes époux, et elle le perdit de vue. Le cœur gros, elle songea que dès le lendemain elle devrait préparer ses bagages, et l'image de son mari lui ouvrant la porte lui fit monter les larmes aux yeux.

— Tout cela est votre faute, Alice ! glapissait Caroline Astor. Votre mère doit se retourner dans sa tombe. Rien ne serait arrivé si vous n'aviez épousé ce... cet homme !

— Cela vous déplaît, je sais, rétorqua Alana. Eh bien, allez au diable, Caroline Astor !

Sur ce, elle la planta là, clouée de stupeur sur son siège, et s'empressa de quitter la réception. Bien sûr, elle aurait dû féliciter les jeunes mariés, mais elle se sentait sur le point d'éclater en sanglots. Elle sauta donc dans le premier fiacre libre et regagna l'hôtel particulier des Sheridan.

Tout était silencieux dans l'immense demeure. Elle traversa le grand vestibule désert et, relevant le bas de sa robe verte qu'elle se prit soudain à haïr, elle gravit le grand escalier. Elle n'avait plus rien. Pas même Christal, partie Dieu sait où. Pas même l'homme qu'elle avait appris à aimer, à désirer de tout son être, de toute son âme.

Chaque pas lui coûtait un terrible effort, les souvenirs assaillaient son esprit. Elle revoyait Trevor, son beau visage jamais serein, dont l'expression pouvait varier de l'orgueil implacable à la passion la plus intense. Jamais plus elle ne connaîtrait le bonheur de se lover entre ses bras, de rire avec lui, de lire dans ses yeux le désir qu'il avait d'elle. Jamais plus...

— Si seulement tu avais pu m'emmener avec toi, Christal, murmura-t-elle en se jetant sur son lit.

Elle resta longtemps ainsi, sans même pouvoir pleurer tant elle souffrait. En entendant la voix de Margaret qui venait de rentrer dans la pièce attenante, réservée aux domestiques, elle se leva. Autant lui demander de commencer ses bagages tout de suite, étant donné qu'elle venait de décider de partir cette nuit même.

Elle s'apprêtait à donner ses instructions à sa femme de chambre, quand celle-ci lui tendit une petite boîte à musique.

— Le maître est rentré, Madame. Il m'a demandé de vous remettre ceci dès que je vous verrais.

Alana la prit d'une main tremblante, effleurant les myosotis du bout des doigts. Elle les trouvait plutôt rafraîchissants dans leur simplicité. S'efforçant d'ignorer le symbolisme de ces fleurs, elle souleva le couvercle. Inutile de se bercer d'illusions... C'est alors que les notes cristallines du *Beau Danube bleu* s'élevèrent.

Une vague d'émotion mêlée de tristesse s'empara d'elle : cette valse, elle ne l'avait jamais dansée dans les bras de l'homme qu'elle aimait. Et elle ne la danserait jamais.

Elle essuya une larme et prit le billet à l'intérieur.

Alana,

Vous aviez prédit qu'un jour, je regretterais de vous avoir forcée à m'épouser. Ce jour est arrivé, Alana. Je le regrette de tout mon cœur. Ce soir, j'ai vu le bonheur sur le visage d'une jeune mariée. Je n'ai, hélas, jamais vu un tel bonheur sur le vôtre. Je vous ai fait souffrir et je le déplore. Mais si vous me quittez, c'est moi qui souffrirai, et infiniment plus. Par ces mots, je voudrais que vous compreniez qu'une certaine justice existe, malgré tout, en ce monde. Dieu est là pour y veiller. En vous perdant, je n'aurai que ce que je mérite.

Trevor

Les mots dansaient devant ses yeux aveuglés par les larmes. Enfin ! Il lui disait ce qu'elle avait tellement rêvé d'entendre. Enfin ! Sans perdre une minute, elle essuya ses larmes et se précipita hors de sa chambre.

Elle n'eut pas à aller bien loin. Du haut de la rampe, elle l'aperçut au rez-de-chaussée, se dirigeant d'un pas lourd vers la bibliothèque, appuyé sur sa canne. Elle se retint pour ne pas se précipiter dans ses bras. Ce n'était pas la bonne manière d'approcher un prédateur. Elle devait au contraire demeurer prudente, peser chacun de ses mots.

Elle descendit lentement, les yeux fixés sur la porte de la bibliothèque derrière laquelle il avait disparu. Au moment de frapper, elle se ravisa et entra à son tour.

Il se tenait devant la cheminée, fixant les cendres froides. Tétanisée, tâchant de maîtriser son émotion, elle s'éclaircit la gorge mais ne parvint qu'à prononcer un seul mot.

— Trevor.

Il tressaillit, mais ne se retourna pas.

— Vous regrettez de m'avoir fait du mal ?

Lentement, il lui fit face et plongea son regard dans le sien.

— Je n'ai jamais voulu vous faire le moindre mal, dit-il d'une voix rauque.

Elle contempla celui qu'elle aimait tant, cet être plein de contradictions. Il n'aimait pas les Anglais, mais elle savait qu'il accepterait Nigel au sein de sa famille parce que Mara l'aimait. Il s'appliquait à prendre les manières de la haute société new-yorkaise, mais il demeurait intensément fier de ses origines.

Il pouvait aimer et haïr avec la même férocité, mais il ignorait la médiocrité. Jamais auparavant elle ne s'était sentie femme. Jusqu'au jour où elle l'avait rencontré.

— Je veux un homme qui m'aime. Êtes-vous cet homme-là ? dit-elle dans un murmure.

Un silence lui répondit. Il se tourna à nouveau vers le foyer éteint.

— Trevor, est-ce que vous m'aimez ?... Oui ou non ?

Désespérée de n'obtenir aucune réponse, elle secoua la tête.

— M'aimez-vous ?

— Je n'ai jamais été amoureux, j'ignore à quoi on reconnaît l'amour.

— Je vous le demande à nouveau, Trevor. M'aimez-vous ? répéta-t-elle d'une voix altérée par l'émotion.

Il hésita, comme s'il cherchait les mots exacts.

— J'ignore à quoi je pourrais le comparer, mais si l'amour ressemble à l'obsession, si l'amour a le pouvoir de réduire à néant la raison et la volonté d'un homme, de vous faire penser à la mort tant l'idée de l'amour perdu est insupportable...

Il la regarda, et son visage n'exprimait qu'un immense désespoir. Puis, d'une voix à la fois douce et brûlante d'amour, il murmura :

— Alors, oui, je vous aime, Alana. Je suis condamné à vous aimer, et à vous aimer pour toujours.

Les larmes coulaient lentement sur les joues d'Alana. La tension entre eux était presque palpable. Elle chercha quelque chose à dire, mais les mots semblaient soudain bien impuissants à exprimer tout ce qu'il représentait pour elle, l'ampleur de son désespoir si elle avait dû le perdre. Oui, impuissants à dire combien elle avait besoin de lui, combien elle l'aimait.

Il ne lui restait plus qu'une chose à faire pour s'assurer qu'il ne la quitterait jamais et, relevant le bas de sa robe, elle courut se jeter dans ses bras. Avec un sanglot de joie et de soulagement, il la serra contre lui à l'étouffer, laissant tomber sa canne, devenue subitement inutile.

Épilogue

— En hiver, Christal et moi patinions au parc. Nous passions des moments merveilleux. Une année, Père nous acheta un petit traîneau en forme de coquillage, tout juste assez grand pour contenir les deux petites filles que nous étions. Il était vert et tapissé de velours rouge. Je me souviens d'un après-midi où il neigeait. Nous parcourions Central Park dans notre petit traîneau, papa derrière nous, à cheval. Devant nous, les poneys se confondaient dans la brume neigeuse. Il faisait tellement froid que nos doigts étaient gelés malgré nos moufles mais pour rien au monde nous ne serions rentrés à Washington Square. Même le délicieux chocolat chaud que maman nous préparait à notre arrivée ne nous incitait pas à rentrer.

Alana s'interrompit, et caressa la poitrine nue de son mari.

— Je t'ennuie, n'est-ce pas ?

Il ne répondit pas, la laissant jouer avec les poils qui bouclaient sur sa poitrine.

— Quel est ton meilleur souvenir d'enfance ? lui demanda-t-elle en contemplant le ciel de lit au-dessus d'eux.

— Je crois que… qu'il est rattaché à mon père.

Alana l'écouta avec émotion. Il lui parlait si peu de son passé…

— Nous avions de la famille à Connemara. L'été, nous allions pêcher sur leur bateau, dans la baie de Galway.

Elle le contemplait rêveusement, se laissant bercer par son accent qu'elle adorait et qu'il refoulait de moins en moins. Oui, bercer au gré des vagues de son enfance qu'il évoquait maintenant pour elle. Avec un soupir d'aise, elle se blottit contre lui. Son regard se perdit à travers la vitre de la fenêtre gelée de cette nuit brumeuse et glacée de février.

— Tu penses à Christal, n'est-ce pas ? lui demanda-t-il soudain.

— Je rêvais… et je pense à elle, oui, murmura-t-elle après un long silence. La retrouverons-nous un jour ? Et Didier ?

— Aux dernières nouvelles, ta sœur était en Bolivie, mais tu ne peux y aller, ma chérie, tu le sais bien. Cela me prendra peut-être du temps, mais je la retrouverai, je te le jure.

— Je n'en doute pas, mais je suis tellement impatiente.

— Tu disais que tu rêvais, aussi. À quoi, *a mhuirnin ?*

Elle eut un doux sourire.

— Avant mon mariage, je rêvais souvent à une petite maison de bois blanc, toute simple, à un homme, à des enfants. La simplicité, une vie plus modeste m'intriguait, me manquait peut-être.

— Tu regrettes que je ne puisse te donner cela ?

— Tu me l'as déjà donné. Qu'il soit riche ou pauvre, peu importe. Je suis avec l'homme que j'aime, celui avec qui je vais fonder une famille… la maison de bois surplombant la mer n'était qu'une image.

Trevor fronça soudain les sourcils.

— Tu as sursauté.

Son regard féroce qui l'effrayait tant naguère la fit sourire.

— Ton fils donne des coups de pied, expliqua-t-elle doucement. Il est comme son père, tu sais.

Elle posa sa main sur la sienne, sur son ventre, et tous deux ressentirent une nouvelle secousse.

— Comment sais-tu que c'est un garçon ?

— Parce qu'il donne des coups de pied, justement, signe de son impatience à venir au monde. Il est comme son père, je te dis.

Il l'embrassa doucement, éveillant aussitôt son désir d'autres baisers.

— Tyrannique...

Il l'embrassa à nouveau, pour lui prouver qu'elle ne se trompait pas. Peu après, il roulait sur elle en s'appuyant sur les bras pour alléger le poids de son corps sur le sien.

— Je t'aime, *a mhuirnin*, tu sais cela ?

— Oui, souffla-t-elle. Je le sais depuis le jour où j'ai lu ta lettre. Je n'en ai jamais plus douté depuis.

— Je veux que tu te reposes tout le mois. Je tiens à ce que tout se passe bien. Ne t'inquiète pas trop pour ta sœur.

— Où qu'elle soit, je lui souhaite seulement de rencontrer un bonheur égal au mien.

— Tu es heureuse ?

— Je t'aime, Trevor. Cela répond-il à ta question ?

Sans doute, car il se pencha sur elle pour s'emparer de ses lèvres tandis que ses mains s'égaraient sur ses seins. Elle lui caressa les reins en gémissant de plaisir, et ses doigts s'attardèrent sur la petite cicatrice. Elle se moquait éperdument qu'il ne puisse la faire valser, songea-t-elle en se laissant entraîner à nouveau dans la valse de l'amour...

3795

Composition
FACOMPO

Achevé d'imprimer en Italie
par GRAFICA VENETA
le 1er juin 2020

Dépôt légal : juillet 2020
EAN 9782290233450
OTP L21EPSN002210N001

ÉDITIONS J'AI LU
87, quai Panhard-et-Levassor, 75013 Paris

Diffusion France et étranger : Flammarion